JACQUELYN
FRANK

DAMIEN

SCHATTENWANDLER

Ins Deutsche übertragen
von Beate Bauer

LYX
EGMONT

Die Originalausgabe des Romans erschien 2008
unter dem Titel „Damien“
bei Zebra Books, Kensington Publishing Corp., New York.

Deutschsprachige Erstausgabe November 2010 bei LYX
verlegt durch EGMONT Verlagsgesellschaften mbH,
Gertrudenstraße 30–36, 50667 Köln

Dieses Werk wurde vermittelt durch die Literarische Agentur Thomas
Schlück GmbH, 30827 Garbsen

2. Auflage
Redaktion: Monika Hofko, Scripta Literatur-Studio
Satz: Greiner & Reichel, Köln
Druck: CPI – Clausen & Bosse, Leck
ISBN 978-3-8025-8329-2

www.egmont-lyx.de

Prolog

England im Jahre 1562

Elizabeth lachte schallend, und der Klang hallte, obwohl sie offensichtlich ganz außer Atem war, bis zu der riesigen gewölbten Decke des Ballsaals empor. Sie presste eine Hand in die Seite, genau dahin, wo das Korsett ihre Lunge zusammenzupressen schien. Trotzdem bemerkten nur ihre engsten Vertrauten diese verräterische Geste. Für jeden anderen bei Hofe gab Königin Bess einfach eine bemerkenswert elegante Figur ab, wenn sie tanzte.

Ihr Partner war gnadenlos und hielt ihre Finger fest umklammert, während er sie ein ums andere Mal im Kreis drehte. Es gab nur wenige an Königin Elizabeths Hof, die die Leidenschaft der Monarchin für das Tanzen teilten und die dabei mithalten konnten. Anscheinend war der rumänische Prinz, der Bess führte, sehr wohl dazu in der Lage, mitzuhalten und sie sogar an ihre Grenzen zu bringen.

Robert Dudley beobachtete das Schauspiel mit dunklen, gierigen Augen und mit einem heftigen Zucken seines Kiefers. Lord Cecil Burghley konnte sich die Gelegenheit nicht entgehen lassen, den vernachlässigten Liebling der Königin zu verspotten. „Sieht so aus, mein lieber Dudley, als wäre unsere gute Bess recht angetan von Prinz Damien. Ich habe noch nie erlebt, dass sie sich mit einem hohen Besuch so schnell angefreundet hat."

Dudley antwortete nicht sofort. Er hatte mit ansehen müssen, wie Bewerber aus verschiedenen Ländern gekommen waren und seiner Bess den Hof gemacht hatten, und dieser rumänische Prinz würde, falls er dies vorhatte, genauso wenig Erfolg damit haben, um die Hand der launenhaften Königin von England anzuhalten.

Ihr Herz gehört mir, dachte er grimmig.

Egal, wie viele attraktive Würdenträger Cecil als mögliche Heiratskandidaten aufmarschieren lassen würde, Bess würde ihre Liebe niemals verraten … und seine auch nicht.

Damien drehte Elizabeth ein letztes Mal im Kreis und funkelte sie mit seinen atemberaubenden mitternachtsblauen Augen übermütig an.

„Ihr übertrefft mich heute Abend!“, erklärte die englische Königin atemlos, während sie seinen dargebotenen Arm nahm und sich zu ihrem Thron geleiten ließ. Sie setzte sich mit nicht gerade damenhafter Haltung und kickte mit den Füßen ihre ausladenden Röcke hoch, nachdem sie einem Händepaar ein dargebotenes Glas Wein entrissen hatte. „Mein Herr, Ihr müsst mir verraten, wie Ihr unsere neuesten Tänze mit solchem Geschick und mit solcher Ausdauer tanzen gelernt habt!“

Der Prinz schenkte ihr ein verführerisches Lächeln und strich sich über den exakt gestutzten Bart, so als würde er eingehend darüber nachdenken.

„Wahrscheinlich, weil mir zugetragen wurde, dass Tanzen der einzige Weg ist, die Aufmerksamkeit der englischen Herrscherin zu gewinnen.“ Er seufzte dramatisch. „Und jetzt sind meine Tricksereien aufgeflogen, und Ihr werdet mich gewiss fortschicken, damit ich nie wieder einen Fuß auf den Boden Eurer wunderschönen Heimat setze.“

„Das kommt darauf an“, erwiderte sie listig, „aus welchem Grund jemand Unsere Aufmerksamkeit zu gewinnen sucht.“

„Ich könnte irgendetwas vorschützen, wenn Ihr es wünscht. Ansonsten muss ich gestehen, dass reine Neugier mich getrieben hat."

Elizabeth warf den Kopf zurück und lachte. Sein Charme und sein unverblümter Humor waren in den wachsamen Augen der englischen Hofgesellschaft ein Skandal, doch das schien Prinz Damien nicht im Geringsten zu kümmern. Elizabeth gefiel das. Sie war gleich angetan gewesen von Damien, als er vor vier Tagen zum ersten Mal vorgesprochen hatte. Er hatte es mit der respektlosen Bemerkung getan, dass er nicht gekommen sei, um ihr den Hof zu machen oder sie zu umwerben, und dass von ihm auch kein Heiratsantrag zu erwarten sei, da er wisse, dass sie viel zu gut für ihn war und dass sie ohne ihn besser dran sei.

Es war eine unverschämte Art gewesen, das Eis zu brechen, indem er der belustigten Monarchin rasch versicherte, dass ihr Gast einzig und allein da war, um sich zu amüsieren, und nicht, um mit den zahlreichen anderen Gästen fremder Fürstentümer um sie zu buhlen. Seitdem waren sie dicke Freunde. Elizabeth sah in Damien eine ebenbürtige Person, einen möglichen Vertrauten, der ihre einzigartige Stellung im Weltgeschehen verstand.

„Kommt, begleitet Uns ein Stück, Damien", sagte sie und erhob sich, jetzt, da sie zu Atem gekommen war, und nahm wieder seinen dargebotenen Arm.

Elizabeth führte Damien zu den Gemächern des großen Londoner Palastes. Natürlich gefolgt von der kleinen Gruppe Frauen, die Elizabeth als Hofdamen dienten, doch beide Herrscher beachteten ihre Anwesenheit nicht.

„Scherz und Charme beiseite, Damien", sagte sie beiläufig, „was ist der eigentliche Zweck Eurer Anwesenheit?"

„Es gibt keinen. Ich bin nur auf Reisen, um mir die Welt anzuschauen."

„Und was ist mit Eurem Volk? Mit Eurer Heimat? Brauchen Eure Untertanen ihren Prinzen nicht?“

„Natürlich“, antwortete er leichthin. „Doch mein Reich ist nicht wie das Eure. Meine Kultur … nun, sie unterscheidet sich sehr von der Euren. Ich kann es mir erlauben, hin und wieder nicht da zu sein.“

„Da habt Ihr großes Glück“, bemerkte sie und versuchte, sich den Neid, den sie tatsächlich empfand, nicht anmerken zu lassen.

Damien, der sehr hochgewachsen war, blickte auf die Königin herunter, ein leichtes Lächeln im Mundwinkel. Er begab sich nicht allzu oft in solche Gesellschaft, aber manchmal hörte er interessante Dinge über das Geschehen in dieser Welt und fühlte sich dazu angeregt, sie selbst in Augenschein zu nehmen.

Die junge englische Königin gehörte dazu. Ihre Zukunft war vielversprechend und hielt einiges bereit, das selbst ihre eigenen Erwartungen übertreffen konnte. Es wäre eine Schande, diese Frau außer Acht zu lassen und sich nicht ein genaues Bild von ihr zu machen. Auch hatte er nicht gelogen, als er den Wunsch nach Vergnügungen geäußert hatte. Langeweile brach sich manchmal zu leicht Bahn. Dieses kleine Fleckchen Erde übte einen großen Reiz aus. Allein schon die finsteren politischen Machenschaften am englischen Hof hielten einen in Atem. Es gab so viele Intrigen und Verschwörungen, dass es einer ziemlichen geistigen Anstrengung bedurfte, um mitzuhalten.

Damien liebte gut inszenierte Intrigen, und es war stets ein großer Spaß, darüber zu spekulieren, wie sie ausgehen würden. Manchmal war es ein noch größerer Spaß, den Ausgang selbst zu beeinflussen.

„Nun, meine Dame, ich fürchte, ich muss Euch um Verzeihung bitten“, sagte er, und seine dunklen Augen und seine Lippen lächelten klug und übten eine große Anziehungskraft aus.

Elizabeth musste zugeben, dass der Mann ausgesprochen schön war. So wie man eine Frau als hübsch bezeichnen konnte, war er auf jeden Fall schön. Er war groß, bestimmt über einen Meter dreiundachtzig, hatte schwarze Haare und einen ebenmäßigen blassen Hautton, der weder Schminke noch Puder benötigte, um so durchscheinend zu wirken, wie es gerade Mode war. Weder Schnauzer noch Bart waren fettig, und er trug beides nicht lang oder zwirbelte die Enden, wie es üblich war. Stattdessen waren sie genauso sauber wie sein Haar, das er im Nacken mit einem blauen Band zu einem Pferdeschwanz gebunden hatte, das zu dem blauschwarzen Schimmer seiner Adern passte.

Welche Stellung er auch einnehmen mochte in seiner Welt, er war anscheinend kein Monarch, der faul auf seinem Thron saß. Sein Körper war gestählt wie bei einem Kämpfer, der ein mächtiges Schwert zu führen gewohnt war. Einen so kraftvollen Oberkörper bekam man nicht von Natur aus mit, und seine breiten Schultern konnten wohl das Gewicht der Welt tragen. Der Oberkörper lief zu den schmalen Hüften hin zusammen, nirgendwo war überflüssiges Fett, und er hatte lange, geschmeidige Beinmuskeln, die unter dem edlen Stoff seiner eng anliegenden Kniehosen gut zu erkennen waren. Das brachte selbst eine Königin dazu, sich in andächtiger Bewunderung über die Lippen zu lecken. Elizabeth lachte über sich selbst; zum Glück konnte der Mann neben ihr ihre Gedanken nicht lesen.

„Ich verbiete Euch zu gehen", hörte sie sich selbst sagen, weil sie ungern auf die Gesellschaft des einzigen Mannes in England verzichten wollte, der nichts anderes von ihr erwartete als ihre unterhaltsame Gesellschaft. Es war ein ungeheurer Luxus, wie sie zugeben musste, doch sie war die Königin, und sie konnte jeden Luxus haben, den sie sich wünschte.

Unglücklicherweise war sie nicht *seine* Königin.

„Normalerweise, liebste Dame, würde ich es mir selbst nicht gestatten zu gehen. Allerdings muss ich heute Abend auf die Gesellschaft Eurer Majestät verzichten, um mich, wie es das Schicksal will, um Staatsangelegenheiten zu kümmern. Ich entschuldige mich untertänigst."

„Nein, Damien, dazu besteht kein Anlass. Wir Staatslenker sind häufig eher die Sklaven unseres Volkes als dessen Anführer. Geht! Doch Ihr müsst mir versprechen, dass Ihr morgen Abend zurückkehren werdet. Wir haben eine unterhaltsame Darbietung geplant, die Euch sicher entzücken wird."

„Gewiss. Euer Geschmack in diesen Dingen hat sich als unfehlbar erwiesen."

Damien zog ihre beringte Hand an die Lippen und küsste die blasse Haut über dem rasch schlagenden Puls auf der Innenseite ihres Handgelenks. Dann drehte er sich auf dem Absatz um und ging mit einem Lächeln auf den Lippen und mit einer leichten Verbeugung unter den bewundernden Blicken und den geflüsterten Worten der Hofdamen davon.

„Damien", begrüßte ihn Dawn, als er das Schloss betrat, das sie ein gutes Stück außerhalb Londons als Schlupfwinkel bewohnten.

Wegen ihrer scharfen Sinne zogen Vampire es vor, außerhalb der Stadt zu leben. Die hygienischen Verhältnisse und die Abfallbeseitigung bei den Menschen waren miserabel. Die Straßen rochen wie Abwasserkanäle, die Themse stank unerträglich nach Fäulnis, und auch Unmengen von französischem Parfüm konnten nicht darüber hinwegtäuschen, dass die Menschen aus Aberglauben kein Bad mehr nahmen, wie es früher üblich war. Sie dachten tatsächlich, es würde sie krank machen, wo doch genau das Gegenteil der Fall war.

„Meine Süße“, erwiderte Damien den Gruß und gab ein sanftes Knurren von sich, als der junge weibliche Vampir mit dem feuerroten Haar sich an ihn schmiegte. Sie schnappte nach seinem Hals, und er lachte, als ihre Zunge ganz langsam über seine Schlagader leckte.

„Mmm“, schnurrte sie neckisch an seinem Ohr.

„Freches kleines Biest“, sagte er zu ihr, als er dem scherzhaft gemeinten Kratzen ihrer nadelspitzen Reißzähne auswich. Er packte sie bei den Schultern, drehte sie herum und schickte sie mit einem kräftigen Klaps auf den Po fort. „Ich habe noch etwas zu erledigen, bevor ich mich um deine Gelüste kümmern kann.“

Der freche Rotschopf blickte ihn über die Schulter hinweg an, während der Schlag sie davonstolpern ließ. Die Gier in ihren Augen zeigte, dass sie nicht sehr lange Ruhe geben würde. Wenn sie dieser Zuwendung unbedingt bedurfte, würde Dawn nicht zögern, sich einen anderen Freiwilligen zu suchen. Er hatte keine Macht über sie und sie nicht über ihn, abgesehen von ihrem Appetit aufeinander.

Damien zog seine Handschuhe aus und legte das Schwert an seiner Hüfte ab und den Dolch, der im Stiefel versteckt war.

Er übergab beides Racine, die wie immer bereitstand. Voller Zuneigung zog er an einer der langen Locken ihres staubfarbenen Haars, bevor er sie ihrer Aufgabe überließ, seine Sachen wegzuräumen.

Er ging durch das Foyer, den vorderen Aufenthaltsraum und in den Hauptsalon. Dort hatten es sich die Mitglieder des Hofes, die ihm nach England gefolgt waren, auf Sesseln bequem gemacht, die in einem behaglichen Kreis aufgestellt waren, der den ganzen Raum einnahm. Simone hatte Feuer gemacht. Sie war süchtig nach dieser besonderen Annehmlichkeit und rekelte sich direkt vor den Flammen in einem Sessel.

„Damien", sagte sie, und ihre Stimme klang so gereizt, dass er wusste, sie würde sich gleich beklagen. „Es ist überaus öde hier. Wann reisen wir weiter?"

„Wir sind gerade erst angekommen, Liebling", rief er ihr in Erinnerung.

„Na ja, es ist eben langweilig", beschwerte sie sich und richtete sich auf. „Diese Leute … riechen übel. Und sie sind schrecklich öde. Können wir nicht zurück nach Byzanz?"

„Immer willst du zurück nach Byzanz", erwiderte Lind trocken und hob seinen Blondschopf von Jessicas üppigen Brüsten, wo er ein wenig gedöst hatte.

Damien blendete für einen Moment das Wortgeplänkel und die Beschwerden aus und warf einen Blick auf die zehn Personen, die sich als seine engsten Freunde betrachteten. Elizabeth Tudors Hof zu verlassen und zu diesem Gelage von Männern und Frauen zurückzukehren, für die Kleidung nur eine Nebensache war, daran musste er sich jedes Mal erst wieder gewöhnen.

Anders als die Menschen dieses Jahrzehnts, die sich in ein Korsett zwängten und sich in Schichten überflüssiger Unterröcke hüllten, hatten die Vampire in seiner nächsten Umgebung so wenig wie möglich an. Ein paar Frauen trugen Kniehosen, ein paar Männer Kilts. Der Geschmack hätte anachronistischer nicht sein können. Obwohl solche Wesen wie er normalerweise aus seiner rumänischen Heimat stammten, war jeder hier in einem anderen Jahrhundert und an einem anderen Ort geboren worden, und Damien sammelte ihre Freundschaft wie andere vielleicht Jahrgangsweine. Ihre Art, sich zu kleiden, spiegelte die Epoche und die Kultur wider, in die sie hineingeboren worden waren, oder zeigte nur, worin sie sich am wohlsten fühlten.

Nicht, dass es Damien gestört hätte, wie seine Gefolgsleute aussahen. Es kümmerte ihn auch nicht, was sie taten, solange es nicht gegen die Gesetze verstieß und keiner dabei zu Tode kam. Trotzdem war es ein leichter Kulturschock, sich zwischen Menschenwelt und Vampirwelt zu bewegen.

Er ließ den Blick zu Jasmine wandern, die nicht so dalag, als wäre sie total gelangweilt. Stattdessen stand sie breitbeinig und in wachsamer Haltung da, sodass ihre Muskeln angespannt waren, was durch die eng anliegenden Kniehosen und die Stiefel noch betont wurde, und blickte aus dem Fenster. Er ging zu ihr, wobei er über ein paar ausgestreckte Beine steigen musste.

„Jas", sagte er und stellte sich dicht hinter sie, sodass er an ihrem wallenden schwarzen Haar vorbei ihrem Blick folgen konnte. Er sog den Duft nach Aloe und Persimone von ihrem Shampoo ein.

„Mein Herr", grüßte sie zurück und krauste die Nase, als sie ebenfalls seinen Duft einsog. „Du brauchst ein Bad", bemerkte sie.

„Jetzt, wo wir doch heute Nacht noch auf die Jagd gehen?", fragte er.

„Das stimmt", erwiderte sie abwesend.

„Worauf haben wir es heute Nacht abgesehen, Jasmine?"

„Neben Faulenzen, Sinneslust und anderen Todsünden?", fragte sie spöttisch mit einer Kopfbewegung in Richtung der anderen im Raum.

„Da schaust du jedenfalls in die falsche Richtung", stichelte er. Er wusste nur zu gut, dass Jasmine ihre Langeweile nicht auf dieselbe Weise ausdrückte wie die anderen. Sie war eine Denkerin. Sie suchte immer tiefergehende Dinge als die unmittelbare Befriedigung. Genau wie ihr Bruder Horatio, von dem sie aufgezogen worden war. Er hatte die Einladung, sie nach England zu begleiten, ausgeschlagen. Damien war wirklich überrascht gewesen, dass Jasmine an seiner Stelle zugesagt hatte.

„Ich schaue in die Zukunft, Damien", sagte sie sanft, und ihr Tonfall löste einen Schauder in ihm aus, während er ihrem Blick aus dem Fenster folgte. „Dabei wird mir klar, warum sich ein paar von uns jahrzehntelang dem Schlaf hingeben."

„Warum, Jasmine?", fragte er, obwohl er mit seinen ungefähr vierhundert Jahren lang genug gelebt hatte, um es zu wissen.

„Damit wir nicht verrückt werden, denke ich. Vor Langeweile oder weil das Gewirr der Völker, die sich auf dem Planeten tummeln, manchmal so kompliziert ist. Es laugt mich aus, und ich möchte sofort schlafen, wenn ich nur daran denke."

„Puss, du bist erst vierundfünfzig. Ein richtiges Kind noch, ohne dich kränken zu wollen. Zu jung, um über das Bedürfnis nach Zerstreuung im hohen Alter nachzudenken, und erst recht zu jung, um dir über das Schicksal der Völker auf dem Planeten Sorgen zu machen." Er strich ihr das Haar zurück, küsste sie zärtlich auf ihre babyzarte Wange und fuhr mit dem Finger über ihr makelloses jugendliches Gesicht. Wie alle Vampire war sie nach der Geschlechtsreife mit Mitte zwanzig um keinen Tag gealtert. „Wenn es dich zufriedener macht, kann ich dir, glaube ich, ein gutes Unterhaltungsprogramm versprechen, falls du eins brauchen solltest. Du musst es nur sagen."

„Dieser hässlichen sommersprossigen Frau dabei zuzuschauen, wie sie Männern und Mördern entkommt, ist nicht meine Vorstellung von guter Unterhaltung", erwiderte sie ironisch.

„Aber mein Wahnsinn hat Methode, Süße."

Damien lächelte und wandte sich zu den anderen um. Er räusperte sich und zog so ihre Aufmerksamkeit auf sich. Ein paar setzten sich sogar in gespannter Erwartung auf.

„Meine Zeit bei Hofe war ausgesprochen fruchtbar. In Frankreich gibt es so etwas wie einen religiösen Aufstand. Protestanten und Katholiken und der übliche Unfug."

„Oh! Schicken Sie junge Männer?“, fragte Jessica aufgeregt. „Ist es eine Armee oder nur ein Haufen Rebellen?“

„Ja. Was genau meinst du mit ‚so etwas wie‘, Damien“, wollte Lind beharrlich wissen.

„Sagen wir, es genügt, dass wir eine ganze Weile versorgt sind“, sagte er kichernd. „Wir brechen in einer Woche auf.“

Als Damien am folgenden Abend in den Palast kam, erfuhr er, dass die Königin erkrankt war und diesen Abend nicht Hof halten würde. Der Prinz war besorgt. London war selbst im Winter eine Brutstätte schrecklicher Plagen und heimtückischer Krankheiten. Elizabeth Tudor machte nicht gerade den Eindruck auf ihn, dass sie anfällig war oder sich wegen einer Krankheit ins Bett legte. Sie war ein lebhaftes und zähes Ding; genau das war der Grund, weshalb Damien so viel Spaß mit ihr hatte.

Der Prinz wollte sich selbst Zugang zu den Räumlichkeiten der Königin verschaffen, nachdem Robert Dudley allzu großes Vergnügen daran gefunden hatte, ihn abzuweisen. Damien hätte ihn leicht dazu bringen können, genau das Gegenteil zu tun, doch er war gelangweilt von Dudleys Machtspielchen.

Zielstrebig machte er sich auf den Weg in den Flügel, wo sich Elizabeths Gemächer befanden. Es gelang ihm, nah genug heranzukommen, um das besorgte Flüstern und die huschenden Schritte in den Räumen der Königin zu vernehmen und sich aus dem, was gesagt wurde, und aus den Gedanken ein umfassendes Bild von der Lage zu machen. Sobald er sicher wüsste, dass Elizabeths Krankheit nicht bedrohlich war und sie bald wieder wohlauf wäre, würde er gehen, seinen Hofstaat um sich versammeln und sich auf die Schlachtfelder in Frankreich begeben, wo zahlreiche Vergnügungen auf sie warteten.

Es dauerte nicht lange, bis er herausgefunden hatte, dass es

Elizabeth überhaupt nicht gut ging. Es war sogar sehr wahrscheinlich, dass sie die Nacht nicht überleben würde.

Sie hatte sich mit den tödlichen Pocken angesteckt.

Diese verdammte Krankheit!, dachte Damien wütend.

Er löste sich von der Wand, an die er sich gelehnt hatte, und durchquerte eilig den Raum. Niemand hielt ihn auf, weil niemand überhaupt bemerkte, dass er da war. Er ging sofort in Bess' Schlafzimmer, trat an ihr Bett und riss ungeduldig die Vorhänge auf. Sie war geschwächt und totenbleich … fast so, als wäre das nicht die Frau, die noch am Vorabend mit ihm gelacht, getanzt und geflirtet hatte.

Zwei Frauen hielten am Bett Wache, und Damien wandte sich ihnen zu. Er fasste jede kurz unterm Kinn und sah ihr so lange fest in die Augen, bis er ihre Gedanken und ihre Wahrnehmung genügend manipuliert hatte. Dann wandte er sich wieder zu Bess hin, kniete sich mit einem Bein auf ihr Bett und zog sie an seine Brust. Sie hing an ihm wie eine schlaffe Porzellanpuppe, während er die roten Locken zurückstrich, die ihren Hals bedeckten.

Dann legte er einen Moment lang den Kopf zurück, gebogene Reißzähne wuchsen mit einem kurzen, gefährlichen Gleißen aus seinem Mund, bevor er sie in die Kehle der jungen englischen Königin grub.

Der Vampirprinz spürte, wie ihr vom Fieber erhitztes Blut über seine Zunge rann. Er war vorher nicht auf der Jagd gewesen, weshalb er ein unwillkürliches Behagen empfand, als er seinen Hunger stillte, wie immer beim ersten Tropfen Blut.

Obwohl sie krank war und Fieber hatte, reagierte Elizabeth auf seinen Angriff. Sie stöhnte leise auf und griff blind nach seinem Arm, der fest um die Rippen unter ihrer Brust geschlungen war. Er konnte nicht so tun, als bemerkte er nicht, wie ihre Finger über die feinen Härchen an seinem Arm strichen und wie ihr Körper sich an seiner Brust und an seinen Schenkeln wand. Das steigerte den Genuss seiner Mahlzeit, so wie der Akt des Saugens stets instinktiv die Sinnlichkeit des Opfers weckte. Das Einzige, was ihm den Genuss noch mehr hätte versüßen können, wäre Furcht gewesen oder Zorn, etwas, was den Menschen mit Adrenalin vollgepumpt hätte, kurz bevor die Haut durchbohrt wurde.

Sie war bereits geschwächt, daher hielt er sich zurück. Doch er ließ seinen Mund auf der Wunde, die er ihr zugefügt hatte. Ihre Halsschlagader pochte heftig gegen seine Zunge und schwemmte die Wirkstoffe seines zweiten Bisses in ihre Kehle, während seine Reißzähne ihr die Gerinnungssubstanz einflößten, so wie das Gift einer Schlange durch deren Fangzähne in den Körper gespritzt wird.

Doch anders als Gift würde dies Elizabeth nicht im Geringsten schaden.

Nein. In dem Gerinnungsmittel, das die Blutung schnell zum Stillstand bringen würde, sobald er sich von ihrem Hals löste, befanden sich die Antikörper, die sie brauchen würde, um den Eindringling zu bekämpfen, der ihr Leben bedrohte.

Es gab nur wenige Vampire, die so alt oder so robust waren, dass sie eine Ansteckung mit einer so schweren Krankheit wie den Pocken überstehen konnten. Doch solche Wesen wie Damien, der stark genug war, hatten die Fähigkeit, den Erreger zu erkennen und auszumachen, indem sie ihn aus den befallenen Zellen herauslösten und eine eigene chemische Substanz dort einschleusten, um die notwendigen Antikörper herzustellen. Es war kein einfacher Trick, und Vampire, die der Aufgabe nicht gewachsen waren, konnten sich selbst mit der Krankheit anstecken. Zum Glück konnten sie das bei ihrem Opfer spüren, noch bevor sie bei ihm waren.

Die Belohnung für das Risiko bei dieser Umwandlung von Krankheit in Heilungsprozess war, dass die Antikörper eine Art Krankheitsgedächtnis entwickelten und sich mit Hunderten anderen zusammentaten und dem Gerinnungsmittel zugesetzt wurden, das dem Opfer am Ende der Nahrungsaufnahme eingespritzt wurde. Damien hatte schon einmal einen Pockenkranken als Beute gehabt, was es seinem Körper ermöglicht hatte, die Antikörper herzustellen, die Elizabeth jetzt helfen würden. Er hatte ihr zuliebe seinen Hunger nicht ganz gestillt. Das war eine kleine Dreingabe.

Er hatte ihr Blut gesaugt, um sie gesund zu machen.

Damien löste sich von der Königin und bettete sie sanft auf einen Berg von Federkissen. Er entdeckte einen Blutspritzer an seinem Daumen und hielt kurz inne, um ihn abzulecken.

Sein Biss war keine Wunderkur. Es war nur ein Hilfsmittel, das ihrem Immunsystem half, sich schneller wieder aufzubauen. Elizabeth war stark, und sie war eine Kämpferin. Diese zwei Eigenschaften würden ihr helfen, sich zu erholen. Es würde nur eine Weile dauern.

Damien würde inzwischen nach Frankreich reisen, mit seinen Leuten auf den Schlachtfeldern schlemmen und dann wieder zurückkehren, um sie hoffentlich lebendig und gesund und erfreut über das Wiedersehen mit ihm vorzufinden.

1

San José, Kalifornien, heute

Damiens Kopf fuhr hoch, als er plötzlich das Gefühl hatte, dass jemand ganz in der Nähe war. Bei der ruckartigen Bewegung seines Nackens schlug sein Zopf wie eine Gerte gegen seinen Hals.

Es war pechschwarze Nacht, und um ihn herum war es vollkommen dunkel. Der Mond war nicht zu sehen, und alles war wie in eine schwere Samtdecke gehüllt, sodass empfindsame Wesen womöglich das Bedürfnis verspüren könnten, davor zu fliehen. Auch das Licht der wenigen, und weit voneinander entfernt angebrachten Straßenlaternen in der kalifornischen Vorstadt konnte die Dunkelheit nicht durchdringen.

Doch die Dunkelheit störte Damien nicht. Nein, sie war vielmehr sein natürlicher Lebensraum, und all seine Sinne waren bestens dafür gerüstet. Trotzdem lief ihm ein befremdlicher Schauer über den Nacken, solange dieses unbekannte Wesen in seiner Nähe herumschlich.

Er lehnte sich im Schutz des Laubwerks ein bisschen weiter zurück, als er erkannte, dass es sich nicht um ein menschliches Wesen handelte, das sich ihm fast völlig unbemerkt näherte. Normale Menschen waren nicht in der Lage, sich seinen Sinnen zu entziehen, und es gelang ihnen nicht, sich ihm zu nähern, ohne dass er sie bemerkte. Also fragte sich der Vampirprinz, wer oder was seiner Spur so verstohlen folgte.

Erst einmal musste er herausfinden, ob es Zufall war oder Absicht. Er stieß den Atem aus, mehr aus Gewohnheit denn aus Notwendigkeit, und schüttelte verwirrt den Kopf. Er hatte an diesem Abend eigentlich nur jagen und dann auf sein friedliches Grundstück zurückkehren wollen. Aber um diese Art Frieden zu finden, murmelte er, durfte man keine Feinde haben.

Unglücklicherweise hatten Vampire eine Menge Feinde.

Und der Vampirprinz hatte normalerweise zehnmal so viele. Abgesehen von Außenpolitik und einer Vielzahl lästiger Menschen oder unruhestiftender Schattenwandler hatten Vampire die schlechte Angewohnheit, miteinander *König der Berge* zu spielen. Obwohl die meisten wussten, dass es besser war, sich mit Damien nicht anzulegen, gab es immer ein paar, die ihre Fähigkeiten überschätzten und den Vampir vom Thron stoßen wollten. Sie gehörten einer Gruppe an, bei denen das Überleben des Stärkeren die Triebfeder war. Was den Thron anging, so würde derjenige, der ihn innehatte, das ganze Volk anführen.

Er musste es wissen, dachte er mit einem verschlagenen Lächeln, das das Elfenbein eines erwartungsvollen Reißzahns in der Dunkelheit aufblitzen ließ. Damien hatte den früheren Monarchen ausgeschaltet, und so war er vor mehreren Jahrhunderten zu seiner Rolle als Prinz gekommen.

Sein Vorgänger war ein solcher Dummkopf gewesen, dachte er, während er ruhig auf seinen Verfolger wartete, dass er die rituelle Enthauptung wirklich verdient hatte.

Als er seine Sinne darauf richtete, seinen Jäger zur Beute zu machen, stellte er fest, dass es kein Vampir war, der ihn verfolgte. Dazu musste er nur auf die kleinen Membranen, verborgen im Augeninneren, umschalten. Diese Membranen verliehen ihm die Fähigkeit, eine hell schimmernde Aura zu sehen, die je nach Wärme eines Körpers immer anders war.

Weil Vampire keinen natürlichen Blutkreislauf hatten, behielten sie die Wärme vom Blut ihres Opfers im Körper, vorausgesetzt seit der Nahrungsaufnahme waren nicht mehr als vierundzwanzig Stunden vergangen. Das Problem dabei war, dass Extremitäten wie Finger und Zehen die künstliche Wärme am schnellsten abgaben. Ein Vampir, der noch nicht gejagt hatte, war von seinem Erscheinungsbild her um diese frühe Abendstunde wie eine Zielscheibe. Herz und Brust waren am wärmsten und leuchteten am stärksten und am hellsten, dann ging dieses Weiß in wabernden Kreisen in rote, dann in orangefarbene, dann in rosafarbene Kreise über, bis zu den Händen und Füßen, die kaum noch zu erkennen waren und die mit der Umgebung verschmolzen.

Ein Vampir, der bereits Beute gemacht hatte, erschiene in gleichmäßigem Rot, im Gegensatz zu einem Menschen, der abwechselnd eine weiße, eine rote und an bestimmten Punkten eine tiefrote Farbe aufweisen würde. Der Wärmezustand eines Menschen änderte sich fortwährend, durch Bewegung, durch Anstrengung, Krankheit oder Erregung, und es dauerte eine bestimmte Zeit, bis der menschliche Körper diese Veränderungen wieder ausglich. Jedenfalls konnten nach ein- oder zweihundert Jahren Übung diejenigen mit den besten Augen und mit den größten Fähigkeiten ganz leicht den Unterschied zwischen einem wärmedurchströmten Vampir und einem Sterblichen erkennen. Es konnte aber auch ein Schattenwandler sein, der jede Körpertemperatur simulieren konnte, oder ein Dämon. Dämonen waren bekannt dafür, dass ihre Körpertemperatur um mehrere Grad unter der von fast allen aufrecht gehenden Arten auf der Erde lag. Und genau das war der Fall bei dem Körper, der nicht weit von ihm entfernt in der Dunkelheit stand.

Schattenwandler lebten nur deswegen in der Dunkelheit, um sich vor bestimmten schädlichen Auswirkungen der Sonne zu schützen. Von diesen beiden Arten waren die Dämonen diejenigen, bei denen es am wenigsten wahrscheinlich war, dass sie dem Vampirprinzen schaden oder ihn in Gefahr bringen wollten. Dämonen waren geradezu berüchtigt für ihre hohen moralischen Ansprüche, und sie waren eigenbrötlerisch, wachten, ganz auf sich selbst konzentriert, über ihren Besitz und wagten sich nicht besonders gern hinaus, um woanders für Ärger zu sorgen.

Normalerweise.

In jüngster Zeit hatte es Ärger gegeben, der alles Mögliche bedeuten konnte.

Natürlich konnte es auch ein Schattenwandler sein. Diese kleinen Schwindler waren Meister der Tarnung und glichen Chamäleons. Und sie waren schreckliche Plagegeister, dachte Damien spöttisch. Bei ihnen gab es keine richtige Hierarchie, sie zogen in Clans und in religiösen Gruppen umher und stifteten oft allerhand Unheil und machten eine Menge Ärger. Sie waren wie ungebärdige Kinder, die andere Schattenwandler quälten, die in Streit gerieten, mit Sterblichen Schabernack trieben, als wären es Spielzeuge oder Puppen.

Damien verstand zwar schon, worin der Reiz lag. Er selbst hatte mit Menschen und mit anderen Wesen in seiner Jugend oft genug Schabernack getrieben.

Nun ja, vielleicht wuchs die Jugend einfach zu frei auf.

Ehrlich gesagt, war er noch immer schnell dazu in der Lage, mit den Eigenschaften der verschiedenen Arten zu spielen, wenn er dazu in Stimmung war, und er lachte in sich hinein. Gideon, ein alter Freund unter den Dämonen, hatte ihm einmal vorgeworfen, er sei ein kosmischer Wichtigtuer. So weit war das gar nicht entfernt von der Wahrheit.

Bevor Damien es sich gönnte, zu glauben, dass dieser Dämon ein Freund war, musste er den Spieß umdrehen und seine Jagdbeute überraschen. Wenn er noch länger seine Zeit zwischen den Büschen vergeudete, würde das Wesen, das auf seinen Spuren wandelte, mitbekommen, dass er seinen Verfolger bemerkt hatte.

Ganz unvermittelt löste sich ein Schatten aus der Umgebung und kam genau auf ihn zu.

Ganz direkt.

Das zeugte entweder von unglaublicher Dummheit oder von absoluter Furchtlosigkeit. Als er wieder auf die normale Sehfähigkeit umschaltete und die Züge der sich nähernden Gestalt ausmachen konnte, erkannte er, dass die zweite Möglichkeit zutraf.

„Noah", sagte er, trat selbst aus der Dunkelheit und ging dem Dämonenkönig entgegen.

Noah lächelte verhalten und schüttelte Damiens rasch ausgestreckte Hand kräftig. Dann bauten die beiden Monarchen sich voreinander auf und maßen einander mit geübtem Blick.

„Was führt dich in meine Jagdgründe, so fern von daheim?", fragte Damien, um gleich auf den Punkt zu kommen. Noahs Besitztümer in England waren weit weg von Kalifornien, das Damien als sein Territorium beanspruchte. Das sprach nicht dafür, dass der König nur zufällig vorbeischaute, denn Dämonen waren in den Vereinigten Staaten nicht sehr oft zu finden. Sie waren trotzdem keine Feinde, was man daran erkennen konnte, dass Damien sofort seine Frage stellte und nicht erst, *nachdem* er versucht hatte, ihn zu töten.

Vampire waren ebenfalls sehr darauf bedacht, ihr Territorium zu schützen.

„Betrachte es als geschäftliche Angelegenheit", erwiderte Noah freundlich. „Entschuldige, dass ich zur Essenszeit hier eindringe."

Damien wischte die Sache mit einer Bewegung seiner langfingrigen Hand beiseite, und der große Rubin am Mittelfinger seiner rechten Hand blitzte den Dämonenkönig an.

„Ich habe noch keine Beute geschlagen. Es macht nichts."

„Ich hatte mich vergewissert", erwiderte Noah.

Der Dämonenkönig war ein Feuerdämon. Jeder Dämon hatte eine gewisse Macht und eine Verbindung zu einem der vier Elemente. Feuer war natürlich das flüchtigste und eindrucksvollste. Deshalb konnte Noah Energiefelder wahrnehmen, und da er bereits über sechshundert Jahre lebte, wusste er aus Erfahrung, ob Damien sich bereits ein Ziel für die Abendspeisung ausgesucht hatte.

Noah hatte seinen Thron auf ähnliche Weise erlangt wie Damien, nur dass er wegen seiner unbestrittenen Führungsstärke gewählt worden war. Der frühere Dämonenkönig musste erst sterben, bevor dies geschehen konnte. Und es musste ein natürlicher Tod sein, weil es unter Dämonen absolut verpönt war, gegeneinander zu kämpfen oder einander gar zu töten – obwohl dadurch, dass sie im Grunde unsterblich waren, keine Todesart als natürlich angesehen werden konnte.

Meistens handelte es sich um irgendeine Form von Mord. In einer solchen Kultur war es unwahrscheinlich, dass ein Dämon, der gerade seinen Vorgänger ermordet hatte, zum König ernannt wurde. Dämonen nahmen die Ermordung ihrer Monarchen sehr übel.

Noah konnte auch nicht abgesetzt werden. Obwohl der Große Rat ihn gewählt hatte, konnte dieser seine Meinung nicht mehr ändern. Sein Tod wäre der einzige Weg, um ihn durch einen Nachfolger zu ersetzen. In weniger zivilisierten Zeiten hatte das dem Amt des Dämonenkönigs eine interessante Note verliehen. Vor allem, wenn der Große Rat zu dem Schluss kam, dass er einen Fehler gemacht hatte, und versuchte, den regierenden Monarchen zu ermorden.

Andererseits würden Schattenwandler nie ganz zivilisiert sein. Davon war Damien zutiefst überzeugt.

„Worum geht es denn?“, fragte Damien und forderte den König mit seiner beringten Hand auf, sich neben ihn zu stellen. Sie befanden sich in einer hübschen Siedlung in der Gegend von San José; die an perfekt gepflegten Rasenflächen und an sauberen Gehsteigen gelegenen Häuserreihen zu beiden Seiten lagen still und dunkel da.

„Die Bibliothek.“

Wieder kam er direkt auf den Punkt. Das mochte Damien an den Dämonen. Sie spielten keine Spielchen, außer es diente einem bestimmten Zweck.

„Ja. Die Bibliothek. Ich habe es nicht vergessen“, sagte der Prinz. „Was möchtest du gern?“

„Offen gesagt, Gelehrte aus eurem Volk. Wir haben nicht vor, die Geheimnisse der verborgenen Schattenwandlerbibliothek für uns zu behalten. Es ist eine universale Sammlung zahlreicher Geschichten. Wir haben den Ort nicht wieder betreten, seit wir ihn in den Höhlen des Lykanthropenterritoriums entdeckt haben. Auch niemand von Sienas Leuten war dort“, sagte Noah und lächelte ein wenig, als er den Namen der Lykanthropenkönigin erwähnte, die vor Kurzem den Oberbefehlshaber seiner Streitkräfte geheiratet hatte. Elijah, der Captain der Dämonenkrieger, wurde von seinem Herrscher hoch geschätzt.

„Wir … das heißt, Siena und ich, sind zu dem Schluss gekommen, dass es nur fair wäre, euch zu beteiligen, wenn wir unsere Gelehrten hinschicken, um Nachforschungen über die Bedeutung dieses Orts anzustellen. Da keiner von uns diesen Ort je gesehen hat und er sich offensichtlich aus den Sprachen aller Schattenwandler zusammensetzt, sollten auch alle Schattenwandler dabei sein. Gleichberechtigt."

„Das ist wirklich fair von dir. Aber ich muss dir wohl nicht sagen, dass meine Leute nicht gerade Gelehrtentypen sind. Außerhalb unseres politischen Apparats und meines ziemlich kleinen Hofstaats sind wir ein Volk aus lauter Stämmen. Wir leben in kleinen, unabhängigen Gruppen, kümmern uns hauptsächlich um den Lebensunterhalt, gehen Menschenjägern aus dem Weg und", Damien lächelte Noah schamlos an, „sind aus auf sinnliche Genüsse. Wenn wir das nicht finden, interessiert es uns nicht."

Noah musste lachen. Das traf im Grunde auf jede Art Schattenwandler zu, die es gab. Der Dämonenkönig wusste trotzdem, dass die Vampire der Inbegriff dieses Typs waren. Ein gelangweilter Vampir war etwas Beängstigendes. Ein Vampir sorgte für ziemliche Unruhe, wenn er keine Zerstreuung und keine Unterhaltung hatte. Doch Damien hatte seine eigene Art, damit umzugehen. In seinem Alter entglitten ihm die Dinge nicht mehr so leicht, wie das früher manchmal der Fall gewesen war.

Das konnte natürlich etwas damit zu tun haben, dass Damien reifer geworden war und seine Leute nicht mehr in Auseinandersetzungen verwickelte.

„Wenn ich jemanden zu dir schicke, der interessiert ist", sagte Damien langsam, „dann hat er zweifellos ganz persönliche Motive. Vielleicht möchte jemand durch einen Einblick in diese seltsame Bibliothek seine Macht erweitern. Ein Vampir genießt nichts so sehr, wie Macht zu bekommen. Wenn ich jemanden schicke, der nicht interessiert ist, dann wird der Ort zu einem Vampirtreffpunkt und verliert seinen Reiz. Sie wären dir nur im Weg. Nein, es ist besser, wenn du uns auf dem Laufenden hältst. Die Gelehrten der Dämonen und Lykanthropen sind am besten geeignet für eine solche Aufgabe."

„Ich hatte mir schon gedacht, dass du das sagen würdest, aber ich wollte trotzdem fragen. Ich bin überrascht, dass du selbst nicht interessiert bist."

„Ganz im Gegenteil", widersprach Damien. „Ich brenne vor Neugier. Eine gemeinsame Bibliothek mit Büchern in Sprachen so vieler Schattenwandlergruppen ist eine faszinierende Vorstellung. Am spannendsten finde ich die Frage, wie wir es so lange gemeinsam in einem Raum aushalten und uns einen solchen Ort ausdenken und ihn dann auch noch mit all dem füllen konnten, was wir bei der ersten Besichtigung vorgefunden haben. Das ist ein Hinweis auf ungewöhnliche Ereignisse, die so weit zurückliegen müssen, dass selbst wir, die wir schon so lange leben, uns nicht mehr daran erinnern. Es legt den Gedanken nahe, dass wir Schattenwandler vielleicht mehr gemeinsame Wurzeln haben, als wir gedacht hätten. Es gibt uns auch die Möglichkeit, einigen von diesen elitären Puristen, die es in jeder unserer Gattungen zu geben scheint, eins auszuwischen. Das bedeutet Ärger."

„Und ich weiß, wie sehr du Ärger liebst", bemerkte Noah sarkastisch.

„Ich gebe es zu", lachte Damien. „Ich bin sicher, ich werde deine Mitarbeiter hin und wieder herumschnüffeln sehen. Ansonsten werde ich Horatio sagen, er soll an den Treffen teilnehmen. Er wird mir Bericht erstatten."

„Horatio?" Noah musste lachen. „Ein ungewöhnlicher Gelehrter. Diplomaten geben keine guten Wissenschaftler ab. Manchmal sind Geschichte und Fakten zu nüchtern für sie. Und zu parteiisch. Sie lassen die Dinge lieber im Vagen. Für Horatio wäre das Propaganda."

„Trotzdem ist er eine wichtige Verbindung zu deinem Hof. Das erleichtert die Sache. Und dann ist da noch Kelsey. Sie genießt derzeit das Leben an Sienas Hof. Mit diesen beiden, und wenn ich gelegentlich auftauche …"

„Einverstanden", stimmte Noah zu. „Aber sag mir Bescheid, falls du deine Meinung ändern solltest."

„Wohl kaum."

„Ich nehme es zur Kenntnis", sagte Noah. Sie blieben stehen und schüttelten sich erneut die Hand. „Danke, dass du dir die Zeit genommen hast, Damien. Ich hoffe, du kommst zur Eröffnung."

„Wann kommt deine Schwester nieder?"

„In ein oder zwei Monaten. Normalerweise dauert die Schwangerschaft einer Dämonin dreizehn Monate, doch Gideon hat das Gefühl, dass sein Sohn es gar nicht mehr erwarten kann. Das und Magdelegnas Wunsch, die Schwangerschaft endlich hinter sich zu bringen, wird mich bestimmt bald zum Onkel machen."

„Richte ihr meine besten Wünsche aus! Ich freue mich auf Horatios Nachricht über die Geburt."

Noah nickte ihm zu, trat zurück und wurde binnen eines Lidschlags zu einer wabernden Rauchsäule mit den Umrissen des großen, breitschultrigen Mannes, bevor diese Sekunden später zum Himmel aufstieg und in der Dunkelheit verschwand.

Damien folgte dem Entschwinden des Dämonenkönigs für einen Moment mit seinen übrigen Sinnen, bevor er seine Aufmerksamkeit wieder darauf richtete, sich sein Abendessen zu beschaffen.

Syreena schlug mit einem lauten Stöhnen auf, und der Aufprall ihres Körpers und die entweichende Atemluft wirbelten eine Staubwolke auf, die mit dem nächsten Atemzug sofort in ihre Lungen geriet. Sie hustete, spuckte Blut und stützte sich dann auf ihre Hände, um die Person anzuschauen, die sie geschlagen hatte.

Eigentlich musste sie Personen sagen.

Es waren Die Drei.

Und sie hatte sie mächtig geärgert.

„Steh auf, Kind!", befahl ihr die Gestalt in der Mitte.

Sie tat es, indem sie ihre schlanken Beine unter den Körper zog, um vom schmutzigen Fußboden aufzuspringen, und warf ihr Haar zurück, ein Gewirr aus Metallgrau und Hellbraun, bevor es auf jeder Seite in einer Farbe herabfiel. Auf der einen Seite war das Haar glatt, auf der anderen Seite sah es aus wie ein federartiges Tuch. Syreenas Augen blitzten vor Zorn. Von den Augen war ebenfalls eines grau und eines braun, und sie lagen verwirrenderweise genau umgekehrt zur Haarfarbe. Dieser Harlekineffekt war immer ein wenig unheimlich, doch wenn sie wütend war, besaß er etwas geradezu Verstörendes.

„Ich bin kein Kind mehr", fauchte sie, um der Angst Herr zu werden, welche Die Drei ihr von klein auf eingeflößt hatten. „Ich werde mich für das, was ich getan habe, niemals entschuldigen, selbst wenn ihr mich zu Brei schlagt. Also solltet ihr euch vielleicht damit abfinden."

„Deine Aufmüpfigkeit ist unerträglich, Syreena. So bist du nicht erzogen worden."

„Ich weiß, wie ich erzogen worden bin", fauchte sie, spuckte aus und wischte sich mit der Hand über den Mund. „Ich bin dem Orden The Pride nicht mehr verpflichtet, Silas, schon seit fünfzehn Jahren nicht mehr. Wie du dich vielleicht erinnern kannst, ihr habt mich ausgemustert und mich hinausgeworfen und an den Hof der Lykanthropen geschickt, damit ich meiner Schwester diene."

„Du bist nicht ausgemustert worden, Syreena. Du bist neu zugeteilt worden. Die Mönche von The Pride unterhalten immer und überall in der Welt zweiseitige Beziehungen. Warum sollte es bei dir nur das eine oder das andere sein. Du bist eine Klosterfrau, *und* du bist die Beraterin der Königin."

„Und ich bin eine Prinzessin", erinnerte sie Die Drei. „Ein Mitglied der königlichen Familie. Obwohl sich meine Schwester eurer Weisheit und euren Anweisungen beugt, herrscht sie über euch genauso wie über jedes andere Mitglied des Lykanthropenvolks. Über diese Macht verfüge ich nun ebenfalls. Du hast mir gesagt, dass es an der Zeit ist, meinen Königsmantel anzulegen, und nun willst du mich dafür bestrafen!"

„Wir bestrafen dich", erwiderte die linke Gestalt scharf, „weil du einen deiner Brüder grundlos angegriffen hast."

„Dieser aufgeblasene Dummkopf hat das Überleben meiner Schwester infrage gestellt. Sie ist von der Sonne so übel vergiftet worden und hat nach Luft gerungen, als würde sie jeden Augenblick ersticken, und er beschimpft sie, macht ihre Friedensbemühungen schlecht, für die sie bereit war, ihr Leben zu opfern! Ich würde es wieder tun, wenn irgendjemand …"

„Niemand legt Hand an ein Mitglied von The Pride!", blaffte Silas, und in seiner äußerlichen Ruhe zeigten sich zum ersten Mal Anzeichen von Ärger, seit der Streit begonnen hatte.

„Oh, du meinst, so wie du nicht Hand an mich gelegt hast?", gab sie zurück. „Tu, was ich sage, und nicht, was ich tue? Das hat vielleicht funktioniert, als ich noch ein Kind war, aber jetzt bin ich erwachsen. Eine gut ausgebildete Erwachsene – ich danke dir, dein Training war gut für mich. Ich warne dich, Silas, wenn du noch einmal die Hand gegen mich erhebst, dann wirst du erleben, was ich all die Jahre während meines Unterrichts unter Kontrolle gehalten habe, so wie Konini und Hendor es erlebt haben, als sie meine Familie so respektlos verunglimpft haben. Diesmal wirst du mich nicht daran hindern. Nie wieder! Die Zeiten sind vorbei."

Das war keine leere Drohung der Prinzessin. Silas war sich wohl bewusst, wozu sie imstande war, doch gleichzeitig hatte er keine Ahnung, wozu sie *wirklich* fähig war. Niemand außer Syreena selbst wusste das, unabhängig davon, dass sie das letzte Jahrhundert unter der Vormundschaft der besten Köpfe von The Pride gestanden hatte.

Syreena wich in ihrer Art von den gewöhnlichen Lykanthropen ab. Das Heilmittel gegen eine Kinderkrankheit hatte sie schrecklich entstellt. Sobald sie in die Pubertät gekommen war, hatte sie sich in eine Lykanthropin verwandelt, die ihresgleichen suchte.

Jeder Lykanthrop konnte drei Erscheinungsformen annehmen. Die menschliche, die desjenigen Tiers, das er im Blut hatte, und eine menschenähnliche Verbindung aus diesen beiden, genannt Werform.

Syreena hatte zwei weitere Erscheinungsformen dazubekommen, eine Abspaltung, die die eigentliche Form und die Werform eines zusätzlichen Tiers angenommen hatte.

Das räumte ihr eine Sonderstellung ein. Niemand wusste wirklich, wo die Grenzen ihrer Fähigkeiten waren. Niemand außer ihr selbst. Und auch wenn es die anderen neugierig machte, ja sogar reizte, wagte es doch keiner, sie an ihre Grenzen zu bringen.

Daher überraschte es Syreena nicht, dass Die Drei einlenkten, obwohl sie die gefürchtetsten und mächtigsten Mönche von The Pride waren. Dies geschah, indem sich Silas unter missbilligendem Schweigen auf dem Absatz umdrehte und, die beiden anderen im Schlepptau, den Bußraum verließ.

Syreena stieß frustriert die Luft aus. Sie galt nicht als aufbrausend, was aber nicht bedeutete, dass sie es nicht sein konnte. Tatsächlich hatte sie ein temperamentvolles Gemüt. Nur durch ihren Unterricht und durch Meditation war es ihr gelungen, der berüchtigten kriegerischen Neigung der Königsfamilie Einhalt zu gebieten. Der Gerechtigkeit halber muss gesagt werden, dass es ihrer Schwester ebenfalls gelungen war. Siena war sogar als Friedenswächterin bekannt. Verständlicherweise gab es zwischen Sienas Politik und ihrer Persönlichkeit einen Unterschied. Das zeigte sich daran, dass sie einen geborenen Krieger zum Mann genommen hatte.

Syreena blieb im Verlies des Schlosses und ging auf und ab, um etwas von ihren aufgestauten Gefühlen abzubauen. Dieser Versuch, ihr Zügel anzulegen, war im Grunde nicht ganz unerwartet gekommen. Nachdem sie die beiden Mönche, die sich ihren und den Wünschen ihrer Schwester widersetzt hatten, beinahe erdrosselt hätte, hatte sie damit rechnen müssen. Jeder, der ein Mitglied von The Pride bedrohte, auch Siena selbst, wurde dafür bestraft.

Das hieß nicht, dass Siena diese Strafe akzeptieren oder zulassen musste. Natürlich hätte sie nicht zugelassen, dass Silas sie schlug, falls er so verrückt gewesen wäre, es zu versuchen. Doch Syreena war für ihn nur so lange die jüngere Prinzessin und Thronerbin, bis Siena das erste Kind gebar. Und obwohl sie deswegen Gift und Galle spuckte, brachten sie ihr nicht dieselbe Anerkennung oder Wertschätzung entgegen.

Es schien sie nicht einmal zu interessieren, dass Syreena selbst eines Tages eine von Den Dreien werden konnte.

Und obwohl sie es sich nie anmerken ließ, setzte ihr das ziemlich zu.

Sie murmelte einen Fluch und warf ihr Haar seitlich über den Kopf, sodass nur noch die braune Seite zu sehen war. Sie zuckte kurz mit dem Kopf und mit dem Körper, und in Sekundenbruchteilen verwandelten sich die Haare in Federn, ihre Kleider fielen zu Boden, und ein Wanderfalke kam daraus hervorgeflogen.

Syreena flog durch die verriegelten Kerkerverliese, bis sie auf Höhe des Erdgeschosses war. Dann schwebte sie rasch durch eine Öffnung und hatte ihr Gefängnis innerhalb von Minuten verlassen.

Siena wandte den Kopf, als das Geräusch schlagender Flügel an ihr Ohr drang. Aus den Augenwinkeln sah sie, wie der vertraute Falke in das Zimmer hereinschoss, das sie zum Beten nutzte, und sich augenblicklich verwandelte, sodass die Prinzessin auf Füßen statt auf Klauen landete. Die Königin der Lykanthropen erhob sich aus ihrer knienden Haltung und strich sich das dünne Kleid zurecht.

Syreena stand in ihrer menschlichen Gestalt nackt vor ihr und betrachtete ihre Schwester, deren lange goldene Locken die Konturen ihres üppigen Körpers besser versteckten als der Fetzen Stoff, den sie als Kleid trug. Nacktheit bedeutete ihnen und auch den anderen aus ihrer Gattung nichts. Ein Lykanthrop konnte in eng anliegender Kleidung seine Gestalt nicht wandeln, also trugen sie wenig oder gar nichts. Was sie trugen, konnte entweder direkt vor oder während der Verwandlung abgelegt werden.

„Wie ist es gelaufen?“

Syreena hatte Siena nicht erzählt, dass The Pride sie zu sich gerufen hatten, doch es überraschte sie nicht, dass ihre Schwester es herausgefunden hatte. Immerhin war sie die Königin.

„Sagen wir mal, ich werde nicht so bald zum Tee eingeladen“, antwortete Syreena schlagfertig und schenkte Siena ein kleines Lächeln.

Die beiden Schwestern hätten unterschiedlicher nicht sein können, zumindest was ihre äußere Erscheinung betraf. Während Siena groß und üppig gebaut war wie eine Amazone, war

Syreena klein und gertenschlank. Während Siena goldenes Haar und eine goldene Haut hatte und von verführerischer Schönheit war, sah Syreena mit ihrem zweifarbigen Haar und den entgegengesetzten Augenfarben eher aus wie eine gescheckte Katze. Siena lebte inmitten der ganzen Hofintrigen, und es stand ihr frei, sich mit anderen Schattenwandlerarten zu paaren. Syreena war ganz abgeschieden im Kloster aufgewachsen, nachdem man erkannt hatte, wie anders sie war.

Nicht, dass sie gemieden oder ausgestoßen worden wäre. Eher im Gegenteil. Sie wurde überbehütet. Lykanthropen liebten besondere Mutationen, vor allem so mächtige, wie sie es war. Sie war nicht nur wegen des Trainings und der Erziehung zu The Pride geschickt worden, sondern auch, damit sie vor denjenigen geschützt war, die sie dazu benutzen würden, ihre Macht zu vergrößern. Genauer gesagt, um sich des Throns zu bemächtigen, auf dem ihr Vater bis vor fünfzehn Jahren gesessen und den Siena nach dessen Tod bestiegen hatte. Noch am selben Tag hatte Siena verlangt, dass Syreena zurückgeholt wurde, und sie so aus ihrem behüteten Leben gerissen, damit sie ihren Platz als Thronerbin einnahm und ihr erlerntes Wissen als Diplomatin und als Sienas Beraterin einbrachte.

Sie waren sich vollkommen fremd gewesen, als die Prinzessin nach Hause gekommen war, auch wenn sie während der ganzen Jahre, die sie getrennt gewesen waren, in ständigem Briefwechsels gestanden hatten. Obwohl sich Syreena am Anfang wie eine Außenseiterin gefühlt hatte, schien Siena nur einen mentalen Schalter umzulegen und wurde sogleich zu einer liebenden und zugewandten älteren Schwester.

Es war Syreena leichtgefallen, sie zu lieben, und das verwirrte sie noch immer. Obwohl die Mönche für sie gesorgt hatten, waren sie nicht gerade für ihre überbordenden Gefühlsäußerungen bekannt. Sie hatte nicht gewusst, dass sie wirklich lieben konnte, bis Siena sie so schnell ins Herz geschlossen hatte.

„Ich hoffe, sie sind nicht allzu grob mit dir umgesprungen", sagte Siena besorgt und ging in die Hocke, um den Weihrauch zu löschen, den sie für das Gebet entzündet hatte.

„Wenn du meine geplatzte Lippe meinst, dann sei unbesorgt." Syreena berührte die geschwollene Stelle und zuckte nüchtern mit den Schultern. „Es ist ein bisschen empfindlich, wenn starker Wind oder Thermik herrscht, aber ansonsten tut es nicht weh."

„Mir gefällt die Vorstellung nicht, dass jemand dich schlägt", antwortete Siena und kam näher, um den ansonsten unversehrten Körper ihrer Schwester kurz zu betrachten. „Du verdienst den gleichen Respekt, den sie mir erweisen."

„Ich habe sie daran erinnert." Syreena kicherte, und ihre Harlekinaugen blitzten schelmisch. „Wenn Die Drei Shorts unter ihren Kleidern getragen haben, dann kannst du davon ausgehen, dass sie im Moment in einer ganz schön heiklen Lage sind."

Bei der Bemerkung lachte Siena laut auf. Syreena war eine so brave Schülerin und voller Ehrerbietung gegenüber ihren Lehrern und den Lektionen, die sie im Kloster gelernt hatte, dass dies eine seltene Respektlosigkeit war.

„Also, dann wage ich es ja kaum, dich um einen Gefallen zu bitten."

Es war nicht Sienas Art, um den heißen Brei herumzureden, und Syreena verengte ihre verschiedenfarbigen Augen. „Mach schon!", sagte sie.

„Ich möchte, dass du dich den Gelehrten anschließt, die in die Bibliothek gehen. Die meisten sind natürlich Mönche von The Pride. Aber da du sowohl im Kloster bist als auch am Hof, bist du am besten geeignet, die Kluft zwischen den verschiedenen Interessen zu überbrücken. Du respektierst die Forschung und die religiösen Traditionen, die The Pride so gefallen, und du wirst das mit meinen Interessen in Einklang bringen, die dir, wie ich weiß, am Herzen liegen."

„Nichts leichter als das", sagte Syreena trocken und rollte dramatisch die Augen.

„Ich fürchte, leicht ist gar nichts, was auch nur im Entferntesten mit der Bibliothek der Schattenwandler zu tun hat", bemerkte die Königin mit gerunzelter Stirn. „Es gibt da noch einen Grund, warum ich dich schicke."

„Ich nehme an, der hat damit zu tun, dass ich dazu in der Lage bin, einen Kampf zu gewinnen", sagte Syreena.

„Jeder Mönch von The Pride kann kämpfen, wie ich weiß, obwohl sie das nur tun, um sich zu schützen und um ihre Interessen zu verteidigen. Es geht mir nicht darum, sie zu beschützen; das könnt ihr alle selbst. Ich berücksichtige auch die Tatsache, dass du persönlich viel eher Pazifistin bist als Kriegerin. So viel habe ich in den letzten fünfzehn Jahren über dich gelernt. Abgesehen natürlich von dem Zwischenfall meinetwegen, der unlängst passiert ist."

„Natürlich", stimmte Syreena zu und lächelte ihre Schwester boshaft an.

„Trotzdem muss ich berücksichtigen, dass wir gezwungen waren, ein Lager von Geisterbeschwörern, Jägern und abtrünnigen Dämonen zu zerstören, das etwas über dreißig Meter von der Höhle entfernt war, in der sich die Bibliothek befindet. Hinzu kommt noch, dass sich die Bibliothek auf unserem Territorium befindet und wir weitere Schattenwandler zu diesem Forschungsprojekt hinzuziehen werden. Ich brauche jemanden, der zumindest einen gewissen Einfluss auf andere Schattenwandler hat, der sich um ihre Sicherheit und ihr Wohlbefinden kümmert. Ich kann keine Soldaten dorthin schicken. Nicht, wenn es sich um Dämonen handelt. Der Frieden zwischen Dämonen und Lykanthropen ist noch viel zu jung nach so vielen Jahrhunderten, in denen wir im Krieg lagen, und wir Schattenwandler haben normalerweise ein Elefantengedächtnis. Selbst wenn es sich bei den Dämonen um Gelehrte handelt, ist die Gefahr zu groß, dass wieder ein Krieg ausbricht.

Es gibt also keine Möglichkeit, in Erfahrung zu bringen, welche Informationen in der Bibliothek aufbewahrt werden. Es könnten Dinge zum Vorschein kommen, die einen Gelehrtenstreit auslösen, der tödlich enden könnte. Es gibt zu viele Unbekannte und unberechenbare Faktoren. Du bist die Einzige, von der ich weiß, dass sie die Kraft hat und natürlich die Furchtlosigkeit, die es braucht, um allen Seiten die Stirn zu bieten. Du hast keine Angst vor The Pride, was dich einzigartig macht. Ich gebe es zu, auch wenn ich diesen Mut nicht uneingeschränkt gutheißen kann. Du bist nicht eingenommen gegen die Dämonen, und du bist dir meines Wunsches, den Frieden zu bewahren, voll und ganz bewusst. Du hast meine politischen Bestrebungen stets mitgetragen. Und du hast keine Angst vor den Dämonen."

„Was ich sagen will", fuhr sie nach einer Atempause fort, „ist, dass du nach mir am besten geeignet bist dafür. Ich vertraue dir, und ich brauche dich dort."

„Ich verstehe", sagte Syreena lächelnd. „Ich bin Prinzessin an diesem Hof, aber ich bin die Königin zwischen allen Stühlen."

„Das klingt so, als wäre deine Fähigkeit, dich um eine komplizierte Situation zu kümmern, eine schlechte Sache", erwiderte Siena und trat näher und musterte Syreenas Miene nachdenklich. „Ich finde, das ist sehr wertvoll."

„Ja, ich weiß", stimmte Syreena leise zu.

Was Siena nicht erkannte, war, dass dies für alle zutraf. Alle fanden das sehr wertvoll an Syreena, und alle beneideten sie um diese zwei Seiten in ihrem Wesen. Das Problem war, das in Einklang zu bringen. Nicht mit Siena, weil Siena sich um sie kümmern und sie auch dann noch achten würde, wenn sie zwanzig Köpfe und Persönlichkeiten hätte. Denn niemand, auch die Königin nicht, betrachtete Syreena als Einzelwesen. Sie genossen die eine oder die andere Seite an ihr, aber nie beide zusammen.

Der Hof ergötzte sich an ihrer geheimnisvollen Art. The Pride nutzte die Tatsache aus, dass der Orden ihre unnachahmlichen Talente gemeinsam mit ihr entdeckt hatte. Die Mönche wollten sie zu Unterwürfigkeit erziehen; die Öffentlichkeit wollte sie verheiratet und mit Nachwuchs sehen.

Sogar Siena sah sich gezwungen, sie in eine Schublade zu stecken. Nur dass die Schublade größer war als die meisten anderen und dass sie auch für Unvorhergesehenes Platz hatte. Syreena wurde von allen im Lykanthropenvolk bewundert, so wie ein gefangenes Wildpferd von Menschen bewundert wurde. Intelligent, ja. Sogar ein wenig gefährlich. Ein Wesen voller Kraft und Schönheit, das zugeritten und wegen seines Stammbaums und seiner Überlegenheit gezüchtet wurde. Das pflichtschuldig den Interessen der anderen diente und das niemals die Gelegenheit bekam, seinen eigenen Weg zu gehen.

Sofern sie überhaupt einen eigenen Weg hatte.

Und Syreena wusste tatsächlich nicht, wo ihr Weg hinführen sollte. Sie wusste nicht, ob sie ein einziges Wesen war oder ob sie nur aus zwei Hälften bestand.

„Syreena?“

„Hmm?“ Sie blickte auf und merkte, dass sie so in Gedanken versunken gewesen war, dass sie ihrer Schwester nicht mehr zugehört hatte.

„Tut mir leid, was hast du gesagt?“

„Ich habe gefragt, ob etwas dir Sorgen macht", sagte Siena. Sie hatte das Stirnrunzeln und die Verwirrung in den harlekinartigen Zügen ihrer Schwester bemerkt.

„Nichts Außergewöhnliches", wehrte diese ab, und es war, als würde sie mit dem Zurückwerfen ihres Haars ihre Gedanken verscheuchen wollen.

Doch Siena ließ sich nicht täuschen. Lykanthropenhaar war ein lebendiger Körperteil, der durchblutet war und beweglich und von Nervensträngen durchzogen. Syreenas Kopfbewegung entsprach dem Aneinanderreiben der Hände, wenn man die Kälte vertreiben wollte.

„Dann erzähl mir das Gewöhnliche", forderte Siena sie sanft auf, fasste sie am Arm und führte sie weiter in das Höhlenschloss hinein.

„Ich habe mich nur gefragt, ob ich der Aufgabe gewachsen bin, die du mir übertragen willst", log Syreena. „Du schickst mich sehenden Auges in möglicherweise unruhiges Fahrwasser. Ich bin es eher gewöhnt, solche Konfliktsituationen zu vermeiden. Und ich bin besser dazu geeignet, dir Ratschläge zu geben, damit du selbst oder andere den Konflikt austragen." Siena lachte, während Syreena unsicher grinste. „Vielleicht tut es mir ja gut", sagte Syreena ein wenig fröhlicher. „Es dämpft vielleicht meine Bereitschaft, andere den Wölfen zum Fraß vorzuwerfen."

„So spricht ein wahrer Philosoph, stets hungrig nach neuen Erkenntnissen." Siena schwieg einen Moment, während sie zu Syreenas Gemächern abbogen. „Bist du glücklich, Schwesterherz?"

Syreena blieb stehen und sah die Königin überrascht an. „Natürlich bin ich das. Zweifelst du daran, dass ich mich am Hof eingewöhnt habe?"

„Nein. Es hat eine Weile gedauert, aber du bist dem Hofleben und der Verantwortung ziemlich gut gewachsen. Aber das habe ich nicht gefragt. Ich will wissen, ob du glücklich bist … du. Tief drinnen."

Syreena lächelte Siena an, hakte sich unter und zog sie weiter.

„Ich bin nicht so glücklich wie du", spottete sie. „Ich habe keinen gut aussehenden Ehemann, der mich jede Nacht beglückt und auch am Morgen, wie man mir erzählt hat."

Siena warf den Kopf zurück und lachte vergnügt, auch wenn sie leicht errötete.

„Verdammt, manchmal hasse ich es, Königin zu sein! Ich kann nicht mal zur Toilette gehen, ohne dass jemand es zur Kenntnis nimmt." Verlegen zupfte sie an ihren goldenen Locken. „Ich glaube, meine Dienstboten berechnen schon meinen Zyklus in Erwartung eines Erben."

„Sollte ich das auch tun?", fragte Syreena schelmisch.

„Nein" kicherte Siena. „Also bitte. Ich halte mich von Elijah fern, wenn die fruchtbaren Tage kommen. Ein paar Jahre auf jeden Fall."

„Ha! Das will ich sehen. Elijah scheint mir nicht einer zu sein, der zwei Wochen lang auf eine schwer erkämpfte Trophäe verzichten würde, auch wenn es nur zweimal im Jahr ist. Und du hast als Ehefrau noch nie eine fruchtbare Phase durchlebt. Es ist ja schon schwer genug, sich vom anderen Geschlecht fernzuhalten, wenn man keinen Partner hat. Aber ich habe gehört, mit einem soll es fast unerträglich sein."

„Und trotzdem bin ich entschlossen, es durchzuhalten. Elijah und ich müssen uns erst aneinander gewöhnen, bevor wir Kinder in die Schlacht schicken."

„Wie sehr meine Frau es doch liebt, alles als Krieg zu betrachten."

Siena und Syreena blieben unvermittelt stehen, als ihnen die spöttische Bemerkung mit einer plötzlichen Brise entgegentönte. Mit einem Lidschlag verwandelte sich der Dämonenkrieger von Wind in Fleisch und Blut und stand mit der Selbstsicherheit eines übermütigen, kraftvollen Wesens vor ihnen. Er war ein Riese von einem Mann, genauso blond wie Syreenas Schwester und muskelbepackt wie ein geborener Krieger. Er trug verwaschene Jeans und ein langärmeliges Seidenhemd in dunklem Türkis. Seine leuchtend grünen Augen glitten frech und voller Bewunderung über die Rundungen seiner Frau.

Syreena war diejenige, die nackt dastand, doch sie bemerkte, dass für Elijah ihre Schwester die Einzige war, die unbekleidet vor ihm stand.

„Hallo", grüßte er Siena sanft, und sein weicher Tonfall nahm zehn Pfund Panzerung von seiner eindrucksvollen Gestalt.

Siena erwiderte den Gruß wortlos. Sie ließ ihre Schwester los und sank bereitwillig in Elijahs offene Arme. Er zog die Königin an sich, und sie sah jetzt viel kleiner und zerbrechlicher aus. Es war ein beeindruckendes Bild. Es war zwar kaum zu glauben nach dem, was sie von den beiden wusste, doch sie gingen ganz friedlich miteinander um.

Das bedeutete, dass sie schnell einen gemeinsamen Rhythmus gefunden hatten, sodass sie ihre Energien miteinander verschmelzen konnten. Ein machtvolles, flüchtiges Ineinanderfließen und potenziell gefährlich, doch ein Zusammenspiel der Bewegungen an sich. Sie waren der Ausdruck schlechthin für das, was die Dämonen Prägung nannten und was Menschen als Seelenverwandte bezeichneten. Ein perfektes Paar. Ein Zusammentreffen von Lebenskräften, welche die Grenzen des Körpers überschritten.

Syreena konnte nicht umhin, sie zu beneiden. Sie freute sich für sie, aber sie war auch eifersüchtig, sie konnte nichts dagegen tun. Siena hatte nie den Hang gehabt, sich zähmen zu lassen. Das Gegenteil war der Fall. Bis zum Tag der Hochzeit hatte sie geschworen, dass sie nie heiraten würde, sie hatte sich geweigert, ihre Gefühle zu zeigen und den Thron dem Einfluss eines Mannes zu überlassen. Syreena wusste, dass dieses Verhalten daher kam, weil sie von einem irrationalen und blutrünstigen Krieger wie ihrem Vater aufgezogen worden war. Die Königin hatte nicht die Fehler ihrer Mutter wiederholen wollen, indem sie eine Ehe einging.

Hingegen hatte Syreena in ihren Briefen an die Schwester immer ihren Wunsch nach einem behaglichen Zuhause, nach einem liebenden Ehemann und nach Kindern geäußert. Mitgliedern des Königshauses der Lykanthropen war nur ein Ehepartner erlaubt; für sie kam nur dieses eine Wesen infrage, das irgendwo da draußen in der Welt für sie bestimmt war. Sobald sie sich einmal entschieden hatten, war das so viel wie ein lebenslanges Ehegelöbnis. Es galt als einzigartiger Bund, der für alle Zeit geschlossen wurde.

Und Syreena sehnte sich von ganzem Herzen danach.

„Nun, auch wenn ihr zwei eine telepathische Verbindung habt, bin ich sicher, dass ihr nach Elijahs Aufenthalt an Noahs Hof in den letzten zwei Tagen etwas nachzuholen habt. Also lasse ich euch allein."

Syreena zog sich eilig zurück, dankbar, dass sie ganz in der Nähe ihrer Gemächer waren. Sie verschwand darin, bevor einer der beiden protestieren konnte.

„Verdammt", murmelte Siena.

„Was ist?", fragte Elijah, nahm ihr Gesicht in seine Hände und bog ihren Kopf zurück, damit er ihr in die Augen schauen und ihre Gedanken lesen konnte.

„Ach, nichts" versicherte sie ihm. „Ich habe nur eben festgestellt, dass sie mir eine Frage nicht beantwortet hat. Aber das wird sie schon noch … später."

Elijah grinste breit, als er sich ausmalte, was sie in der Zwischenzeit tun könnten.

„Jemand hat mich vermisst", scherzte er.

„Jemand hat *mich* vermisst", erwiderte sie, während seine Hände besitzergreifend über ihren Rücken glitten und sie noch näher an sein Herz zogen.

2

Damien kam nach der Jagd nach Hause, glitt über die Mauer des Grundstücks und landete auf dem Balkon im dritten Stock. Der Balkon führte zu einer hell erleuchteten Bibliothek, und er ging hinein, neugierig zu sehen, wer ihn in der Zeit unterboten hatte, die er gebraucht hatte, um zu jagen und um in das Anwesen nach Santa Barbara zurückzukehren.

Er ging um die Regale herum zu einer gemütlichen Sitzecke mehrere Stufen tiefer in der Mitte des Raumes. Den Fuß untergeschlagen und mit einem offenen Buch im Schoß saß Jasmine in einem bequemen Sessel. Sie war in fünfhundert Jahren um keinen Tag gealtert, ihre Haut war noch immer makellos, ihr schwarzes Haar glänzte, und die dunklen Augen waren voller rätselhafter Gedanken. Sie war das Wesen, dessen er nie überdrüssig wurde, so viel er es auch versuchte.

Das heißt, sie war das einzige überlebende Wesen.

Jasmine war eine der besten Jägerinnen seines Gefolges, also überraschte es ihn nicht, dass sie die Jagd vor ihm beendet hatte und als Erste zurückgekommen war, obwohl sich ihr Jagdrevier in Südkalifornien befand.

Doch ein Blick genügte, und er wusste, dass sie nicht auf der Jagd gewesen war. Ihr Körper war kühl und nicht warm von frischem Blut. Trotzdem machte sie den Eindruck, als fühle sie sich wohl mit ihrem Buch und habe nicht vor, so bald auszugehen.

„Jasmine?“

Sie blickte auf, sie wusste sehr wohl schon lange, bevor er über die Mauern des Anwesens geklettert war, dass er wieder zurück war. Seine Anwesenheit blieb nicht einmal einem Vampir mit nur mittelmäßigen Fähigkeiten verborgen. Und da ihre Fähigkeiten überragend waren, nahm sie ihn schon wahr, wenn er in die Gegend kam, auch wenn sie da nicht ganz sicher wusste, um wen es sich handelte.

„Warum warst du nicht unterwegs?"

Sie klappte das Buch zu, ohne die Seite zu markieren. „Bist du auf einmal mein Aufpasser, Damien?"

„Nicht auf einmal. Du bist lange genug in meinem Gefolge, um zu wissen, dass ich jedermanns Aufpasser bin." Er ging leichten Schrittes hinunter, schob einen Stapel Bücher auf dem Tisch vor ihr beiseite, damit er sich vor sie hinsetzen konnte. „Du bist wieder melancholisch", stellte er fest.

„Nennt man das heutzutage nicht Depression?"

Er ließ sich nicht ins Wanken bringen durch ihre schlagfertige Antwort. Er runzelte ein wenig die Stirn. „Wir sind keine Menschen, Jasmine. Wir waren es nie, und wir werden es nie sein. Menschliche Begriffe sind auf uns nicht so recht anwendbar."

„Wahrscheinlich nicht", stimmte sie zu. „Und ich bin auch weder melancholisch noch gelangweilt", fügte sie rasch hinzu, als eine seiner dunklen Augenbrauen sich fragend hob. „Keine Sorge. Ich mache keine Dummheiten, nur um mich zu zerstreuen."

„Dann erklär mir, warum du so launisch bist."

„Ich glaube, ich bin von Geburt an so", erwiderte sie und beugte sich ein wenig vor, wobei ihr schwarzes Haar über ihre Schultern glitt. „Hast du mich jemals nicht launisch erlebt?"

„Deine Launen sind eine Sache … aber dann gibt es noch das hier. Ich kenne dich, wie du selbst sagst. Du lässt dich gehen, du verfällst in Kältestarre, und dann sehe ich dich ein ganzes Jahrhundert lang nicht mehr."

Jasmine musste lächeln. Er kannte sie wirklich ganz genau. Der Prinz war ihr ältester Freund, eigentlich sogar ihr Mentor. Sie waren gemeinsam mühelos durch mehrere Jahrhunderte gekommen, hatten überlebt, wo ihren Begleitern das nicht gelungen war. Es müsste sie eher überraschen, wenn er sie *nicht* kennen würde.

„Da wäre ich nicht die Erste. Und du hältst keinen, der von der gegenwärtigen Welt enttäuscht ist und beschließt, sich eine Zeit lang zurückzuziehen, davon ab. Warum bist du dann so besorgt um mich? Warum belästigst du mich damit?"

„Weil ich dich vermissen werde, wenn du mich verlässt, Jasmine. Muss ich dir das wirklich sagen?"

„Vielleicht. Es ist schön, das zu hören." Die schlanke Schönheit streckte die Hand aus und strich mit ihren langen Fingernägeln zärtlich über sein Gesicht. „Es geht mir gut", versicherte sie ihm mit einem Seufzer. „Vielleicht brauche ich eine Beschäftigung. Ich weiß es nicht."

Plötzlich lächelte Damien, und seine ernsten, im Grunde alterslosen Züge veränderten sich so, dass er um Jahre jünger aussah.

„Ich glaube, ich habe da etwas für dich", sagte er zu ihr.

Schritte hallten durch die Höhlengänge, die zu der erst vor Kurzem entdeckten verborgenen Bibliothek führten, als Syreena sich dem Eingang näherte. Die Fallen waren entfernt und die Schlösser bis auf Weiteres abmontiert worden. Der Stein, der die geheimnisvolle Bibliothek geschützt hatte, war beiseitegeschoben worden, als Gelehrte der verschiedenen Schattenwandlerarten die verlassenen Bücherwände zum ersten Mal mit ihrer Anwesenheit beehrt hatten.

Sie blieb einen Moment lang am Eingang stehen und nahm

den Anblick des bemerkenswerten Saals in sich auf. Der Geruch nach Schimmel und Moder war schwächer geworden, wie sie sofort wahrnahm. Da man den Höhleneingang offen gelassen hatte, war frische Luft hineingezogen. Es war eine Erleichterung für ihre und wahrscheinlich auch für die Sinne der anderen Schattenwandler.

Sie machte einen Schritt hinein und trat vom Steinboden auf einen dünnen, aufwendig gewebten Teppich. Obwohl er über die Jahrhunderte schmutzig geworden war und obwohl Wasser durch die Versiegelung eingedrungen war, welche die Bibliothek schützen sollte, war die Handwerkskunst der in Rot und Gold gewobenen Brücke erhalten geblieben.

Gleich auf der linken und auf der rechten Seite standen die ersten Bücherregale. Nicht ein Zentimeter Wand war ungenutzt geblieben. Die Regale waren entweder direkt aus dem Stein herausgehauen oder aus Holz gefertigt und an den Wänden befestigt worden und zogen sich vom Fußboden bis zur Decke. Die Regale waren vollgestellt mit unterschiedlich großen und unterschiedlich dicken Büchern. Anfangs konnte Syreena nur ungefähr jeden zehnten Titel lesen. Das war ungewöhnlich, weil sie mehrere Sprachen sprechen und schreiben konnte, sowohl von Menschen als auch von Schattenwandlern.

Der Hauptgang war so groß, dass in der Mitte des roten Läufers eine Reihe von Tischen hineinpasste, während die Bücher auf beiden Seiten leicht zugänglich in den Wandregalen standen. Jemand hatte bereits mehrere Petroleumleuchten und Öllampen angezündet und sie in ausreichendem Abstand aufgestellt. Fackeln, die an verschiedenen Stellen von der Wand in den Raum ragten, waren ebenfalls angezündet worden und brannten hell. Fast zu hell. Syreena spürte die Hitze in ihren Augen.

Bis hierhin hatte sie die Bibliothek bereits gesehen. Als sie

sie zum ersten Mal besucht hatten, hatten sie sich mit anderen Dingen herumschlagen müssen und sie nicht erforschen können. Anya, die Generalin der königlichen Elitegarde, war als Einzige zurückgegangen und hatte alles untersucht, als Sicherheitsmaßnahme für den Fall, dass noch Fallen und dergleichen aufgestellt waren.

Zwei Mönche und ein Dämon waren bereits im Raum. Syreena war überzeugt davon, dass sich noch mehr in den Bereichen des Saals befanden, die man nicht einsehen konnte. Sie nahm an, dass sie gerade irgendwo anfingen und sich die ersten Bücher geholt hatten. Soweit sie wusste, konnte niemand die Zeichen lesen, die in die Wand oberhalb der Regale eingemeißelt waren und die zweifelsohne Symbole für die Archivierung darstellten.

Wahrscheinlich mussten sie einen Bibliothekar ernennen, dachte sie. Jemanden, der das Projekt koordinierte und die Arbeit überwachte. Jemanden, der die Bände zählte und der dafür verantwortlich war, dass sie vollständig blieben. Jemanden, der sich um die notwendigen Reparaturen in der Höhle kümmerte, damit das Wasser nicht durchsickern konnte und noch mehr Bände vernichtete, als es ohnehin schon zerstört hatte.

Doch auch wenn die Schattenwandler sich darauf einigen könnten, die Ergebnisse auszutauschen, würde sie ihr Geld verwetten, dass sie es nicht schafften, sich über die Aufteilung der Bibliothek zu einigen. Trotzdem würde sie Siena den Vorschlag unterbreiten. Die Bibliothek befand sich schließlich auf ihrem Territorium. Wenn sie jemanden ernannten, ohne überhaupt zu fragen, ob sie das durften, würde es als die Regel akzeptiert und fraglos hingenommen werden.

Syreenas Überlegungen wurden unterbrochen, als eine Schattenwandlerin, die sie nicht gleich erkannte, ihre Aufmerksamkeit erregte. Sie war klein, kaum größer als einen Meter fünfzig, und obwohl sie ziemlich hübsch war, machte sie einen sehr unsicheren Eindruck. Sie schlich an den Regalen entlang, als wollte sie die Tatsache ausblenden, dass noch jemand anders da war.

Sie war kein Dämon. Dämonen waren in der Regel groß und gebräunt und auf eine robuste Art hübsch, und auch wenn dieses kleine Ding sehr schön war, sah es doch zart und beinahe zerbrechlich aus. Es war weder eine Lykanthropin noch ein Vampir. Lykanthropen konnten ihre Brüder stets spüren, und Vampire hatten keine nennenswerte Zirkulation. Zumindest nicht mehr ab einem bestimmten Alter. Syreenas Sinne nahmen deutlich einen schnellen, schwachen Herzschlag und einen kraftvollen Blutkreislauf wahr.

Wer außer ihnen dreien würde noch Nachforschungen anstellen in der Schattenwandlerbibliothek?

Schließlich betrat Syreena den Raum und ging direkt auf die Fremde zu. Diese bemerkte es sofort, und ein Blick, den Syreena nicht anders als panisch nennen konnte, schien ihr fein geschnittenes Gesicht zu überziehen. Sie wich zurück und presste sich gegen das Bücherregal, als die Prinzessin auf sie zutrat.

Jetzt begriff Syreena, was sie war.

„Hallo! Ich bin Syreena“, begrüßte sie das verschreckte Mädchen freundlich und streckte ihm die Hand entgegen. „Du bist eine Mistral, nicht wahr?“

Syreena war in ihrem Leben nur einmal einer Mistral begegnet. Und sie war verblüfft, nun eine weitere zu treffen. Mistrals lebten äußerst zurückgezogen. Sie gingen nur untereinander Verbindungen ein, und selbst dann kamen sie außerhalb ihrer kleinen Dörfer selten zusammen. Sie waren fremdenfeindlich, fürchteten Menschenansammlungen, und vor allem fürchteten sie diejenigen, die Macht besaßen.

Die junge Mistral nickte bestätigend. Sie würde nicht sprechen, die Prinzessin wusste das. Weibliche Mistrals wurden aus gutem Grund auch als Sirenen bezeichnet. Schon der Klang ihrer Stimme war zauberhaft und stürzte jeden, der sie hörte, in tiefe Verwirrung. Es war ein guter Abwehrmechanismus. Ja, mehr als das. Wie das geheimnisvolle Klappern einer giftigen Schlange führte es zu einer allumfassenden Lähmung des Opfers. Doch ganz ähnlich wie eine kluge Schlange würde sie lieber davonschleichen, als die Herausforderung anzunehmen. Trotzdem hätte Syreena darauf gewettet, dass eine Mistral im Notfall einem Feind ziemlich großen Schaden zufügen konnte. Das wäre einfach zu bewerkstelligen über ein Signal in ihrer Sprechstimme, ganz zu schweigen von der betörenden Wirkung, wenn sie ihren Gesang anstimmte.

Zum Glück waren sie ein ausgesprochen friedliebendes Volk.

Das zartgliedrige Mädchen nahm am ganzen Leibe zitternd Syreenas ausgestreckte Hand. Während sie sie schüttelte, wunderte sich Syreena darüber, dass sie überhaupt gekommen war. Sie hatte nicht mitbekommen, dass Siena bei der Einladung auch die Mistrals berücksichtigt hatte, egal, ob sie sie nun annehmen würden oder nicht. Trotz ihres ängstlichen Zitterns musste das Mädchen außergewöhnlich mutig sein, dass sie sich freiwillig für diese Aufgabe gemeldet hatte.

Syreena ließ ihre Hand los und blickte zu den Tischen in ihrer Nähe. Sie lächelte das Mädchen an und griff nach einem Blatt Papier auf einem Stapel. Sie nickte zu dem Stift hin, den die andere in den Fingern hielt.

„Wie heißt du?"

Die Mistral lächelte sogar. Sie nahm das Blatt Papier, und mit dem Buch in der Hand als Unterlage kritzelte sie rasch die Antwort.

„Aria", stand da.

Syreena mochte sie sofort. Sie wusste, dass das Gefühl einseitig war, doch das war ihr egal. Mistrals waren ebenfalls Gestaltwandler, doch sie konnten sich nur in Vögel verwandeln. Lykanthropen hatten die ganze Artenvielfalt der Tierwelt zur Verfügung. Da sie jedoch in ihrem verwandelten Zustand die gleiche Tiergattung teilten, hoffte Syreena, dass sie vielleicht gemeinsame Erfahrungen machen und Ansichten austauschen konnten. Die Sichtweise eines Vogels. Sie musste das Vertrauen der kleinen Frau gewinnen, damit der Zauberbann aus ihrer Stimme herausgefiltert wurde, so ähnlich wie eine Schlange ihre entnervende Klapper nicht benutzte und ein Gespräch ermöglichte. Von Sienas Beziehung zu einer anderen Mistral namens Windsong her wusste Syreena, dass so etwas möglich war.

Möglich, aber selten.

Aria war zunächst einmal ein seltener Vogel, also bestand Hoffnung.

Bevor Syreena weitersprechen konnte, trat Aria auf einmal von ihr weg und verkroch sich in sich selbst. Es genügte, um die Prinzessin in Alarmbereitschaft zu versetzen. Sie drehte sich um und folgte Arias Blick.

Ihr stockte der Atem.

Damien.

Syreena war dem Vampirprinzen schon einmal begegnet, und sie kannte ihn vom Sehen. Es war unmöglich, ihn zu vergessen. Selbst wenn er momentan seine Fähigkeit, ein Netz von Wahrnehmungsverzerrung und Furcht um sich herum zu spinnen, nicht einsetzte, begegnete sie seiner eindrucksvollen Erscheinung mit vorsichtigem Respekt. Er war so groß wie ein Dämon und gertenschlank, gleichzeitig athletisch mit sehr breiten Schultern und einem muskulösen Körper. Doch er bewegte sich mit der lässigen Anmut, die allen Vampiren eigen zu sein schien. Er machte den Eindruck von träger Sorglosigkeit und Entspanntheit. Eine Tarnung. Der Prinz war mit tödlicher Schnelligkeit bereit zum Zuschlagen.

Siena hatte ihn im Einsatz gesehen, und sie hatte Syreena mit unverhohlener Bewunderung davon erzählt. Die Königin hatte gesagt, dass sie noch nie jemanden gesehen habe, der sich so schnell bewegte und der mit einer so natürlichen Freude tötete. Für die Königin einer Gattung, die ihr halbes Leben in der Gestalt verschiedener Tiere mit räuberischen Instinkten gelebt hatte, war das ein recht ungewöhnliches Kompliment.

Syreenas Eindruck war ein anderer gewesen.

Er hatte sie verunsichert, um es vorsichtig auszudrücken. Nicht ganz so sehr, wie er Aria gerade verunsicherte, aber immerhin genug, dass sie so wenig Zeit wie möglich mit ihm in einem Raum verbringen wollte.

Das Bedürfnis, einen Rückzieher zu machen, irritierte sie. Sie war von Natur aus nicht sehr ängstlich, vor allem dann nicht, wenn es keinen konkreten Grund dazu gab. Das wäre ein ziemlich schwacher Beginn ihrer neuen Aufgabe, wenn sie zulassen würde, dass er sie einschüchterte. Das Einzige, was ihr zugutekam, war, dass er nicht wusste, was sie fühlte. Zumindest nicht, solange sie die Gedanken schnell genug wieder löschte, um der telepathischen Entdeckung zu entgehen, falls der selbstherrliche Prinz beabsichtigte, in ihrem Kopf herumzustöbern. Sie ging davon aus, dass jemand wie Damien nicht zögerte, in die private Sphäre fremder Gedanken einzudringen. Für sie war er genau so ein machtvolles männliches Wesen, das daran nichts Schlimmes fand.

Die Prinzessin drehte sich um und stellte fest, dass Aria verschwunden war. Kluges Mädchen! Vampire waren unberechenbar und manchmal flegelhaft. In diesem Augenblick wünschte sich Syreena, sie hätte die Freiheit, sich eilig zurückzuziehen. Stattdessen wandte sie sich zu dem Vampirprinzen und der anmutigen Frau an seiner Seite hin. Sie war unverkennbar ein weiblicher Vampir, groß und dunkelhaarig, ziemlich normal für diese Gattung. Es gab nur sehr wenige blonde Vampire in dieser Welt. Syreena musste zugeben, dass sie eine ausgesprochene Schönheit war, nur dass da etwas sehr Altes und sehr Ernüchtertes in ihren dunkelbraunen Augen lag. Ihre angespannte Haltung und ihre abwehrende Körpersprache machten deutlich, dass sie nicht gerade begeistert davon war, hier zu sein.

Da Syreena keine Abgesandten der Vampire erwartet hatte, ging sie zu ihnen, um herauszufinden, was sie wünschten. Natürlich waren sie willkommen, im Rahmen derselben unklaren Vorgaben wie alle anderen auch, doch hatte Noah am Abend zuvor bei einer Zusammenkunft anlässlich der endgültigen Öffnung der Bibliothek für die Forscher gesagt, dass Damien die Einladung ausgeschlagen hätte.

Als sie näher trat, bemerkte sie, dass in der Vampirin eine Verwandlung vorging. Beim Betreten der Bibliothek huschte ein Ausdruck über ihr Gesicht, den zweifellos alle beim ersten Mal gehabt hatten. Die Leere in ihren Augen schien zu verschwinden, und eine Gier blitzte auf, die Syreena recht vertraut war.

Der gierige Hunger zu lernen.

Eine Vampirforscherin? Darin lag ein amüsanter Widerspruch. Sie waren zwar eine der interessantesten und klügsten Spezies der Schattenwandler. Doch normalerweise benutzten sie diesen Verstand und diese Energie eher für … körperliche und schnell zu befriedigende Bedürfnisse. Sie waren gierige Genussmenschen. Nichts konnte ihr Interesse lange wachhalten, wenn es nicht alle ihre Sinne auf einmal beschäftigte. Ein Raum voller Bücher würde diesen Anspruch kaum erfüllen.

Syreena vermutete allerdings, dass man Lust und Sinnesfreuden auch mit Lesen und mit dem Erwerb von Wissen befriedigen konnte. Dann wäre das hier der ideale Ort für eine Orgie.

Damien bemerkte sie sofort. Auch unabhängig von ihrer harlekinartigen Färbung war sie kaum zu übersehen. Sie war nicht besonders groß und wirkte nicht besonders sexy, anders als ihre einer Löwin gleichende Schwester, doch sie war eine ebenso unerschütterliche Erscheinung. Sie kam direkt und mit sicherem Schritt auf ihn zu, wiegte sich nur leicht in den Hüften. Er mochte das, wie er feststellen musste. Keine überflüssigen Bewegungen, keine verschwendete Energie. Er wusste nicht so recht, warum ihn das so in Entzücken versetzte. Bis jetzt hatte ihn noch keine Frau mit ihren sinnlichen Bewegungen aus der Fassung gebracht. Doch an dieser Frau war etwas, das ihn anzog. Aber in Anbetracht des kühlen Ausdrucks in ihren Augen war es wohl besser, wenn er sich ein anerkennendes Lächeln verkniff.

Doch er tat es nicht.

„Syreena", sagte er, und sein Tonfall war bei Weitem nicht so kühl wie ihr Ausdruck. Seine Stimme klang warm und verheißungsvoll, und er sah, wie sie irritiert den Rücken straffte. „Jasmine, das ist Prinzessin Syreena. Syreena, das ist Jasmine. Sie ist …" Er verstummte, als er bemerkte, dass Jasmine Syreena lustlos zuwinkte, bevor sie sich dem ersten Stapel Bücher zuwandte, den sie entdeckte. „Sie kann es anscheinend gar nicht mehr erwarten …", murmelte er, um das unhöfliche Benehmen seiner Begleiterin zu entschuldigen, und lachte in sich hinein, als er sah, wie sie in den Regalen stöberte. Jasmine war noch nie bekannt für ihre gewinnende Art im Umgang mit anderen gewesen, und ihr Wissensdurst wurde nur noch übertroffen von ihrem Blutdurst.

Es kam Syreena so vor, als wäre der Vampirprinz der flinken

Schwarzhaarigen zugetan. „Ich hatte nur Kelsey oder dich erwartet“, sagte sie unumwunden. „Warum hat sich das plötzlich geändert?“

„Jasmine ist eine hervorragende Studentin und mir treu ergeben“, sagte er zur Erklärung, „etwas, das Kelsey bei aller Loyalität nicht mitbringt. Wenn du Zweifel hast, gebe ich dir mein Wort darauf, dass sie keinen Ärger machen wird.“

„Ist das nicht ein Widerspruch in sich? Ein Vampir, der keinen Ärger macht?“

Syreena hatte das eigentlich nicht sagen wollen. Zumindest nicht laut. Daher war sie überrascht, als er lachte. Sie ertappte sich dabei, dass sie ihn ziemlich attraktiv fand, wenn er lachte. Oh, er war überhaupt ein attraktives Geschöpf; seine Schattenwandlergene sorgten dafür. Er hatte schimmernde weiße Zähne, nichts zu sehen von den Reißzähnen, die gerade eingezogen waren, so ähnlich wie eine Katze ihre Krallen versteckte. Er trug einen sorgfältig gestutzten Bart, der sein markantes männliches Kinn betonte. Und noch eine Abweichung stellte sie fest. Vampire hatten im Allgemeinen ein Milchgesicht, um möglichst jugendlich zu wirken. Selten entwickelte einer eine Gesichtsbehaarung wie der Prinz. Das und die anderen etwas ungewöhnlichen Merkmale an ihm brachten sie auf die Frage, ob er sich absichtlich nicht an kulturelle Normen hielt, und wenn ja, warum?

Seine sehr dunkelblauen Augen strahlten eine Heiterkeit aus, die seine Züge lebendig machte. Ein dicker, geflochtener Zopf fiel ihm über die Schulter bis auf den wohlgeformten Brustmuskel. In diesem Moment wirkte er in seiner makellosen Schönheit so, als sei er das harmloseste Wesen auf der Welt.

Wahrscheinlich war es das, was Syreena frösteln machte.

Sie traute ihm nicht.

Sie *durfte* ihm nicht trauen, sagte sie sich selbst. Auch wenn relativer Frieden herrschte zwischen Vampiren und Lykanthropen – konnte irgendjemand, der bei Verstand war, jemandem aus einem Volk trauen, das so großes Vergnügen daran fand, Vertrauen aufzubauen und ihnen dann etwas auszusaugen, mit dem sie nur zu ihrem Vergnügen herumspielten? Syreena hatte Geschichten gehört, Geschichten von Ausbeutung und Missbrauch, die selbst Damien beunruhigten und die ihr die Haare zu Berge stehen ließen.

„Hier gibt es keinen Schutz", stellte Damien plötzlich fest.

Wenn man bedachte, dass die einzigen Personen dort Wissenschaftler waren und dass ein paar sehr entschlossene Feinde nach genau diesem Ort gegraben hatten, war das eine begründete Sorge. Doch obwohl sie ihm zustimmte, fühlte sie sich angegriffen.

„*Ich* bin hier", sagte sie kalt.

„Ja", stellte er langsam fest, während er sie mit prüfenden Blicken von Kopf bis Fuß musterte. „Das bist du." Er schwieg eine Weile und verzog den Mund zu einem gereizten Lächeln. „Ohne deine Fähigkeiten infrage stellen zu wollen, meine Liebe, aber mir ist nicht klar, wie du eine Horde Zauberer und Menschenjäger, angeführt von einem abtrünnigen Teufel, abwehren willst, falls sie beschließen zurückzukommen."

„Nun, mein Lieber", entgegnete sie bissig. „Ich nehme an, ich muss mich darauf verlassen, dass ihr erster Versuch fehlgeschlagen ist und dass sie keine Ahnung haben von diesem Ort ..."

„Trotzdem", entgegnete er.

„... und auf die bestens gerüsteten Schattenwandler, die gleichzeitig in der Bibliothek sein werden", schloss sie mit einem spöttischen und feindseligen Ton.

„Und wie viele werden das sein? Zehn? Fünf? Jasmine eingeschlossen, sehe ich nur vier. Es ist kaum damit zu rechnen, dass sie einen Frontalangriff überleben werden. Wir sind gezwungen, am Tag zu schlafen; unsere menschlichen Gegner haben solche Einschränkungen nicht. Womöglich nicht einmal die abtrünnige Dämonin, so mächtig, wie sie inzwischen geworden ist."

Wieder hatte er recht, erkannte Syreena. Doch im Grunde war er nur schneller zu einem Schluss gekommen. Sie widersprach seinen Feststellungen nicht. Warum fühlte sie sich nur so angegriffen?

Damien musste sich eingestehen, dass er sie absichtlich geärgert hatte. Er hatte diese Ruhe und diese betonte Selbstsicherheit erschüttern wollen, in die sie sich einhüllte wie in einen Umhang. Er erinnerte sich an einen Abend vor nicht allzu langer Zeit, an dem er sie grimmig und entschlossen gesehen hatte, als sie mit kalter Wut ihre Schwester schützen wollte. Die Vorstellung, sie zu treffen und ihre zur Schau getragene Gelassenheit zu erschüttern, erregte ihn. Er konnte spüren, wenn ihre Gefühle in Wallung gerieten und wenn sie erregt feststellte, dass sie ihn nicht ausstehen konnte und dass sie ihm eher den Kopf abreißen würde, als ihm trauen.

Da sein Drang befriedigt war, wandte er sich mit einem Winken und mit einer respektlosen Drehung von ihr ab, bevor sie antworten konnte.

Der Prinz ging in die Bibliothek zu der Frau, die mit ihm gekommen war. Er schob eine Hand um ihren Brustkorb, legte die Fingerspitzen direkt unter ihre Brüste und beugte sich vor, um ihr etwas zuzuflüstern; ein wütendes Zischen und ein kurzer Blick in Richtung Syreena, was ihr das Gefühl gab, dass er sie verhöhnte.

Syreena holte tief Luft und versuchte, ihre Wut zu zügeln. Es war fast so, als wäre sie auf einen richtigen Kampf aus. Zumindest musste sie sich eingestehen, dass es ihr große Genugtuung verschafft hätte, dem Vampirprinzen das Grinsen aus dem Gesicht zu schlagen. Abgesehen von den politischen Konsequenzen hätte sogar Siena eingesehen, dass er es verdiente.

Syreena war jetzt nicht in der Stimmung, sich in ein Buch zu vertiefen. Die Bibliothek füllte sich noch immer, und die vielen verschiedenen Schattenwandler waren zahlenmäßig ausgewogen, damit der Frieden weiterhin erhalten blieb. Oder zumindest sagte sie sich das, um eine Rechtfertigung dafür zu haben, wenn sie frische Luft schnappen ging. Sie marschierte durch den Bibliothekseingang hinaus und blieb stehen, um die drei anderen Höhlen zu betrachten, die von dieser abgingen.

Das Netz aus Höhlen führte kilometerlang weiter, und ein paar Gänge waren so schmal, dass höchstens ein mittelgroßes Tier hindurchpasste. Aus diesem Grund genossen die Lykanthropen die Höhlen so sehr. Der Zugang war schwierig, frisches Wasser und heiße Quellen gab es im Überfluss. Und es war zu jeder Jahreszeit stets angenehm kühl. Außerdem, vielleicht das Beste daran, war es immer dunkel. In gewisser Weise jedenfalls. Man konnte bei Tageslicht kilometerweit durch dieses dunkle Labyrinth wandern und bekam doch nie die Sonne zu sehen.

Da Sonneneinstrahlung bei Lykanthropen rasch zu einer Vergiftung führte – und sie mit einer gefährlichen Sonnenkrankheit schlug, an der sie ganz leicht sterben konnten –, lag der Vorteil der Höhlen auf der Hand. Ein Lykanthrop, der durch die Sonne starke Vergiftungserscheinungen davongetragen hatte, rang tagelang unter schrecklichen Schmerzen mit dem Tod, bevor er schließlich starb. Syreena wäre diesen schrecklichen Tod erst vor einem Monat beinahe gestorben.

In der Welt draußen war jetzt Winter. Ein russischer Winter, was das Lykanthropenterritorium betraf. Die Höhlen hatten Dutzende von Ausgängen, bekannte und unbekannte, die hinauf zu dem winterlichen Ort führten. Syreena war durch einen Gang gekommen, der früher zu der Höhle führte, in der eine Lykanthropin namens Jinaeri überwintert hatte. Doch Jinaeri hatte die Höhle verlassen in Erwartung des geschäftigen Treibens in der Bibliothek, das womöglich ihren Winterschlaf gestört hätte.

Syreena wünschte, sie könnte auch Winterschlaf halten. Sie hätte die Einsamkeit und die Ruhe gebraucht. Der Falke und das zweite Element, der Delfin, waren beides Tiere, die auf Wanderschaft gingen. Sie wechselten den Ort, es zog sie in wärmere Zonen, statt dass sie sich zu einem langen Schlaf niederlegten. Vielleicht war das der Grund, warum sie in letzter Zeit nicht stillsitzen konnte. Vielleicht fühlte sie sich deshalb so rastlos und war so leicht aus der Fassung zu bringen.

In ihrer Rastlosigkeit schlug sie einen der Höhlenpfade ein.

Als Damien aufblickte, war die Lykanthropenprinzessin verschwunden.

Er wandte sich von Jasmine ab, um sich in dem riesigen Raum umzuschauen, und runzelte verwirrt die Stirn. Die Prinzessin war ihm nicht vorgekommen wie jemand, der wegrannte und schmollte, doch er dachte kurz darüber nach, ob seine Sticheleien sie vielleicht dazu bewogen hatten. Er legte den Kopf leicht schräg, während er all seine übernatürlichen Sinne einsetzte, um sie zu suchen. Es half nicht viel; die Höhlen erzeugten ein seltsames Echo in seinem sensorischen Netzwerk und reflektierten Geister und Schatten von Wesenheiten, die er nur schwer durchdrang. Das Einzige, was er sicher sagen konnte, war, dass sie sich nicht mehr direkt im Bibliotheksraum befand.

Er wusste nicht, warum ihn das beschäftigte. Noch immer suchend ging er zum Bibliothekseingang.

Syreena ging durch den Ausgang, den sie unverhofft gefunden hatte, und trat in den unberührten, knirschenden Schnee und in die beißende Kälte der Winterluft.

Doch die Luft war klar und erfrischend, und sie sog sie genüsslich ein. Sie schlang die Arme fest um sich, um ihren Körper warm zu halten. Sie trug ein Kleid aus Kaschmir, das nur an ihren Schultern zusammengehalten wurde und das knapp bis zum Knie reichte. Sie hatte nur einfache Slipper an, die nicht dazu geeignet waren, durch den Schnee zu stapfen.

Doch sie war zum Teil ein Tier und dafür geschaffen, solche Widrigkeiten auszuhalten. Es machte ihr nicht so viel aus wie einem menschlichen Wesen oder wie einem Schattenwandler.

Sie war in einem Waldgebiet, und die eine Hälfte der Bäume stand nackt und kahl in der Landschaft, das andere waren Schatten von Fichten und anderen Nadelbäumen. Sie marschierte los; das Knirschen des Schnees war das einzige Geräusch um sie herum. Darunter waren natürlich die normalen Geräusche des Waldes zu hören. Doch selbst die dürften bald verstummen. Sie war ein Raubtier, etwas, das man fürchten musste. Während sie sich verwandelte, stellte sie allerdings nur für kleinere Tiere eine Bedrohung dar.

Sie war versucht, ihre Kleidung abzulegen und sich in den Falken zu verwandeln. Sie genoss das Fliegen am klaren Nachthimmel. Doch man erwartete von ihr, dass sie sich an diesem ersten Abend, da die Bibliothek geöffnet war, um bestimmte Dinge kümmerte. Es war schon schlimm genug, dass sie einfach davonmarschiert war. Sie würde sich einen kurzen, erfrischenden Spaziergang im Schnee genehmigen und dann zurückkehren. Sie wollte einen klaren Kopf bekommen, um ihren Blickwinkel wieder zurechtzurücken. Die Natur hatte etwas Meditatives, daher hoffte sie, sie könnte so etwas zur Ruhe kommen. Die

Stimmung, in der sie den Vampirprinzen begrüßt hatte, konnte sie sich nicht erlauben. Es war ihre Pflicht, sich genau gegenteilig zu verhalten, höflich und diplomatisch zu allen Schattenwandlern zu sein, die keine Bedrohung für sie darstellten.

Denn es gab keine Möglichkeit, Politik außen vor zu lassen. Eine Beleidigung, egal, ob es um jemand so Mächtigen ging wie Damien oder um einen einfachen Bewohner der Schattenwandlerwelt, konnte weitreichende Folgen haben und einen Krieg heraufbeschwören.

Syreena ging langsam durch die finstere Nacht. Es gab keinen Mond am Himmel, jedenfalls drang er nicht durch die dunkle Wolkenschicht, die tief über den Baumwipfeln hing.

Sie musste ernsthaft herausfinden, was mit ihr nicht stimmte. Es war, als hätte sie sich in das verwirrte, launische Kind zurückverwandelt, das sie gewesen war, bevor man sie zu The Pride geschickt hatte. Doch sie war kein Kind mehr. Sie war hundertacht Jahre alt, gut ausgebildet, hochintelligent und emotional ausgeglichen.

Normalerweise.

Sie wusste, dass Frieden bessere Wirkungen zeigte als Krieg. Sie wusste, dass Streit und Missmut sich selbst vermehrten, so wie eine sanfte Stimme und ein ebenso sanfter Umgang miteinander durch Respekt erwidert wurden.

Syreena blieb unvermittelt stehen, weil sie meinte, hinter sich ein Geräusch gehört zu haben. Jäh drehte sie sich um und spähte mit ihren scharfen Augen in die Dunkelheit. Es war nichts zu sehen. Nicht einmal ein Tier.

Sie dachte, es sei irgendein Echo oder eine Sinnestäuschung gewesen.

Sie zitterte jetzt heftig vor Kälte, achtete jedoch nicht auf das unbehagliche Gefühl. In ihrer menschlichen Gestalt fühlte sie sich tatsächlich am angreifbarsten und verbrachte deshalb einen Großteil ihrer Zeit als Falke. Sie würde die Delfingestalt öfter wählen, wenn es, abgesehen von dem Höhlensee, eine Wasserquelle gäbe, die tief genug wäre. In diesen beiden Tiergestalten war sie wenigstens geschützt vor solch extremen Temperaturen.

Wieder hörte sie hinter sich ein seltsames Geräusch. Diesmal fuhr sie herum und ging instinktiv in Deckung. Sie stützte sich mit einer Hand im Schnee ab und starrte in die Dunkelheit. Noch immer war nichts zu sehen. Doch diesmal konnte sie nicht darüber hinweggehen. Sie bemerkte plötzlich, dass nicht sie die einzige Ursache dafür war, dass es in dem nächtlichen Wald so unnatürlich still war.

Syreena spürte einen plötzlichen Windhauch, der ihr von hinten durch das Haar fuhr. Als sie sich mit einem Ruck umwandte, bemerkte sie, dass man sie ausgetrickst hatte.

Und dass es ein mentaler Trick gewesen war.

Sie verengte ihre Harlekinaugen, als sie die Frau in der Dunkelheit entdeckte. Sie hatte nur den Bruchteil einer Sekunde Zeit, das vertraute blonde Haar und die blauen Augen zu bemerken, die bebten vor Wut und im Wahnsinn.

„Komm, spielen wir, Prinzessin“, lud das wahnsinnige Weib sie leise zischend ein.

Ruth.

Syreena hatte gerade noch Zeit, den Namen der abtrünnigen Dämonin zu denken, die sich mit Menschen zusammengetan hatte, die mit schwarzer Magie herumspielten, über die sie selbst kaum etwas wusste, da griff die Gestalt schon nach ihr.

Die Prinzessin wich aus und überlegte, ob sie fliehen sollte. Sie durfte nicht zulassen, dass Ruth sie berührte. Wenn ihr das gelänge, dann wäre die Geistdämonin dazu in der Lage, Syreena innerhalb von Sekunden aus ihrem vertrauten Umfeld und weit weg von jeglicher Hilfe zu teleportieren.

Zumindest hoffte sie, dass es so war. Ruth war eine abweichende Erscheinung, eine Dämonin, die schwarze Magie angewandt hatte. Niemand hatte je zuvor so etwas getan, und Ruth hatte bereits bewiesen, wie machtbesessen und wie skrupellos sie war.

„Mal sehen, wie sehr deine Schwester diesen Mörder liebt, den sie ihren Ehemann nennt, wenn sie feststellt, dass er für den Tod ihrer geliebten Schwester verantwortlich ist", sagte Ruth eiskalt.

Syreena wurde von einer plötzlichen, übermächtigen Panik befallen, zu plötzlich und zu fremdartig, als dass sie natürlich sein konnte. Die Dämonin drang in ihren Geist ein, spielte damit und beeinflusste ihre Gedanken und ihr Gleichgewicht. Syreena stolperte, als sie von Übelkeit übermannt wurde. Instinktiv warf sie den Kopf zur Seite und zeigte nur noch ihr braunes Haar.

Doch Ruth war eine Geistdämonin, und sie bemerkte die instinktive Reaktion schon, bevor Syreena selbst sie erkannte. Wie ein Lichtblitz teleportierte sie sich auf den Rücken der Prinzessin, und das plötzliche Gewicht warf Syreena mit dem Gesicht nach unten der Länge nach in den Schnee. Syreena spürte, wie Ruths Finger nach ihrem Haar griffen. Ruths Hände packten den lebendigen Fortsatz so fest, dass Syreena aufschrie vor Schmerz.

Sobald das Haar eines Lykanthropen gepackt oder festgehalten wurde, konnte er sich nicht mehr verwandeln. Diese Falle war der schlimmste Albtraum für einen Lykanthropen. Dazu kam noch, dass Ruth jetzt den Kontakt hatte, den sie unbedingt brauchte, um Syreena aus dem russischen Wald zu entführen. Obwohl sie gegen ihre Furcht ankämpfen musste, wusste die Prinzessin, dass ihre einzige Chance darin bestand, die Konzentrationsfähigkeit der Dämonin zu stören. Trotz ihrer Fähigkeiten musste Ruth ihre Energie bündeln, um sich auf die Flucht vorzubereiten. Die Prinzessin griff über ihre Schulter nach hinten und hieb der anderen die ausgestreckten Fingernägel quer über Wange und Hals.

Syreenas Angriff wurde mit einem Aufschrei belohnt, doch er wurde gleich wieder bestraft, indem die Dämonin Syreenas zurückgeworfenes Haar packte und ihren Kopf zurückriss.

Der Schmerz war gewaltig, als die Wurzeln sich unter Ruths Zerren lösten. Ruth riss ein ganzes Büschel aus, sodass ihre Hand den Halt verlor. Sie hatte so kraftvoll gezogen, dass Syreena nach hinten fiel, sie stürzten in den Schnee, und die Schwester der Königin spürte, wie warmes Blut zurück in ihr Haar floss. Dies geschah so schnell und heftig, dass sich im Schnee eine schnell schmelzende Mulde bildete, während sich Ruth zum nächsten Angriff bereit machte und sie mit einer Hand am Hals packte. Ruths Griff war eisern und erinnerte Syreena daran, dass sie einmal eine Kriegerin gewesen war. Eine sehr gute übrigens. Eine, die im dreihundertjährigen Krieg zwischen Dämonen und Lykanthropen gekämpft hatte. Sie kannte deren Schwächen und wusste sie sich zunutze zu machen.

Und Syreena hatte geglaubt, sie sei dieser Herausforderung gewachsen?

Ruth drückte ihr die Luft ab, während sie ihr mental Angst einzuflößen versuchte, bis ihre Gedanken so wirr waren, dass sie wie gelähmt war und sich keinen Gegenangriff mehr überlegen konnte. Die Prinzessin bemerkte plötzlich, dass das, was nach den Maßgaben der eigenen Leute einen guten Kämpfer ausmachte, nur in einer abgeschiedenen Umgebung wirkte. Sie hatte noch nie direkt mit einem Dämon gekämpft.

Es war klar, warum die Dämonen so oft siegreich aus dem Kampf hervorgegangen waren. Ihr Vater war tatsächlich wahnsinnig gewesen, diesen Krieg weiterzuführen, und noch wahnsinniger zu glauben, dass er ihn je gewinnen würde. Erst jetzt, wo sie die Macht eines Dämons in ihrer ganzen Grausamkeit erlebte, begriff sie allmählich, warum Noahs Leute sich all die Jahre so zurückgehalten hatten.

Das war ihr letzter Gedanke, bevor es Nacht wurde um sie herum.

3

Damien trat aus dem Höhleneingang, zu dem er der Prinzessin gefolgt war, wobei seine Fußabdrücke ihre kleineren im Schnee überdeckten. Die Kälte traf ihn wie ein Schlag, doch er achtete nicht darauf und schloss die Augen. Sein Kopf legte sich schräg, als er mit geschärften Sinnen nach ihr suchte. Sie war ein Wesen der Natur und auch der Macht. Er würde sie leicht aufspüren, sofern sie nicht zu weit weg war. Sie konnte auch einen Flug unternommen haben; dann wäre es ein viel schwierigeres Unterfangen, sie zu finden.

Er öffnete die Augen und ging in die Dunkelheit hinein, während er die tödliche Stille um sich herum wahrnahm. Spezialmembranen legten sich automatisch über seine Augen, und in einiger Entfernung ragte ein rosafarbener Hitzerest auf wie ein Neonfeuer. Damien war sich sicher, dass da ein lebendes Wesen gewesen war, also setzte er seinen Weg fort.

Weshalb er sich gedrängt fühlte, sich für etwas zu entschuldigen, das wahrscheinlich nicht einmal eine Beleidigung gewesen war, wusste Damien nicht. Während seines langen Lebens hatte er gelernt, dass es oft besser war, seinem Instinkt zu folgen. Als Damien sich dem verblassenden rosafarbenen Fleck näherte, bemerkte er, wie die Konturen sich auflösten. Das Letzte, was noch deutlich zu erkennen war, war ein Handabdruck im Schnee. Dann war da ein Flackern, dessen Herkunft er nicht eindeutig bestimmen konnte.

Er stellte auf Normalsicht und ließ sich in der Nähe eines

großen Kreises mit zertrampeltem Schnee auf ein Knie sinken. Das Einzige, was er in der Dunkelheit sofort sagen konnte, war, dass keine Fußspuren von der Stelle weggingen. Es gab nur die von Syreena und seine eigenen, die dorthin führten.

Er wollte gerade aufgeben, weil er dachte, dass sie die Stelle offensichtlich fliegend verlassen hatte, als er feststellte, dass die Feuchtigkeit, die am Knie durch seine Hose drang, nicht normal war.

Sie war nicht kalt.

Sie war warm.

Der durchdringende Blutgeruch löste Herzklopfen bei ihm aus.

Der Vampir fluchte leise und schalt sich wegen seiner Unaufmerksamkeit und seiner Nachlässigkeit, als er eine Handvoll rotgetränkten Schnee aufhob.

Plötzlich ergab alles einen Sinn. Sämtliche Teile passten auf einmal in schrecklicher Klarheit zusammen. Damien fluchte wieder, als ihm klar wurde, dass jemand mit seiner Wahrnehmung gespielt hatte. Es war unmöglich, dass er eine Blutspur übersah. Nicht einmal in dreißig Metern Entfernung. Seine Fähigkeiten waren überdurchschnittlich, wenn es um solche Dinge ging. Er war der Älteste und Mächtigste seiner Art.

Und er hatte sich von einem Glitzern in die Irre führen lassen.

Er stand auf und presste den Schnee in seiner Faust zusammen und ließ ihn achtlos zu Boden tropfen, während er seine Sinne erneut schärfte, diesmal, indem er die List umging und indem er die äußeren Einflüsse abwehrte, die seinen Verstand getäuscht hatten.

Der Geruch und das Vibrieren eines Kampfes übermannten ihn augenblicklich. Da waren Furcht und Wut und eine so tiefe Verzweiflung, dass er sie zusammen mit dem Geruch von Blut, der nun von überall her auf ihn eindrang, schmecken konnte. Schnee, der noch vor Sekunden weiß gewesen war, zeigte nun Spuren von Blut. Reste von Energie und Wärme lagen über dem Kampfplatz.

Er hob die Hand zum Mund und atmete tief den Geruch von Blut ein, um sich mit den Hormonen und den Pheromonen vertraut zu machen. Das war eine Lykanthropin, eindeutig Syreena. Die Reißzähne hinter seinen Lippen schossen hervor, und er knurrte leise.

Erst da bemerkte er, dass er mit dem Schnee ganze Büschel grauen Haars in der Hand hielt.

Er schüttelte den Schneematsch ab.

Er hatte ihre Blutspur und konnte sie jetzt viel einfacher verfolgen.

Das war alles, was zählte.

Ruth hatte ihre Freude daran, die Lykanthropenprinzessin in eine Ecke des kleinen Raums aus Stein zu schleudern, in dem sie angekommen waren. Syreena konnte nur versuchen, nicht mit dem stark blutenden Kopf gegen die Wand zu knallen.

Zumindest fürs Erste.

Im nächsten Augenblick hatte sie die Füße angezogen und stürzte sich mit unerwarteter Berechnung auf die Dämonin. Ruth hatte nicht bedacht, dass diese Lykanthropin nicht einfach ein schwächliches Aushängeschild einer Monarchie war. Syreena gehörte dem Mönchsorden an, und sie hatte fast ihr gesamtes Leben bei The Pride verbracht und herausfinden können, wozu diese Ausbildung sie befähigte.

Ihr angespannter Bizeps traf Ruths ungeschützte Kehle und riss sie zu Boden. Die Dämonin schlug mit dem Rücken auf. Doch Ruth nutzte ihre liegende Haltung, um Syreena von unten die Beine wegzutreten. Der Atem der Prinzessin setzte aus, und sie sah Sterne, als sie mit dem Rücken und mit dem Kopf auf den Steinfußboden knallte. Allmählich spürte sie, dass der Blutverlust langsam ihr Bewusstsein trübte.

Das verschaffte Ruth den entscheidenden Vorteil. Die Dämonin stieß einen Satz aus, den Syreena nicht verstand, doch sofort wurde ihr klar, dass es sich um einen Zauberspruch handelte.

Ein Zauberspruch.

Eine Dämonin, die Magie einsetzte.

Die Lykanthropin wusste, dass es stimmte, denn sie spürte, wie sich Hände um ihren Hals legten und ihr die Luft abdrückten. Sie röchelte und griff an ihren Hals, nach etwas, das gar nicht da war. Sie konnte mit nichts ringen und nichts packen, bis auf das schmale Collier aus Gold und Mondstein, das sie trug, das Erkennungszeichen dafür, dass sie die Erbin des Lykanthropenthrons war.

Ruth nutzte die Gelegenheit, sich wieder zu sammeln, strich ihre Kleider glatt und kniete sich über ihr Opfer. Syreena sah mit weit aufgerissenen Augen, wie die Dämonin zufrieden grinste.

„So ist es doch viel besser", sagte sie in beinahe mütterlichem und beruhigendem Tonfall und tätschelte der Prinzessin die Stirn.

Syreenas Gesicht lief rot an, und sie strampelte heftig mit den Füßen.

„Wenn du zu zappeln aufhörst, höre ich auch auf damit", sagte Ruth freundlich.

Syreena glaubte ihr nicht, man konnte es an ihrem trotzigen Blick erkennen. Sie musste vielleicht sterben durch die Hand dieser Irren, doch sie würde sich nicht einfach ergeben.

„Oh, dann bekommst du's eben auf deine Art", fauchte Ruth, klatschte in die Hände und löste den Bann des Zauberspruchs.

Syreena würgte heftig. Sie rollte sich zur Seite, weg von der Dämonin, und schnappte nach Luft. Tränen liefen ihr übers Gesicht, während sie gegen die Übelkeit und gegen die Kopfschmerzen ankämpfte, die hinter ihren verschwollenen Augen pochten.

„Nun … vergessen wir nicht, dass ich eine Geistdämonin bin und deine Gedanken lesen kann", sagte Ruth liebenswürdig, während sie sich mit überkreuzten Beinen direkt hinter der Prinzessin bequem auf den Boden setzte.

Sie log. Weibliche Geistdämonen waren Empathen. Nur die männlichen waren Telepathen.

„Ich lüge nicht", flüsterte sie nach vorn gebeugt der Prinzessin zu. „Obwohl ich weiß, warum du das denkst. Es stimmt, früher war ich den Unzulänglichkeiten meines Geschlechts unterworfen. Höchst unfair, wirklich, dass die Männer mit sämtlichen Vorzügen unserer Spezies ausgestattet sind. Doch seit ich mich von dieser verlogenen Brut losgesagt habe, habe ich einen Weg gefunden, diese Fähigkeiten in mir zu entfalten. Also verschwenden wir lieber keine Zeit, und nimm meine Worte ernst, hmm?"

„Du Hexe!", krächzte Syreena.

„Ich kann den Gedanken sehen", sagte Ruth noch immer in leutseligem Tonfall, während sie ihre Gefangene packte und auf den Rücken drehte, damit sie einander anschauen konnten. „Im Grunde musst du deiner Schwester die Schuld geben. Sie hätte diesen herzlosen Mörder niemals in ihr Bett lassen dürfen. Oder zum königlichen Gemahl nehmen! Zumindest war sie so klug, ihn nicht zum König zu machen. Kannst du dir das vorstellen?" Ruths Abscheu war offensichtlich, genauso wie ihr Hass auf Elijah. „Doch bald werden sie einen Thronerben haben, und damit bist du überflüssig, Prinzessin, also ist es das Beste, ich nutze dich zu meinem Vorteil, solange du noch einen Wert hast."

Ruth streckte die Hand aus und strich durch Syreenas zweifarbiges Haar. Die Strähnen zuckten zurück und versuchten, durch ihre Fingern zu schlüpfen. Doch es war ein Leichtes für sie, sich ein anderes Büschel zu schnappen und es sich um die Hand zu wickeln, damit es nicht entwischen konnte.

„Stehst du mit deiner Schwester geistig in Verbindung? Wir haben nie herausgefunden, ob das bei euren Leuten möglich ist. Ihr hattet immer eine verblüffende Art, euch im Kampf in perfektem Einklang zu bewegen. Nicht? Zu schade. Ich hatte gehofft, sie könnte etwas mitbekommen von dem hier."

Ruth schloss ihre Hand mit dem Haarbüschel zur Faust und zog einmal mit einem Ruck daran.

Syreenas Haar riss ab, und Blut spritzte in hohem Bogen hervor. Es war, als hätte Ruth einen Fuß oder eine Hand von Syreena abgehackt. Der Blutverlust und der Schmerz waren auf jeden Fall ähnlich groß. Die Prinzessin schrie auf und trat mit den Füßen gegen den Fußboden, während sich ihr ganzer Körper aufbäumte. Mit letzter Kraft gelang es ihr, sich über den unebenen Boden in die Ecke zu schleppen. Dort kauerte sie sich zusammen vor Schmerzen und furchtsam wie ein misshandeltes Tier. Durch das Blut, das ihr über Augen und Gesicht lief, konnte sie Ruth nicht mehr sehen.

Mit einem Lächeln betrachtete Ruth das Büschel grauer Haare in ihrer Hand.

„Das wird lustig."

Die Spur von jemandem zu verfolgen, der wie vom Erdboden verschluckt zu sein schien, war für einen unerfahrenen Jäger unmöglich. Aber auch für einen erfahrenen Jäger war es ausgesprochen schwierig. Für Damien war es eine Frage der lebenslangen Erfahrung als Jäger, der jede Nacht seiner Beute nachstellte.

Er hatte gelernt, jeder Art von Beute auf der Spur zu bleiben, vorausgesetzt, er war mit deren Instinkten und Taktiken vertraut.

Im Moment war er erleichtert darüber, dass es überhaupt eine Spur gab. Ob die Prinzessin noch am Leben war oder nicht, darüber würde er sich beizeiten Sorgen machen. Es gab noch Hoffnung, weil die Spur eine gewisse Spannung aufwies, und das war ein Hinweis darauf, dass jemand Syreena wahrscheinlich gegen ihren Willen mitgeschleift hatte.

Er machte sich keine Illusionen darüber, wie Syreena gefangen genommen worden war. Der Geruch eines Dämons hing entlang ihres Wegs, und es gab nur einen Dämon, der so verrückt wäre, sich auf königlichem Territorium einen solchen Übergriff zu erlauben.

Ruth.

Psychotisches Miststück, dachte er bitter.

Sie und ihre Tochter Mary hatten der Dämonengemeinschaft im letzten Jahr mehr Schmerz und Tod bereitet, als er je für möglich gehalten hatte. Jetzt, wo Mary tot war, aus Versehen getötet von der eigenen Mutter, als Ruth versucht hatte, Elijah zu ermorden, konnte man nicht sagen, was sie mit Syreena vorhatte. Und Damien kannte die bekanntermaßen friedliebende Königin Siena gut genug, um zu wissen, dass selbst jemand, der so stark und so pragmatisch war wie sie, Mühe hätte, einen so persönlichen und so grausamen Akt zu verwinden und seine friedliebenden Grundsätze beizubehalten. Was das für die Dämonen bedeutete, war schwer zu sagen. Damiens einziger Trost war die Tatsache, dass Siena verheiratet war; so würde ihre Reaktion nicht zu heftig ausfallen. Doch die einzige Schwester zu verlieren … das konnte einen mächtigen Monarchen lange und nachhaltig schwächen.

Die Spur, die vor ihm verlief, übte einen starken Sog aus.

Obwohl eine Teleportation den Anschein hatte, als würde sie an einem bestimmten Ort ihren Ausgang nehmen und an einem anderen abgeschlossen werden, glich dieser Vorgang doch mehr einem Falten des Raums. Die Reichweite vom Ausgangspunkt bis zum Endpunkt hinterließ so etwas wie eine gepunktete Linie, so wie eine Krähe fliegt, deren Spur man folgen konnte, wenn man wusste, wonach man Ausschau halten musste und wie man die Spur im Blick behielt.

Die Sache war nur, dass es Damien hundertmal so viel Zeit kosten würde, sie zurückzuverfolgen, und in der Zwischenzeit konnte alles Mögliche geschehen. Also flog er mit Höchstgeschwindigkeit durch die Lüfte, den brennenden Wind auf der Haut und die Wucht eines Hurrikans in den Kleidern.

Doch er bemerkte es kaum, da er seine Konzentration ganz auf die Spur gerichtet hatte.

Ruth mochte noch so stark sein, sie hatte dennoch ihre Grenzen. Er glaubte nicht, dass sie den europäischen Kontinent verlassen hatte. Er hatte noch von keinem weiblichen Dämon gehört, der über eintausendfünfhundert Kilometer weit teleportieren konnte. Ruth war allerdings die Erste und Älteste dieser Art. Man konnte wirklich nicht vorhersehen, wozu sie in der Lage war.

Besonders mithilfe der Schwarzen Künste.

Jasmine brauchte eine ganze Stunde, bis sie bemerkte, dass Damien nicht mehr da war.

Vampire pflegten einander nicht zu überwachen, doch hier herrschten besondere Umstände. Sie befand sich auf dem Territorium einer fremden Art, umgeben von fremden Schattenwandlern, mit einer Aufgabe betraut, bei der Damien sie hatte begleiten wollen, um sicherzugehen, dass alles halbwegs ruhig war, bevor er sie sich selbst überließ.

Nicht, dass sie Schutz gebraucht hätte. Es war nur so, dass Damien sich die meiste Zeit ihres Lebens um sie gekümmert und sie zu einer Art persönlichem Liebling erkoren hatte und dass er es seitdem als seine Aufgabe betrachtete, ihr Aufpasser und Beschützer zu sein. Ähnlich wie ein älterer Bruder seine jüngere Schwester beschützte.

Dass er sich nicht an ihre Abmachung hielt, ohne ihr auch nur ein Wort zu sagen, weckte zumindest ein gewisses Maß an Neugier, wenn nicht gar Sorge. Es lag Jasmine fern, den Aufpasser eines doppelt so alten und mächtigen Vampirs zu spielen.

Aber trotzdem …

Jasmine verließ die Bibliothek und blickte in die höhlenartigen Tunnel um sie herum, obwohl ihre Sinne ihr sagten, dass Damien nicht in der Nähe war. Nun, er war ohne Weiteres dazu in der Lage, seine Anwesenheit jedem gegenüber zu verheimlichen. Sie verstand nur nicht, warum er das hätte tun sollen.

Als sie die Umgebung genauer in Augenschein nahm, konnte sie seine Witterung aufnehmen.

Also versteckte er sich nicht aus irgendeinem bestimmten Grund.

Die Spur war zumeist kalt, was ihr verriet, dass schon viel Zeit vergangen war.

Sie fragte sich, ob es klug war, ihm zu folgen.

Es konnte sehr gut sein, dass der Vampirprinz etwas … oder jemanden gefunden hatte, um sich zu vergnügen, und dass er nicht gern gestört werden wollte. Die Aufmerksamkeit eines Vampirs konnte sehr leicht abgelenkt werden. Sie waren Genusswesen, die kaum eine Gelegenheit ausließen, wenn ihr Interesse einmal geweckt war.

Obwohl es eine Weile her war, dass etwas die Aufmerksamkeit des Vampirs hatte erregen können.

Jasmine war während der fünfhundert Jahre fast immer an seiner Seite gewesen; sie hatte die zahlreichen weiblichen Wesen gesehen, die er in dieser langen Zeit gehabt hatte, ganz zu schweigen von den vierhundertfünfzig Jahren, die er schon gelebt hatte, bevor sie geboren worden war. Auch wenn er noch immer Begierden hatte, war er nicht mehr so leicht zu beeindrucken. Trotz seiner Vampirnatur passte es nicht zu ihm, dass er sich plötzlich von einer Pflicht ablenken ließ, die ihm wichtig war. Besonders wenn diese Pflicht politisches Fingerspitzengefühl verlangte und wenn Jasmine damit zu tun hatte.

Jasmine beschloss, seinen Fußspuren zu folgen.

Damien landete schließlich und schätzte, dass er kurz vor Paris war.

Das brachte eine Saite in ihm zum Schwingen.

Vom Lykanthropenterritorium ins Land der Mistrals? Ruth war vor einem Monat aus Russland vertrieben worden, davongejagt, weil sie direkt über der monumentalen Bibliothek, die von den alliierten Schattenwandlern entdeckt worden war, zu graben begonnen hatte. Jetzt war sie hier, wieder auf dem Territorium von Schattenwandlern.

Was wollte sie dort nur? Warum hatte sie Syreena bis dorthin verschleppt? Damien erkannte, dass sie große Strapazen auf sich genommen hatte, zuerst die Reise nach Russland und jetzt die Rückkehr mit einem Passagier im Schlepptau, der sich mit Zähnen und Klauen wehrte. Gleichwohl wusste Damien, dass das kein wirklicher Vorteil für ihn war. Ruth hatte zweifellos ihre Jäger um sich, die ihn in der nächsten Dämmerung an einen Pfahl binden würden, damit er langsam und qualvoll verbrannte, und Leute mit Zauberkräften, die noch Schlimmeres vorhatten.

Sie war verrückt, nicht dumm.

Damien verschwand in der Dunkelheit und verschmolz damit, so als wäre es das Natürlichste auf der Welt. Er befand sich auf einem Weg mit Kopfsteinpflaster, der von den Häusern eines kleinen Dorfs gesäumt war. Ein alter Ort und genau das Umfeld, wo man Mistrals finden würde. Doch er war zu dicht besiedelt. Mistrals lebten in kleinen Gemeinschaften, doch normalerweise in ländlicher Umgebung und mit kaum mehr als zwanzig Gebäuden.

Das hier war ein Ort mit über vier- oder fünfhundert davon.

Das konnte nur bedeuten, dass Ruth sich für einen unauffälligen Aufenthaltsort entschieden hatte, um mit dem Gefolge, das sie wahrscheinlich bei sich hatte, in der Nähe der Mistrals zu bleiben. In der echten Mistral-Umgebung würde Ruth hervorstechen wie ein Fremdkörper.

Syreenas Spur wurde deutlicher, je näher er ihr kam. Die laue Nachtluft wehte ihm ihren einzigartigen Geruch, den nur eine ausgewählte Gruppe von Jägern als ihren hätte ausmachen können, ganz schwach entgegen. Er, Siena und Jacob, der Dämonenvollstrecker, gehörten dazu.

Syreena war ganz nah.

Als Erstes musste er herausfinden, ob sie noch am Leben war. Wenn ja, musste er sofort handeln. Wenn nicht, konnte er zumindest jemanden herbeiholen, der ihm helfen würde, ihren Leichnam zurückzuschaffen und diejenigen zu bestrafen, die ihr das angetan hatten.

Der Gedanke war logisch und pragmatisch, doch Damien fand, dass er nicht so recht zu ihm passte. Ein Hauch von Bitterkeit befiel ihn bei der Vorstellung, dass einem so besonderen Wesen etwas angetan worden war. Die Prinzessin war ein einzigartiges Geschöpf. Ihr Tod wäre eine schmerzliche Tragödie, selbst für jemanden wie ihn, der alle Gesichter des Todes gesehen hatte.

Es war eine unerträgliche Vorstellung, dachte er bei sich, während er sich einem großen gemauerten Lagerhaus näherte, zu dem die Spur ihn direkt hinführte. Er mochte sich extremer Ausschweifungen schuldig gemacht haben, doch er verabscheute jede Art von Verschwendung.

Auch wenn er vielleicht in eine Falle tappte, die Ruth für jemanden – für Siena und für Elijah zum Beispiel – auf der Jagd nach Syreena aufgestellt hatte, würde er deshalb trotzdem alles tun, was in seiner Macht stand, um die Prinzessin zu retten.

Als Damien so nah an dem Gebäude war, dass er die Wand berühren konnte, läuteten die Alarmglocken in all seinen Sinnen und Instinkten. Der Ort roch geradezu nach Magie, wahrscheinlich eine Warnung, um unerwünschten Besuch fernzuhalten.

Damien spürte instinktiv, dass ihm die Zeit davonlief. Er konnte sein Näherkommen nicht sehr lange vor Ruth geheim halten. Sie war eine Meisterin der Gedankenbeeinflussung, und sie würde bald herausfinden, dass sie von einer fremden mentalen Kraft in die Irre geführt worden war. Doch selbst mit seinen mentalen Kräften konnte er sich nicht auf eine direkte Auseinandersetzung mit einem Geistdämon einlassen. Seine Fähigkeit, die Gedanken anderer zu beeinflussen, diente nur der Jagd. Damit vertrieb er gierige Räuber, um keine Zeit mit Kämpfen verschwenden zu müssen, er lockte eine mögliche Beute in raffinierte Fallen und beeinflusste sogar das Gedächtnis und die Wahrnehmung, sodass er Nahrung aufnehmen und kommen und gehen konnte, ohne Misstrauen zu wecken.

Damien ging langsam um das Abwehrsystem herum und untersuchte es so unauffällig und so behutsam wie jemand aus einem Entschärfungskommando eine Bombe.

Er konnte nur hoffen, dass das Ganze nicht mit einem plötzlichen Klick in seinem Gesicht explodieren würde.

Ruth schien mit der Zeit klüger geworden zu sein. Diesmal war ihre Abwehr auf alle Schattenwandler ausgerichtet und nicht nur auf Dämonen oder mit wem sie es sonst zu tun hatte. Sie hatte ihre Lektion gelernt, nachdem sich die Schattenwandler gemeinsam gegen sie gewandt hatten.

Sie war nicht nur eine Abtrünnige ihres eigenen Volkes. Sie war auch eine Bedrohung und eine schreckliche Gefahr für alle.

Damien aktivierte die empfindlichen Membranen in seinen Augen und war sofort geblendet von der gleißenden Hitze, die von den Körpern ausging, die im Hauptraum des Gebäudes dicht beieinander auf dem Boden kauerten. Es gab Nebenräume und Obergeschosse, und auch die strahlten die Hitze von Körpern aus.

Doch er suchte nach dem heißen Lodern eines Lykanthropen, und er fand die Hitzequelle schnell. Zu einer Kugel zusammengerollt lag sie in einem der oberen Räume in der Ecke, den kühleren Körper ihrer Entführerin über sich.

Oh, was würde ich dafür geben, wenn ich ihr schlagendes Herz in meinen Händen halten könnte, dachte Damien zornig über Ruth. Und wenn es nur dazu gut wäre, der Zerstörung und dem Leid, das sie anrichtete, ein Ende zu machen. Es war irgendwie lächerlich, dass sie den besten Jägern auf dem Planeten so leicht entkam.

Doch wenn sie Ruth aufspürten, wie sie es schon einmal getan hatten, würde die Tatsache, dass sie bereit war, beliebig viele Menschen zu opfern, um sich selbst zu retten, ihre Gefangennahme vereiteln. Sie führte fehlgeleitete Sterbliche in die Schlacht, um ihre Verfolger abzulenken, während sie einen ungeordneten Rückzug antrat.

Da direkt unter ihr ein Raum voll mit diesen armen Geschöpfen lag, musste Damien seinen Plan so gestalten, dass sie nicht die Gelegenheit bekam, sie auf ihn zu hetzen.

Er erhob sich in die Luft und näherte sich im Dunkeln dem kleinen Fenster, das zu dem Raum führte, wo Ruth ihre Beute festhielt. Das Fenster war ungewöhnlich klein, kaum größer als seine Hand.

Wirklich clever, dachte er.

So klein, dass alles abgehalten wurde, bis auf einen Winddämon etwa in seiner molekularen Form. Natürlich versehen mit einer Stange, die auf ihn heruntersausen würde, sollte er versuchen, nach dem Leckerbissen zu greifen, zu dem Syreena geworden war.

Damien wartete geduldig, bis Ruth den Raum verlassen würde. Er war vollkommen konzentriert auf sein weiteres Vorgehen und darauf, seine Anwesenheit vor ihren wachen Sinnen zu verbergen, bis auf den Moment, den er brauchte, um die Zeit bis Sonnenaufgang abzuschätzen. In ein paar Stunden würden weder er noch Syreena ungeschützt unterwegs sein können. Ruth war in der Lage, die typische Dämonenmüdigkeit abzuschütteln, die sie ansonsten tagsüber in Schlaf sinken ließ. Der Älteste und Mächtigste ihrer Art konnte dieser Schwächung oft entgehen, zumindest für ein paar Stunden.

Er und Syreena hatten weniger Glück. Bei ihr würde die Verletzung einem Sonnenbrand zehnten Grades entsprechen, und er würde zu glühen anfangen wie Grillkohle. Syreena würde an dem Gift in ihrem Blut sterben, und von ihm bliebe nur ein Häuflein Asche.

Sie mussten fliehen, einer Verfolgung nicht nur durch die Dämonin, sondern auch durch die Menschen entgehen, die keine Angst vor der Sonne haben mussten, und sie mussten eine Zuflucht finden.

All das innerhalb weniger Stunden.

Es dauerte gut vierzig Minuten, bis Damiens Wärmesensoren ihm verrieten, dass Ruth ihrer neuen Gefangenen müde geworden war und sie allein gelassen hatte. Ob das so bleiben würde, wusste er nicht. Er wusste nur, dass er, sobald er die Prinzessin hatte, eine Möglichkeit finden musste, damit Ruth sie nicht aufspüren konnte. Er konnte sich selbst abschirmen, nicht aber Syreenas Spur.

Er nutzte Ruths Abwesenheit, um durch das Fenster zu spähen.

Damien konnte Syreena nicht sehen, weil sie in der Ecke kauerte, die außerhalb seines Blickfelds lag. Was er sehen konnte, waren Mauerwände, die buchstäblich glühten vor Zaubersprüchen und Bannformeln.

Verdammt!

Da war nichts zu machen. Sie wurde zu streng bewacht. Es gab keine Möglichkeit, einen solchen magischen Zaun unbemerkt zu überwinden.

Dafür müsste er ihn direkt angreifen und durchbrechen.

Syreena verlor immer wieder das Bewusstsein, als Steine zu explodieren schienen und auf sie herunterprasselten. Die Wucht war enorm und ließ den gesamten Raum erzittern wie bei einem Erdbeben. Dann war da nur noch ein lautes Tosen um sie herum, das einem Höllentrip glich. Um sie herum tobte eine Kraft, die teilweise durch sie hindurchfuhr. Zum Glück stand sie zu sehr unter Schock, um es wirklich zu spüren.

Es war, als ob ein Feuersturm auf sie zukäme, und sie konnte nichts anderes tun, als sich zusammenzukauern, um ihren Körper zu schützen. Selbst in ihrem benommenen Zustand senkte sie ihren Kopf ganz tief und versuchte zu atmen, während sie darauf wartete, dass er sie zu Asche verbrannte … oder über sie hinwegzog.

Da legten sich plötzlich starke Arme um sie und versuchten, sie aufzurichten. Sie konnte nicht mithelfen. Ihre Beine wollten einfach nicht gehorchen.

Das Vorgehen änderte sich, und sie spürte, wie sie vom Boden aufgehoben wurde. Sie fühlte sich so schwer, als würde sie eine Million Tonnen wiegen, und konnte sich nicht vorstellen, wie jemand es schaffen sollte, sie hochzuheben.

Ihre Lage veränderte sich, ein unterdrückter Fluch war zu hören, und plötzlich stürzte sie in die Nachtluft.

4

Damien verließ den zerstörten Raum so, wie er hineingekommen war, durch ein riesiges Loch in der Wand, das er gerissen hatte, als er sich mit dem Körper dagegengeworfen hatte.

Syreena war mehr als nur ein totes Gewicht in seinen Armen. Die wahnsinnige, schlaue Ruth hatte die schmale, leichtgewichtige Frau durch einen Zauber bleischwer gemacht, sodass es scheinbar unmöglich war, sie hochzuheben oder fortzuschaffen. Es war, als versuchte er mit einem ausgewachsenen Elefantenbullen auf der Brust zu fliegen.

Trotzdem schaffte er sie beide aus dem Gefängnis hinauf zu den Sternen am dunklen Himmel. Es war anstrengend, vor allem nach den magischen Angriffen, denen er vor nicht einmal einer Minute noch ausgesetzt gewesen war.

Ein Vorteil war, dass Ruth nicht fliegen konnte und dass ihre Teleportationskräfte damit nutzlos waren. Sie konnte sich zwar an den Nachthimmel direkt vor ihm teleportieren, doch sie würde sofort abstürzen und wahrscheinlich sterben.

Ruth musste auf andere Mittel zurückgreifen. Damien konnte bereits spüren, wie sie versuchte, sich den Zielort aus seinem Gedächtnis zu ziehen. Wenn sie das Bild bekäme, konnte sie es dazu benutzen, ihm dort aufzulauern.

Deshalb hatte er absichtlich spontan gehandelt und keine Pläne gemacht, um sie auszutricksen. Was er selbst nicht wusste, konnte sie ihm nicht nehmen.

Zauberer konnten jedoch schweben, weshalb er auch in der

Luft nicht vollkommen sicher war. Er konnte spüren und riechen, wie sie ihm nachsetzten. Sie waren unverletzt und trugen keine Last bei sich, also würden sie ihn sehr schnell einholen.

Das war die Gelegenheit, zwei Fliegen mit einer Klappe zu schlagen. Er zögerte bei seinem schnellen Steigflug und blickte hinunter auf seine Angriffsziele. Er warf eine Decke aus unüberwindlicher Angst und unüberwindlichem Schrecken aus. Er ließ das Grauen auf sie niederfahren, als wäre es ein nuklearer Schlag.

Chaos brach aus nach dieser zerstörerischen Konzentration. Während die Körper auf die Erde stürzten, spürte er, wie Ruths Manipulationsversuche in seinem Bewusstsein nachließen. Sie versuchte, ihn weiter im Griff zu behalten und gleichzeitig die Auswirkungen seiner machtvollen Hypnoseversuche an ihren Günstlingen abzuwehren.

So gut sie darin auch war, es würde ihr nicht gelingen.

Damiens mentale Fähigkeiten gewannen die Oberhand und schlossen den Eindringling mit einem schmerzhaften Gegenschlag aus, so wie wenn man sich den Finger in der Autotür einklemmte.

Die Wirkung des Gewichtszaubers ließ nach, je weiter sie sich von dem bösen Ursprung entfernten. Sie flogen noch zehn Minuten rasend schnell dahin, dann war es, als würde Syreena, obwohl sie kalt und schlaff an ihm hing wie eine Tote, kaum mehr wiegen als eine Feder.

Sie wirkte so zerbrechlich, dachte er, als er einen Moment lang ihre bleichen, blutverschmierten Gesichtszüge betrachtete. Ihre sprühende Vitalität hatte ihr, wie er feststellte, eine erstaunliche Ausstrahlung verliehen. Jetzt, wo sie schlaff und leblos in seinen Armen lag, hatte ihn die irrationale Furcht befallen, dass er sie womöglich einfach durch seinen Griff, mit dem er sie hielt, zerbrechen konnte.

Aus dem starken Blutgeruch zu schließen, den sie verströmte, hatte sie zusätzlich zu den sichtbaren Spuren auch noch Verletzungen, die er nicht sehen konnte. Es machte ihn wütend, und das Gefühl verstärkte sich, weil der Geruch in ihm auch noch Hunger weckte. Schattenwandlerblut war voller Mystik und Kraft. Für einen Vampir war es wie der Geruch eines bevorstehenden Festmahls, das auf dem Herd eines hungrigen Mannes kochte.

Damien hatte noch nie einen Grund gehabt, sich dieses Instinkts zu schämen, in seinem ganzen langen Leben nicht, doch auf einmal empfand er dieses brennende Gefühl. Das Letzte, woran er jetzt denken sollte, war, was für ein Genuss sie für seinen Gaumen wäre. Eine tödliche Delikatesse, doch ebenso eine einzigartige Zubereitung. Unglücklicherweise wurde er von ihrem durchdringenden Geruch überwältigt, sodass ihm ein wenig schwindlig wurde, und er begann zu zittern wie ein Junkie, der beim Heroinentzug in Versuchung geführt wird.

Er war nicht auf der Jagd gewesen, bevor er Jasmine an diesem Abend zur Bibliothek begleitet hatte. Am Abend zuvor waren sie in der russischen Provinz angekommen und hatten aus Respekt vor Sienas Territorium ihr Bedürfnis unterdrückt, auf die Jagd zu gehen, bis sie die Gelegenheit hatten, um eine offizielle Erlaubnis für die Provinz nachzusuchen. Sie würde ihnen nicht verwehrt werden, weil sie denjenigen, von denen sie sich Leben borgten, kein Leid zufügten, doch es war eine Frage des Anstands. Von einem Lykanthropen auf seinem Territorium hätte er dasselbe erwartet. Nicht, dass so etwas Anlass für einen Krieg oder für eine Auseinandersetzung gewesen wäre; es war nur eine Höflichkeit, die ihre Kultur verlangte.

Also waren jetzt sein Hunger und seine schwindende Energie der Preis, den er für sein zivilisiertes Verhalten bezahlte. Das machte ihn angreifbar für die Verlockungen der Blutspur, die sich über sie beide hinzog. Und die exotische Herkunft dieser Spur verstärkte das Verlangen noch mehr.

Daher wusste er auch, dass sie heftig blutete. Obwohl sie sehr stark waren, heilten auch Schattenwandler nicht so schnell, dass der Blutverlust der Lykanthropin ausgeglichen werden konnte. Er musste einen Weg finden, ihr zu helfen. Er musste einen sicheren Hafen finden, und zwar schnell.

„Lyric, bring mir bitte meinen Nähkorb."

Die schmächtige junge Frau blickte von ihrem Gedichtband auf und schaute in die großen blauen Augen, welche die zarten Gesichtszüge ihrer Begleiterin beherrschten.

„Aber heute ist doch Mittwoch", sagte Lyric verwirrt.

„Ja, Lyric, das ist mir bewusst", erwiderte Windsong mit geduldigem Lächeln.

„Du nähst doch sonst immer am Donnerstag", fügte Lyric hinzu.

„Das ist kein Gesetz", neckte die ältere Frau die junge Mistral. „Wir bekommen bald Besuch, und ich muss den Riss in meinem blauen Kleid flicken."

„Besuch?" Die junge Sirene erschrak.

Sie hatten nie Besuch.

Sie lebten in einem kleinen französischen Dorf – nur ein paar wenige Häuser –, genannt *Brise Lumineuse*, mit insgesamt fünfzehn Einwohnern, kleine Kinder nicht eingerechnet.

In den neunzehn Jahren ihres Lebens hatte nie ein Fremder den kleinen Weiler besucht. In den zehn Jahren als Windsongs Lehrling hatten sie lediglich zwei wiederkehrende Besucher aus der Mitte der fünfzehn anderen Bewohner gehabt, die am Ende der langen Gasse lebten, die Windsongs Hütte von den anderen trennte. Der eine war Thrush, Lyrics Freund aus der Kindheit. Der andere war Harrier, ein hübscher, netter Barde, der für die ältere Sirene das war, was Thrush für Lyric war.

Thrush lag allerdings mit einer schweren Grippe im Bett, und Harrier war auf Reisen. Also würde keiner von beiden so bald zu Besuch kommen.

„Wer kommt denn?“, fragte sie ihre Mentorin und versuchte das Zittern ihrer Hände zu unterdrücken, indem sie sie unter den Tisch schob und zwischen die Beine klemmte.

Sie war lange genug da, um zu wissen, dass es Zeitverschwendung war, sich zu fragen, woher Windsong ihr Wissen hatte.

„Stell keine Fragen, Lyric! Bring mir einfach den Korb!“

Damien landete hart und nicht gerade elegant.

Er schlug auf den Knien auf und legte Syreena auf den feuchten Grund. Sie wurde zu schnell kalt, und ihr Atem setzte aus. Er konnte nicht länger weiterreisen mit ihr, sonst würde er sie womöglich töten, und er war sich der Tatsache voll bewusst, dass ihre Feinde sich neu formiert hatten und ihnen dicht auf den Fersen waren.

Viele Feinde.

„Syreena?“

Er berührte ihr Gesicht, das kälter war als seine vom Wind kalten Hände. Er brauchte ihren Puls nicht zu fühlen, um zu wissen, wie er schlug; er konnte das allein mit seinen ätherischen Sinnen. Sie lag im Sterben.

Er berührte ihren Kopf am Haaransatz, dort, wo am meisten Blut austrat. Ihr Haar war dort systematisch ausgerissen worden. Zweifellos ein Teil von Ruths perfider Folter. Die frühere Kriegerin kannte die Schwachstellen ihres Opfers genau und hatte sie ausgenutzt. Es war klar, dass Ruth die Prinzessin hatte töten wollen; sie hatte es nur langsam tun wollen und so grausam wie möglich. So verschaffte sie sich zweifellos eine perverse Befriedigung, würde den Leichnam dann auf das russische Territorium zurückschaffen, so verstümmelt wie möglich, und hätte damit ihrer Rache zum Ausdruck verholfen, sobald der Leichnam entdeckt wurde.

Glücklicherweise hatte Ruth nicht mit jemandem gerechnet, der so stark war wie er und der so schnell ihre Spur aufgenommen hatte. Was nicht bedeutete, dass ihr Plan nicht doch noch aufging, dachte er besorgt, als er sich weiter um die Prinzessin kümmerte. Damien schaute nach allen Seiten, fast so, als suchte er Hilfe bei den stillen Wäldern um ihn herum.

Und er fühlte sich tatsächlich hilflos. Das Protokoll musste beachtet werden, abergläubische Vorstellungen zwischen Kulturen, die nur schwer zu überwinden waren. Wenn er das tat, wonach sein Instinkt schrie …

Wäre sie ein Vampir, gäbe es kein Zögern. Doch sie war eine fremde Schattenwandlerin. Eine Lykanthropin. Und das machte einen riesigen Unterschied.

Von allen Schattenwandlern waren sich Vampire und Lykanthropen wohl am ähnlichsten, was ihre Fähigkeiten, ihre Art zu denken, ihre Kultur und ihren Instinkt betraf.

Es stand genau geschrieben in ihren Geschichten, was für einen Vampirgaumen annehmbar war und was nicht. Das Blut eines Wesens zum Beispiel, das sich mit schwarzer Magie abgab, war reines Gift. Es war so stark, dass es einen Vampir innerhalb von wenigen Stunden tötete. Innerhalb von Minuten, wenn der Vampir jung oder schwach war.

Menschenblut stellte bei der Ernährung den Hauptanteil dar.

Entgegen dem verbreiteten Mythos tötete ein Vampir mit seinem Biss nicht. Es war physisch nicht möglich, mehr als die

Hälfte der Blutmenge eines Menschen aufzunehmen, und schon diese Menge wurde als Völlerei angesehen, solange der Vampir nicht verletzt war oder einen Blutverlust ausgleichen musste. Ein Mensch konnte sich also schnell wieder erholen, nachdem er Beute gewesen war. Er würde höchstens unter einer leichten bis mittelschweren Anämie leiden.

Vampire waren nicht dumm. Warum sollten sie ihre eigene Nahrungsquelle schädigen, wenn sie mehr als einmal etwas davon haben konnten und die Menschen kaum etwas davon merkten? So konnte ihre Beute am Leben bleiben und ein andermal wieder als Nahrungsquelle dienen.

Wie überall in der Natur sorgten auch die Vampire instinktiv vor und versuchten, das Gleichgewicht zu erhalten. Damien war immer überzeugt gewesen, dass sie genau aus diesem Grund mit einem Blutgerinnungssystem ausgestattet waren, damit die Beute nicht verblutete, ganz zu schweigen von dem bemerkenswerten Nebeneffekt einer Antikörperübertragung, durch die ein kranker Mensch von den meisten Krankheiten geheilt werden konnte.

Doch nur wenige Dinge in der Natur waren allgemeingültig. Es gab Krankheiten, die so schnell fortschritten und sich wandelten, dass viele Antikörper beinahe augenblicklich ihre Wirkung verloren. Und das bedeutete, dass es Dinge gab, die auch Vampire nicht heilen konnten.

Es war weithin bekannt in der Vampirwelt, dass die Antikörper von Vampiren bei Lykanthropen keine Heilwirkung hatten. Nicht ganz so bekannt war, wie das Blut eines Lykanthropen auf einen Vampir wirkte. Schattenwandler waren tabu für Vampire, so wie Zucker für Diabetiker – sie konnten ihn essen, vielleicht überlebten sie es sogar, aber man konnte nicht sagen, wie sehr es ihnen schaden würde.

Das war Damiens momentanes Dilemma.

So erschöpft er auch war von all den Strapazen, hatte er keine Angst, dass er mit möglichen negativen Folgen durch das Schattenwandlerblut nicht fertig werden würde. Er hatte viel bessere Überlebenschancen als Syreena, wenn er ihr nicht half.

Sie brauchte seine Hilfe in Form der Blutgerinnungsfaktoren, die ins Spiel kamen, wenn er von seinem Opfer Blut gesaugt hatte. Auf wundersame Weise breiteten sie sich von der offenen Wunde überallhin aus und taten ihre zauberische Wirkung. Er musste Syreenas Blut in sich aufnehmen, um die Gerinnung auszulösen, die sie so dringend brauchte. Das eine ging nicht ohne das andere, so wie ein Mensch Nahrung aufnehmen musste, um die Ausschüttung von Insulin ins Verdauungssystem auszulösen. Ein Mensch konnte das nicht einfach gedanklich steuern. Und auch ein Vampir konnte die Injektion der Gerinnungsstoffe nicht einfach so herbeiführen.

Dann war da noch die Tatsache, dass sie bereits so viel Blut verloren hatte. Ihr noch mehr Blut wegzunehmen konnte sie töten, bevor der Heilungsprozess in Gang kam. Und dann gab es nicht einmal eine Gewähr dafür, dass die Gerinnungsstoffe sich mit ihrer Körperchemie vertrugen. Es war zwar ziemlich wahrscheinlich, aber es war nicht sicher.

Damien war mit einem Mal frustriert über seine eigene Unentschlossenheit. Er hatte keine Zeit mehr, so müßig zu sein.

Er schob einen Arm unter ihre Schultern und hob ihren schlaffen Oberkörper vom Boden hoch. Dann zog er sie auf seine Oberschenkel. Als er sie fest an sich drückte, spürte er, wie die Kälte ihres Körpers rasch in ihn eindrang. Sanft und mit einem Gefühl von Ehrfurcht, das er sich nicht erklären konnte, strich er das, was von ihren grauen Haaren auf der rechten Schulter noch geblieben war, zurück. Sein dunkler Blick fiel auf die Arterie, die nur noch ganz schwach in ihrem Hals pochte, und er schloss für einen Moment die Augen, atmete aus, während er in Gedanken kurz ein Gebet für sie sprach. Als er sie wieder ansah, ließ er es seit Stunden zum ersten Mal zu, dass er seinen wahnsinnigen Hunger spürte.

Und er betete auch für sich selbst.

Er war nicht darauf vorbereitet, wie furchtbar es sein würde. Der Hunger machte ihn blind, er kannte kein vergleichbares Gefühl, und er schwankte unter dessen Wucht. Es war dunkel und tief, tückisch, und es sagte ihm, wie lange die Begierde in seinem Unbewussten und in seinen Venen bereits anhielt. Erst da erkannte er, wie sehr er sich die ganze Zeit beherrscht und kontrolliert hatte.

Die Reißzähne schossen aus seinem Mund hervor und wollten unbedingt ans Werk gehen. Das Verlangen durchströmte ihn, erotisch wie die Nacht, ein Geheimnis, bereit, gelüftet zu werden. Und er griff an, so schnell, wie eine Kobra zubeißt.

Kurz bevor er sie berührte, riss Syreena die Augen auf. Etwas in der Schattenwandlerin wusste, dass sie angegriffen wurde, und hatte sie geweckt in der Hoffnung, dass sie weitere Qualen abwehren könnte. Es war der letzte verzweifelte Versuch, sich selbst zu retten.

Sie war also bei Bewusstsein, als Damiens Reißzähne sich schnell und präzise in ihren Hals gruben. Doch sie war zu schwach, sie konnte nur überrascht aufstöhnen. Nicht, weil es wehtat – das Durchbohren der Haut ging zu schnell und zu gezielt vor sich, als dass es besondere Schmerzen verursacht hätte. Doch sein Mund war heiß wie glühendes Feuer im Vergleich zu der Todeskälte ihrer Haut und ihres Körpers, und deswegen entwich dieses Geräusch ihren geplagten Lungen.

Syreena war sich bewusst, dass etwas in ihre Halsschlagader

eindrang. Sie hatte immer gedacht, dass ein Vampir seine Reißzähne benutzte wie einen Strohhalm oder wie eine Nadel, um das Blut direkt aus der Wunde herauszusaugen.

Tatsächlich benutzte er sie nur, um die beiden Löcher zu schaffen, die er brauchte. Es konnte nicht anders sein, denn gleich darauf spürte sie nur noch seine warmen, feuchten Lippen auf der Wunde, so fest wie ein Siegel. Seine Zunge glitt zuerst über ihre Haut, die heiße, samtene Liebkosung ließ sie in seiner Umarmung erbeben. Dann gab es ein Saugen, das mit einer unwirklichen und erotischen Intensität zunahm.

Damien spürte das heftige Beben ihres Körpers. Er drückte sie fest an sich, sodass sich das heftige Zittern auf ihn übertrug. Er war sich ganz dumpf bewusst, dass sie wach war, als ihr Blut in seinen Mund schoss. Ihr Blut war heiß, im Gegensatz zu ihrem kalten Körper. Das war sein letzter klarer Gedanke, bevor der erste Geschmack von ihr über seine Zunge lief. Als ihm die heiße Flüssigkeit durch die Kehle rann, brannte sie wie starker Whiskey.

Es war wie Ambrosia, die Speise der Götter. Er hatte das Blut von Menschenfrauen tausendmal getrunken, und die Pheromone waren ihm in den Kopf gestiegen und hatten ein Gefühl von Sinnlichkeit und Genuss ausgelöst, das sexuellem Begehren sehr ähnlich war. So etwas wie Syreenas Blut hatte er nicht erwartet. Es war voller Energie, die Aromen waren wie starke Barbiturate, die eine betäubende Wirkung hatten. Anders als bei dieser Droge jedoch geriet er in einen erstaunlichen Rausch statt in einen entspannten, komaähnlichen Zustand.

Er ließ sich von den Knien seitlich ins nasse Gras und auf die Blätter fallen und zog sie mit sich. Er versuchte zu denken, versuchte, alles Wichtige im Kopf zu behalten, doch alles, woran er denken konnte, war ihr Blut, ihr Körper, den er spürte, und das lange, tiefe Seufzen, das sie an seinem Hals ausstieß. Ihre Hände berührten seinen Rücken, die langen Finger glitten darüber hinauf zu seinen Schultern, wo sie sich spreizten wie Flügel, um ihn festzuhalten.

„Damien …“

Das Raunen, mit dem sie seinen Namen aussprach, durchfuhr ihn wie ein hoher Ton. Sein Körper reagierte mit intensivstem Verlangen und heftiger Erregung.

Das war kein durch Pheromone ausgelöster Taumel. Das stand außer Frage. Sein Körper war in Aufruhr, und er stöhnte leise vor Verlangen. Doch er durfte so nicht fühlen. Nicht, wenn so viel auf dem Spiel stand.

Als sie ihn festhielt, als ihr Blut in seinen Körper floss, spürte er, wie seine Sinne sich entfalteten, um die überwältigenden Empfindungen aufzunehmen, die sie in ihm weckte. Ihr Duft, ihr köstlicher Geschmack und das langsame, aufreizende Reiben ihres Körpers an seinem. Ihre Hände ballten sich zu eisernen Fäusten und zerrten an ihrem schlichten Kaschmirgewand.

Lass sie los! Lass sie sofort los!, schrie sein Bewusstsein, und es war das genaue Gegenteil von dem, was er im Grunde wollte. Was er wollte. Wollte. Begehrte. Syreena.

In diesem Augenblick wurden ihre klammernden Hände ganz schlaff und fielen von seinem Körper herab. Dass sie ihn so plötzlich losließ, war wie eine Warnung und sorgte für Klarheit in diesem Taumel aus Reizen und aus Genussfreude, in dem er versank. Damien riss die Augen auf, als die Wirklichkeit in ihrer ganzen Kälte über ihn hereinbrach. Er rief sich wieder ins Gedächtnis, was er vorgehabt hatte und dass das Leben, das er in seinen Armen hielt, in höchster Gefahr war.

Das Letzte, was Syreena fühlte, bevor sie in gnädiger Dunkelheit versank, war, dass seine Zähne ein zweites Mal zustachen, dann ein heftiges Brennen, das sich vom Hals über ihren ganzen Körper ausbreitete.

Damien ließ sich keuchend auf den Rücken fallen und schnappte unnötigerweise nach Luft, als ihr leichtes Gewicht auf seinen Körper sank. Eiseskälte und Feuchtigkeit drangen durch seine Kleider, doch er spürte es kaum. Er konnte sich nicht bewegen, konnte nicht denken. Er bestand nur noch aus einem Rausch von Gefühlen und Empfindungen, die sich von allem um ihn herum gelöst hatten.

Er war dem unerhörten Rausch von ihr in seinem Inneren erlegen. Muskeln und Blutkreislauf krampften und bebten und zitterten in dem angenehmen Gefühl, jenseits des Lebens zu sein, jenseits seiner spirituellen Bindung an diesen Planeten und an diesen Augenblick. Er starrte hinauf in die Bäume, wo sich alles um ihn herum in einer vollkommen verzerrten dreidimensionalen Perspektive drehte. Die Sterne am dunklen Nachthimmel drehten sich um die Planeten, helle Lichtstreifen vor schwarzem Samthintergrund. Sie hatten Kometenschweife, als wären seine Augen eine Kameralinse mit offener Blende, während die Erde sich um ihre Achse drehte.

Er schloss die Augen und fühlte sich ein wenig schwindlig, während er sich zu sagen versuchte, dass es nur eine leichte Halluzination war.

Was er nicht so leicht verdrängen konnte, war, wie sehr sein erregter Körper schmerzte. Es fühlte sich an, als hätte man ihm geschmolzenen Stahl eingeflößt, der ihn unverletzlich machte.

Er war sich ihres Atems an seiner Halsbeuge vage bewusst. Es bedeutete, dass sie noch lebte, und er war dankbar dafür. Sie lagen zusammen in der Dunkelheit, und sie kuschelte sich an ihn.

„‚Und Stunden gehen, bevor ich schlafen kann'", murmelte er

dem Wald zu, und das Zitat erinnerte ihn daran, dass er es sich nicht leisten konnte, noch mehr Zeit zu verschwenden und sie damit in höchste Gefahr zu bringen.

Doch er konnte sich nicht bewegen. Es war, als hätte er ein Mittel bekommen, das Lähmungserscheinungen hervorrief. Und da setzte der Schmerz ein.

Damien schrie auf, als er ihn mit plötzlicher Schärfe durchfuhr. Der Ton hallte durch die Nacht, wurde von den Bäumen zurückgeworfen, ein lang anhaltendes, tiefes Schreien im Todeskampf. Er hatte auf einmal das Gefühl, als ob seine Venen und seine Arterien aus dem Körper herausgerissen würden, durch Muskeln, Sehnen und Haut hindurch. Er krümmte sich vor Schmerzen, so sehr, dass er einen Knochen irgendwo in seinem Körper dumpf knacken hörte. Mit den körperlichen Veränderungen gingen auch mentale Veränderungen einher. Er stellte sich einen schrecklichen Moment lang vor, dass sein Brustkorb bersten würde, um den Delfin, der irgendwie in ihm gefangen war, freizulassen. Als das Tier sich herauswand, verwandelte es sich in einen Falken. Dann nahm es schlagartig die Gestalt einer Taube an.

Die kleine, gurrende Taube flog mit zarten Flügeln einher und landete direkt neben seinem Kopf. Er blinzelte verwundert, und schon im nächsten Augenblick starrte er auf kleine nackte Füße.

Benommen folgte sein Blick der Knöchellinie und der Wade, bis er die Gestalt einer wunderschönen jungen Frau erfasste, die er schon einmal gesehen zu haben glaubte.

Windsong kniete hastig neben dem Vampirprinzen nieder und berührte seine Haut, um zu prüfen, wie warm sein Körper war. Es war die einzige Möglichkeit, um sagen zu können, ob ein Vampir noch am Leben war, sofern man ihn nicht enthauptet oder zu Asche verbrannt hatte. Diese Todesarten waren um einiges leichter festzustellen.

Selbst in der Dunkelheit konnte sie das Blut erkennen, das noch an seinen Lippen klebte. Als sie die entsprechenden Wunden am Hals der Lykanthropin sah, konnte Windsong sich schnell einen Reim darauf machen und begriff, was Damien getan hatte und warum er zu einer so schrecklichen Entscheidung gezwungen war. Das Opfer, das er gebracht hatte, um die verletzliche Lykanthropenprinzessin zu retten, berührte die empfindsame Mistral zutiefst, und sie musste gegen die Tränen ankämpfen.

Das Flattern von Vogelschwingen lenkte ihre Aufmerksamkeit auf die kleine Lerche, die neben ihr auf dem Boden schimmerte. Mit zerzaustem Federkleid begann sich der Vogel zu verwandeln. Innerhalb einer Minute wurde daraus die kleine Gestalt von Windsongs Lehrling.

„Lyric, wir müssen Tragen bauen und sie so schnell wie möglich nach Hause bringen. Sie brauchen Pflege und Schutz."

„Wie können wir so jemanden beschützen?", fragte Lyric nervös, als sie sich hinkniete, um Windsong zu helfen, die Lykanthropenprinzessin von dem Vampirprinzen zu heben und auf die Seite zu legen.

„So wie wir uns selbst schützen, meine Liebe. Mit unserer Stimme, mit unserer Weisheit und mit unserem Herzen. Beeil dich, wir dürfen keine Zeit verlieren!"

„Sind sie dem Tode nah?"

„Ich bin nicht sicher. Ich glaube, dass sie verfolgt werden. Mach schnell, Kind!"

Lyric fragte nicht weiter. Sie lief davon, um ein paar starke Äste zu sammeln. Sie würde nicht weit weggehen, wie Windsong wusste, dazu hatte sie zu viel Angst. Das war gut so, dachte die Mistral, weil sie sich jetzt nicht um ihren Zögling kümmern konnte.

Stattdessen hockte sie sich auf den kalten Waldboden und setzte sich anmutig auf ihre überkreuzten Beine, die Knie nah bei den nebeneinanderliegenden Köpfen der beiden bewusstlosen Fremden.

Windsong schloss ihre Augen und holte zweimal lang und tief Atem. Dann begann sie sanft zu singen. Es war ein Schutzlied, und es war sehr stark. Es würde die drei vor Entdeckung und Leid bewahren, sobald es sich in einem Kreis um sie gelegt hatte. Dieser sich ausdehnende Kreis entstand allein durch Windsongs wunderbare Stimme, die immer wärmer und kraftvoller ertönte. Es dauerte nur einen Moment, bis der Wald das Echo der Melodie zurückwarf, die manchmal so hoch war, dass nur mehr bestimmte Tiere sie wahrnehmen konnten. Der Klang der qualvoll süßen Musik breitete sich aus und verhexte und verwirrte die Sinne von allem darum herum, das ihn durchdringen wollte.

„Syreena", zischte Siena leise.

Sie ließ den blutgetränkten Schnee zwischen ihren Fingern hindurchfallen und drehte sich ruckartig zu der Vampirin um.

„Du glaubst, Damien ist ihrer Spur gefolgt?"

„Da es unwahrscheinlich ist, dass er sie angreifen würde, ist das die einzig logische Alternative", antwortete Jasmine nüchtern. „Seine Spur führt zu diesem Platz und verschwindet dann genauso wie die deiner Schwester. Außer du denkst, sie halten eine Sitzung ab oder haben ein Stelldichein, während deine Schwester verletzt ist …„

„Syreena hat kein Stelldichein", blaffte die Lykanthropenkönigin die kleine Frau an. „Irgendwie habe ich das Gefühl, du findest das auch noch amüsant."

„Siena …", mahnte Elijah sanft.

„Das ist ziemlich wahrscheinlich, weil meine Spezies sich

schnell für eine gute Intrige begeistern kann. Da hast du Glück, denn genau deswegen ist Damien der Prinzessin wahrscheinlich gefolgt."

Elijah packte seine Frau am Arm, als diese sich mit einem Fauchen auf die Vampirin stürzen wollte. „Siena! Ich bin sicher, Jasmine will dich nicht beleidigen und sagt die Wahrheit", warf er rasch besänftigend ein.

„Natürlich", sagte Jasmine.

„Kannst du ihre Spur aufnehmen?", fragte Siena ihren Mann, ohne die Vampirin zu beachten, und packte ihn am Ärmel.

„Kann ich." Wegen der verneinenden Gedanken ihres Mannes in ihrem Kopf musste Siena die Fremde anschauen. Er konnte Damien nicht folgen. Seine Fähigkeiten waren dem herausragenden Können des Prinzen nicht ebenbürtig. „Ich kann Damien überallhin folgen, sofern er es zulässt", fuhr Jasmine selbstsicher fort. „Ich versichere dir, dass er seine Spuren nicht verwischt hat. Er will, dass jemand, der den Zwischenfall mitbekommen hat, ihm folgt und ihm vielleicht sogar zu Hilfe kommt. Dein Gemahl und ich können ihm hinterherfliegen. Du kannst das dagegen nicht. Du musst hierbleiben."

Elijah spürte, wie tiefe Frustration in seiner Gattin hochkochte. Es gefiel ihr nicht, dass diese Fremde ihr sagte, was sie tun konnte und was nicht. Selbst wenn sie recht hatte, nahm die Königin es ihr übel, dass sie sie daran erinnerte. Sienas Tiergestalt war ein Puma, ein erdgebundenes Wesen, das nicht ohne mystische oder technische Hilfe ein Gewässer durchqueren konnte. Doch Elijah konnte sie mitnehmen.

„Nein", flüsterte er sanft in ihr Haar dicht bei ihrem Ohr und legte ihr die Hände auf die Schultern. „Bleib hier! Für den Fall, dass Damien mit Syreena zurückkommt. Dann kannst du uns wenigstens Bescheid sagen, und wir sind schneller wieder zurück.“ Er fasste sie sanft am Kinn und hob ihr Gesicht, damit er ihr in die Augen schauen konnte. „Wir bringen sie dir wieder, Liebling, wenn es möglich ist.“

„Ich weiß“, sagte sie mit einem angespannten und gequälten Unterton in der Stimme. Sie kämpfte gegen die Tränen in ihren Augen an und wandte sich von den beiden ab, um es zu verbergen. Jasmine wusste, dass es nur zu ihrem Vorteil war. Der Dämonenkrieger war genau im Bilde über das, was seine Gattin empfand, manchmal sogar schon bevor sie selbst es wusste. Das war die Art, wie sie miteinander verbunden waren. Selbst ein Vampir wusste das.

Jasmine streckte ihre schlanken Arme mit den Handflächen nach oben aus und hob ab, um in die Nacht hinauszufliegen. Der kalte Wind zerrte an ihrem weiten Hemd und an ihrem Haar, als sie über den goldenen Köpfen des Paares schwebte. Sie drehte den Kopf und richtete den Blick nach oben, sodass Elijah und seine frisch Angetraute sich verabschieden konnten, ohne dass sie zusah.

Kurz darauf schwebte der Dämon neben ihr, und seine grünen Augen leuchteten in der Dunkelheit, als er sie ansah.

„Führe uns!“, befahl er ihr.

„Hab Geduld. Das hier geht langsam, Krieger“, warnte sie ihn. „Die Spur ist schon seit mehreren Stunden kalt.“

„Ich verstehe“, sagte er und blickte unwillkürlich zu seiner Frau hinunter. Es war ihm anzusehen, dass er sich Sorgen um sie machte.

Das genügte, um sogar die abgebrühte Vampirin zu berühren.

Damien riss die Augen auf, und seine Pupillen zogen sich rasch zusammen in dem hellen Licht, das ihn umgab. Er schrak hoch, beunruhigt, ob er im Sonnenlicht erwacht war.

Einen Augenblick später spürte er, wie sanfte Hände auf seinem Rücken ihn drängten, sich wieder hinzulegen in dem warmen und behaglichen Bett, in dem er geschlafen hatte. Er fuhr herum, um zu sehen, wer ihn da berührte, und instinktiv zeigte er seine Fangzähne und stieß ein Fauchen aus.

Das junge Mädchen schrie panisch auf, sprang von ihrem Stuhl hoch, sodass der umfiel, und stolperte rückwärts von ihm weg.

„Keine Angst, Lyric", beruhigte eine leise, sanfte Stimme das Mädchen, während ausgestreckte Hände sie festhielten. „Er tut dir nichts. Oder, Damien?"

Damien stutzte, als er seinen Namen hörte, und drehte sich um, um sein neues Ziel ins Auge zu fassen. Er erkannte sie sofort. „Windsong?"

„Ja, Damien."

Zwei Sekunden lang war er wie erstarrt, während sein Gehirn versuchte, alle Informationen, die es auf einen Schlag bekam, zu verarbeiten. Es war schwierig, nicht nur weil er unter Schock stand, sondern auch, weil Windsongs Stimme ein natürliches Hypnosemittel war. Der einlullende Reiz einer Sirenenstimme war zur einen Hälfte Schönheit und Talent und zur anderen ein mentaler Trick. Ein Vampir in seinem Alter und mit seinen Fähigkeiten war immun gegen die Gedankenbeeinflussung, doch hatte die Stimme einer Mistral stets eine gewisse Wirkung, der er sich nicht entziehen konnte. Nicht, solange die Absichten der Mistral gut waren.

„Entschuldigung!", sagte er zu dem Mädchen, das er so erschreckt hatte, bevor er sich mit einem Seufzer unendlicher Erleichterung zurücksinken ließ.

In Sicherheit. Endlich!

Er erinnerte sich, dass sie absichtlich in den Wäldern in der

Nähe von *Brise Lumineuse* gelandet waren. Er hatte vorgehabt, Schutz zu suchen, falls er ihn brauchte, und nur dann. Anscheinend hatte Windsong gewusst, dass er nicht mehr dazu in der Lage war, aus eigener Kraft zu ihr zu kommen.

Windsong wusste solche Dinge immer irgendwie.

„Tut mir leid, Lyric", sagte er noch einmal, diesmal viel aufrichtiger. Er warf Windsong einen Blick zu und richtete seine Augen dann auf das kleine dunkelhaarige Mädchen. „Dein Lehrling in diesem Jahrhundert, nehme ich an."

„Ja", sagte Windsong. „Wie fühlst du dich?"

„Müde", antwortete er automatisch und bemerkte erst dann, dass es tatsächlich stimmte. Er konnte sich nicht erinnern, wann er sich zuletzt so erschöpft gefühlt hatte. Es war nicht das Schwächegefühl, das einen befiel, wenn man zu lange keine Nahrung aufgenommen hatte, etwas, was er viel häufiger erlebte, falls häufig überhaupt das treffende Wort war. Es war eine Müdigkeit wie … wie damals, als er noch einen Blutkreislauf, Sauerstoff und ein schlagendes Herz gebraucht hatte, um sich am Leben zu erhalten.

Wie alle Vampire brauchte er diese Erhaltungssysteme seit seinem hundertsten Jahr etwa nicht mehr. Jetzt nutzte er sie nur noch aus reiner Gewohnheit, so ähnlich wie Blinzeln oder Atmen. Es waren diese nicht benötigten Funktionen, die den Mythos geschaffen hatten, Vampire seien der wandelnde Tod. In Wirklichkeit war es so, dass ihr Körper, wenn sie älter wurden, einen neuen Weg fand, sich zu versorgen, während er gleichzeitig mehr Energie erzeugte. Es war eine evolutionäre Leistung und der Grund dafür, dass sie als Spezies so vorherrschend waren. Ihr Gehirn arbeitete auf einem höheren Niveau, es gab ihnen größere sensorische Fähigkeiten, die Macht, Gedanken anderer zu beeinflussen, und die Fähigkeit, sich allein auf mentalen Befehl hin in die Luft zu erheben und zu fliegen. Ganz zu schweigen davon, dass der Heilungsprozess bei allen Schattenwandlern sehr schnell vonstattenging.

Offensichtlich hatte er das lebensgefährliche Experiment, Lykanthropenblut in sich aufzunehmen, überlebt. Seine bemerkenswerte Fähigkeit, sich von fast jeder Verletzung zu erholen, war die eigentliche, wahre Gnade.

Trotzdem würde er es nicht so schnell wieder tun.

Er konnte sich noch gut an die Schmerzen erinnern und wusste, dass die ihn noch eine Weile verfolgen würden. Wie ein Kind musste er nicht zweimal in eine Flamme fassen, um seine Lektion zu lernen.

Er fühlte sich bleischwer, doch er musste keinen Hunger stillen, also konnte das nicht der Grund dafür sein. Sein Körper hatte sich noch längst nicht erholt von dem, was er erlitten hatte. Das gab ihm ein Gefühl von Hilflosigkeit, und er hasste es. Was würde er nicht geben für einen guten Dämonenheiler.

„Syreena?"

„Sie ruht sich aus", versicherte ihm Windsong und legte ihm eine Hand auf den Arm, damit er liegen blieb, denn er wollte instinktiv aufstehen und selbst nachsehen. Er wäre verantwortlich, wenn der Lykanthropenprinzessin etwas zustieß, und er wollte lieber seinen Kopf riskieren als das zulassen.

Der leidenschaftliche Gedanke überraschte ihn, und er musste laut auflachen. Das Lachen war fehl am Platz, auch für die beiden Frauen neben seinem Bett. Er wusste es, weil sie befremdete Blicke austauschten. „Wird sie es überleben?"

„Dank dir", sagte Windsong und ließ ihn so wissen, dass sie im Bilde war darüber, was er getan hatte, um sie zu retten.

„Das war Glück", verbesserte er sie mit einem tiefen Seufzer. „Großes Glück."

„Dann sollten wir dein Glück in unsere Gebete einschließen, bevor wir heute Morgen schlafen gehen“, sagte Windsong.

„Wie lange noch bis zur Dämmerung?“, fragte er. Normalerweise warnte seine innere Uhr ihn vor der Dämmerung, doch es überraschte ihn nicht, dass seine Reaktionen ein wenig eingeschränkt waren.

„Es ist schon hell“, sagte die kleine Lehrtochter, überrascht, dass er das nicht wusste, wie man ihrer zarten Stimme anhörte.

„Danke, Herzchen!“, sagte er und schloss eine Minute lang die Augen. Er sah nicht, wie sie rot wurde, als er diesen Kosenamen sagte. „Im Moment würde ich es erst merken, wenn ich schon halb geröstet wäre.“

Lyric lachte überrascht auf und schlug sich erschrocken die Hand vor den Mund. Er lächelte sie gewinnend an und schob lässig eine Hand unter seinen dunkelhaarigen Kopf.

„Du willst also Heilerin werden?“, fragte er. „Du lernst bei der Besten. Die Frau, die ihr heute gerettet habt, hätte ohne Windsong das Erwachsenenalter nie erreicht.“

Lyrics Augen weiteten sich. „Wir machen meistens Kräutermedizin zusammen. Windsong zieht mich bei schweren Fällen nicht hinzu.“

„Bis dahin ist es auch noch ein weiter Weg. Alles zu seiner Zeit“, belehrte die ältere Sirene sie bestimmt, während sie Damien mit ihren großen blauen Augen zuzwinkerte. „Ist es nicht erstaunlich, wie erpicht die jungen Leute darauf sind, sich in Schwierigkeiten zu bringen?“

Damien lachte und nickte. Er hatte mehr als genug frühreife Vampire mit diesem Wesensmerkmal kennengelernt. Jasmine war eine davon gewesen.

„Und jetzt, Lyric, setz dich wieder hin und sing dein Heilerlied“, leitete Windsong ihre Schülerin an und führte das in

Ehrfurcht erstarrte Mädchen zu ihrem Stuhl. „Lyric hat eine außergewöhnliche Stimme, Damien. Ich denke, sie wird dich in null Komma nichts in den Schlaf singen."

„Daran zweifle ich nicht im Geringsten", sagte Damien.

Er entspannte sich in seinem Bett, so gut er konnte, schloss die Augen und versuchte, den furchtbaren Schmerzen, die noch in seinem Gedächtnis und seinen Nerven nachhallten, keine Beachtung zu schenken.

Wie versprochen, begann Lyric für ihn zu singen. Nach ein paar unsicheren ersten Tönen erklang das Heilerlied, das sie immer und immer wieder geübt hatte. Sie war verwundert und fühlte sich geehrt, dass ihr erster richtiger Patient ausgerechnet der Vampirprinz war. Sie konnte es kaum erwarten, Thrush von der abenteuerlichen Erfahrung in dieser Nacht zu erzählen. Er würde es nicht glauben! Sie konnte es ja selbst kaum glauben.

Lyrics Stimme wehte über Damien hinweg wie eine Brise, die zuerst in Böen dahinfegte und dann gleichmäßig blies. Das Lied selbst war erfüllt von beruhigenden Bildern, von Feldern und von frischer Luft und von Mondlicht, das auf die Flügel der Nachtfalter schien. Er ließ sich einlullen von dieser besonderen Art von Magie. Solange Windsong da war, waren sie in Sicherheit.

Mit diesem Gedanken sank Damien in wohligen Schlaf.

5

Er erwachte wieder beim hellen Klang eines Lieds, das aus dem Nebenzimmer kam.

Er erkannte das junge Talent von Lyrics noch ungeübter Stimme. Ein paar Jahrzehnte intensiven Studiums unter Anleitung ihrer Mentorin, dachte er, und sie würde so natürlich und so unglaublich schön klingen wie die Stimme, die plötzlich in den Gesang einfiel.

Er lag ruhig da und lauschte minutenlang. Ohne dass er es wollte, versetzten sie ihn in einen leicht hypnotischen Zustand, der selbst die raueste Seele besänftigt hätte. Es lag sogar etwas Melodisches darin, wie sie ihre Aufgaben ausführten, die, wie er glaubte, darin bestanden, das Abendessen zuzubereiten. Die Küchenhitze und all die köstlichen Düfte breiteten sich zusammen mit den Tönen aus, mit denen ihre Stimmen spielten. Windsongs Koloraturen waren ein klangliches Meisterwerk, Lyrics sanfter Sopran wie das liebliche kristallklare Klimpern von Glöckchen.

Damien setzte sich auf, strich sich abwesend mit den Fingern durchs Haar, als sein Blick auf das zweite Bett im Raum fiel, das auf der rechten Seite senkrecht zu dem seinen stand. Er nahm an, dass es sich um das Bett von Lyric oder Windsong handelte, das sie ihren Patienten überlassen hatten.

Patient.

Das Wort passte nicht so recht zu einem Mann wie Damien, und er versuchte aufzustehen. Er zögerte, als er merkte, dass man ihm seine blutverschmierten Kleider ausgezogen hatte und er nackt unter den Laken lag. Mistrals hatten nicht die geringste Ähnlichkeit mit seiner Spezies, sie waren viel konservativer und zurückhaltender in allem, außer in Tugend und im Gesang. Während Windsong mehrere Hundert Jahre Erfahrung hatte, war er sicher, dass Lyric so etwas nicht gewöhnt war.

Er lachte leise in sich hinein. Es war eine Weile her, dass er hatte denken müssen wie ein Gentleman, und er fand es überaus wohltuend.

Er schlang eines der Laken um sich und stand auf. Er verspürte ein wenig Hunger, was ein gutes Zeichen war, und ihm war leicht ums Herz. Wahrscheinlich, wie er feststellte, eine Wirkung des heiteren Lieds, das im Raum nebenan geschmettert wurde.

Der Vampirprinz trat an Syreenas Bett, beugte sich über sie und berührte mit sanften Fingern den Verband über ihrem Haaransatz. Er spürte den starken und gleichmäßigen Puls, roch die Kräuter, die man verwendet hatte, um sie zu behandeln und zu baden. Sie duftete intensiv nach Lavendel. Seltsamerweise einer seiner Lieblingsdüfte. Er hatte das dringende Bedürfnis, sie eingehend zu betrachten.

Ihr Gesicht war voller Blutergüsse, doch die meisten waren am Hals. Der Blutverlust verzögerte einen normalen, schnellen Heilungsprozess, sonst wären sie schon fast verschwunden gewesen, so wie auch die meisten seiner Verletzungen tagsüber verheilt waren.

Er bemerkte, dass ihre Hände dick eingebunden waren, und das überraschte ihn. Er hob einen der handgemachten Quilts hoch, in die sie eingehüllt war, und wickelte den Verbandsmull und die Stoffstreifen ab, um herauszufinden, warum. Was für eine Verletzung hatte er da übersehen?

Er gab einen leisen, wütenden Ton von sich, als er feststellte, dass sie mehrere Wunden hatte, die durch ihre Hände hindurchgingen.

Schlimm genug, dass dieses kranke Miststück der armen Prinzessin die Federn ausgerissen hatte, doch sie hatte ihr anscheinend auch die Flügel gestutzt, auch wenn die Wunden wahrscheinlich nicht annähernd so lange bleiben würden wie die Erinnerung an die Situation, als sie ihr zugefügt worden waren.

Damien legte ihre Handfläche behutsam auf seine, während er mit den Fingerspitzen der anderen Hand sanft und vorsichtig über die Wunden auf ihrem Handrücken strich. Er hörte, wie ihr Herzschlag sich veränderte, und warf rasch einen Blick auf ihr Gesicht.

Ihre verschiedenfarbigen Augen betrachteten ihn durch halb geöffnete, geschwollene Lider.

„Willkommen zurück", begrüßte er sie leise.

Sie antwortete nicht. Stattdessen sah sie sich mit ihren verschiedenfarbigen Augen schnell und prüfend um.

„Bist du mir gefolgt?"

Ihre Stimme war rau, ihr Hals blutunterlaufen von den geplatzten Adern, eine Folge der Strangulierungen, die sie erlitten hatte.

„Sobald ich wusste, was passiert ist", sagte er zu ihr.

Er war neugierig. Windsong und Lyric sangen noch immer im Hintergrund, doch die Wirkung des Gesangs schien sie noch nicht erreicht zu haben. Womöglich ein Zeichen ihrer mentalen Disziplin, doch in ihrem geschwächten und angegriffenen Zustand konnte er sich das kaum vorstellen.

„Ich danke dir", sagte sie seufzend, schloss die Augen und versuchte sich ein wenig zu bewegen. Sie zuckte zusammen, eine ziemlich unauffällige Reaktion für die wahnsinnigen Schmerzen, die sie haben musste.

„Du brauchst dich nicht zu bewegen“, sagte er beruhigend. „Es wird gut gesorgt für dich. Warte lieber, bis die Wunden ein wenig verheilt sind.“

Ihre Augen öffneten sich erneut, diesmal ein wenig weiter, und sie wurde sich seiner Anwesenheit und der Umgebung besser bewusst.

„Wo sind wir?“

„*Brise Lumineuse*“, teilte er ihr mit, weil er wusste, dass sie sowohl mit dem Ort als auch mit den Personen, die dort lebten, vertraut war.

Es war Windsong gewesen, die Siena vor etwas über einem Monat von einer schweren Sonnenvergiftung gerettet hatte. Am Ausdruck in Syreenas Augen konnte er ablesen, dass die Prinzessin verstand, dass sie der großzügigen Mistral nun doppelt verpflichtet war.

Ihre Augen schauten hinunter auf die Hand, die er hielt, und er folgte ihrem Blick. Damien stellte überrascht fest, dass er sie während ihres Gesprächs die ganze Zeit sanft gestreichelt hatte. Er empfand eine unglaubliche Traurigkeit, als er die Wunden erneut betrachtete. Er blickte in ihre ungewöhnlichen Augen, und es kümmerte ihn nicht, dass sie wahrscheinlich in den seinen lesen konnte, was er fühlte.

„Tut mir leid“, murmelte er sanft und drückte warm ihre Hand.

„Was?“, fragte sie.

„Dass ich so lange gebraucht habe, um dich zu finden“, sagte er.

Es gab nichts, wofür er sich hätte entschuldigen müssen, dachte Syreena, während die Gefühle ihre Gesichtszüge verzerrten. Eine solche Empfindsamkeit und eine so zärtliche Sorge von jemandem, von dem sie es nie erwartet hätte, wühlte sie auf und bewirkte, dass sie ihre mühsam bewahrte Selbstbeherrschung verlor. Sie konnte die Tränen nicht zurückhalten, die ihr aus den

Augenwinkeln liefen, doch sie wandte das Gesicht ab, während sie versuchte, die aufsteigende Angst und die Wut wieder in den Griff zu bekommen … und so viele andere Gefühle, denen sie sich nicht zu stellen wagte.

„Tu das nicht!“, sagte er auf einmal, und seine Finger versuchten ihr Gesicht wieder zu ihm hinzudrehen. „Schäm dich nicht für deine Gefühle!“

„Und das von jemandem, dessen Spezies wenig fühlt und noch weniger zeigt?“, erwiderte sie mit einem Rest der Bissigkeit, die er schon kannte. Damien musste lächeln.

„Und das von einer Frau, die in ihrem Leben gerade mal zwei Vampire getroffen hat“, entgegnete er. „Was du von den Mönchen und aus den Büchern über uns weißt, unterscheidet sich erheblich von dem, was wir wirklich sind“, sagte er ihr.

Syreena hatte das bereits festgestellt. Doch sie wollte sich einem fast völlig Fremden nicht so verletzlich und schutzlos zeigen. Es war eine spontane Reaktion gewesen, ihn zu provozieren. Mit den Sticheleien, die sie sich an den Kopf warfen, kam sie besser zurecht als mit der Fürsorglichkeit, die sie ihm gar nicht zugetraut hätte.

Schließlich bemerkte sie, wie er angezogen oder eher nicht angezogen war, und es kam ihr in den Sinn, dass er vielleicht ebenfalls verletzt worden war. Sie erinnerte sich daran, dass es eine Explosion gegeben hatte und als Gegenreaktion eine Menge Magie, als er gekommen war, um sie zu holen. Es musste ein äußerst schmerzhaftes Martyrium gewesen sein; nur jemand, der so stark war wie er, konnte das überleben.

Ihr Blick glitt über seine ebenmäßigen Gesichtszüge, das lange, offene blauschwarze Haar, seine nackten Schultern und die bloße Brust.

„Geht es dir gut?“, fragte sie schließlich, als sie keine sichtbaren

Spuren von Verletzungen entdecken konnte. Er sah tatsächlich viel zu gesund aus für ein Wesen, das in einer Nacht so viel durchgemacht hatte. Sie beneidete ihn um seinen rasch heilenden Körper und um die sichtlich kräftige Konstitution, die von einer gut ausgebildeten Muskulatur noch betont wurde.

„So weit, so gut", antwortete er ziemlich kryptisch.

Doch das Undurchschaubare seines Kommentars ging im nächsten Moment unter, als die Erinnerungen über sie hereinbrachen.

Syreena setzte sich so plötzlich auf, dass er fast erschrak. Sie entzog ihm ihre Hand und legte ihm beide Hände auf die Schultern. Die Prinzessin betrachtete ihn noch einmal eingehend und versuchte erneut, irgendwelche Verletzungen zu finden.

„Damien", stammelte sie schockiert. *„Geht es dir gut?"*

Er erkannte sofort den Unterschied zwischen dem ersten Mal, als sie die Frage gestellt hatte, und jetzt. Er versuchte ihre Hände von seinen Schultern zu lösen und schnalzte beruhigend mit der Zunge.

„Ja, es geht mir gut", versicherte er ihr und zwang sie, sich wieder hinzulegen.

Sie nahm es hin, während ihre Augen ungläubig dreinblickten. „Warum hast du das getan? Es hätte dich umbringen können!"

„Hat es aber nicht", erinnerte er sie.

„Du hast dein Leben für mich aufs Spiel gesetzt, als wärst du nicht verantwortlich für ein ganzes Volk! Das war töricht und albern!"

„Es wäre mein eigener Fehler gewesen", erwiderte er scharf. „Ich bin es nicht gewohnt, dass Leute kritisieren, was ich tue, Syreena."

„Nun, dann sollten sie vielleicht damit anfangen! Ich hätte Siena niemals erlaubt, so etwas Dummes zu tun!"

„Ach ja? So wie du verhindert hast, dass sie beinahe ihr Leben gelassen hätte für ihren Mann?"

Er hatte das Messer an einer empfindlichen Stelle einmal umgedreht, das konnte er an dem Ausdruck in ihren Augen ablesen. Erst da wurde ihm klar, dass sie sich selbst verantwortlich machte dafür, dass ihre Schwester letzten Oktober dem Tode so nah gewesen war.

„Sollte ich dich etwa verbluten lassen, Syreena?", fragte er leise und versuchte etwas von dem Schmerz zu lindern, den er ihr mit seinen Worten zugefügt hatte. „Warum stellst du mein Leben über das deine?"

„Weil ich nicht so besonders bin, dass ein ganzes Volk um meinetwillen seinen Herrscher verlieren sollte!"

„Du hast Glück, dass ich mit dieser Einschätzung nicht übereinstimme."

Doch Damien spürte, dass hinter ihrer Bemerkung noch etwas anderes steckte außer dem momentanen Streit. Doch es passte nicht so recht ins Bild für ihn. Er hatte sie nie als jemanden gesehen, der sich selbst abwertete.

Sie schaute ihn ungläubig an, so als wäre er nicht ganz bei Verstand, ließ ihren Blick über ihn gleiten, als suchte sie nach einer Antwort und nach einer Logik, die nicht zu greifen waren, und beugte sich dann vor, um ihn zu küssen.

Damien war überrascht von der dreisten und unerwarteten Geste, während seine Hände reflexartig ihre Arme umfassten, als sie ihren warmen Mund sanft auf den seinen presste. Ihre nicht verbundene Hand legte sich auf seine Wange, und ihre Augen schlossen sich für einen schmerzhaften Augenblick.

Er schmeckte ihre salzigen Tränen.

Sie wich ein paar Zentimeter zurück, mit zitterndem Körper, als er ihr verwirrt in die Augen sah.

„Warum hast du …?“

„Weil“, unterbrach sie ihn mit einem Schluchzen, „weil es ein Märchen ist, Damien. Und im Märchen küsst die Prinzessin den Prinzen, der sie gerettet hat.“

Es war bezaubernd und geistreich, was sie da sagte. Sie war eine kluge, überaus starke und nüchterne Frau, die sich nie etwas vormachte, und trotzdem war sie bereit, sich als hoffnungsvolle Idealistin zu geben, um ihre Dankbarkeit zu zeigen. Er merkte, dass dies eine Charaktereigenschaft war, die sie gut versteckte und die nur ganz wenige Menschen an ihr mitbekommen durften. Das bedeutete Damien viel mehr als irgendeine wortreiche Erklärung, egal in welcher Sprache.

„Syreena …“ Er hielt inne, um sich zu räuspern. „Ich bin kein Held“, sagte er kurz angebunden. „Mach mich also nicht dazu.“

Sie widersprach dieser Behauptung, indem sie ihn mit ihrem Mund zum Schweigen brachte.

Diesmal hatte Damien es kommen sehen, dennoch war er nicht besser vorbereitet. Es war nicht nur ein kurzer, spontaner Ausdruck ihres Danks. Das war ein bisschen anders, und instinktiv wusste er das auch.

Ganz gegen die Stimme der Vernunft, die schrill in seinem Kopf erschallte, gönnte sich Damien den Luxus, ihre Lippen zu spüren. Weniger unvorbereitet, konnte er einen Moment darüber nachdenken und erwiderte die intime Berührung mit der gleichen Wärme und Intensität. Seine Hände gruben sich in ihr Haar, seine Finger streichelten es ganz sanft, ohne dass er vergaß, was sie durchgemacht hatte, und ohne dass er ihr wehtun wollte.

Syreena legte ihre Finger auch so um seinen Kopf, dass er sich nicht abwenden konnte. Seine dunklen Augen blickten auf der Suche nach etwas, das sich ihrem Verständnis entzog, direkt in die ihren. Ihre Augen erwiderten seinen Blick voller Gewissheit und voller Stärke. Sie wusste, was sie wollte, und sie hatte erstaunlicherweise nicht den geringsten Zweifel daran. Dieser Augenblick war dazu da, um dankbar und sanft zu sein, und vor allem, um etwas zu fühlen, was nichts von Schmerz oder von Kampf an sich hatte.

Es war einfach das, was es war.

Ein Kuss.

Ein Kuss zwischen einem Mann und einer Frau.

Nicht Schattenwandler. Nicht Prinz und Prinzessin. Nicht ein Vampir und eine Lykanthropin.

Einfach nur ein Mann und eine Frau.

Damien schloss die Augen, als ihn diese Gewissheit durchdrang. Jetzt schien er plötzlich zu bemerken, dass die sanfte, erhitzte Weichheit ihres Mundes nichts mit den Schwellungen zu tun hatte. Dass sie sowohl einen Duft hatte als auch einen Geschmack, und es war, als kostete man erhitzten Sirup. Sie war flüssig und von einer festen Weichheit und hatte alle wesentlichen Merkmale, die zum Leben gehörten.

Gleichzeitig begriff er, dass sie nie zuvor einen Mann geküsst hatte.

In den ganzen hundert Jahren ihres Lebens nicht.

Ich habe in einem abgeschotteten Umfeld gelebt, wo es verboten war, außerhalb des Schüler-Lehrer-Verhältnisses irgendwelche Beziehungen oder Bindungen einzugehen. Gegen das, wonach ich anfänglich gehungert habe, war ich nach all den Jahren der Entbehrung zu gleichgültig und beinahe immun. Also habe ich es auch nie gesucht.

Das waren ihre Gedanken, die einfach zu lesen waren, auch wenn er sie nicht eingehender hatte betrachten können.

Der Kuss war also auch ein äußerst mutiger Akt. Ein Bloßlegen ihrer Seele und ihrer Verletzlichkeit aufgrund ihrer man-

gelnden Erfahrung. Es hätte peinlich sein können, doch
es nicht. Sie presste ihre Lippen immer fester auf die sei
Damiens Lippen strichen über die ihren, öffneten sich l
bis sie genau auf ihren lagen. Sie kam ihm allerdings zuvor, und ihre kleine Zunge berührte seine Lippen, bevor er ihre berühren konnte. Sie atmete in seinen Mund, und er sog die Luft ein und verschloss damit ihrer beider Münder wie mit einem Siegel.

Er vergaß alles um sich herum bis auf ihren köstlichen Kuss und das drängende Verlangen seines Körpers. Sie roch nach Lavendel und nach diesen unbestimmten Düften, die ihn kilometerweit über Land und über Wasser zu ihr geführt hatten. Die langen Nägel ihrer anderen Hand fuhren über seinen Nacken, sodass er sich winden musste und ein ungehemmtes, lustvolles Stöhnen aus seiner Kehle drang. Sie ließ ihre Zunge über seine Zunge gleiten, und sie umspielten sich in einem erotischen Tanz voll Sinnlichkeit und Neugier.

Damien löste eine Hand aus ihrem Haar und ließ sie über ihren Nacken und über das nackte, zarte Rückgrat gleiten. Sie erschauerte unter der Berührung und presste sich fester an ihn.

Der Vampirprinz löste seine Lippen von ihrem Mund, als ihr nackter Oberkörper seinen berührte. Die Hitze ihrer nackten Haut war ungeheuer intensiv und erregend. Er bemühte sich, das Gleichgewicht zu bewahren, legte seine Stirn an ihre, und sein Blick fiel auf ihrer beider Körper, die sich berührten.

Er hatte nicht gewusst, welche Intensität so ein scheinbar einfacher Körperkontakt haben konnte, wobei die Wärme, die von ihrem Körper in den seinen strömte, das Bemerkenswerteste daran war. Es rief Erinnerungen an ihr Blut in ihm wach, wie es heiß in ihn hineingeflossen war und wie sie sich unter seinem Biss und seinem Saugen gewunden hatte.

Damien stöhnte laut auf, dann dämpfte er das Geräusch zu

einem sanften Brummen voller Begehren, Sinnlichkeit und Enttäuschung. Er zog sie an sich, sodass ihre Wange sich an seine schmiegte, genoss einen Augenblick die Wärme in ihrem geröteten Gesicht, bevor er sich von ihr löste.

„Nicht“, bettelte sie flüsternd und versuchte ihn mit den Händen festzuhalten.

„Ich muss“, sagte er entschlossen, doch seine Finger, die über die geschmeidige Haut an ihrem Rücken glitten, verrieten, was er eigentlich wollte.

„Warum? Warum musst du?“

„Es gibt so viele Gründe“, seufzte er sanft, während ihr fedrige Strähnen über Wange und Ohr fielen.

„Gibt es denn irgendwelche Gründe, damit du bleibst?“, fragte sie ihn leise.

„Noch so viele“, gestand er und zog sich trotzdem von ihr zurück. „Du hast dich bedankt, Syreena, und diese Dankbarkeit auf wunderbare Weise zum Ausdruck gebracht“, sagte er freundlich und rieb sanft mit dem Daumen über die feuchten Spuren, die sein Kuss auf ihren entflammten Lippen hinterlassen hatte. „Doch hier muss der Dank ein Ende haben. Alles, was darüber hinausgeht … kann vielleicht ein andermal geschehen … aus ganz anderen Gründen.“

Nachdem er diese Wahrheit ausgesprochen hatte, löste Damien sich liebevoll, aber dennoch unbeirrt aus ihrer Umklammerung. Schließlich ließ sie ergeben ihre Hände sinken und gestattete es ihm, sie auf ihre Kissen zu betten und sie fest in die Decke zu hüllen.

Er verharrte einen Moment lang dicht über ihr, während er ihre Gedanken durch ihre Augen zu ergründen suchte. Syreena fragte sich, ob er überhaupt merkte, dass er abwesend ihr empfindliches Haar streichelte.

„Da ist etwas, was ein Vampir, der schon ein hohes Alter erreicht hat, mehr genießt als alles andere", sagte er, „und zwar, wenn er auf genussvolle Weise überrascht wird. Du, Liebes, bist ein wahres Bündel an Überraschungen."

Sie musste lächeln und war tatsächlich verwirrt über diese Feststellung. Dann streifte der Prinz mit seinen Lippen über ihre Stirn und ließ sie in ihrem Bett zurück.

Elijah ging langsam um das kleine Steinverlies herum, während seine scharfen Augen nach einem Hinweis darauf suchten, was er da vor sich hatte. Er blickte zu seiner zeitweiligen Kampfgefährtin, die in einer Ecke hockte, wo überall dunkle Blutflecken waren.

„Hier haben sie die Prinzessin festgehalten, daran gibt es keinen Zweifel", murmelte Jasmine abwesend, während sie ihre sensorischen Informationen prüfte. Elijah hatte das bereits selbst entdeckt. Er wartete darauf, dass sie ihm etwas erzählte, was er noch nicht wusste.

„Magier, Jäger … ein Dämon." Ihre dunklen Augen sahen ihn fragend an.

„Ruth. Eine Verräterin."

„Ach ja. Die." Damien hatte Jasmine die Geschichte erzählt, samt seinen Erkenntnissen und Mutmaßungen. „Nun, sie haben diesen Ort ziemlich überstürzt verlassen. Sie haben mehrere Stunden Vorsprung, weil wir bei Tageslicht eine Pause machen mussten."

„Ich werde mir später Sorgen machen um sie", sagte Elijah und erinnerte sie so daran, dass seine Interessen woanders lagen.

„Die Schäden hat Damien angerichtet, daran besteht kein Zweifel. Von hier aus kann ich nicht die geringste Spur erkennen. Aber ich denke, das liegt daran, dass er sich absichtlich versteckt, um seine Verfolger abzuhängen. Was nicht so leicht zu verbergen ist, ist die Blutspur der Prinzessin. Sie hat ziemlich stark geblutet."

Jasmine wies nicht auf das Offensichtliche hin. Der Krieger hatte schließlich Augen im Kopf. Beide konnten die Spuren des massiven Blutverlusts überall sehen. Und keiner der beiden konnte sich vorstellen, dass sie diesen massiven Verlust überlebt hatte, egal, wie schnell Damien Hilfe fand.

„Wo immer sie auch sein mag", sagte Jasmine, „und egal, in welchem Zustand, sie ist bei Damien. Da können wir uns sicher sein."

„Wir sind im Land der Mistrals", bemerkte Elijah, während er den Raum verließ und die Empore betrat, die um den Lagerraum herumführte. „Sie waren eine Weile hier", stellte er fest, als er von oben Pritschen, Vorräte und all die anderen Hinweise auf seine Bewohner erblickte.

„Sieht nicht so aus, als hätten sie mit einem plötzlichen Aufbruch gerechnet", sagte Jasmine, während sie ihm folgte. „Sie waren mitten beim Essen, als Damien hier ankam", fügte sie hinzu und blickte hinab auf die langen Tische voller halb geleerter Teller und Becher. „Ich verstehe das nicht. Warum sollte der Feind in aller Ruhe eine Mahlzeit einnehmen, wenn ein so gefährlicher Gefangener direkt über ihren Köpfen festgehalten wird."

„Vielleicht wussten sie ja gar nicht, dass da ein Gefangener war", sagte Elijah. „Ich habe das Gefühl, Ruth hat ihre eigenen Ziele verfolgt und diese Dummköpfe wie üblich im Unklaren darüber gelassen."

„Da werde ich dir wohl zustimmen müssen. Du hast recht. Sie ist ziemlich gestört. Nur manische Personen treffen solche impulsiven Entscheidungen."

„Das ist ganz bestimmt nicht die Denkweise, die ich ihr beigebracht habe“, sagte Elijah grimmig. „Wenn ich bedenke, wozu sie fähig ist.“ Er wandte sich zu der Vampirin um. „Wir suchen lieber weiter nach Damien und Syreena. So gern ich es auch tun würde, aber ich kann es mir nicht leisten, diese Geisterbeschwörer zur Strecke zu bringen, bevor ich nicht weiß, dass Syreena in Sicherheit ist.“

„Einverstanden“, sagte Jasmine und bewunderte seine Logik und seine Fähigkeit, den mächtigen Drang zu unterdrücken, sich auf die Suche nach dem Feind zu machen. Das war genau das, was den Unterschied zwischen einem Krieger und einem Anführer von Kriegern ausmachte. Daher war Jasmine sicher, dass Elijah Ruth schließlich einholen würde. Ruth war eine schlechte Anführerin, die ihre Energie und ihre Mittel darauf verschwendete, ihre emotionalen Bedürfnisse zu befriedigen, anstatt eine angemessene Strategie zu verfolgen.

Nachdem sie sich selbst darin bestärkt hatte, folgte sie dem Krieger, als er abhob, um Syreenas Spur zu folgen.

Damien stand draußen in der dunklen Kälte und ließ den Nachtwind über seinen Körper streichen. Er drang durch seine frisch gewaschenen Kleider und ließ sein frisch gebundenes Haarband flattern.

Er brauchte Nahrung.

Trotzdem konnte er das Bedürfnis leicht beiseiteschieben. Er konnte das Dorf und diejenigen, die dort lebten, nicht guten Gewissens allein lassen; nicht einmal für kurze Zeit. Windsong und Lyric hatten sich seinetwegen in große Gefahr gebracht, und er würde sie nicht sich selbst überlassen, wenn er womöglich Feinde direkt bis vor ihre Haustür gelotst hatte. Windsongs schützende Lieder waren ziemlich machtvoll, doch sie wirkten nicht ewig und konnten Ruth, die so gut wie immun war gegen solche Manipulationen, nicht fernhalten.

Ja, er war sogar überrascht, dass sie noch nicht da war.

Es war nachvollziehbar, dass sie ihre Gefangene an diesem Punkt entkommen ließ, denn wenn es einem Schattenwandler gelungen war, sie aufzuspüren, dann waren da sicher noch andere in seinem Kielwasser. Damien selbst hätte eine falsche Fährte gelegt, um jemanden, der die Gefangenen zu finden versuchte, von deren Zufluchtsort abzulenken.

Doch Logik spielte wohl kaum eine Rolle in den Überlegungen, die eine Frau anstellte, die so tickte wie Ruth. Es wäre typisch für sie, eine intelligente Taktik ihrer persönlichen Befriedigung zu opfern.

Zumindest an diesem Punkt.

Es war klar, dass Ruth ihren Selbsterhaltungstrieb ausgeschaltet hatte. Wenn ihre Lakaien das mitbekämen, dann würden sie ihren Befehlen vielleicht nicht mehr so ohne Weiteres folgen. Wenn er diese aus der Gleichung strich, wäre sie viel leichter zu fassen. Magie war eine so schwer einzuschätzende Kraft. Es gab keine festen Anhaltspunkte. Die Möglichkeiten änderten sich mit den Variablen. Bisher hatte zum Beispiel niemand gewusst, dass es einem Schattenwandler überhaupt möglich war, Magie anzuwenden.

Was für eine beängstigende Aussicht das war. Schwarze Magie besaß eine allgemeingültige Wahrheit: Sie war durch und durch verderbt. Das war der Grund, warum Zauberer für Schattenwandler so scheußlich stanken; die Verderbtheit saß tief in ihrer Seele. Es war …

Es war die Antithese zur Liebe von Seelenverwandten.

Elijah und Siena waren Seelenverwandte. Ihre Liebe überwand ein kulturelles Tabu, ihre geistige Unabhängigkeit, und sie hatten gegen jedes geschriebene Gesetz der Schattenwandlerwelt verstoßen. Obwohl Magie dies ebenfalls zustande bringen konnte, waren die Auswirkungen der springende Punkt.

Siena und ihr Gemahl waren nun ein aufeinander abgestimmtes Wesen. Sie hatten eine Harmonie geschaffen, um ihre Kräfte zu einer Kraft zu bündeln, die eindrucksvoll und mächtig war. Diese Kraft konnte Mauern aus Vorurteilen und Misstrauen einreißen; sie bannte die Gefahr künftiger Kriege zwischen zwei so unterschiedlichen Gesellschaften. Sie schuf eine Perspektive für die Gegenwart und für die Kinder in der Zukunft.

Magie stiftete nur Unfrieden. Sie verursachte Schmerzen, sie verletzte und zerstörte den sorgfältig gepflanzten Keim. Die Natur geriet aus dem Gleichgewicht und litt unter ihrem Gift. Ein krasses Beispiel war der Zauberakt der Dämonenbeschwörung, der Abberufung. Es riss den bei seinem Namen genannten Dämon aus dem Leben, schloss ihn in einem vergifteten Pentagramm ein und unterwarf ihn einer magischen Macht. Diese verwandelte ihn in ein seelenloses Monster ohne Bewusstsein, die schlimmste Kränkung für das Mitglied einer Gattung, die normalerweise so hohe moralische Ansprüche hatte und die sich ihres Verhaltens so bewusst war.

Magie konnte Vampiren auch schaden. Er hatte gesehen, wie sie durch Magie getötet, ausgeweidet, enthauptet, gelähmt worden waren und dann liegen gelassen wurden, bis der Tag anbrach.

Magie würde nicht eher ausgemerzt werden können, wie der Prinz wusste, als bis jedes Zauberbuch, jede Schriftrolle mit Zauberformeln vollständig verbrannt war und bis diejenigen, die diese Dinge in ihrem Gedächtnis bewahrt hatten, ebenfalls vernichtet wurden.

Es war ein unmögliches Unterfangen. Die Entdeckung von

Zauberbüchern in der verborgenen Bibliothek hatte ihm das gezeigt. Hundert Jahre lang war die Magie gebannt gewesen, doch ihr jüngstes Wiederaufleben hatte ganz deutlich gezeigt, dass sie nicht auszurotten war.

„Damien."

Damien fuhr herum, überrascht, dass er so tief in Gedanken gewesen war, dass er gar nicht gehört hatte, wie jemand sich von hinten näherte.

Doch schließlich war sie keine Bedrohung.

Gewissermaßen jedenfalls.

„Syreena, du solltest dich ausruhen."

„Ich kann nicht schlafen", sagte sie mit einem Schulterzucken.

Sie hatte sich in ihre Decke eingewickelt, damit sie nicht fror. Er sah den Rand eines rauchblauen Rocks um ihre Knie. Anscheinend hatte Windsong ihr ein Kleid geliehen, als Ersatz für ihr eigenes zerfetztes und schmutziges. Sie war barfuß, und allein der Anblick ihrer nackten Füße auf dem kalten Boden jagte ihm einen Schauer über den Rücken.

„Komm her", befahl er sanft und winkte sie zu sich.

Sie gehorchte stumm, ein Zeichen dafür, wie verletzlich sie sich noch fühlte. Er umfasste ihre zarte Gestalt, hob sie vom Boden hoch und setzte sie neben sich auf einen Findling. Die Decke schützte sie vor der Kälte des Steins.

Er setzte sich nicht zu ihr, weil auf der leicht schrägen Oberfläche nicht genug Platz war. Stattdessen lehnte er sich neben ihren Knien mit der Hüfte dagegen und betrachtete sie von Kopf bis Fuß.

„Ich war bis jetzt nur einmal krank in meinem Leben", sagte sie leise und wandte den Blick hinauf zu den hellen Sternen.

„Du bist nicht krank", erinnerte er sie sanft.

„Aber es fühlt sich so an. Wenn nicht sogar schlimmer."

„Das kann ich mir vorstellen."

„Es ist während der Krankheit passiert", erklärte sie, und ihre Finger strichen zuerst durch ihre braunen Strähnen und dann durch das, was von den grauen geblieben war.

„Welche Farbe hatten sie ursprünglich?", fragte er aus echter Neugier.

„Hmm. Ich erinnere mich gar nicht mehr daran. Es ist schon so lange her. Ich glaube, ich habe Siena mal in einem Brief danach gefragt, und sie hat es der Einfachheit halber ignoriert."

„Vielleicht wollte sie so verhindern, dass du dich gegen eine deiner beiden Hälften stellst."

„Stimmt", sagte sie mit einem Nicken. „Es war anfangs sehr schwer zu akzeptieren, dass ich so anders bin. Bestimmt war es damals ganz schön anstrengend, mich um sich zu haben. Seltsam, dass man sich an Dinge, die in jungen Jahren so wichtig sind für einen, später kaum mehr erinnert."

„Ich kann mich an meine ersten Hundert Jahre kaum erinnern", sagte er. „Es ist alles irgendwie verschwommen." Sein durchtriebenes Lächeln erreichte seine Augen und strafte ihn Lügen.

„Ich verstehe. Du hast alles Mögliche angestellt, stimmt's?"

„Und ob", lachte er. „Zu viel. Zu viel Spaß. Wenn wir jung sind, können wir das nicht verstehen. Das verstehen wir erst, wenn wir einmal auf der Schattenseite des Berges sind." Sein Lächeln verschwand, als sie zu ihm aufsah. „Ich bin danach eine Zeit lang in Kältestarre verfallen. Die Ernüchterung war das Schlimmste, was ich je davor oder danach gefühlt hatte. Ich habe mir buchstäblich ein Loch gesucht und mich dort hundertzwanzig Jahre verkrochen. Als ich aufgewacht bin, habe ich mit mir selbst einen Pakt geschlossen, dass ich mit meiner Zeit und mit meinen Vergnügungen vorsichtiger und achtsamer umgehen will. Seitdem bin ich nicht mehr so leicht aus der Fassung zu bringen."

„Weshalb du diese Kraft und diese Weisheit gewonnen hast, um der Prinz deines Volkes zu werden.“

„Ich nehme es an.“ Er betrachtete ihre Züge eingehend. „Hat es dich nie geärgert, dass dein ganzer Lebensweg von jemand anders bestimmt wurde?“

„Oh doch! *Ärgern* ist vielleicht das falsche Wort. Ärgern tun sich Kinder. Erwachsene sind eher frustriert.“

Damien verstand diese Unterscheidung nur zu gut. Ihre Stellung erlaubte ihr nicht den Luxus des guten, alten Wutanfalls.

„Vielleicht wirst du ja irgendwann die Gelegenheit bekommen, deinen eigenen Weg zu gehen.“

„Vielleicht. Vielleicht, wenn Siena ihre eigene Familie hat, um das Thronerbe zu sichern. Doch selbst dann werde ich ihre wichtigste Beraterin sein. Ich bin nüchtern, wenn ihre Gefühle sie zu übermannen drohen. Sie braucht mich.“

„Und was brauchst du, Syreena?“, fragte er sanft.

„Ich brauche es, gebraucht zu werden“, sagte sie und versicherte sich, dass sie damit zufrieden war. Doch sie wussten beide, dass das nicht ganz der Wahrheit entsprach. „Warum fragst du mich das?“

„Die Frage müsste doch eher lauten: Warum fragst du dich das nicht selbst?“, erwiderte er.

„Verstehe. Auf einmal kennst du mich so gut?“ Ihr Ton war böse und schneidend, ein so durchschaubarer Abwehrmechanismus wie ein Neonschild, auf dem stand BETRETEN VERBOTEN.

„Ich weiß, was es heißt, wenn man Verantwortung tragen muss und wenn sich alle Erwartungen auf einen richten. Ich weiß, was es heißt, Mitglied eines Königshauses zu sein, Syreena. Ich bin dir neben deiner Schwester am nächsten.“

Er hatte vollkommen recht, stellte Syreena verärgert fest. Obwohl er ein Fremder war, konnte er so gut in sie hineinschauen. Sie fühlte sich dadurch noch verwundbarer, ein Gefühl, das sie an sich verachtete. Sie hasste es, wenn sie in irgendeiner Situation schwach war.

Aber warum sollte ich nicht auch einmal schwach sein?, dachte sie bitter. In den letzten vierundzwanzig Stunden hatte sie bewiesen, dass sie alles andere als schwach war.

Damien wusste, dass ihr Selbstvertrauen erschüttert war. Er hatte es von der Sekunde an gewusst, als er sie wie einen kranken, verängstigten Welpen in der Ecke gefunden hatte, verletzt und blutend und am Boden zerstört. Es gab nichts, wofür sie sich schämen musste, sie verstand das nur nicht. Sie begriff nicht, dass Ruth jedem von ihnen so etwas hätte antun können – Noah, Siena, selbst ihm.

„Syreena, gib dir nicht die Schuld, dass du zum Opfer geworden bist“, sagte er ruhig.

„Was weißt du schon über meine Schuld und über meine Gefühle?“, blaffte sie plötzlich mit Bitterkeit. Sie glitt wütend von dem Stein und stolperte, als sie auf dem Boden aufkam. Instinktiv streckte er eine Hand aus, um sie zu stützen, doch sie stieß ihn weg. „Hör auf, mir helfen zu wollen! Die Rettungsaktion ist vorbei. Du hast deine Pflicht meiner Schwester gegenüber erfüllt. Du musst nicht mehr so *nett* zu mir sein!“

Sie stapfte davon, doch er folgte ihr auf dem Fuße.

„Ich kann mich nicht erinnern, dass ich deine Schwester im Sinn hatte, als ich beschlossen habe, dir zu folgen“, hielt er ihr entgegen.

Auf die Bemerkung hin blieb sie stehen. Sie fuhr herum, und ihre verschiedenfarbigen Augen verengten sich vor Misstrauen und Wut.

„Versuch nicht, mich zu bevormunden!“

„Mir war nicht bewusst, dass ich das getan habe."

„Warum tust du das? Warum bist du immer noch hier? *Warum läufst du mir jetzt nach?*"

„Weil man dir anscheinend nachlaufen muss. Man muss dich beschützen. Und wie du selbst gesagt hast, du brauchst es, gebraucht zu werden."

Damien begriff, weshalb sie auf einmal so überrascht schaute. Er wusste nicht, weshalb er den letzten Satz gesagt hatte.

„Auf welche Weise könntest du mich denn brauchen?"

Die vielfältigen Antworten, die Damien durch den Kopf schossen, brachten sogar einen Vampir zum Erröten. Woher das kam, wusste er auch diesmal nicht, aber es war da, hell und glasklar. Es war ein Instinkt, und er hatte zu lange mit seinen Instinkten gelebt, als dass er diesen jetzt ignorieren könnte.

„Wie soll jemand eine Antwort darauf finden, wenn du weiter davonläufst?", sagte er stattdessen.

„Bemitleide mich bloß nicht, nur weil ich dich vorhin vollgeheult habe. Ich bin kein kleines, schwaches Mädchen, dem man den Kopf tätscheln und das man loben muss."

„Jeder braucht Lob. Und wenn du ein Schwächling wärst, Syreena, würde ich dich verachten und bestimmt nicht bemitleiden. Ich habe nämlich eine sehr niedrige Toleranzschwelle bei Leuten, die herumsitzen und heulen und darauf warten, dass jemand sie rettet."

Als sie nicht gleich wieder wütend wurde, wusste Damien, dass sie im Grunde mit ihm einig war. Sie stammelte etwas und suchte nach einer Möglichkeit, ihren Zorn am Kochen zu halten. Es fiel ihr schwer, weil sie eigentlich nicht auf ihn wütend war und er somit nicht die richtige Zielscheibe war.

Es verblüffte ihn, wie sehr sie in dieser Hinsicht ihrem Vater ähnlich war.

„Das stimmt nicht!“, wehrte sie, erneut wütend, ab. „Sag das nie wieder!“

„Ich habe nichts gesagt“, erwiderte er. „Ich habe nur gedacht. Wenn ich meine Gedanken hätte teilen wollen, hätte ich dir den Zugang dazu erlaubt.“

Was er ihr verschwieg, war sein Erstaunen darüber, dass sie dazu überhaupt in der Lage war. Nur ganz wenige Wesen konnten seine gut geschützten Gedanken lesen, und manche nicht einmal dann, wenn sie seine Erlaubnis hatten. Wie hatte sie das gemacht? Lykanthropen waren keine Telepathen. Sie konnten Dinge nur durch Schwingungen und durch einen recht ausgeprägten sechsten Sinn erfassen. Angesichts ihrer heftigen Reaktion musste Syreena beinahe jedes Wort erfasst haben.

Sie war einen Moment lang ebenfalls verwirrt, und ihre Miene verriet ihm, dass sie selbst herauszufinden versuchte, wie sie so etwas geschafft hatte.

„Jedenfalls meinte ich dein Temperament und nicht deinen Wesenskern“, erklärte er ruhig, während er sie aus seinen dunklen, mitternachtsblauen Augen unverwandt ansah. „Es gibt nichts, was du nicht längst wüsstest.“

„Das muss ich mir von einem völlig Fremden nicht erzählen lassen“, erwiderte sie heftig. Doch ihre Worte verloren an Schärfe. Sie war müde und durcheinander, und sie versuchte verzweifelt, ihn für ihren Gemütszustand verantwortlich zu machen.

„Was du brauchst, Syreena, ist Ruhe und Frieden. Du bist zu streng mit dir selbst, und du bist zu unerbittlich für jemanden, der einfach nur gesund werden sollte.“

„Könntest du bitte aufhören, mir zu sagen, was ich tun soll“, seufzte sie.

Sie brach zusammen, da, wo sie stand, zu müde, um sich noch länger auf den Beinen zu halten. Blitzschnell war Damien bei ihr und fing sie auf, noch bevor sie zu Boden gesunken war. Der Vampirprinz hob sie hoch auf seine Arme, und ihr Kopf lag schwer auf seiner rechten Schulter.

Unwillkürlich drückte er seine Wange an die ihre und vermittelte ihr so das Gefühl von Wärme und Sicherheit.

„Hör auf", flüsterte er in ihr winziges Ohr. „Versuch nicht, mir zu zeigen, wie viele Stacheln du hast."

„Ich … ich verstehe dich nicht", weinte sie leise. „Ich weiß nicht, was du willst."

„Ich weiß", murmelte er. „Das wundert mich nicht."

Er zog sie fester an sich und ging langsam zu der heimeligen Hütte zurück, die ein Stück entfernt in der Dunkelheit lag.

„Sag mir, was du willst!", bat sie.

„Ich will …" Er hielt einen Augenblick inne und lachte in sich hinein. „Ich will wissen, was du willst. Und da du das nicht weißt, muss ich warten, bis ich es herausfinde."

6

Eine Stunde später lag Syreena zusammengerollt unter sauberen, warmen Decken und versuchte sich vorzustellen, was er damit gemeint hatte.

Sie hörte, wie er im Nebenzimmer mit Windsong sprach. Jedes Mal, wenn er lachte, musste sie ihre Neugier bezähmen, wissen zu wollen, worüber er lachte. Das Lachen war irgendwie ansteckend, in keiner Weise so dunkel und so geheimnisvoll wie er selbst. Und sie wäre am liebsten nach nebenan gelaufen, um zu fragen, worum es ging.

Sie wollte ihn so gern hassen, doch sie merkte, dass das unmöglich war. Sie fand sein Eingeständnis, dass er ein lasterhaftes Leben geführt hatte, faszinierend und charakterstark und nicht etwa skandalös, wie man ihr immer beizubringen versucht hatte. Tatsächlich war er nichts von all dem, was sie ihm unterstellt hatte. Er war überaus höflich, sogar wenn sie ihn beschimpfte, und charmant ohne Hintergedanken und trotz seiner Behauptung, er sei nicht sehr besonnen bei dem, was er tat, schrecklich weise.

Die Prinzessin erkannte, dass sie ihre Wut an ihm ausgelassen hatte, dass sie wütend auf sich selbst war, weil sie sich in diese Zwickmühle gebracht hatte. Er hatte es geduldig ertragen, sogar mit einer Prise Weisheit und mit einem Schuss scheinbar unerschöpflicher Gelassenheit.

Sie setzte sich in ihrem geliehenen Bett auf und warf die braune Haarseite zurück, die unordentlich unter dem Verband hervorschaute. Sie begann ihre Hände auszuwickeln, weil sie die Einschränkung und das Gefühl nicht mehr ertragen konnte, eine Invalidin zu sein. Die Verbände um ihren schwer verletzten Kopf konnte sie nicht einfach so entfernen, also gab sie sich damit zufrieden, dass sie ihre Finger und ihre Hände bewegen konnte. Von den tiefen Wunden waren nur noch ein paar dunkelrote Stellen zu sehen. Sie waren entzündet und taten ein bisschen weh, doch das war nichts, was sie nicht hätte aushalten können. In ein paar Stunden wäre es vorbei. Je besser sie genesen würde, desto stärker wäre sie.

Doch es würde sehr lange dauern, bis ihr Haar wieder nachgewachsen war.

Sie fühlte sich wie Samson, kahl geschoren und verraten von der eigenen Schwäche. War sie von der Liebe verraten worden? Hatte ihre Liebe zu Siena sie schwach gemacht, so wie der biblische Charakter es zugelassen hatte, dass die Liebe ihn schwächte? Oder hatte Sienas Liebe zu ihr die Königin verwundbar gemacht?

Syreena hasste die Vorstellung, dass sie eine von Sienas Schwachstellen sein sollte. Schlimmer noch: eine, die man dazu missbrauchen konnte, Rache zu üben.

„Hör auf!"

Syreena fuhr überrascht zusammen, als sie den Klang der tiefen Stimme vernahm, der auf das plötzliche Zuschlagen der Schlafzimmertür folgte.

Sie sah die dunkle Wut in Damiens Augen und blickte hinab auf ihre bloßen Hände und auf die Verbände in ihrem Schoß. „Ich brauche sie nicht …"

„Ich rede nicht von den Verbänden, Syreena!"

Als er durch den Raum ging, war seine Verärgerung an jedem seiner Schritte abzulesen, und sie fragte sich, worüber er so wütend war. Ihr Herz schlug schneller, als er vor ihr stand, einen Moment innehielt und sich dann auf ein Knie stützte.

Er umfasste ihr Handgelenk mit seinen langen, kräftigen Fingern und zog an ihrem Arm, damit sie ihm in die Augen sah.

„Bist du so versessen darauf, dich selbst zu bestrafen?“, fragte er sie, während seine tiefblauen Augen seine Ungeduld verrieten. „Willst du dir von diesem verrückten Weib einen Stempel aufdrücken lassen, nur um dieses Bedürfnis zu befriedigen? Nur weil Ruths verdrehte Logik dich zu ihrem Instrument macht, damit sie an deine Schwester herankommt, heißt das noch lange nicht, dass es auch stimmt!“

„Wie …?“

„Ich kann dir sagen, du stellst sogar die Geduld eines Heiligen auf die Probe. Oder ist es das, was du erreichen willst. Heiligkeit? Keine eigenen Wünsche, keine eigenen Bestrebungen, keine Liebe und keinen Geliebten? Alles für die anderen? Was gedenkst du mit dieser Haltung zu erreichen, denn mir erschließt sich der Zweck nicht.“

„Mir auch nicht!“, fauchte sie abwehrend. „Im Gegensatz zu dir war die Welt nicht mein Spielplatz, Damien. Ich war einmal ein ganz normales Kind, mit all den Freiheiten, die ein Kind haben sollte. Als Nächstes bin ich aus einem Fieber aufgewacht, und von da an war mein ganzes Leben vorherbestimmt. Ich bin dazu erzogen worden, den Vorstellungen anderer Leute zu entsprechen. Das ist alles, was ich weiß!“

„Das ist alles, was du dir zu wissen erlaubst. Ich habe schon erlebt, wie du dich gegen diesen Zustand gewehrt hast. Du hast es damals getan, als du dich Siena zuliebe gegen deine Lehrer gestellt hast. Warum kannst du das nicht auch dir zuliebe tun?“

„Was zum Teufel glaubst du, wer du bist? Du bist nicht mein

Aufpasser! Du bist nicht mein Lehrer! Es gibt schon genug Leute in meinem Leben, die mir sagen, was ich tun soll!"

„Vor ein paar Stunden hast du mir das Kind in dir gezeigt, Syreena. Das Kind, das du dir selbst und zahllosen anderen in den hundert Jahren zum Trotz unbedingt loswerden möchtest."

Der Kuss.

Das war es, was er meinte. Etwas in ihr wusste, dass an seinen Worten etwas Wahres dran war. Sie hatte ihm tatsächlich diesen Teil von sich gezeigt. Sie hatte ihn einfach geküsst, weil sie es gewollt hatte. Niemand hatte das von ihr verlangt oder erwartet. Es war ein Impuls gewesen, der aus einem eigenen Bedürfnis entstanden war, geboren aus einer Sehnsucht nach etwas, das auf ihrer Liste von Dingen, zu denen sie irgendwann einmal kommen wollte, wenn sie sämtliche Erwartungen erfüllt hatte, ganz unten stand.

„Hör auf, mit mir zu reden, als ob du mich kennen würdest", sagte sie und versuchte sich aus seinem Griff zu befreien, während sie vor innerem Aufruhr am ganzen Körper zitterte.

„Nur wenn du zugibst, dass du dich nicht einmal selbst kennst", entgegnete er scharf.

„Halt den Mund!"

„Sehr schlagfertig, Schätzchen. Fällt dir bei der ganzen Erziehung nichts Besseres ein?"

Sie schleuderte ihm einen noch unfeineren Ausdruck entgegen.

Er musste lachen. „Weißt du, ich glaube, dein Temperament ist das Einzige, was dir wirklich noch geblieben ist", überlegte er scherzhaft.

Syreena klebte ihm eine.

Ein bisschen zu fest.

Sie schrie auf vor Schmerz und hob die pochende Hand an

ihre Lippen, während sie stöhnte und fluchte. Das Einzige, was sie befriedigte, war der Abdruck ihrer Finger auf seiner Wange.

Er hatte sich dabei außerdem auf die Lippe gebissen, und er betastete die blutende Stelle mit dem Finger. Dann betrachtete er den Finger belustigt. „Siena scheint nicht die einzige Kratzbürste in der Familie zu sein", bemerkte er.

„Warum …!"

Sie stürzte sich auf ihn und blendete sämtliche Gründe aus, warum sie es nicht tun sollte, während ihre Hände direkt auf sein grinsendes Gesicht zielten. Sie kam gar nicht auf die Idee, dass er viel schneller sein könnte als sie und dass er sie problemlos hätte aufhalten können.

Er fiel hintenüber, und sein Kopf knallte mit einem dumpfen Schlag auf die Holzdielen. Sie setzte sich mit gespreizten Beinen auf ihn und versuchte ihre Hände um seinen Hals zu legen.

Er hielt sie an den Handgelenken fest, und sie kam überhaupt nicht an gegen seine kräftigen Arme. Sie stellte fest, dass sie ein kleines Problem bekam, als er sie plötzlich auf den Rücken drehte und sich mit seinem schweren, kräftigen Körper auf sie legte.

„Geh runter von mir!"

Er ignorierte den wütenden Befehl. Stattdessen drückte er ihre Hände sanft auf den Boden und blickte in ihre wütenden Augen. Er spürte, wie sie versuchte, ihre Fersen in den Boden zu stemmen, und wie sich ihr ganzer Körper gegen ihn aufbäumte und sich zu befreien versuchte.

„Mach weiter!", ermunterte er sie mit einem durchtriebenen Lächeln. „Es ist Zeit für ein kleines Vorspiel."

Syreena stöhnte, wütend, schockiert und durcheinander zugleich. Sie erstarrte, als ihr auf einmal bewusst wurde, in was für einer Stellung er sie festhielt. Er lag ausgestreckt auf ihr, und irgendwie hatte sie es geschafft, ihn zwischen ihre Oberschenkel zu bekommen.

Ein klägliches „Oh …" war alles, was sie herausbrachte vor lauter Schreck.

„Das denke ich auch", stimmte er zu, und sein herausforderndes Grinsen wurde breiter, als er an ihren ineinander verschlungenen Körpern hinabsah. „Mal sehen …"

Syreena zitterte, als er eine zweite Bestandsaufnahme machte und dabei ausschließlich seinen Geruchssinn benutzte. Er begann bei ihrem Hals, und es war seltsam erregend, seinen Atem zu spüren, als er mit seinem Gesicht über ihre Schulter und weiter hinunter zwischen ihre Brüste glitt.

Es war unglaublich erotisch. Und sie hatte keine Ahnung, warum er das tat.

Damien wollte nicht, dass sie sich in den Griff bekam. Sie konnte nicht vernünftig denken, wenn ihre Instinkte aktiv waren.

Er hatte allerdings vergessen, auf seine eigenen Instinkte zu achten. Sie roch immer noch nach Lavendel, und dazu kam ihr Geruch der Nacht. Durch die Zeit im Freien haftete er an ihr wie ein Parfüm.

Von allen Schattenwandlern hatten Lykanthropen die höchste Körpertemperatur. Das hatte er in seinem Wärmebild immer gesehen.

Trotzdem war er nicht darauf gefasst, dieser Wärme so nah zu sein.

„Damien, nicht …"

„Damien, tu was nicht?", fragte er mit seinem Gesicht auf dem Stoff ihres Kleids. Er hob den Kopf, damit er ihre Augen sehen konnte. „Was willst du nicht? Und was willst du stattdessen?"

„Ich …", stammelte sie. Alles war so verwirrend und kam so unerwartet. Und sie konnte nur denken: Ich will das nicht!

„Das? Was heißt *das*?“, fragte er und tat absichtlich so, als wäre er ein wenig begriffsstutzig. Er fuhr mit der Nasenspitze ihren langen, schmalen Hals hinauf und sog dabei ihren Duft tief ein. „Tu das nicht?“

„Nein“, stöhnte sie und schloss die Augen, während sie versuchte, nicht darauf zu achten, dass ihr Puls als Reaktion auf seine seltsame Liebkosung schneller schlug.

„Dann soll ich das also tun?“, fragte er und wiederholte die zärtliche Geste noch einmal.

Syreena seufzte erschauernd, und er konnte überall an seinem Körper spüren, wie sie zitterte. Er schloss einen Moment lang die Augen, während er die Reaktion in sich aufnahm.

„Damien …“, ermahnte sie ihn atemlos.

„Nicht gut genug?“, fragte er.

Jetzt intensivierte er die Berührung, indem er stattdessen seine Lippen benutzte. Unwillkürlich drehte sie den Kopf und machte es ihm damit noch leichter, an sie heranzukommen.

Damien war auf einmal in seinem eigenen Tun gefangen. Durch die sachte Bewegung war die Schlagader zu spüren, in der das Blut in einem provozierenden Rhythmus gegen seinen Mund pulsierte.

Es dauerte sehr, sehr lange, doch er widerstand der Versuchung.

Syreena öffnete die Augen, als sie die ruckartige Bewegung verspürte. Leise stöhnend hatte er den Kopf zur Seite gedreht. In diesem Moment begriff sie, dass sie nicht die Einzige war, die auf die Berührungen reagierte. Sie versuchte sich daran zu erinnern, was sie getan hatte, um ihn zu verwirren, und begriff augenblicklich, dass es ihr irgendwie gelungen war.

Normalerweise hätte sie sich vielleicht dafür entschuldigt, dass sie ihn so bedenkenlos provoziert hatte, doch sie bemerkte, dass es ihr nicht im Entferntesten leidtat. Zahllose Wahlmöglichkeiten eröffneten sich ihr, und wenn sie zu lange darüber nachdachte, würde sie sich für das entscheiden, von dem sie dachte, dass sie es tun *sollte*. Sie würde das tun, was angemessen war, was von ihr erwartet wurde.

Und sie wollte nicht.

Dann begriff sie, dass es genau das war, was er ihr zu erklären versucht hatte. Dass sie sich für etwas anderes entscheiden konnte als für das, was ein anderer für sie gewählt hatte.

Damien ließ ihre Handgelenke los und stemmte sich hoch. Es war nicht seine Absicht gewesen, sie in Gefahr zu bringen. Er hatte nicht vorgehabt, sich auf diese oder ähnliche Weise zu stimulieren. Er hätte von Anfang an wissen müssen, dass dies kein harmloses Spiel war, das er mit ihr trieb. Sie reizte seine Sinne viel zu leicht. Sie war so anders, so einzigartig, und sie war genau das, wonach er sich sehnte.

Vor allem, seit er sie gekostet hatte.

Nein, halt! Normalerweise war es genau umgekehrt. Er kostete fast nie zweimal von einer Sache. Nicht, wenn es um Nahrung ging. Für ihn war das, als würde er Reste zum Abendessen verspeisen. Fade, kalt und langweilig.

Verwirrt stieß er sich mit den Händen vom Boden ab und löste sich von ihrem warmen Körper.

Er hatte nicht damit gerechnet, dass sie ihn mit den Händen an den Haaren packen und ihn wieder an sich ziehen würde, also gab er nach. Seine Nase stieß an ihren Hals, und er stellte fest, dass er wieder genau da war, wo er angefangen hatte – den Mund auf ihre Halsschlagader gepresst.

Sie schlang die Beine um seine Hüften und klammerte ihn so fest.

Großartig! Jetzt entwickelt sie einen eigenen Willen, dachte er erregt.

„Syreena, nicht“, murmelte er an ihrer Haut und bemerkte, dass jetzt er es war, der sie anbettelte.

„Syreena, tu *was* nicht?“, erwiderte sie sanft und drehte somit raffiniert den Spieß um.

Wenn er sich das kleine, freche Ding aus der Ferne angesehen hätte, hätte er gelacht.

Doch in Wahrheit war es zu angenehm.

„Syreena, ich habe noch nicht gespeist heute Abend“, erinnerte er sie sanft.

Sie antwortete nicht. Er spürte, wie sie den Kopf drehte und mit ihrer Nase über seinen Nacken, sein Ohr und durch sein Haar glitt. Als er bemerkte, wie sie seinen Duft ganz bewusst einsog, musste er ein Stöhnen unterdrücken.

Syreena wurde von seiner Reaktion auf ihr Spiel angesteckt. Und sie wusste, dass er darauf auch reagierte. Sie konnte es mit jeder Faser ihres Körpers spüren. Er hatte versucht, ihr Angst einzujagen, doch sie stellte fest, dass sie überhaupt keine Angst vor ihm hatte. Wahrscheinlich hätte sie Angst haben sollen, besonders wenn sie an seine Warnung dachte, doch dem war nicht so.

Sie erkannte, dass es daran lag, dass sie ihm vertraute. Denn er hatte ihr nie einen Grund gegeben, es nicht zu tun, aber Dutzende Gründe, es zu tun. Vor allem, weil er ihr die Wahrheit gesagt hatte.

Eine Wahrheit, die noch nicht einmal ihre Schwester kannte.

„Ich glaube, ich muss mich für einen Gefallen revanchieren“, flüsterte sie ihm sanft ins Ohr.

Damien hatte keine Ahnung, was sie meinte, doch es hatte einen verdächtigen Klang. Erneut versuchte er sich von ihr zu lösen, aber genau in diesem Moment öffnete sie den Mund und presste ihn auf die Stelle an seinem Hals, wo sein Puls zu spüren sein musste.

Erstaunlicherweise reagierte sein Organismus auf diese erotische Berührung und gab ihr genau das.

Einen Puls.

Der Hals war eine der wichtigsten erogenen Zonen bei einem Vampir. Und es war ziemlich klar, dass sie das wusste, als sie mit ihren Zähnen darüberfuhr. Damien fluchte, sog die Luft ein und versuchte augenblicklich, von ihr herunterzurollen.

Das flinke kleine Biest haftete an ihm wie Superkleber und rollte mit ihm mit, bis sie erneut rittlings auf ihm saß. Er packte sie bei der Taille und versuchte sie wegzustoßen.

„Du wolltest doch wissen, was ich will", erinnerte sie ihn, während sie sich mit einer leichten Drehung ihres Körpers dagegen sträubte. Nachdem sie sich dem Griff seiner Hände entzogen hatte, rieb sie mit Hals und Nacken über seine Lippen und bedeckte seine Augen mit dem seidigen Regenbogen ihrer Haare.

Diesmal hielt nichts den Laut des Begehrens zurück, der aus seiner Kehle aufstieg. Sie lachte verzückt, als er ein tiefes Stöhnen von sich gab und sich eine Hand reflexartig am Hinterkopf in ihrem Haar vergrub. Das Geräusch, das er machte, löste etwas aus in ihr, einen Taktschlag, der einen bestimmten Rhythmus suchte, zu dem er passte.

„Syreena", sagte er atemlos, „du spielst mit dem Feuer."

„Dein Feuer hat mich schon verbrannt", erwiderte sie sorglos.

Damien schloss seine Faust um ihr Haar und machte ihr damit klar, dass sie ihn so aus der Fassung gebracht hatte, dass er nicht mehr auf ihre geschundenen Haare achten würde. Sie fühlte sich irgendwie mächtig und erregt. Er war ihr immer so beherrscht, so selbstgefällig vorgekommen, dass es sie einfach reizte, ihn zu provozieren.

Sie spürte seinen offenen Mund an ihrer Haut, seine Zunge, die gierig über ihre Schlagader strich. Einen Augenblick später schien er zu bemerken, was er, ohne es zu wollen, getan hatte, und erneut versuchte er, sie zu packen und von sich herunterzustoßen.

„Syreena! Stopp!“

„Warum sollte ich?“, fragte sie ihn mit grimmigem Blick. „Magst du keine aggressiven Frauen?“

„Ich mag sie sogar verdammt gern!“, gab er zurück.

„Gut!“

Ihre Hände wurden plötzlich aggressiv. Sie benutzte seine abwehrenden Arme als Stütze und glitt mit ihren Händen über seine Brust und über seinen Bauch hinunter zu seinen Hüften. Der Weg zurück war noch viel gewagter, indem sie mit sanftem Druck über seinen Hosenschlitz, seinen Bauchnabel und schließlich mit den Fingernägeln über seine Brustwarzen fuhr.

Damien warf den Kopf zurück, sein ganzer Körper wand sich begierig unter den kühnen Berührungen. Er fluchte laut, als ihre Finger bei seinen Haaren anlangten und er erneut mit dem Kopf vorstieß, um seinen Mund auf ihre Schlagader zu pressen.

Diesmal gab es kein Halten mehr. Die Reißzähne schossen hervor, und ihm wurde schwindlig von der heftigen Reaktion. Von diesem Moment an übernahm der Instinkt die Herrschaft, und es lag nichts Zivilisiertes mehr darin, wie er seinen Körper nach vorn und wieder zurückwarf.

Der Biss kam so schnell, dass sie ihn kaum spürte. Doch sie spürte, wie sein Mund sich über der Öffnung schloss, die er ihr zugefügt hatte. Syreena gab einen erstickten Laut höchster Lust von sich. Ihr Körper schüttete Endorphine und Adrenalin aus, und ihr wurde augenblicklich schwindlig. Es dauerte eine volle Minute, bis sie begriff, dass sie wieder unter ihm auf dem Rücken lag.

Sie stöhnte unterdrückt, um ihn zu ermutigen, und hielt seinen Kopf fest, voller Angst, dass er dieses überwältigende Vergnügen beenden könnte, bevor sie es überhaupt begriff. Während er von ihrem Blut trank, lag er fest an ihren Körper gepresst, und sein Körper übertrug die ungeheure Erregung auf sie. Seine Hand umfasste ihre Taille, und die Kälte in seinen Fingern verschwand, als würden sie mit einer Wärme erfüllt, von der sie annahm, dass es ihr Blut war.

Diesmal war sie sich des Begehrens voll bewusst, das ihn durchpulste wie eine schrille Wehklage. Sie begriff, was für eine Droge sie für seinen Körper war. Einen Moment lang sah sie sich durch seine Augen und spürte sich durch seinen Körper. In dieser Zeit erfuhr sie, was es hieß, ein Mann zu sein, den Körper einer Frau zu halten, die ihn leidenschaftlich erregte. Sie kannte den Geschmack ihres eigenen Bluts und wie es ihn durchströmte und nährte.

Sie wusste auch mit vollkommener Klarheit, welches Bild er von ihr hatte.

Das ganze Bild.

Als sie wieder zu sich kam, geschah das mit einem Gefühl unvorstellbarer Erfüllung. In einem einzigen Augenblick hatte sie die Vereinigung ihrer beiden Hälften erlebt, die sie ihr Leben lang vor sich gesehen hatte. Sie erlebte es durch die Augen eines Außenseiters, der kein anderes Bild von ihr hatte, nicht als Schülerin oder als Beraterin, nicht als Falke oder als Delfin. Er sah alles. Mochte alles. Wollte alles.

Falls das überhaupt möglich war, war sie noch lieblicher und machte ihn noch süchtiger als beim ersten Mal. Die körpereigenen Stoffe durchströmten ihren Blutkreislauf wie Gewürze und wie Wein und machten ihn vollkommen trunken. Am überraschendsten war der Anstieg ihres Hormonspiegels, während sie sich der Leidenschaft hingab. Er spürte ihre Brüste, die sich an seinen Körper pressten, die Hitze zwischen ihren Beinen, die ihn noch immer fest umschlangen. Zum ersten Mal in seinem Leben wurde ihm bewusst, was Sterblichkeit bedeutete.

Wenn er in ihr war, umhüllt von ihrer Wärme und gebannt von der Lust, die sie noch immer erbeben ließ, konnte er den Gedanken an den Tod zulassen, ohne mit der Wimper zu zucken. Das war der Höhepunkt des Lebens selbst, wie er feststellte. Und da es nicht wahrscheinlich war, dass der Tod ihn auf diesem Weg ereilen würde, kam der Gedanke auf, dass er diese lustvollen Begegnungen wieder und wieder erleben könnte.

Wie als Antwort auf seine Gedanken stemmte Syreena sich heftig gegen ihn, bebend und weinend in einem verzückten Hochgefühl. Er fing ihren sich aufbäumenden Körper ab, fühlte die Hitzewellen, die sie durchströmten, und konnte den Duft von weiblichem Moschus wahrnehmen, der ihr zitterndes Wesen umhüllte.

Dann wurde sie still und schlaff, und Damien kam wieder zu sich.

Und in einer einzigen schrecklichen Sekunde begriff er, was er getan hatte.

Der Vampirprinz warf sich zur Seite und schlug in seiner Hast hart auf dem Boden auf. Ein bitterer Geschmack stieg ihm in den Mund, und ihm wurde bewusst, dass er den abschließenden Biss vergessen hatte.

Er versuchte sich zu bewegen, um zu verhindern, was unvermeidlich war, wenn er die Nahrungsaufnahme nicht richtig abschloss.

Doch er war wie gelähmt und konnte sich keinen Millimeter von der Stelle bewegen.

Er konnte nur seinen Kopf drehen und zusehen, wie das Blut unter ihrem Nacken und unter ihrem Kopf langsam eine Lache bildete.

„Merde!“

Windsong konnte den Ausruf nicht unterdrücken, als sie die Tür zu ihrem Schlafzimmer öffnete und den Prinzen und die Prinzessin auf dem Boden liegen sah.

Syreena befand sich in einer immer größer werdenden Blutlache, und Damien hatte Krampfanfälle.

„Lyric! Lyric!“

Sie schrie den Namen, während sie vorwärtsstolperte, um sich neben die Lykanthropenprinzessin zu knien und hastig ihre Hand auf die Wunde an ihrem Hals zu pressen, um die Blutung zu stoppen.

„Was ist los? Es gibt doch keinen Grund, mich anzuschreien, Wind–“

Lyric brach mit einem entsetzten Aufschrei ab und schlug sich die Hand vor den weit aufgerissenen Mund.

„Hol mir meine Bitterstoffe! Beeil dich, Kind!“, befahl Windsong schroff, und ihr Ton brachte die junge Frau dazu, augenblicklich zu gehorchen.

Lyric eilte zu der Tüte mit Kräutern, die stets griffbereit in der Küche stand. Währenddessen strecke Windsong ihre Hand aus, um sie auf Damiens Brust zu drücken.

„Was um alles in der Welt ist in dich gefahren, Damien“, murmelte sie.

Leise und ganz langsam stimmte sie ihr wirkungsvollstes Heilerlied an, das gleich vor dem Geistgesang kam. Der Geistgesang konnte nicht durchgeführt werden, wenn der Geist nicht gesund war, und ihr Geist und der Geist von Lyric waren nicht vereinbar mit Opfern, die auf dem Boden lagen.

Sie unterbrach den Gesang nicht einen Augenblick, als Lyric in den Raum zurückgerannt kam und tapfer neben ihrer Mentorin auf die Knie fiel. Windsong wusste, dass Lyric bisher noch nie Blut gesehen hatte, also war sie stolz auf das Mädchen, als sie durch das Blut rutschte, um Damiens zuckenden Kopf festzuhalten, damit er sich nicht selbst verletzte. Sie stimmte sofort einen weniger geübten Gesang an, ein Lied, das in Stil und Rhythmus völlig anders war und das einen Körper im Schockzustand beruhigen sollte. Lyric hatte das Lied erst am Abend zuvor gelernt, als sie die beiden im Wald gefunden hatten. Sie hatte es sich spontan angeeignet und betete nun, dass ihr Gedächtnis sie nicht im Stich ließ.

Windsong griff in ihren Kräutersack, ohne überhaupt hinzuschauen, denn sie wusste gleich beim Ertasten, was was war. Rasch zog sie ihre Hand wieder heraus und verrieb eine Blutgerinnungssalbe auf Syreenas Hals.

Die Kräuter wirkten sofort, doch die Mistral ließ keine Zeile ihres Liedes aus, um erleichtert aufzuatmen. Stattdessen griff sie erneut in den Sack und flößte der Lykanthropin einen blutbildenden Saft ein. Sie fühlte Syreenas Puls auf der anderen Seite des Halses, auf der Seite, wo Damiens erster Biss verheilte. Der Puls war schwach, schlug aber wieder schneller, und das allein zählte.

Dann wandte sie sich ihrem zweiten Patienten zu.

Damiens Haut war grau, dann rötete sie sich und nahm schließlich eine Farbe an, die der hellbraunen Tönung der Dämonenhaut glich.

An dieser Stelle wusste Windsong nicht weiter. Vampire waren ihr völlig fremd. Sie hatten keinen nennenswerten Blutkreislauf, keinen Puls, keine Atmung, und sie wusste nicht das Geringste über die Geheimnisse von deren Nahrungsaufnahme, den guten wie den bösen. Das Einzige, was sie tun konnte, war, ihn mit ihrem Lied zu unterstützen und Lyric mit ihren Blicken zu ermutigen, dasselbe zu tun.

Syreena erwachte mit einem scharfen Einsaugen der Luft und riss die Augen auf. Das Erste, was sie spürte, war das seltsame Gefühl, sei sie schwerelos.

Zumindest lag Damiens Gewicht nicht mehr auf ihr.

Anscheinend hatte sie erneut das Bewusstsein verloren.

„Verdammt", murmelte sie und seufzte mutlos.

Sie drehte den Kopf und schrie auf bei dem durchdringenden Schmerz an ihrem Hals. Sie hatte zwar noch eine vage Erinnerung daran, wie Damien das letzte Mal ihr Blut gesaugt hatte, doch sie wusste nicht mehr, dass es so schrecklich wehtat.

Sie setzte sich auf und musste sofort nach etwas tasten, wo sie sich abstützen konnte, weil sich alles um sie herum drehte. Ihre Finger berührten Haare, und plötzlich wurde ihr bewusst, dass jemand schnarchend neben ihrem Bett auf einem Stuhl saß und den Kopf auf ihre Matratze gelegt hatte. Sie erkannte sofort Lyrics Haarfarbe.

„Lyric?"

„Ich habe versucht, sie zu wecken. Sie ist erschöpft, das arme Ding."

Syreena blickte auf zu Windsong, die in ähnlicher Haltung bei Damien saß.

Damien.

Der Blick der Prinzessin ging hinüber zu ihm, und augenblicklich war ihr klar, dass irgendetwas überhaupt nicht stimmte.

„Bleib in diesem Bett!" Windsong hatte Syreenas Gedanken erraten, und zwang sie mit strenger Stimme, sich nicht von der Stelle zu rühren.

„Was ist passiert?", verlangte Syreena von der Mistral zu wissen.

„Vielleicht solltest lieber du mir das sagen. Warum um Himmels willen wiederholt Damien eine Handlung, die ihn schon beim ersten Mal beinahe getötet hätte?"

„*Getötet?*"

„Hat er dir das nicht gesagt?"

„Nein", sagte sie mit einem plötzlichen flauen Gefühl im Magen, und der Raum drehte sich noch schneller. „Er sagte, es gehe ihm gut. Es schien …" Sie schluckte schwer. „Es schien ihm nichts anhaben zu können."

„Nun, ich versichere dir, da war etwas. Er wird abwechselnd warm und kalt. Ich bin keine Vampirexpertin, aber ich weiß, dass sie eine Körpertemperatur haben, die im Laufe eines Tages sinkt. Von warm nach kalt und nicht umgekehrt. Bis zur nächsten Nahrungsaufnahme." Sie räusperte sich kurz. „Normalen Nahrungsaufnahme."

Syreenas Herz setzte einen Moment aus. „Weißt du, was das bei ihm anrichtet? Wird er überleben?"

„Ich denke schon. Wie auch beim letzten Mal. Er ist ein starkes Wesen, und man darf ihn nicht unterschätzen. Außerdem haben Lyric und ich euch in kurzer Zeit schon ziemlich weit gebracht."

Syreena sah hinunter auf ihre Hand, die unbewusst den Kopf des schlafenden Mädchens streichelte. So viel zu ihrem ersten Versuch, sich frei zu entscheiden, dachte sie gequält und musste blinzeln, weil ihr auf einmal die Augen brannten. Sie wollte nicht herumsitzen und weinen wie ein kleines Kind. Das wäre nicht gut.

Hör auf damit …

Syreena lachte ein wenig hysterisch, als Damiens Worte von vorhin in ihre Gedanken einsickerten. Wenn er nur gewusst hätte, was er sich da angetan hatte.

Ich weiß es. Und ich würde keine Minute davon missen wollen.

Syreena stöhnte, als ihr klar wurde, dass es wirklich seine Stimme war, die sie in ihren Gedanken hörte. Sie schlug Windsongs schroffen Befehl aus und stieg aus dem Bett. Sie zwängte sich an der fassungslosen Mistral vorbei und warf sich auf Damiens Bett.

„Damien, kannst du mich hören?“

Sie wusste sofort, was Windsong meinte. Damien glühte, er fühlte sich beinahe fiebrig an, wenn so etwas bei seiner Gattung überhaupt möglich war. Sie presste ihre Hände auf seine Brust, spürte seine warme Haut und nahm es als Zeichen dafür, dass er immer noch lebte.

„Syreena …“

„Pssst!“ Die Prinzessin brachte die Mistral schroff zum Schweigen.

Syreena …

„Damien! Damien, warum hast du das getan, wenn es dir schadet? Warum hast du es mir nicht gesagt?“

Mach dir keine Sorgen. Ich komme schon wieder in Ordnung. Ich bin dankbar, dass dir nichts passiert ist. Ich dachte schon, ich hätte dir schweren Schaden zugefügt.

„Nein. Nein, mir geht es gut. Ich bin nur müde.“

Windsong war verwirrt. Eine Minute lang hatte sie gedacht, dass die Prinzessin den Verstand verloren hatte, doch nachdem sie dem einseitigen Gespräch gelauscht hatte, bekam sie langsam eine Vorstellung davon, was Syreena in ihrem Kopf hörte.

Natürlich. Vampire waren in der Lage, mit dem Geist eines anderen zu sprechen. Normalerweise waren das Bilder und Sinnestäuschungen, doch sie ging davon aus, dass eine Konversation kein allzu großer Sprung war. Gebannt beobachtete sie, wie Syreena sich dicht an den Prinzen schmiegte, der aussah, als würde er tief und friedlich schlafen. Anscheinend tat er das auch, doch es war nur sein Körper. Seine Gedanken waren anscheinend hellwach und begierig, die der Prinzessin zu erfahren.

Verwirrt stand Windsong auf, um kurz aus dem Raum zu gehen. Sie würde ihnen nur eine Minute geben, und dann würde sie beiden befehlen zu schlafen. Ob sie wollten oder nicht.

Die ältere Mistral ging in die Küche, um nach dem blauen Kleid zu sehen, das im Spülbecken eingeweicht war. Sie hatte das blutgetränkte Kleidungsstück der Prinzessin durch ein Nachthemd ersetzen müssen, weil das Kleid, das Syreena angehabt hatte, nicht mehr zu gebrauchen war. Sie machte sich keine Sorgen, weil sie die richtige Kombination von Kräutern und Mitteln kannte, um die roten Flecken auszuwaschen.

Zufrieden kehrte sie wieder in das Schlafzimmer zurück.

Auf der Türschwelle blieb sie kurz stehen und presste die Hand auf die Lippen, damit sie nicht lächeln musste.

Die Prinzessin lag neben dem Vampir, den Kopf auf seine Brust gebettet und die Hände fest um eine seiner Hände geschlungen, als hätte sie Angst, er könnte verschwinden, während sie nicht aufpasste. Sie war so erschöpft, dass sie sofort eingeschlafen war, als sie sicher sein konnte, dass er nicht in Gefahr war.

Windsong beschloss, sie schlafen zu lassen.

Sie durchquerte den Raum, drängte Lyric in das leere Bett und drehte sie so herum, dass ihr Gesicht von dem schlafenden Paar abgewandt war. Und nachdem sie einen Blick auf die Uhr geworfen hatte, die weit nach Mitternacht zeigte, verließ sie den Raum und legte sich auf die Couch in dem kleinen Wohnzimmer der Hütte.

7

Es war schon seit einer Stunde dunkel, als Elijah und Jasmine schließlich den Fuß auf Windsongs Grundstück setzten.

Es hatte keine eindeutige Spur gegeben; es war nur ein Gewirr aus Wegen und Richtungen gewesen, und Elijah hatte nicht lange gebraucht, um die Teile eines relativ simplen Puzzles zusammenzusetzen, vorausgesetzt, man kannte die beteiligten Spieler. Syreena und Windsong waren durch gemeinsame Erlebnisse verbunden. Damien kannte Windsong seit Jahrhunderten. Es ergab durchaus einen Sinn, dass Syreena sich an sie wendete, wenn sie verwundet war.

Elijah drehte sich nach Jasmine um. Sie hatte die Augen geschlossen und versuchte sich zu konzentrieren. Sie runzelte die Stirn, während sie das, was sie wahrnahm, zusammenfügte.

„Ich glaube … ich glaube, sie sind hier. Kannst du sie entdecken? Normalerweise, wenn ich Damien so nah bin …"

Sie schüttelte den Kopf, offensichtlich verärgert über ihre Verwirrung.

„Ich habe eine bessere Idee", sagte Elijah und hob eine Augenbraue, während er rasch auf die Tür zuschritt.

Er klopfte.

„Wie … entschlossen du bist", stellte Jasmine trocken fest.

„Wenn's funktioniert", sagte er mit einem Schulterzucken.

Windsong öffnete augenblicklich und ohne jede Vorsichtsmaßnahme die Tür. Es war, als hätte die Mistral sie erwartet.

Sie schwieg aus Höflichkeit gegenüber dem Dämon, der nicht

dazu in der Lage wäre, der Verführungskraft ihrer Stimme zu widerstehen. Stattdessen machte sie eine Geste mit der Hand, um sie ins Haus zu bitten. Sie wusste, warum die beiden hier waren, und öffnete die Schlafzimmertür, damit sie einen Blick auf Damien und Syreena werfen konnten.

Jasmine erschrak, als sie sah, dass der Prinz um diese Zeit nicht wach und unterwegs war. Sie wusste, dass Damien sich sonst nach dem Anbruch der Nacht sehnte. Stattdessen schlief er friedlich und benutzte als Decke eine kleine Lykanthropin, um die er einen Arm geschlungen hatte und die er an seine Brust drückte.

Als Jasmine den Raum betreten wollte, stellte sich Windsong ihr in den Weg. Der scharfe Blick, den sie der Vampirin zuwarf, war bestimmt und verriet, dass es nichts zu diskutieren gab.

Was Elijah betraf, so war er zufrieden damit, Syreena am Leben und einigermaßen wohlauf zu wissen. Durch das Band mit Siena wusste sie im gleichen Moment Bescheid wie er. Zum ersten Mal in diesen Tagen konnten beide erleichtert aufatmen.

„Siena dankt dir", sagte er daraufhin mit ernster Miene zu seiner Gastgeberin. „Sie sagt, wenn du jemals etwas brauchst …"

Windsong hob eine Hand, um ihn zum Schweigen zu bringen. Sie wusste, inwiefern und auf welche Weise Sienas Dankbarkeit ihr dienlich sein konnte, so wie Elijah wusste, dass wahrscheinlich ein Tag kommen würde, an dem sie auf dieses Angebot zurückgreifen würde. Der Krieger war zufrieden. Er nahm in dem kleinen Wohnzimmer Platz, was ihn noch riesiger erscheinen ließ, als er ohnehin schon war.

Jasmine war nicht so leicht zufriedenzustellen, doch sie sah, dass sie keine große Wahl hatte.

Sie selbst könnte erst aufatmen, wenn sie gesehen hatte, dass Damien sich normal bewegte und normal sprach. Ihr gefiel die

Vorstellung nicht, dass er von den Regeln abwich. Nicht, dass er berechenbar gewesen wäre, doch sie kannte ihn ziemlich gut.

Sie vermutete, dass sein vorausschauendes Verhalten auf sie abgefärbt hatte.

Jasmine verschränkte die Arme vor dem Körper und trat beiseite, sodass die Mistral namens Windsong die Tür schließen konnte. Sie hatte tausend Fragen und wollte erfahren, was in der Zwischenzeit passiert war. Einen Augenblick lang fühlte sie sich gestört durch die Anwesenheit des Kriegers. Wäre er nicht da gewesen, hätte sie mit der Mistral sprechen und die Antworten bekommen können, nach denen sie suchte.

Und was sie vor allem wissen wollte, war, wieso sie nur ein Zimmer weiter von Damien stehen konnte und noch immer das Gefühl hatte, dass er gar nicht da war.

Syreena spürte ein Kribbeln in den Haarspitzen, das sie aus dem Tiefschlaf holte.

Sie öffnete die Augen und stieß zitternd den Atem aus, während ihr das Kribbeln einen eiskalten Schauer über den Rücken jagte. Sie wandte den Kopf und blickte in mitternachtsblaue Augen und in ein verschmitzt grinsendes Gesicht. Damien hatte ihr Haar sanft um einen Finger gewickelt – das Kribbeln, das sie gespürt hatte – und strich abwesend mit dem Daumen darüber. Als er bemerkte, dass sie ihn ansah, wurde sein Lächeln breiter.

„Hallo", begrüßte er sie liebevoll.

„Hallo?" Sie hob den Kopf, und ihre Augen weiteten sich ungläubig. „Ist das alles, was du mir zu sagen hast? Hallo?"

„So fängt man üblicherweise an", bemerkte er.

Sie brummte mürrisch und kroch von ihm weg und stieg aus dem Bett. Dann stand sie da und schaute ihn mit geballten Fäusten an.

„Damien! Was zum Teufel ist los mit dir?", wollte sie wissen. „Sehnst du dich nach dem Tod oder was? Warum hast du mir das nicht gesagt … Warum hast du mich …"

Das gelassene Heben einer Augenbraue machte sie nur noch wütender.

„Du bist ein totaler Psychopath, weißt du das? Du bist wie diese verrückten Menschen, die mit Schlangen spielen, obwohl sie wissen, dass die sie jeden Moment totbeißen können."

„Syreena …"

„Sag nicht immer *Syreena*! Lüg nicht mit dieser unerträglichen Geduld, und tu nicht so, als wäre ich hysterisch wie ein … ein nervenschwaches, zickiges Ding, das eine Maus über den Flur hat rennen sehen! Verdammt, Damien, du bist derjenige, der einen Aufpasser braucht!"

Damien versuchte nicht mehr, etwas zu sagen. Sie ließ ihn auch gar nicht, und er konnte ihre Wut und ihre Angst verstehen. Der Prinz konnte sein Fehlverhalten nicht besser rechtfertigen als sie, und sie hatte wahrscheinlich in jedem Fall recht. Es war wirklich dumm gewesen. Doch es war von Anfang bis Ende sein Fehler und seine Verantwortung gewesen, und er würde nicht zulassen, dass sie sich die Schuld gab.

Plötzlich hörte Syreena auf, ihn zu schelten, und ihr Kopf zuckte mit dieser Wachsamkeit, die ihm so vertraut war.

Er richtete seine Aufmerksamkeit auf das, was sie fühlte.

„Oh, das ist wirklich großartig!" Syreena riss die Hände hoch und ließ sie klatschend auf die Oberschenkel fallen.

„Hast du etwa erwartet, dass deine Schwester einfach dasitzt und darauf wartet, dass du wieder auftauchst?", fragte er.

Sie erklärte ihm klipp und klar, was er mit seiner so logischen Bemerkung machen konnte.

Und ohne ihn eines weiteren Blickes zu würdigen, ging sie

hinüber zu dem leeren Bett. Sie zog das Nachthemd aus, das sie trug, und gestattete Damiens bewundernden Augen einen großartigen Blick auf ihren kleinen, athletischen Körper. Gleich darauf verbarg sie ihn wieder unter dem geliehenen blauen Kleid.

Sie drehte sich zu ihm um, während sie vorsichtig die Haare aus dem Kragen zog.

„Ich will nicht, dass Siena etwas davon erfährt. Verstanden?" Sie nestelte an der Kette aus Gold und Mondstein, die ihren Rang am Hof anzeigte. Sie löste die Knoten und ordnete ihr Haar sorgfältig, damit sie die Stellen an ihrem Hals verbergen konnte, die von dem jüngsten Mahl herrührten.

Die anderen waren bereits zu kleinen rosa Punkten aus frisch verheilter Haut verblasst. „Es gibt Regeln in unserer Gesellschaft, Tabus und Gesetze und Aberglauben, und wir haben gegen so viele verstoßen, dass mir ganz schwindlig wird."

„Vom Blutverlust wird dir schwindlig, Syreena. Die Regeln zu brechen, das jagt dir Todesangst ein."

„So viel kann ich dir jedenfalls sagen", blaffte sie. „Du könntest eine gesunde Dosis Angst vertragen, Damien! Du bist eine Gefahr für dich selbst. Ich bin wirklich froh, dass ich ganz weit weg sein werde, wenn du dich irgendwo herumtreibst und dich selbst zerstörst!"

Mit diesen Worten verließ die Lykanthropenprinzessin das Schlafzimmer und knallte die Tür hinter sich zu.

„Liebling?"

„Was?"

„Liebling, du machst noch ein Loch in den Teppich."

Siena hörte auf, im Zimmer auf und ab zu gehen, und blickte ihren Mann an, der in ihrem Bett lag und aussah, als hätte er überhaupt keine Sorgen. Dafür hätte sie ihm am liebsten einen Schlag auf den Kopf verpasst.

„Das habe ich mitbekommen", warnte er sie grinsend.

„Bist du sicher? Ich meine wirklich sicher?", fragte sie zum zehnten Mal an diesem Abend.

„Siena …"

„Oh, ich weiß", sagte sie mit einem entmutigten Seufzen und machte eine abwehrende Geste. „Ich will nur wissen, wie sie das macht. Wie dieses hinterhältige kleine Miststück einfach so verschwinden konnte? Unsere besten Jäger haben versucht, Ruth aufzuspüren, meine, deine und Damiens, und keiner von ihnen scheint ihr folgen zu können. Nicht einmal Jacob! Er ist unser Gesetzeshüter, seine Aufgabe ist es, Abtrünnige unserer Spezies zu jagen, und selbst er ist ratlos! Ich will wissen, wie sie das macht!"

„Sie verfügt über beachtliche Kräfte", rief Elijah ihr sanft in Erinnerung. „Wir könnten direkt neben ihr stehen, doch sie kann unsere Gedanken so manipulieren, dass wir denken, sie ist Tausende von Kilometern entfernt. Ich werde dir genau sagen, wer dazu in der Lage ist, sie irgendwann zu fassen."

„Wer?", fragte die Königin und klang auf einmal furchtbar neugierig. Siena war mit ihrer Geduld am Ende. Ruth hatte ihre Familie einmal zu oft angegriffen, und wie eine starke Löwin würde sie ihre Familie beschützen, auch wenn es sie das Leben kostete.

„Ich würde auf Damien oder Magdelegna tippen. Legna ist die einzige Geistdämonin, die stark genug ist, um Ruth mit ihren eigenen Waffen zu schlagen." Er seufzte ebenso wie seine Frau, als diese sich schließlich zu ihm ins Bett legte. „Aber Legna kann sich nicht auf eine Jagd einlassen, bevor sie nicht niedergekommen ist."

„Was ist mit Damien?"

„Damien ist … Damien ist immun gegen ihre Tricksereien, wenn er darauf achtet. Er ist außerdem der beste Jäger, den ich je gesehen habe, zusammen mit Jacob."

„Und trotzdem hat er noch kein Glück gehabt, seit das alles angefangen hat. Am dichtesten war er ihr auf den Fersen, als er Syreena gerettet hat. Verdammt, ich wünschte, ich hätte dir mehr Leute mitgeschickt! Sie hätten wenigstens versuchen können, sie zu erwischen."

Elijah legte seinen Arm um die Schulter seiner Frau und zog ihren Körper genüsslich an sich. Er küsste sie zärtlich auf die Stirn, da, wo ihr Lockenansatz war. „Du weißt, dass sie kein Glück gehabt hätten. Quäle dich nicht, Siena! Ich verspreche dir, Ruths Tage sind gezählt. Sie wird wieder auftauchen."

„Genau davor fürchte ich mich. Sie plant etwas. Etwas, das mit der Bibliothek zu tun hat und damit, dass sie jetzt im Land der Mistrals ist. Das behagt mir nicht. Ich kriege eine Gänsehaut, wenn ich mir vorstelle, dass sie da draußen frei herumläuft." Siena schmiegte sich fester an ihn und versuchte das Frösteln loszuwerden, das nichts mit der Kälte im Schlafzimmer des Höhlenschlosses zu tun hatte. „Du bist es, den sie hasst, Elijah. In ihrem kranken Hirn glaubt sie, du hast ihr Kind getötet. Ich habe Angst, dass sie dich unvorbereitet erwischt und dich so verletzt wie …"

„Siena, das wird nicht passieren. Nicht noch einmal. Ich weiß, ich habe einen Fehler gemacht und wäre deswegen beinahe getötet worden. Aber du kannst sicher sein, dass sich das nicht wiederholen wird. Hab keine Angst vor ihr! Das ist genau das, was sie will. Sie will, dass du Angst um mich und um Syreena hast."

„Ich habe keine Angst vor ihr … nicht, wenn ich dem Miststück das Herz herausgerissen habe."

Elijah lachte laut auf, und das Echo seiner vollen Stimme hallte aus den Gängen zurück. „Das ist mein Mädchen!“, sagte er, bevor er ihren Mund mit dem seinen verschloss und sie auf andere Gedanken brachte.

Syreena stand von dem Gebetsaltar auf, vor dem sie den größten Teil der letzten vierundzwanzig Stunden verbracht hatte. Sie durfte nicht fasten, weil sie sich noch immer von der Tortur eine Woche zuvor erholte, und sie wünschte, die Mönche würden nachgeben. Es ging ihr wirklich gut, die Blutversorgung war schon fast wieder normal. Wenn sie fastete, waren ihre Meditationsversuche vielleicht wirkungsvoller. In der Vergangenheit hatte es stets funktioniert.

Es hatte keinen Sinn, darüber nachzugrübeln, dachte Syreena mutlos. Andererseits hatten ihre Schwierigkeiten, sich zu konzentrieren, nichts damit zu tun, ob sie etwas im Magen hatte oder nicht.

Sie fragte sich, wie es Damien wohl ging, nach allem, was er durchgemacht hatte. Denn sie hatte nichts ausrichten können bei ihrer Schwester. Siena hatte nicht die Notwendigkeit gesehen, im Nachhinein mehr als die üblichen Nachforschungen anzustellen.

Doch Syreena wusste es besser.

Sie wusste auch, dass sie ihm verdammt wenig Anerkennung dafür gezollt hatte, sowohl für das, was er für sie getan hatte, als auch für ihre Rolle bei dem zweiten Vorfall. Warum sie in seiner Nähe so reizbar und so unberechenbar war, wusste sie nicht. Er hatte etwas an sich, das sie entweder provozierte oder das sie verwirrte.

Dieser Gedanke brachte für Syreenas Empfinden viel zu viele äußerst heikle Erinnerungen zurück, und rastlos begann sie durch die Hallen des Schlosses von The Pride zu streifen.

Da sie in dem riesigen unterirdischen Schloss aufgewachsen war, kannte sie es besser als das königliche Schloss. In gewisser Weise waren die Höhlen und die Räume, die in den gewaltigen russischen Berg gegraben worden waren, eher eine Heimat für sie als ihr Geburtsort. Zugleich gab es hier jedoch keine tiefe Liebe und Zuneigung. Unterricht, Lehrer und Disziplin, ja, aber nichts, was irgendwie Zuneigung verheißen hätte.

Nicht, dass sie misshandelt oder wirklich vernachlässigt worden wäre. Es war ihr in jeder Hinsicht gut gegangen. Sie hatte eine hervorragende Erziehung genossen, und sie hatte gelernt, ihren Seelenfrieden wiederzufinden, wenn sie wirklich durcheinander war.

Nun, meistens jedenfalls.

Syreena war hierhergekommen, um ihre Wunden zu lecken, weil sie sicher sein konnte, dass sich niemand allzu sehr für ihr seelisches Wohlbefinden interessieren würde. Die Mönche hielten sie für fähig, sich um sich selbst zu kümmern. Siena sah das nicht so locker. Obwohl die Königin es gut meinte und eine fürsorgliche Schwester sein wollte, hatte Syreena das Gefühl, dass sie zur Zeit zu viel Kontrolle nicht ertragen konnte.

Und wieder wanderten ihre Gedanken zu dem Vampirprinzen.

Sie spürte, wie sie rot wurde, und hob abwesend eine Hand, um sie auf die verräterischen Stellen auf ihren Wangen zu legen.

Noch nie hatte sie etwas Ähnliches verspürt wie das, was er in ihr geweckt hatte. Vielleicht lag es daran, dass er so ungeheuer gefährlich war, sowohl für sie als auch für sich selbst. Davor hatte sie jedenfalls nicht zu denen gehört, die die Gefahr suchten. Außerhalb ihrer Rolle am Hof pflegte sie einen recht bescheidenen Lebensstil. Solange sie im Kloster gelebt hatte, hatte man von ihr ein enthaltsames Leben verlangt; von ihr als Prinzessin erwartete man, dass dies so blieb, bis sie einen Gemahl gefunden hatte.

Und sie hatte sich schon lange daran gewöhnt, dass sie nicht besonders viel Interesse weckte.

Damien war der Erste, der dieses besondere Empfinden in ihr ausgelöst hatte.

Es war wie ein Erdbeben gewesen. Alles, was daraufhin geschehen war, war ein Beleg dafür, warum Fortpflanzung zwischen Schattenwandlern so sehr missbilligt wurde. Siena und Elijah waren die Ausnahme, und es war für keinen von beiden ein einfacher Anpassungsprozess gewesen. Tatsächlich mussten der Hof und Sienas Leute sich noch immer umgewöhnen. Manchen fiel es leichter als anderen.

Doch zumindest fügten sie einander keinen Schaden zu. Sie waren beide sichtlich aufgeblüht und sehr glücklich. So etwas war zwischen Damien und Syreena ganz klar unmöglich. Es war dumm von ihr gewesen, auch nur daran zu denken. Und noch dümmer von ihm, zu glauben, er wäre den schmerzhaften Auswirkungen gewachsen, die das Spiel mit dem Feuer bedeutete.

Syreena gab einen frustrierten Laut von sich und blieb stehen, um sich an eine kühle Wand zu lehnen und sich die schmerzenden Schläfen zu reiben. Egal, was sie tat, sie konnte ihre Gedanken, die sich im Kreis drehten, nicht abstellen. Warum konnte sie sich selbst nicht davon überzeugen, dass dies das Ende einer Reihe falscher Entscheidungen war? Warum hatte sie trotz allem noch immer dieses unglaubliche Verlangen, ihn zu finden?

Schritte kamen näher, und eilig nahm sie ihren Rundgang wieder auf. Sie ging an zwei Mönchen vorbei, und die nickten ihr höflich zu. Sie nickte ebenfalls und musste sich sehr beherrschen, um nicht die kahlen Stellen an ihrem Haaransatz zu bedecken, als deren Blicke darauf fielen. Sie wünschte, sie könnte ein Tuch oder einen Schal darüber tragen, um sich vor solchen

Blicken zu schützen. Und da alle Lykanthropen davor zurückscheuten, ihr Haar irgendwie zu bändigen, bemerkte sie, dass sie sich noch abstoßender fand als zuvor.

Es würde Jahre dauern, bis man es nicht mehr sehen würde. Und die Haare würden nie wieder alle gleich lang sein. Die ganze Sache hatte auch eine ironische Seite. Bevor ihr Haar nicht wieder eine bestimmte Länge hätte, würde der Delfin in ihr ruhen müssen. Es war fast so, als würde sie vom Kosmos dafür bestraft, dass sie mit ihren beiden Hälften haderte. Denn jetzt, wo sie über die eine Hälfte nicht mehr verfügen konnte, sehnte sie sie mit aller Macht zurück.

Die Prinzessin fuhr sich entschlossen mit ihren Fingern durch das Haar und ordnete es so, dass die kahlen Stellen nicht mehr zu erkennen waren. Es war dennoch nicht zu übersehen, wenn man bedachte, dass das Haar an der Stelle sonst glatt herabfiel. Doch sie wollte lieber wie ein Zebra denn wie ein Opfer aussehen. Zumindest gab es in ihrem Volk welche, die von Natur aus gestreiftes Haar hatten. Diejenigen, die sie nicht kannten, würden nicht genauer hinschauen.

Unglücklicherweise gab es nur wenige, die sie nicht kannten.

Doch es war immer noch besser als gar nichts.

Der Vampirprinz war wieder in dumpfes Brüten versunken.

Jasmine seufzte leise, als sie ihm vom oberen Balkon der Villa aus nachspionierte. Der Rollentausch war nervtötend. *Sie* war eigentlich diejenige, die launisch sein sollte. Das Privileg hatte sie nun nicht mehr. Sie war zu besorgt um Damien.

Er ging durch den dunklen Garten, der sich direkt vor ihr bis zu den Klippen erstreckte, wo er zweifellos wieder Stunden damit zubringen würde, hinaus auf den Pazifischen Ozean zu starren.

Jasmine nahm an, dass er in Richtung Russland starrte.

Sie nahm es nicht deswegen an, weil er ihr irgendetwas von dem, was geschehen war, anvertraut hätte. In dieser Sache war sie auf ihre eigenen Mutmaßungen angewiesen.

Die Prinzessin konnte die Wahrheit vielleicht mit einer kunstvollen Frisur und mit Schmuck vor ihrer Schwester und vor ihrem Volk geheim halten, doch ein Vampir konnte auf diese Weise nicht getäuscht werden. Der Biss eines Vampirs war so, wie wenn ein Tier sich an einem Baum reibt, es war das Markieren eines Territoriums, und es unterstrich seine Macht innerhalb dieser Grenzen.

Ein Vampir spürte stets, wenn ein anderer vor ihm da gewesen war. Da Vampire von Natur aus ihr Territorium absteckten, vermieden sie es, sich gegenseitig auf die Füße zu treten.

So würde also jeder, der der Lykanthropenprinzessin näher kam, merken, dass Damien vor ihm da gewesen war.

Abgesehen von diesen Mutmaßungen war Jasmine allein schon von dem Anblick erschüttert, wie die beiden im Hause der Mistrals nebeneinander geschlafen hatten. Damien ging mit seinen Frauen zwar ins Bett, aber er schlief nicht bei ihnen. Sie nahm an, dass es daran lag, dass er keiner richtig über den Weg traute. Oder vielleicht lag es auch daran, dass Intimität einen unter Umständen in die Irre führen konnte. Damien wollte keine Bindung eingehen, nur um seinem Vergnügen nachzugehen. Er zog es vor, seinen eigenen Bedürfnissen zu folgen. Verknallte Frauen waren zu anstrengend, und er wollte nicht, dass sie ihm verfielen.

Es hatte vier Jahre gedauert, bis er Jasmine seine Zuneigung gezeigt hatte, obwohl sie es schon lange gespürt hatte. Selbst jetzt gehörte es zu ihrem Umgang miteinander, dass sie jedes Bedürfnis nach ihm abstritt. Damien fand Bedürftigkeit nicht besonders anziehend. Und auch wenn sie sehr liebevoll und fürsorglich miteinander umgingen, brauchte sie ihn nicht übermäßig. Sie machte keine Ansprüche geltend. Sie waren nie ein Liebespaar gewesen, auch wenn sie es in Erwägung gezogen hatte. Doch schon vor langer Zeit hatte sie beschlossen, dass sie eine dauerhafte Freundschaft einer flüchtigen Leidenschaft vorzog. Jasmine glaubte, dass es das war, was sie seit Jahrhunderten miteinander verband.

Damien war auch nicht mitteilsam darüber, welche Auswirkungen der Biss bei der Prinzessin auf ihn selbst gehabt hatte. Jasmine wusste allerdings, dass diese beträchtlich waren. Dieses Wissen hatte sie dazu veranlasst, alle anderen, die mit Damien in einer Gemeinschaft lebten, bis auf Weiteres fortzuschicken. Sie hatte als Ausrede etwas von diplomatischen Verpflichtungen und von Reisen erzählt, etwas, woran sie gewöhnt waren. Egal, was passierte, die anderen sollten nichts mitbekommen von der Veränderung, die mit Damien vorgegangen war. Veränderung wurde in ihrer Gesellschaft oft als ein Zeichen von Schwäche angesehen. Und Schwäche, selbst unter Freunden, brachte eine Menge Ärger und Gefahr.

Sie würden schnell merken, dass es tatsächlich eine Veränderung gegeben hatte. Dem Prinzen selbst konnte das ebenfalls nicht entgangen sein. Das war unmöglich. Wenn sie die Veränderungen spüren konnte, dann spürte er sie auch. Trotzdem gab es keine Möglichkeit, diese Veränderungen klar zu deuten, solange Damien sich dagegen sperrte. Nur auf seine Erlaubnis hin konnte sie den Wandel richtig einschätzen.

Das alles war höchst verwirrend. Weshalb, wie sie annahm, der Prinz weiterhin am Rand der Klippe saß und Nacht für Nacht nach unerreichbaren Dingen Ausschau hielt.

Jasmine war so verschwiegen wie das Grab, in dem sie gerade

angeblich schlief. Wenn auch nur irgendetwas davon durchsickern würde, wäre das wie Blut in Wasser. Ehrgeizige Vampire würden die Schwäche ausnutzen und sich an Damiens Fersen heften, um seine Krone zu ergattern.

Ein Teil von Jasmine wollte hinausgehen und dafür sorgen, dass alle, die davon wussten, den Mund hielten. Und zwar für immer. Wollte etwas tun, um ihn zu beschützen, wie er sie immer beschützt hatte. Doch wenn sie bedachte, wer die Beteiligten waren, würde es am Ende dazu führen, dass sie alle in einen Krieg verwickelte.

Abgesehen davon würde Damien die willkürliche Ermordung mehrerer Anführer von Schattenwandlerprovinzen nicht gutheißen.

Tja.

Jasmine war kein besonders geduldiges Wesen. Wahrscheinlich wurde sie deshalb der Welt um sie herum so schnell überdrüssig. Sie streckte die Arme aus und erhob sich in die Lüfte, und der Wind fuhr durch ihr langes, offenes Haar. Sie konnte das Salz des Meeres in der Luft riechen, obwohl sie ein ganzes Stück vom Wasser entfernt wohnten. Auf der Spur von Damien zog sie knapp über die Baumwipfel und riss hier und da mit ihren Stiefeln ein Blatt ab. Sie hatte die Knöchel verschränkt, ihre bevorzugte Haltung, wenn sie flog, weil der Luftwiderstand so geringer war.

Sie landete auf dem Kiesweg, wo sie mit knirschenden Schritten auslief. Damien hatte bereits seinen Platz auf der Steinbank eingenommen, die nur ein paar Schritte vom Rand der Klippe entfernt stand.

Beim Klang ihrer Schritte drehte er sich um.

Damien hatte eine solche Begegnung im Grunde schon erwartet. Er wusste, dass Jasmine nicht um den heißen Brei herumredete, wenn es etwas zu besprechen gab. „Jasmine, warum kannst du es nicht einfach auf sich beruhen lassen."

„Einverstanden. Wenn du aufhörst, Trübsal zu blasen, werde ich keine Fragen stellen."

„Ich blase nicht Trübsal", sagte er kurz angebunden und wandte sich wieder dem gedämpften Wellenrauschen zu.

„Sich sehnen, Trübsal blasen, melancholisch sein, schmollen … nenn es, wie du willst, aber du tust es wirklich. Glaub bloß nicht, dass du mich hinters Licht führen kannst, Damien. Ich kenne dich zu gut."

„Und überhaupt nicht", entgegnete er scharf.

„Ja. Nicht einmal nach fünf Jahrhunderten. Obwohl ich genug weiß, um zu wissen, dass dein Verhalten dazu führen könnte, dass du alles aufs Spiel setzt, was dir wichtig ist."

„Vielleicht das, was mir bis jetzt wichtig war."

Jasmine war sich sicher, dass, wenn sie einen Herzschlag gehabt hätte, er sich in diesem Augenblick beschleunigt hätte. Das war mehr als Launenhaftigkeit, wie sie feststellen musste. Es sah Damien nicht ähnlich, dass er seine Ziele und seine ziemlich klaren Vorstellungen von dem, was er von der Welt wollte, infrage stellte.

Sie trat neben ihn, setzte sich auf die kalte Bank und schmiegte sich an ihn, wie sie es oft tat, wenn sie über ernste Dinge sprachen.

„Damien, ich bin deine beste Freundin. Warum willst du mir nicht sagen, was dich quält?"

Damien drehte den Kopf und blickte sie an, als sie ihr Kinn auf seine Schulter legte. Jasmine tat das nicht oft. Ihr zu sagen, wie viel sie ihm bedeutete, war etwas für Ausnahmesituationen. Zum ersten Mal sah er sich selbst, wie sie ihn sah. Verändert. Für immer. Ein Fremder, den sie nicht kannte und dem nichts mehr zu bedeuten sie fürchtete. So zeigte sie ihm ihre Liebe, und er bereute es augenblicklich, dass er sie in diese Situation gebracht hatte.

Er umfasste ihre Schulter und zog sie fest an sich. „Erinnerst du dich noch an 1562?“, fragte er leise in ihr Haar hinein.

„Der erste Hugenottenkrieg?“

„Noch davor.“

„Ah. Die sommersprossige Königin.“

„Ja“, bestätigte er. „Es war, kurz bevor ich herausfand, dass sie sich mit Pocken infiziert hatte.“ Er lächelte in die seidigen Strähnen ihres kohlrabenschwarzen Haars. „Es war das letzte Mal, dass wir alle zusammen waren.“

„Simone, Racine, Lind, Jessica …“

„Dawn“, fügte er hinzu.

„Dieses dumme Ding. Lässt sich auf einem französischen Schlachtfeld töten und macht aus einem Fest ein Begräbnis.“

„Es war ein Fehler. Wir alle machen welche. Unglücklicherweise war Dawns Fehler tödlich. Aber wenn du dich erinnerst, gab es Unmengen von tödlichen Fehlern innerhalb der Gruppe im ganzen folgenden Jahrhundert.“ Er stieß einen traurigen Seufzer aus und hob die Hand, um die Stelle zwischen seinen Augenbrauen zu reiben, so als hätte er Kopfschmerzen. „Wie dem auch sei, ich hatte sie in jener Nacht in England zurückgewiesen. Ich hatte gedacht, es bliebe Zeit genug.“

„Damien, sie hat dein Bett gewärmt, nicht dein Herz.“

„Nein. Ich weiß. Doch sie ist ein Beispiel für all diejenigen, auf die ich später noch einmal zurückkommen wollte, wozu ich dann nie mehr die Gelegenheit hatte.“

„Warum sprichst du ausgerechnet jetzt darüber?“

„Weil da etwas ist, worauf ich zurückkommen muss. Nicht morgen, nicht in einer Woche. Sondern jetzt.“

„Du meinst die Lykanthropenprinzessin, nehme ich an“, sagte sie sanft. Sie konnte nicht glauben, was sie da hörte. „Damien, sie bedeutet dir doch nichts.“

„Bist du dir da so sicher?“

Jasmine hob den Kopf und blickte ihn überrascht an.

„Ich bin mir, was dich betrifft, überhaupt nicht mehr sicher, wie ich feststellen muss. Was bedeutet sie dir? Erzähl mir einfach, was passiert ist. Ich will es verstehen. Ich kann es nicht ertragen, wenn ich nicht verstehe, was los ist. Und glaub mir, wenn du denkst, was ich von dir denke, dann brauchst du meine Hilfe.“

Damien hielt einen Augenblick inne, während seine Finger abwesend ihre Schulter streichelten und er seine Gedanken für sie ordnete.

„Weißt du, warum wir nicht heiraten, Jasmine?“

Die Frage kam aus heiterem Himmel, doch sie spielte mit. „Weil wir viel Abwechslung brauchen. Weil wir nicht wie Lykanthropen und Dämonen an solche albernen Konventionen glauben.“

„Oder weil wir nicht das tun, was wir tun müssten, um diese Art von Partner zu finden.“

„Ich verstehe nicht, was du meinst“, gestand sie.

„Ich bin das älteste Mitglied unseres Volkes, Jas. In der ganzen Zeit habe ich es nicht ein einziges Mal erlebt, dass ein Vampir sich verliebt, geheiratet oder fürs Leben gebunden hätte. Und ich glaube, ich habe herausgefunden, warum.“

„Damien …“

„Weil wir nicht das Blut von Schattenwandlern trinken.“

Sie lachte laut auf. „Ich verstehe nicht, was das zu tun hat mit …“

„Vielleicht“, unterbrach er sie, „finden wir in der Bibliothek etwas darüber. Die Bibliothek reicht in der Schattenwandlergeschichte viel weiter zurück, als wir uns vorstellen können. Vielleicht finden wir dort den wahren Grund dafür, warum wir uns selbst verbieten, Schattenwandlerblut zu trinken. Denk mal nach, Jas! Denk daran, wie wir sind, und an all das, was uns fehlt. Warum zum Beispiel liebst du mich nicht?"

„Die Frage ist lächerlich, Damien."

„Ist sie das? Wir kennen uns schon ein ganzes Leben lang. Vor fünfhundert Jahren bist du Teil meines Gefolges geworden. Wir sind wahrscheinlich die Vampire, die sich am nächsten stehen auf diesem Planeten. Ich habe in unserer Kultur nie jemanden getroffen, der eine solche Freundschaft gepflegt hätte. Und obwohl wir Seite an Seite leben und, wie du selbst sagst, die besten Freunde sind, warum ist daraus nicht Liebe geworden? Ich meine, abgesehen von meiner tiefen Zuneigung zu dir."

„Weil Liebe so nicht funktioniert", überlegte sie.

„Wie funktioniert sie dann, Jasmine? Warst du schon mal verliebt? Wie kann es sein, dass wir Vampire alle Gefühle und alle Befindlichkeiten kennen wie die anderen Völker auch, ob Schattenwandler oder Menschen, nur die Liebe nicht? Und erzähl mir nicht, dass es Liebe gar nicht gibt, denn ich habe mit eigenen Augen gesehen, dass es sie gibt." Er fasste sie am Kinn, um sicherzugehen, dass sie ihn ansah, während er sie mit seinem Blick durchbohrte. „Kennst du irgendeinen Vampir, der dazu in der Lage ist, sich zu verlieben?"

„Nein, Damien. Wir sind zu egoistisch dafür …"

„Wie praktisch diese Ausrede doch ist!", sagte er gereizt. „Was für eine oberflächliche Begründung dafür, von den Früchten zu lassen, die wir nicht erreichen können. Selbst Menschen, die glauben, dass sie verliebt sind und deren Gefühle sich später ändern, *glauben* immerhin, dass sie verliebt sind. Wir täuschen uns nicht einmal darin. Wir behaupten einfach, dass wir dafür nicht gemacht sind." Er schüttelte den Kopf. „Gerade eben hast du selbst gesagt, dass ich Dawn niemals geliebt hätte. Als wenn du denken würdest, dass es möglich wäre, wenn es sich um jemand anders handelt. Und jetzt behauptest du, dass es gar nicht möglich ist. Was ist es denn nun?"

„Du bringst mich durcheinander, Damien, und du drehst dich im Kreis. Versuchst du deinen Wunsch zu rechtfertigen, zu der Gestaltwandlerin zurückzukehren?"

„Wenn es nur ein Wunsch wäre, könnte ich es ignorieren, wie du weißt. Aber es ist eine Obsession. Ich kann an nichts anderes mehr denken. Ich will nichts anderes mehr. In meinem Gedächtnis spielen sich immer wieder die Szenen ab, die ich mit ihr erlebt habe."

„Das klingt nach Verblendung."

„Ein passendes Wort für diejenigen, die Angst davor haben, irgendeine Art von Leidenschaft zu empfinden." Damien konnte keine Minute länger stillsitzen. Er stand auf und ging ein paar Schritte weg, bevor er wieder zu Jasmine zurückkehrte. „Aber ich habe schon Verblendung gefühlt. Ich weiß, was das ist. Es ist nicht das hier."

„Was ist es dann?"

Damien blickte sie an. Die Hände, die seine Worte sonst stets mit Gesten begleiteten, hatte er in die Hüften gestemmt.

„Es ist das, was passiert, wenn ein Vampir das Blut einer Lykanthropin trinkt."

„Und was ist das? Liebe?" Sie lachte unwillkürlich auf. „Weißt du, wie grotesk das klingt?"

„Bei den Dämonen genügt eine Berührung, um eine Verbindung zu ihrem Seelenverwandten herzustellen. Bei den Lykanthropen ist es ein Liebesakt. Selbst Mistrals haben ähnliche Auslöser. Was ist es bei uns?"

„Du glaubst also, es ist das Blut der Schattenwandler? Aber wir tun es doch. Wir trinken voneinander. Die Starken, die den Kranken Blut geben, Mütter, die es ihren Kindern geben, und natürlich in bestimmten Phasen beim Sex.“

„Aber nie von *anderen* Schattenwandlern. Niemals. Keiner von uns. Nicht einmal die Verruchtesten, Draufgängerischsten, und die Schwachen haben es immer als das letzte Tabu betrachtet, die Grenze, die sie nie überschreiten würden. Aber nicht, weil wir Angst davor haben, dass es uns tötet wie das schwarze Gift des Zaubererbluts. Woher kommt also diese Furcht? Wie ist sie entstanden?“

„Du fragst das alles aus einem bestimmten Grund, Damien. Worauf willst du hinaus?“

„Ich bin mir nicht sicher. Ich habe keinen Beweis dafür. Nur Vermutungen.“ Er drehte das Gesicht in den kalten Wind, der vom Meer her wehte, als wollte er sich davon reinigen lassen. „Es gibt nur zwei Wege, wie wir das herausfinden können.“

„Ich habe das Gefühl, dass der eine es verlangt, dass du eine gewisse Schattenwandlerprinzessin verfolgst.“

„Ich will es nicht leugnen. Sie ist ein Teil von mir geworden, weißt du. Ich habe mich von anderen ernährt, und trotzdem ist ihr Blut tief in mir. Zumindest das kann ich beweisen.“

Er griff nach ihrer Hand, zog sie hoch und ganz dicht an sich heran. Dann legte er ganz sanft ihren Kopf an seine Schulter. „Sag mir, was du spürst“, flüsterte er ihr zu.

Jasmine schloss die Augen und versenkte sich in ihn mit ihren natürlichen und mit ihren übernatürlichen Sinnen. Sie hatte das schon viel zu lange tun wollen, um dieser Aufforderung jetzt nicht nachzukommen.

Eine Sekunde später riss sie entsetzt die Augen auf.

Sie konnte den Geruch der Prinzessin an ihm wahrnehmen.

Nein. Nicht an ihm. *In* ihm. Er war tatsächlich noch immer da, dieser starke, holzige, männliche Geruch, der so unverwechselbar Damien und der so unwiderstehlich war. Doch sie hatte die beiden drei Tage lang verfolgt und kannte die Charakteristika der Lykanthropin ebenfalls.

„Wie ist das möglich? Der Geruch der Beute bleibt sonst nicht an uns haften. Unserer haftet an ihnen."

„Wer ist Jäger, wer ist Beute, Jasmine? Von wem droht uns Gefahr? Er lachte, während er sie losließ. „Ich denke, das ist für jeden jemand anders. Ich denke, für mich ist es eine Frau mit verschiedenfarbigen Augen auf der anderen Seite der Erde."

„Ist dir noch nie der Gedanke gekommen, dass es daran liegen könnte, dass sie eine Mutation ist? Sie ist nicht normal, Damien. Sie ist Gift für dich! Ich habe dich gesehen, als wir im Haus der Mistrals waren. Ich habe dich noch nie so krank gesehen. Ich bin selbst in Kältestarre stärker, als du es da warst."

„Nekromanten sind Gift für uns. Gift ist etwas, das tötet. Ich bin aber noch am Leben."

„Sie sind nur eine andere Art von Schlange", sagte Jasmine unbeirrt. „Ein paar töten dich nur ein bisschen mit Nekrose."

„Macht uns etwas davon nicht stärker, Jasmine?"

„Inwiefern hat es dich stärker gemacht? Ich sehe nur Unsicherheit, Launen und Schwäche, und das werden alle anderen ebenfalls tun! Ich warne dich, Damien, es gibt Vampire, die dich töten werden, wenn sie dich so reden hören."

„Ich denke, nicht."

Der Satz hing zwischen ihnen in der Luft, direkt vor Jasmines Augen, als Damien plötzlich verschwunden war.

Sie stöhnte, erschrocken und verängstigt zugleich. Dann spürte sie, wie etwas ihre Wange berührte. Sie schnappte es und drehte sich ins Mondlicht.

In ihrer Hand lag eine Rabenfeder.

Sie fuhr genau in dem Moment herum, als der Rabe sich über ihren Kopf erhob und auf der Bank ungeschickt wieder landete. Wieder geschah etwas mit ihrer Wahrnehmung, und statt des Vogels saß Damien vor ihr.

„Meine Landungen lassen noch zu wünschen übrig", sagte er sanft, „aber ich denke, mit der Zeit und mit ein bisschen Übung wird es besser."

„Das … das ist nicht möglich! Das ist ein Trick der Mistrals!"

„Oder der Trick von Lykanthropenblut im Körper eines Vampirs", sagte er unverblümt.

Jasmine brachte kein Wort heraus. Ihre Stimme hätte versagt, selbst wenn sie einen klaren Gedanken hätte fassen können.

„Was ist der andere Weg?", fragte sie schließlich heiser und schluckte schwer angesichts dessen, was sie gerade gesehen hatte. „Du hast gesagt, es gibt zwei Wege …"

„Die Bibliothek, Jasmine. Wofür ich, wie ich fürchte, deine Hilfe brauche."

„Damien", sagte die Vampirin noch immer unter Schock, nachdem sie seine unglaubliche, furchteinflößende Verwandlung gesehen hatte. „Du bittest mich darum, nach dem Heiligen Gral zu suchen; nach einem Schatz, den du nur vermutest und von dem du annimmst, dass er irgendwo da draußen ist. Was ist, wenn es einfach unmöglich ist, ihn zu finden?"

„Davon gehe ich aus. Aber es wird eher möglich sein, wenn jemand dabei ist, der unsere alte Schrift lesen kann. Jemand, der ein eigennütziges Interesse daran hat, unseren Part zu erforschen. Ich weiß, dass du neugierig warst und dass es dich gereizt hat, aber jetzt möchte ich, dass du dich wirklich getrieben fühlst. Wenn nicht wegen mir, dann zumindest wegen der Auswirkungen, die es für so viele andere haben könnte." Er machte eine elegante Handbewegung und winkte sie zu sich. Sie gehorchte automatisch und ging so nah zu der Bank, bis er ihre Hand ergreifen konnte. „Es ändert alles, wenn man weiß, was meine Hoffnungen und meine Vermutungen in dieser Sache sind. Nicht für mich, aber für dich. Du wirst versucht sein, dem aus dem Weg zu gehen. Du wirst dich davor fürchten, dich voll einzubringen. Ich weiß es, weil ich vor einer Woche noch genauso gedacht habe.

Unglücklicherweise wirst du nicht die Stimme des Bluts eines anderen in dir haben, das dich überzeugen und dich zum Handeln anspornen könnte. Deine Instinkte werden schreien, dass du mich anlügen sollst, dass du die Beweise verbrennen sollst, die ich brauche, um meine Theorie zu untermauern, und dass du alles tun sollst, was in deiner Macht steht, um den Gedanken zu verwerfen, es könnte eine Möglichkeit geben, dich unwiderruflich an ein anderes Wesen zu binden, Tag für Tag, für den Rest deines Lebens."

Damien musste innehalten, als ihm ein kalter Schauer über den Rücken lief und ihn an ein ähnliches Gefühl erinnerte, das jedoch verblasste, je länger er von Syreena getrennt war.

„Warum?", fragte Jasmine widerstrebend, als sie erkannte, dass er recht hatte. „Wenn ich nicht dafür geschaffen bin, so zu fühlen, warum tu ich es dann?"

„Ich weiß es nicht. Ich hatte gehofft, dass du mir das sagen kannst."

„Ich …" Jasmine hielt inne und setzte sich neben ihn; ihre Finger, die er umklammert hielt, wurden langsam kalt und taub. „Die Angst, die in mir hochkriecht", erklärte sie, die Fingerknöchel auf den Solarplexus gepresst, als hätte sie Schmerzen. „Es gibt nicht viele Dinge, vor denen ich Angst habe, Damien, aber das hier erschreckt mich über alle Maßen. Das ist Instinkt, und ich bin es gewohnt, auf meinen Instinkt zu hören."

„So ist es", erwiderte er. „Du musst mir vertrauen. Einer dieser Instinkte ist natürlich. Der andere ist es irgendwie nicht. Du musst mir sagen, welcher es ist. Ich muss es wissen, bevor es mich noch vollkommen verrückt macht."

„Du hast beinahe tausend Jahre so gefühlt wie ich, Damien."

„Die Zeit spielt keine Rolle, wenn am Ende herauskommt, dass es der falsche Weg war. Alles, was man tun kann, ist umzukehren, bis man den richtigen Pfad gefunden hat, und diesem zu folgen. Das ist eine alte Jagdweisheit, Schätzchen. Eine, der du folgen kannst. Es gibt hier nur *einen* wahren Weg. Lass ihn uns gemeinsam finden!"

Jasmine saß eine Minute lang stumm da, und das leichte Zittern, das durch ihren Körper lief, verriet, wie sehr es sie aus der Fassung brachte. Damien baute trotzdem darauf, dass er sie gut genug kannte. Jasmine stand auf faszinierende Ideen und Gedanken. Je höher der Einsatz war, desto spannender und reizvoller war für einen Vampir der Preis des Erfolgs.

Das Leben war nicht lebenswert, wenn man nicht bereit war, es auch zu riskieren.

Deshalb waren sie so leicht abzulenken, stellte er fest. Es gab so wenig, wofür sie kämpfen und das sie verteidigen mussten. Wenn sie nichts hatten, was sie antrieb, wurden sie wie Jasmine immer deprimierter und gelangweilter, ganz verloren, weil sie in Ermangelung einer Aufgabe nur noch schlafen wollten.

„Nun gut", sagte sie so sanft, dass er es nicht gehört hätte, wenn er nicht übernatürliche Fähigkeiten gehabt hätte. „Du hast recht. Etwas stimmt hier nicht. Aber ich warne dich, Damien, ich glaube nicht, dass die Art und Weise, wie du gelebt und Beziehungen geführt hast, die ganze Zeit falsch war. Ich habe vor, Beweise zu finden, selbst wenn sie dem, was du willst, entgegenstehen."

„Genau das erwarte ich", versicherte er ihr.

„Und ich werde entsprechend meinen Erkenntnissen handeln, Damien", warnte sie ihn mit leicht drohendem Unterton. „Ich werde alles tun, was in meiner Macht steht, um dich für alle Zeit von der Lykanthropin fernzuhalten, wenn ich herausfinde, dass sie die falsche Wahl ist. Wenn sie das Gift ist, werde ich das Gegenmittel verabreichen. Ich würde sie lieber töten und einen Krieg über mehrere Generationen riskieren, als dich an etwas zu verlieren, das dich womöglich zerstören kann. Wir brauchen dich so sehr. *Ich* brauche dich so sehr."

Die Bemerkung erschütterte ihn nicht so, wie es beabsichtigt gewesen war. Sie forderte ihn mit ihrer Drohung heraus, um Syreena eins auszuwischen, mehr noch, sie versuchte ihn zu manipulieren, indem sie sich bedürftig zeigte. Jasmine kannte ihn wirklich sehr gut. Solche Bemerkungen waren der beste Weg, um ihn loszuwerden, weil er sich dabei unbehaglich fühlte und die angelegten Ketten ihm unangenehm waren.

Zumindest war das bisher so gewesen.

Bevor es ihn danach verlangt hatte herauszufinden, was ein weibliches Wesen mit verschiedenfarbigen Augen und mit dem Gegenstück zu seinem Herzen gebraucht hatte.

Und jetzt war auf einmal alles anders.

„Was ist mit dir, Damien? Willst du nach Russland davonlaufen und einer völlig Fremden deine Liebe gestehen?" Jasmine fand die Vorstellung unerträglich, dass er sich so irrational verhalten könnte.

„Nein. Ich sage nicht, dass ich in sie verliebt bin. Aber ich will herausfinden, ob ich es sein kann."

8

Syreena wälzte sich ruhelos in ihrem Bett hin und her. Der Raum lag in tiefer Dunkelheit, und die Stille war unerträglich. Sie wusste, dass es erst in einer Stunde hell wurde. Obwohl das Tageslicht nicht in das verborgen liegende Schloss drang, weigerte sie sich aufzustehen. Sie war erschöpft davon, pausenlos durch die Gänge zu streifen, während ihre Gedanken und ihr Körper sich anfühlten wie ein Kreisel, der nicht langsamer werden wollte.

Doch im Bett zu liegen brachte ihre kreisenden Gedanken nicht zur Ruhe.

Sie musste zu Siena zurückkehren. Dort hatte sie wenigstens etwas zu tun. Ihr Leben an Sienas Seite war geschäftig gewesen. Es lenkte sie von verwirrenden Gedanken und Gefühlen ab. Sie war nicht so naiv zu glauben, dass sie weggehen würden, doch zumindest konnte sie sie für eine Weile vergessen, wenn dringende Dinge zu tun waren. Allein das brachte eine gewisse Erleichterung.

Außerdem musste sie ihrem Volk irgendwann wieder gegenübertreten. Sie konnte nicht so lange warten, bis ihr Haar nachgewachsen war. Sie war gesund genug, um ihre Arbeit wieder aufzunehmen. In der Zwischenzeit war es ihr gelungen, sich zweimal für kurze Zeit in den Falken zu verwandeln. Die fehlenden Federn waren keine Flugfedern, was bedeutete, dass sie die Lykanthropenform annehmen konnte, in der sie sich sowieso die meiste Zeit befand. Die Zeitspanne, in der sie ein Vogel sein konnte, würde mit ihrer Genesung immer länger werden.

Zumindest hoffte sie das.

Sie würde es niemandem erzählen, sie würde es am liebsten nicht einmal sich selbst eingestehen, doch etwas hatte sich bei der Gestaltumwandlung verändert.

Es war schwer zu beschreiben, inwiefern es sich verändert hatte. Es war noch immer dieselbe Form und dieselbe Färbung, derselbe Vorgang aus Konzentration, verbunden mit dem Kopfschütteln, dann das Schütteln des Körpers und das Fokussieren, das die Verwandlung herbeiführte. Sie konnte fliegen, gleiten und den typischen Schrei dieser Gestalt ausstoßen. In ihrer zweiten Form, derjenigen, die Siena scherzhaft die Harpyie nannte, war sie noch immer eine Frau, bedeckt von Falkenfedern und langen Flügeln.

Dass sie ihre Delfingestalt nicht annehmen konnte, war vorauszusehen gewesen. Dasselbe galt für die „Meerjungfrau", die sie in der kombinierten Form von Lykanthropin und Delfin wurde.

Was war also anders?

Sie hatte irgendwie Angst, an den Hof ihrer Schwester zurückzukehren, ohne sich darüber im Klaren zu sein. Es hatte etwas mit Damiens Biss zu tun, dessen war sie sich sicher, doch es musste nichts Wichtiges sein, wenn es nicht direkt zu sehen war.

Frustriert von ihren wirren Gedanken, drehte Syreena sich auf den Bauch und vergrub den Kopf unter dem Kissen. Sie presste die Hände auf die Ohren und summte vor sich hin, und ihr Kopf füllte sich langsam mit Klängen und Vibrationen, bis sich schließlich ein Wohlgefühl einstellte. Es machte ihr nichts aus, dass sie, das Gesicht in das Bettzeug gepresst, kaum Luft bekam. Alles, woran sie denken wollte, war die Melodie, die sie summte, in der Hoffnung, bis zum Tagesanbruch noch ein bisschen dösen zu können.

Sie summte lauter und eindringlicher, als sie spürte, dass sie Gefahr lief, wieder mit dem Grübeln anzufangen.

Damien lächelte, als er hörte, wie sie sich in den Schlaf zu singen versuchte.

Ein drohender Schneesturm hatte, sehr zu seiner Freude, die Sonne verdunkelt, obwohl Syreen das tief unten im Schloss, wo sie sich befand, gar nicht mitbekommen würde. Er hatte sie trotzdem problemlos gefunden. Nachdem er den Tag als Noahs Gast in England verbracht hatte, hatte Damien den Sturm genutzt, um sich zu einem der entfernter gelegenen, weniger bekannten Höhleneingänge des Schlosses bringen zu lassen. Da er sein Lebtag am Hofe der Lykanthropen ein und aus gegangen war, hatte er ein paar Dinge darüber gelernt, wie man sich dort bewegte.

Doch im Grunde war es seine Intuition gewesen, die ihn so schnell zu ihr geführt hatte.

Der Vorteil der Rabenform, die er auf einmal annehmen konnte, war, dass die Lykanthropen einen schwarzen Vogel, der in ihren Fluren umherflatterte, nicht verdächtig fanden. Die meisten schliefen noch, doch diejenigen, an denen er vorbeigekommen war, hatten ihn nicht beachtet, während er an ihnen vorübergeflogen war.

Es gefiel ihm, ein Vogel zu sein, dachte er, während er die vor seiner Brust verschränkten Arme löste und sich Syreenas Bett näherte. Es war ein leichter Körper von außergewöhnlicher Schnelligkeit. Die aerodynamische Form war wunderbar, trotz seiner Wehrlosigkeit. Es war, als würde er plötzlich verstehen, was es für Syreena bedeutete.

Freiheit und Geschwindigkeit zum Preis größerer Verwundbarkeit.

Der Vampirprinz blieb an der Bettkante stehen und warf einen ausgiebigen Blick auf die schlanke, athletische Gestalt. Sie lag auf dem Bauch, und sein Lächeln wurde noch breiter beim Anblick der Decke, die sich an ihre Beine schmiegte, sich über ihrem Hintern wölbte und an dem ausgeprägten Bogen ihres Rückens wieder einsank. Die handgemachte Decke reichte ihr bis halb über den Rücken und ließ ihre weiche pfirsichfarbene Haut sehen.

Obwohl er ein Stückweit weg von ihr stand, konnte er ihre Wärme spüren. Er stellte sich vor, wie kalt seine Hände waren im Vergleich zur Bettwärme ihres Lykanthropenkörpers. Er stellte sich vor, wie sie mit einem Satz aus dem Bett hochfahren würde, wenn er in diesem Augenblick ihren Rücken berührte.

Er musste ein Auflachen unterdrücken und ebenso das Bedürfnis, Schabernack zu treiben. Solche Spielereien mussten warten, bis sie ihn besser kannte. Im Moment würde solcher Unfug ihn wahrscheinlich den Kopf kosten.

Ihr Lykanthropenschlaflied wurde leiser, dann wieder lauter. Es verriet ihm, wie sie darum kämpfte einzuschlafen, und er konnte das sehr gut verstehen. Außerdem fand er es tröstlich. Es war das erste Anzeichen dafür, dass nicht nur er sich quälte.

Damien ließ seinen Blick zu ihren ineinander verflochtenen farbigen Haaren wandern, die über ihren Schulterblättern lagen und auf der ihm zugewandten Seite bis zu den Rippen hinunterreichten. Die Tatsache, dass es mehr braunes Haar gab als graues, verursachte ihm Übelkeit. Sie hatte so viel durchgemacht, und ihr war keine Gerechtigkeit dafür widerfahren. Hoffentlich konnten sie das gemeinsam richten.

Was ihn betraf, so hatte er genauso viel Grund, sich an Ruth zu rächen, wie Syreena. Die Vorstellung, dass dieses wahnsinnige Weib Hand an sie legte, brachte sein Blut zum Kochen. Es war ein heftiges Gefühl, doch er schreckte nicht davor zurück. Er mochte es sogar. Das war genau das, was er Jasmine zu erklären versucht hatte.

Leidenschaft. Daran war nichts Verrücktes, Dummes oder Aufgeblasenes, und das gefiel ihm sehr. Würde es mit der Zeit verschwinden? War es nur ein weiteres kurzes Vergnügen, das nach und nach seinen Reiz verlor?

Er war sich nicht sicher, doch so, wie er im Augenblick empfand, konnte er sich das nicht vorstellen. Das war keine unwichtige Feststellung für den ältesten Vampir der Welt.

Damien ließ sich langsam auf ein Knie sinken neben dem Bett, in dem sie so geborgen lag. Er beugte sich vor über ihren Oberarm und blies seinen Atem auf ihre Schulter und in ihr empfindliches Haar, das darauf ausgebreitet lag.

Sie zuckte in ihrem dösenden Zustand zusammen und bewegte die Schulter, als wollte sie dieser Empfindung ausweichen.

Damien verzog die Lippen zu einem Schmunzeln.

Er wiederholte das streichelnde Atmen lang und langsam und sah, dass sie plötzlich eine Gänsehaut bekam.

Syreena wurde schlagartig wach und zog den Kopf unter dem Kissenberg hervor. Mit einer raschen Handbewegung strich sie sich die Haare aus dem Gesicht.

Sie drehte den Kopf und blickte in unergründliche mitternachtsblaue Augen.

„Damien“, sagte sie, und ihr Atem stockte in einem Moment unerklärlicher Freude und Erregung, die ihren ganzen Körper durchfuhr. Sie wusste nicht, warum, doch sie versuchte nicht, die Gefühle zu unterdrücken. Es fühlte sich einfach zu gut an. Es war das Schönste, was sie gefühlt hatte, seit … nun ja … seit sie ihn zuletzt berührt hatte.

„Damien“, wiederholte sie atemlos.

Damien hatte diese Reaktion nicht erwartet. Irgendwie hatte

er damit gerechnet, dass sie wütend sein würde. Zumindest nicht gerade begeistert, ihn wiederzusehen. Als er sie zuletzt gesehen hatte, hatte sie ihn aus Angst und Verzagtheit angeschrien.

Weil sie Angst um ihn gehabt hatte.

Da begriff er, dass sie glücklich war, ihn zu sehen, weil es bedeutete, dass es ihm gut ging. Damien war es nicht gewohnt, dass jemand sich Sorgen um ihn machte, jemand anders als Jasmine jedenfalls, und er war irgendwie überwältigt. Er war nicht imstande, etwas zu sagen oder sie zumindest zu begrüßen.

Syreena setzte sich ruckartig auf und packte ihn an den Schultern, um ihn eingehender zu betrachten. Er gab dem Griff ihrer starken Hände nach, bis er neben ihr auf dem Bett saß. Sie kniete sich hin, strich noch einmal ihr zerzaustes Haar zurück und nahm ihn mit raschen eindringlichen Blicken in Augenschein. Ihre Hände folgten den Blicken, berührten abwechselnd Schultern, Gesicht und Brust.

„Geht es dir gut?“, fragte sie mit einem kaum hörbaren Flüstern.

Er antwortete, indem er der qualvollen Sanftheit ihrer Hände auswich und seinen Mund auf ihren presste. Syreena machte ein Geräusch, das nicht nach Überraschung klang. Er kannte es gut. Es bedeutete Erleichterung. Und er fühlte es auch, während er ihre sanften Lippen küsste. Er hielt ihren Kopf in einer seiner großen Hände und hielt sie fest, damit sie sich ihm nicht entziehen konnte. Egal, womit sein Verstand kämpfte, sein Körper wusste, was er wollte und was zu ihm gehörte.

Es war noch mehr als das.

Sie hob ihre Hände zu seinem Gesicht, und ihre Finger glitten ganz sanft über seine Wangen und seine Augenwinkel. Sie ermutigte ihn, indem sie ihre Lippen öffnete und ihre Zunge seine Zunge berührte wie das Aufblinken eines Glühwürmchens.

Der Raum um sie herum füllte sich mit dem Widerhall von Atemgeräuschen, dem Rascheln von Kleidungsstücken und dem Quietschen von Bettfedern, als sie ihren Körper in seine ausgebreiteten Arme warf. Syreena glitt auf seinen Schoß, während er sie mit einer Intensität küsste, als hinge sein Überleben davon ab. Ihr Herz pochte in seinen Ohren und hämmerte gegen seine Brust. Damien bemerkte es mit Erleichterung, da er selbst keinen Herzschlag hatte. Sein Kopf begann in einem rauschhaften Zustand zu schwirren, den sie schon zuvor ausgelöst hatte, als er von ihrem Blut getrunken hatte, doch alles, woran er sich im Moment ergötzen konnte, war ihr süßer Mund.

Und da wurde ihm klar, dass es nicht allein ihr Blut gewesen war, das dies bewirkt hatte.

Er brach den Kuss ab vor lauter Schock und umfasste ihr Gesicht, sodass er sie eingehend betrachten konnte. Während er in ihrer verwirrten Miene zu lesen suchte, wurde ihm klar, inwiefern er sich geirrt hatte.

Da er noch nie wahre Leidenschaft erlebt hatte, war er wie gelähmt gewesen von den Gefühlen, die sie in ihm ausgelöst hatte. Leidenschaft oder Liebe? Liebe oder nur grenzenloses Begehren? Er wusste es nicht. Er wusste nur, dass er so etwas noch nie erlebt hatte und dass der Schmerz, es loszulassen, durchdringend war. Das war es, was sein Körper ihm hatte sagen wollen. Die Veränderung, die ihr Blut in ihm ausgelöst hatte, hatte nichts damit zu tun. Zumindest nicht im engeren Sinn.

Er lachte auf. Ein verstehendes Lachen, da ihm etwas dämmerte, das ihm in seinem verwirrten Zustand zu lange verborgen geblieben war. „Ich wusste es", flüsterte er. „Ich wusste, dass ich auf meine Instinkte vertrauen kann."

Bevor sie ihn fragen konnte, was diese Worte bedeuteten, hatte er ihren Mund wieder mit seinen Lippen verschlossen. Ihr wurde sofort schwindlig, und sie begriff, dass seine Worte das wiedergaben, was auch sie empfand.

„Was ich sagen wollte“, murmelte er gegen ihre begierigen Lippen, „ist, dass du mich nie hättest verletzen können. Ich bedaure nur, dass ich dich verletzt habe.“

„Du hast mich nicht verletzt. Ganz im Gegenteil“, versicherte sie ihm. „Ich habe noch nie im Leben etwas Ähnliches gefühlt.“

„Du bist fast verblutet“, schalt er sie sanft und küsste sie wieder.

„Es lag daran, dass du nicht vorbereitet warst auf das, was du gefühlt hast, war es nicht so?“, wollte sie wissen.

„Woher weißt du das? Verdammt, ich habe bis eben gebraucht, um es herauszufinden.“ Er hob den Kopf, damit er in ihre funkelnden Augen sehen konnte.

„Ich habe, ehrlich gesagt, keine Ahnung. Ich habe es selbst gerade erst festgestellt.“

„Oh. Dann fühle ich mich gleich besser.“ Er lachte leise.

Syreena lachte ihn an, legte ihre schlanken Arme um seinen Hals und schmiegte sich fest an ihn.

Bis er ihren Rücken berührte.

Die Prinzessin schrie überrascht auf, als sie die kalten Hände spürte, und sprang so wild von seinem Schoß auf, dass sie vom Bett auf den harten Höhlenboden fiel, auf dem nur ein dünner Teppich lag.

Damien wurde sofort klar, was er getan hatte, und sie fluchten beide, während er ihr aufhalf.

„Es tut mir leid“, sagte der Vampirprinz zerknirscht. „Ich habe überhaupt nicht daran gedacht. Ich bin wegen des Wetters so kalt und weil ich bisher keine Gelegenheit hatte, auf die Jagd zu gehen. Verzeih mir!“

„Das“, stöhnte sie, „weckt ein Mädchen abends auf jeden

Fall." Sie griff nach seinen ausgestreckten Händen und ließ sich aufhelfen, während er über ihre Bemerkung lachte.

„So ist es wohl. Es tut mir leid, wirklich."

„Ich weiß. Kein Grund, dich zu entschuldigen." Sie stieß den Atem aus und legte eine Hand auf ihr pochendes Herz. „Ich muss erst einmal Luft holen."

Dann hob sie jäh den Kopf, um sich, ihn und den gesamten Raum zu betrachten.

„Hmm, ich bin mir nicht sicher, ob du dir dessen bewusst bist, aber du bist im Kloster von The Pride."

„Ich bin mir dessen bewusst", erwiderte er und zog neugierig eine Braue hoch. „Ich bin früher schon hier empfangen worden."

„Ja, aber … nicht im Schlafzimmer der Thronfolgerin, von der ein enthaltsames Leben erwartet wird, sobald sie über die Schwelle tritt."

„Dank meiner kalten Hände hältst du dich ja auch daran", sagte er belustigt.

Sie lachte und bemerkte, wie einfach es wäre, seine Gesellschaft zu genießen, wenn sie es tatsächlich schaffen würden, genügend Zeit in derselben Interessenssphäre zu verbringen.

„Nun", fuhr er scherzend fort, „wenn du dich unwohl fühlst, kann ich ja gehen."

„Nein! Ich meine … nun, ja. Was ich sagen will …"

„Vielleicht", unterbrach er sie und umfasste ihre freie Hand, um die Innenfläche zu küssen, „vielleicht gehe ich auf die Jagd und treffe dich später irgendwo auf der anderen Seite der Schwelle."

Sie schwieg nachdenklich, und Damien war versucht, ihre Gedanken auszuspähen. Stattdessen widerstand er dem Bedürfnis und wartete geduldig, während sie sich sammelte.

„Damien, warum bist du gekommen?"

„Du weißt, warum", sagte er, ohne zu zögern. „Ich bin wegen dir gekommen, Syreena."

„Aber … Damien, ich kann nicht …" Das ungewohnte Gestammel entlockte Syreena diesen typischen Laut der Frustration. „Ich habe nicht dieselben Freiheiten wie du. Ich gehöre zur Königsfamilie, und das bedeutet …"

„Ich weiß, was das bedeutet", sagte er nachdrücklich.

Syreena blinzelte und starrte ihn dann erschrocken an.

„Das bedeutet", fuhr er sanft fort und zog sie an sich, sodass er von ihrer Körperwärme etwas abbekam, „dass ich dich später treffen werde, um das zu besprechen. Ich höre Schritte auf dem Gang. Deine Brüder sind wach. Da ich keine Regeln brechen möchte, werde ich später am Hof deiner Schwester zu dir stoßen. Ist das annehmbar?"

„Ja", sagte sie ruhig und nickte, während er mit seinen kühlen, zärtlichen Fingern an ihrem ungleichmäßigen Haaransatz entlangstrich. Die Berührung war sanft, beinahe verführerisch. Es war, als betrachtete er die Stelle als etwas Anmutiges und nicht als Verstümmelung, wie die anderen, sie selbst eingeschlossen, es sahen.

Er löste sich von ihr, und zu ihrem Erstaunen verwandelte er sich in einen Raben und flog einmal um sie herum, bevor er in einen der Außengänge davonzog.

„Er hat was getan?" Siena war sich nicht sicher, ob sie ihre Schwester richtig verstanden hatte.

„Er hat von meinem Blut getrunken. Zweimal."

„Zweimal?"

Siena seufzte besorgt auf und ging ungefähr zum hundertsten Mal im Zimmer ihrer Schwester auf und ab.

„Und ich habe gerade gesehen, wie er sich in einen Raben

verwandelt hat, Siena. Ich habe noch nie gehört, dass ein Vampir so etwas tut."

„Ich schon."

Die beiden Schwestern blickten gleichzeitig zu Elijah hin.

„Und ihr auch, überlegt doch mal", fügte er hinzu. „In Menschensagen gibt es Vampire, die in der Lage sind, die Form eines Tiers anzunehmen."

„Ja, aber Menschen glauben auch, dass man einen Vampir töten kann, indem man sein Herz durchbohrt", brachte Siena vor.

„Damit liegen sie auch nicht ganz falsch", sagte Elijah. „Ein solches Schockerlebnis könnte einen Vampir ausbluten lassen, wenn er das Blut nicht wieder auffüllt. Genau wie bei dir und bei mir."

„Interessanter Punkt", murmelte Siena. „Aber Gestaltwandel? Die Schattenwandlergeschichte spricht davon, dass das auf uns und auf Mistrals beschränkt ist."

„Und auf Dämonen. Und auf Schattenwandler ebenfalls."

„Warte!" Syreena hob die Hand, als ihre Schwester Zweifel äußern wollte. „Du meinst, dass du ein anderes Element wählen kannst und dass Wandler selbst zum Schatten werden können, um ihre Körperlichkeit zu verstecken."

„Sieh an, sie ist ein Jahrhundert zur Schule gegangen, ohne irgendetwas dazuzulernen", zog Elijah sie beide auf.

„Vampire sind also die Ausnahme", sagte Siena. „Sie sind Schattenwandler, die ihre Gestalt nicht ändern."

„Trotzdem, in alten Schriften der Menschen gibt es Erzählungen von Vampiren, die sich in Fledermäuse, Vögel, Wölfe, in Nebel und in Schatten verwandelten. Ich glaube, da ist noch mehr", sagte Elijah, „aber ich bin kein Gelehrter, deshalb erinnere ich mich nicht genau. Doch ich werde unsere Gelehrte fragen, was sie über diese Liste weiß."

„Sie sind repräsentativ für verschiedene Erscheinungsformen aus jeder Schattenwandlerspezies", antwortete Syreena wie aus der Pistole geschossen. Dann erkannte sie, worauf er damit hinauswollte, und ihre Augen weiteten sich. „Wenn Damien mein Blut getrunken hat und zu einem Vogel geworden ist, was würde dann passieren, wenn er das Blut eines Schattenwandlers trinken würde?"

„Könnte er sich dann in einen Schatten verwandeln?" Siena stand auf, trat zu Syreena und ging mit ihr zusammen auf und ab. „Und einer, der von einem Dämon trinkt?"

„Das hinge von dem Dämon ab", mutmaßte Elijah.

„Wasser, Feuer, Erde und Luft … Geist und Körper. Das sind alles Elemente deines Volkes, Elijah."

„Nebel, Rauch, Staub und Wind … Teleportation und Heilung", verkündete er. „Ich habe uralte Geschichten gelesen, in denen Menschen zum ersten Mal von Vampiren erzählen und sagen, dass die Vampire alle diese Dinge tun können. Warum sind die Vampire, die wir kennen, jetzt nicht mehr dazu in der Lage, bis auf Damien?"

„Weil Damien von meinem Blut getrunken hat, um mein Leben zu retten …"

„Und weil sie glauben, dass neben den Zauberern die Schattenwandler das größte Tabu sind." Siena biss sich auf die Lippen und verschränkte die Arme vor der Brust. „Damien muss von deinem Blut getrunken haben, um dir das Gerinnungsmittel zu geben, das du gebraucht hast, als du an den Stellen geblutet hast, wo dir die Haare ausgerissen worden sind. Wir alle wissen, dass, wenn wir entsprechend viele Haare verlieren, das genauso schlimm sein kann wie eine aufgeschlitzte Arterie."

„Ich habe ziemlich viele verloren", sagte Syreena grimmig und strich sich mit der Hand über ihren Haaransatz. „Er hat gegen alles verstoßen, obwohl er Bescheid wusste, und er hat sein Leben aufs Spiel gesetzt, um mich zu retten."

„Eine bemerkenswerte Tat", stimmte Siena zu und legte Syreena beruhigend den Arm um die Schulter.

„Deren Auswirkungen sehr erhellend sind", murmelte Elijah. „Ich frage mich, ob es nur Syreena betrifft."

„Was soll das heißen?", fuhr die Prinzessin ihren Schwager an.

„Das heißt", erwiderte Elijah ruhig, „dass ich mich frage, ob es eine kumulative Sache ist oder ob es pro Wesen nur eine Wirkung hat. Kann er zum Beispiel von meinem Blut trinken und sich dann in einen Raben und in Wind verwandeln? Oder wird er dann zu Wind und nicht mehr zu einem Raben? Oder kann er ab jetzt nur noch Rabe werden und nichts anderes mehr?"

„Oh!" Syreena lenkte schüchtern ein. „Ich entschuldige mich, Bruder."

Sie sah nicht das Erstaunen auf den Gesichtern der anderen. Noch nie hatte sie Elijah so persönlich angesprochen. Auch wenn sie ihn stets respektiert hatte, war sie ihm gegenüber nie aufgetaut. Das gab ihrer Entschuldigung eine besondere Wirkung.

„Verständlich. Ich habe mich ungeschickt ausgedrückt", sagte er mit ungewohnter Nachgiebigkeit. Er lernte eine Menge über Diplomatie, seit er am Hof war. Das war auch notwendig in einem Umfeld, wo man ihm nicht traute, bis auf die Tatsache, dass er das Herz der Königin besaß.

Andererseits hatte Elijah viele Leute für sich gewonnen, weil er zeigte, was für einen wichtigen Platz die Königin in seinem Herzen einnahm.

„Trotzdem, eine ganz wichtige Frage. Eine, die, und darauf würde ich wetten, auch Damien betrifft."

Syreena hörte das nicht gern. Irgendwie störte es sie, wenn

sie sich vorstellte, dass Damien herumlief und wahllos in irgendwelche Hälse biss, um auf diesem Weg Macht zu gewinnen.

Im Grunde störte es sie, dass er in Hälse biss, basta!

Vor allem in weibliche Hälse.

Selbst in ihrem behüteten Leben hatte sie genug gesehen, um zu wissen, dass es für ihn einen Unterschied machte, ob er in einen männlichen oder in einen weiblichen Hals biss. Einmal abgesehen von ihrer beider intimem Zusammensein hatte sie stets gespürt, dass es mit einem Lustgefühl verbunden war, wenn ein Vampir das Blut des anderen Geschlechts trank, egal von welcher Spezies. Und Vampire waren gewiss nicht darüber erhaben, mit Menschen herumzuspielen. Fairerweise musste man sagen, Lykanthropen auch nicht. So waren die Zwitterwesen entstanden. Anya, Sienas Generalin, war ein Zwitter. Sie stammte eindeutig von Füchsen ab, und sie war eine Vollblutfüchsin. Doch anstatt ihre Gestalt zu wandeln, blieb Anya immer halb Mensch halb Lykanthropin. Sie sah aus wie ein Mensch, doch sie hatte die Fähigkeiten, die Klauen und die Züge einer Füchsin.

Syreena fragte sich kurz, ob es auch vampirische Zwitter gab. Sie hatte noch nie davon gehört, und, soweit sie wusste, auch sonst niemand, doch sie mussten jetzt erfahren, dass auch bei einem so alten Volk Neuerungen und Veränderungen eintreten konnten.

„Ich würde gerne wissen, ob es in der Bibliothek etwas darüber gibt", sagte Siena.

Syreena beachtete sie nicht. Stattdessen hatte sie das unbezähmbare Bedürfnis, Damien zu treffen, ihn an ihrer Seite zu haben. Doch sie versuchte, diesen Drang wegzuschieben, als sie bemerkte, dass es lächerliche Eifersucht war, zu der sie kein Recht hatte.

Doch es gelang ihr nicht.

Ohne ein weiteres Wort an ihre Familie zu richten, verwandelte sie sich in einen Wanderfalken, und ihr Kleid glitt vor den überraschten Blicken der anderen zu Boden, als sie es am Kragen löste und sich in die Lüfte erhob.

„Syreena!"

Syreena wirbelte herum, senkte entschuldigend einen Flügel und verschwand in den Höhlengängen.

Damien ließ seine schläfrige Beute zu Boden gleiten.

Der Hund, der geduldig hinter ihm saß und mit dem Schwanz auf den Betonfußboden schlug, blickte erwartungsvoll zu Damien auf, der seinen Hunger an dessen Herrchen gestillt hatte.

„Guter Junge", lobte der Prinz das Tier freundlich. „Leck deinem Freund ein paarmal übers Gesicht, wenn ich fort bin, das wird ihn wach machen. Es ist nicht empfehlenswert, ihn allzu lange in der Kälte liegen zu lassen. Die Menschen haben kein so warmes Fell wie du."

Damien wusste, dass der Hund ihn verstand. Der Verstand eines Tiers unterschied sich sehr vom Verstand eines Menschen, konnte jedoch mit ein wenig Geschick genauso angesprochen werden. Abgesehen davon kannte ein Hund den Kreislauf der Natur und damit das Prinzip von Jäger und Beute. Solange Damien dem Mann keinen Schaden zufügte, würde das Tier ihn ebenfalls in Ruhe lassen.

Der Vampir verschwand im Schatten des Gebäudes, das der Mann und dessen Hund bewacht hatten. Mit einem starken, durchdringenden Gedanken schuf er in dem Mann, von dessen Blut er getrunken hatte, eine veränderte Wahrnehmung. Sie sollte die Wirklichkeit verwischen, damit er und alle anderen die Wunden an seinem Hals nicht entdeckten, bis sie verheilt waren. Damien überprüfte die Umgebung mit seinen Sinnen, um sich zu vergewissern, dass der Mann und sein Hund nach seinem Verschwinden noch eine Zeit lang in Sicherheit waren.

Zu seiner eigenen Überraschung spürte er, dass Syreena auf dem Weg zu ihm war.

Es war erstaunlich, wie schnell sie war. Vielleicht würde er diese Anmut und diese Schnelligkeit mit etwas Übung auch in der Rabengestalt erlangen. Es war einfach, sich in einen Vogel zu verwandeln, doch es war nicht ganz so einfach, ein Vogel zu sein. Zum Beispiel passten die kalten russischen Nächte und Flügel nicht gut zusammen, ein wichtiges Detail, das ihm normalerweise nicht aufgefallen wäre.

Syreena veränderte ihre Gestalt noch in der Luft, landete jedoch mit erstaunlicher Anmut und Balance auf ihren Fußballen. Sie warf das Haar zurück, das sich nach der Verwandlung wieder gebildet hatte.

Sie bot einen bemerkenswerten Anblick, dachte der Vampir und spürte einen leichten Schwindel. Sie stand barfuß auf dem eisigen Boden. Tatsächlich war sie ganz nackt und offensichtlich durchgefroren, dachte er, während ein kleines hinterhältiges Lächeln um seinen Mund spielte.

„Ein bisschen kalt zum Herumfliegen", bemerkte er und lenkte ihre Aufmerksamkeit auf sein Versteck. Mit der Zeit würde sie lernen, ihn in der Dunkelheit zu erkennen. Für einen Moment trat er zu ihr ins Licht der Straßenlaterne.

„Komisch, dass du das weißt", erwiderte sie.

Er würde nicht so tun, als merkte er nicht, dass sie auf seine Rabengestalt anspielte, die sie vor Kurzem entdeckt hatte. Es musste ein ziemlicher Schock gewesen sein, obwohl sie gleichmütig und sachlich zu sein schien.

„Ach ja. Du hast es mitbekommen."

„Ich müsste schon so stumpf sein wie ein Pfosten, wenn ich

das übersehen hätte. Ich kann mir die Theorie vorstellen, die dahintersteckt. Ich wüsste gern mehr darüber."

„Ein Gespräch können wir an einem angenehmeren Ort führen als diesem hier." Er packte sie beim Ellbogen und zog sie dicht an seinen warmen, soeben genährten Körper. „Du siehst aus, als würdest du jeden Moment vor Kälte sterben. Deine Lippen sind ganz blau."

Er fuhr ihr mit dem Fingerknöchel über die Unterlippe. Dann ließ er die Hand wieder herabgleiten, doch auf dem Weg strich er ihr über den Hals, das Schlüsselbein und über die Brust und berührte dabei ihre Brustwarze. Obwohl es ihr gelang, jedes Geräusch zu unterdrücken, ließ sich der Schwall Atemluft, den sie ausstieß, in der Kälte nicht unsichtbar machen. Er bildete augenblicklich eine Wolke.

Damien war vollkommen fasziniert und verspürte auf einmal einen Appetit, der nichts zu tun hatte mit Jäger oder Beute. Dann wieder war er überwältigt von dem Gefühl, dass sie eine süße Quelle war für etwas, das weit über Nahrung hinausging.

„Komm, suchen wir uns einen geschützten Ort."

Damien wollte sie auf seine Arme heben, doch sie trat einen Schritt zurück. Ein Schütteln des Kopfes und des Körpers, und auf einmal war sie mit Federn bedeckt und behielt trotzdem ihre weibliche Gestalt bei. Lange Flügel wuchsen aus ihren Schultern, und dann erhob sie sich in die Lüfte, warf ihm kurz einen dunklen Blick zu, bevor sie in der Wolkendecke verschwand.

Damien behielt seine normale Gestalt bei und folgte ihr.

Es dauerte nicht lange, bis sie die Bergkette erreichten, in der die Höhlen lagen, in denen sich der königliche Hof befand. Syreena führte ihn durch einen Hintereingang, von dem er annahm, dass nur sie ihn kannte. Als sie das eigentliche unterirdische Schloss erreichten, waren sie bereits zwanzig Minuten unter der Erde unterwegs gewesen.

Syreena landete in einem halb abgeschlossenen Alkoven mit einem Becken dampfenden Wassers in der Mitte. Sie nahm ihre normale Gestalt an, und ohne ein Wort sprang sie kopfüber in das klare Becken.

Er stellte sich an den Rand der kleinen, aber tiefen Lagune. Es war eine heiße Quelle, und eine eigenwillige Art, sich nach der Zeit in der Kälte aufzuwärmen.

Damien wartete darauf, dass sie wieder auftauchte, wohlwissend, dass sie ihren Atem so lang anhalten konnte, wie sie wollte, auch wenn sie sich im Moment nicht in ihre zweite Gestalt, den Delfin, verwandeln konnte. Wenn nötig, könnte sich Syreena also zu Land, zu Wasser und in der Luft fortbewegen. Das war eine großartige Fähigkeit. Es bedeutete, dass sie stets eine Alternative hatte, um schnell voranzukommen, und dass so gut wie nichts ihr im Weg stand.

Das konnte er auch von sich selbst behaupten. Auch wenn er nicht gerade eine Wasserratte war, konnte er gut schwimmen, und nicht atmen zu müssen, war ein zusätzlicher Vorteil. Er konnte sich genau wie sie zu Land bewegen und sogar durch die Luft reisen. Aber die veränderte Körpergröße, wenn er sich in einen Raben verwandelte, eröffnete ihm noch ganz andere Möglichkeiten.

Er sah, wie sie im klaren Wasser an die Oberfläche kam. Sie tauchte auf, holte erst einmal tief Luft und warf mit den Händen automatisch ihr Haar zurück. Damien ging in die Hocke, sodass er näher bei ihr war, als sie sich an der Kante festhielt.

„Besser?“, fragte er.

„Ein bisschen.“

Die Antwort war rätselhaft, doch sie stieß sich ab und schwamm davon, bevor er sie etwas fragen konnte. Er richtete sich wieder auf und sah ihr dabei zu, wie sie sich träge auf dem Wasser treiben ließ, ihren Körper hin und her drehte, tauchte und wieder an die Oberfläche kam und ihm einen reizvollen Blick auf ihre Seiten und auf ihre Haut, auf ihre langen, eleganten Arme und auf ihre hübsch geformten Füße erlaubte. Nachdenklich ging er am Rand der dampfenden Lagune entlang. Er beachtete den gemeißelten Torbogen kaum, der zu dem runden Raum führte, und die kunstvollen Muster, die in die Steinwände geritzt worden waren. Es gab eine in die Wand eingelassene Steinbank, die um das Halbrund des Raums herumführte. Doch er setzte sich nicht, sondern ging stattdessen um sie herum, während sie im Wasser spielte.

Nach ein paar Minuten blickte sie ihn an und schwamm zu ihm an den Rand. Geschickt stemmte sie sich auf den trockenen Stein und stieg heraus. Wasser troff aus ihren Haaren auf den Boden, auf seine Schuhe und auf seine Hosenbeine. Er sah sie mit hochgezogenen Brauen an und stellte fest, dass in diesem scheinbar zufälligen Missgeschick eine gewisse Tücke lag.

„Passiv-aggressives Verhalten passt nicht zu dir", bemerkte er nachsichtig.

„Eifersucht auch nicht", erwiderte sie in strengem Tonfall. „Und trotzdem bin ich es. Vielleicht kannst du es mir erklären."

„Eifersucht?" Er dachte neugierig über diesen Ausdruck nach, ein bisschen zu belustigt für ihren Begriff.

„Sei nicht so selbstgefällig", warnte sie ihn. „Warte nur, bis du eine eifersüchtige Lykanthropin gesehen hast", grummelte sie ungeduldig. „Sag mir, warum ich so fühle! Ich kenne dich kaum. Ich habe keinen Anspruch auf dich und du nicht auf mich. Du scheinst über das alles Bescheid zu wissen, aber ich nicht. Ich will wissen, was los ist."

„Deine Annahme ist falsch. Wir haben sehr wohl einen Anspruch aufeinander.“

„Weil du von meinem Blut getrunken hast? Was ist das anderes für dich als Nahrung? Nur ein kleiner Leckerbissen, bevor der nächste kommt?“

„Hmm“, murmelte er.

Er ließ seine Augen langsam über sie gleiten und prägte sich ihre Gestalt ein, ihre Rundungen und ihre wohlgeformten Gliedmaßen. Seine sichtliche Bewunderung brachte sie dazu, sich anders hinzustellen, statt sich so zu bewegen, wie sie es eigentlich wollte. Wie konnte er sie nur so leicht durchschauen, mit einem einzigen Blick? Sie ging nackt durch die Welt, ohne sich darum zu scheren, doch ein Blick von ihm genügte, und sie fühlte sich wirklich nackt.

„Es gibt bestimme Nährstoffe, Syreena, die sind unübertroffen. Bist du noch nie auf die Idee gekommen, dass du der größte Leckerbissen von allen bist? Dass alle anderen dagegen vollkommen verblassen?“

„Ist es das, was du in mir siehst?“, fragte sie, und ihre Verwirrung war für beide ganz offensichtlich. „Ich muss zugeben, ich habe keine Vorstellung davon. Alles, was wir bisher erlebt haben, kam aus einer Notwendigkeit oder aus einem Impuls heraus. Du scheinst so viel zu wissen, wo ich verloren und ratlos bin.“

„Ist das dein Eindruck?“ Damien streckte die Hand aus und wischte ihr ein paar Wassertropfen von der Stirn über der linken Augenbraue. „Mir ist klar, dass es so aussehen muss, aber ich versichere dir, das trifft nicht immer zu. Du siehst, Syreena, ich greife auf die Erfahrungen zurück, die ich mein langes Leben lang mit meinen Instinkten gemacht habe. Sie haben mir immer gute Dienste geleistet. Was für dich so aussieht, als würde ich alles ganz leicht verstehen, ist bloß Vertrautheit mit den Vorgängen.“

„Vielleicht ist es genau das, wovor ich Angst habe“, sagte sie ruhig, entzog sich seiner Berührung und ging um ihn herum.

Er folgte ihr das kurze Stück zu ihren Gemächern. „Würdest du mir das bitte näher erklären?“

Sie beachtete ihn nicht und griff in ihrem Schrank nach einem kurzen Kleid aus olivgrüner Seide. Es schimmerte über ihrem Kopf und dann an ihr, als sie es mit einer leichten Hüftdrehung über ihren Körper gleiten ließ.

Damien nahm die Gelegenheit wahr, sich in dem Raum umzusehen, und bemerkte, dass die Einrichtung so spartanisch war, wie es einem Kloster entsprach. Sie hatte keinen Besucherraum oder Salon und keine Damen, die ihr zu Diensten waren, wie es ihre Schwester hatte. Siena genoss die Privilegien und den Luxus, und obwohl Kleinigkeiten wie die Stoffe, die Syreena trug, und der seidige Glanz ihres Bettes verrieten, dass Syreena ebenfalls einen gewissen Luxus genoss, war klar, dass sich dieser Luxus auf persönliche Dinge beschränkte.

Sie war eine zurückhaltende Person, so wie auch er es im Laufe der Jahre geworden war. Er nahm an, dass ihre Erziehung im Kloster mit ihrem Hang zum Alleinsein zu tun hatte. Sie war eine Denkerin, jemand, der nachdachte über das, was er tat, und der versuchte, sein Umfeld so klar wie möglich zu gestalten, um Verwirrung und Ablenkung zu vermeiden.

Wenn sie nicht der Typ gewesen wäre, der genau darüber nachdachte, was er tat, hätte sie ihn mit ihrer Eifersucht vielleicht überrannt, statt vorsichtig darum herumzugehen, so wie er um die heiße Quelle herumgegangen war.

„Bin ich bloß dein neuester Instinkt, Damien?“, fragte sie unvermittelt und strich sich dabei mit den Händen über die Hüften, was eine untypische Nervosität verriet, die der Prinz augenblicklich bemerkte.

„Der neueste? Ja. Bloß? Nein, Syreena. Bei dir kann es nie *bloß* sein."

Sie seufzte, jedoch nicht vor Erleichterung. Es war mehr ein Zeichen von wachsender Unruhe. „Du kannst so gut mit Worten umgehen. Ich weiß nie, ob das nur Routine ist oder ob Gefühle dahinterstecken. Was ich weiß, ist, dass Vampire nicht so leicht zu beeindrucken sind und dass sie ihre Gefühle nicht zeigen. Trotzdem zögerst du nicht in diesem Punkt?"

„Nein. Das tue ich nicht."

„Du musst mir erklären, warum", beharrte sie und trat näher zu ihm. Sie war wärmer als sonst, erhitzt vom Schwimmen. Er vermutete, dass ihre wachsende Emotionalität ebenfalls dazu beitrug.

„Ich habe dir schon gesagt, ich bin mir nicht sicher. Es ist einfach so."

„Und was wird morgen sein? Wirst du dann das Blut von jemand anders trinken und wieder nach deinem Instinkt handeln?"

Ah! Darum ging es also, dachte Damien und lächelte in sich hinein. „Sagen wir, so habe ich das bisher gemacht. Das würde doch nichts ändern an deinen Gefühlen, oder?"

„Das hängt davon ab, wie weit ich mich auf diese Sache einlasse. Ich werde das nicht dem Schicksal überlassen wie meine Schwester. Sie hat darauf gesetzt, das die bestehenden Regeln, die galten, wenn man jemanden aus einer anderen Spezies liebte, außer Kraft gesetzt würden. Sie hat das Spiel verloren, obwohl sie im Grunde gewonnen hat, weil Elijah die perfekte Ergänzung ist. Nur ein Mann wie er konnte meine Schwester zähmen."

„Und welcher Mann könnte dich zähmen, Prinzessin?", fragte er sanft und trat einen Schritt auf sie zu, sodass sie nur noch Zentimeter voneinander entfernt waren.

Syreena blickte zu ihm auf, um ihm in die Augen zu schauen.

Und sie stellte fest, dass er ihre Unterhaltung irgendwie unterhaltsam fand. Trotzdem spürte sie, dass dies nicht auf ihre Kosten ging. Sie begriff, dass sie es war, an der er so großen Gefallen fand.

„Wenn du glaubst, dass du der Mann bist, Damien, musst du wissen, dass es für mich kein Zurück gibt. Es gäbe keine Wahl. Für den Rest meines Lebens würde ich nur dich wollen. Es ist so angelegt in meinem genetischen Code. Kein Mitglied des Königshofs war je erfolgreich damit, sich dem zu widersetzen. Und das wollte auch noch nie jemand."

„Wenn ich richtig verstehe, gilt das für deinen Gemahl auch."

„Normalerweise. Aber das ist unerforschtes Gebiet. Du bist kein Lykanthrop."

„Es hat mit Elijah funktioniert", warf er ein.

„Ein außerordentlicher Glücksfall. Dämonen haben die Prägung. Bei uns gibt es das auch, wir nennen es nur anders. Ich habe nie von einem solchen Band mit einem Vampir gehört."

„Vampire haben auch nie zuvor ihre Gestalt gewandelt", erinnerte er sie sanft. Wieder berührte er sie, als würde er von einem inneren Zwang dazu getrieben, wenn er ihr nah war. „Syreena, ich kann nicht für etwas garantieren, das ich selbst nicht verstehe. Ich verstehe, dass es ein Risiko für dich ist und dass du es nicht als ein Opfer von meiner Seite betrachten kannst, aber", sagte er, und seine Fingerspitzen strichen über ihren Haaransatz, wo bereits wieder weicher Flaum wuchs, „wenn du dich dann besser fühlst, kann ich dir sagen, dass ich seit unserer Trennung immer nur an dich gedacht habe. Ich kann nicht schlafen; ich habe keine Freude am Blutsaugen. Jasmine sagt, ich sei abwesend und melancholisch."

Diese Worte klangen seltsam aus seinem Mund, und sie musste lachen, trotz der bohrenden Angst in ihrer Brust.

„Ich habe so einen Zustand der Verdrossenheit in achthundert

Jahren noch nie erlebt. Ich kann mir das nicht leisten, weil ich mich um mein Volk kümmern muss. Und trotzdem gebe ich dem auf einmal nach. Niemand, kein weibliches Wesen aus irgendeiner Spezies, hat mich je so berührt wie du. Es gab Leidenschaften und Liebeleien, aber nichts war wie das hier. Ist es das, was du hören willst, Liebling? Oder willst du hören, dass ich dich nicht eines Tages verlassen werde, weil ich deiner überdrüssig geworden bin? Vielleicht soll ich dir versprechen, dass ich dich nicht bloß deswegen mit in mein Bett nehme, weil ich eine intime Erfahrung mit einem Wesen machen will, das genetisch einzigartig ist?

Ich glaube, dass du irgendeinen Grund finden wirst, um zu zweifeln, egal, was ich schwöre oder verspreche. Deine Unsicherheit zeigt das, Syreena." Damien fuhr mit seinen sanften Fingern an ihrem Haaransatz entlang und ließ sie hinter ihr Ohr gleiten. Es war eine empfindliche Stelle, und sie erbebte unter der Berührung.

„Ich kann dir nur sagen", fuhr er fort, „dass ich in dem Augenblick, als ich dich sah, die Schönheit sah. Ich sah Stärke und Entschlossenheit, ich sah die Liebe zu deiner Schwester. All das habe ich gesehen, während wir im Dunkeln waren. Erinnerst du dich? Ich habe weder deine Augen noch dein Haar gesehen. Ich habe nichts von deiner Krone gesehen. Ich habe nicht von deinem Blut getrunken. Selbst als ich fasziniert war von dir. Ich habe dich begehrt. Vielleicht, weil du mein Leben bedroht hast. Ich finde das nicht besonders sexy."

„Damien!" Sie lachte erstaunt und berührte seine Brust, weil sie es einfach tun musste.

„Dein Herz ist ein Harlekin wie alles an dir, Syreena. An manchen Stellen grau und an anderen von natürlicher Farbe. Ich möchte beides kennenlernen, wenn möglich. Und ich leugne nicht, dass ich unbedingt alles an dir erkunden möchte …" Er hielt inne, um seinen Blick über ihren Körper gleiten zu lassen, und seine Schlussfolgerung sprach eine so klare Sprache wie ihr schneller werdender Pulsschlag. Sie spürte, wie ihr heiß wurde. „Aber in diesem Fall muss ich wohl dir die Entscheidung überlassen, wann du zu mir kommen und mein Begehren stillen möchtest."

Damiens Finger glitten von der Stelle hinter ihrem Ohr zu ihrem Nacken, und sein Daumen streichelte ihre Wange, während er sie an sich zog. Er berührte ihren Mundwinkel mit seinen Lippen. Sie schloss die Augen, und ihr Körper bebte in erregter Erwartung dessen, was kommen würde. Sie verstand, was er ihr sagen wollte. Dass er sie verlassen und ihr Zeit zum Nachdenken geben würde, wenn er musste. Das entspannte sie und eröffnete ihren engstirnigen und misstrauischen Gedanken ungeahnte Möglichkeiten.

„Ich nehme an, das ist nicht möglich", murmelte er kurz darauf leise an ihrer Wange.

„Was ist nicht möglich?", fragte sie flüsternd.

„Mein Begehren nach dir zu stillen", sagte er, und das plötzliche Aufwallen seiner Sehnsucht war an seiner Stimme zu erkennen und an den besitzergreifenden Fingern, die sich um ihren Rippenbogen legten.

Syreena schloss die Augen, atmete tief ein und ließ seinen deutlich veränderten Geruch über sie hinwegströmen. Sie kam zu der erstaunlichen Erkenntnis, wie sehr sie ihn erregen konnte, wenn er sie nur fest umschlungen hatte. Sie bemerkte die verlockenden Veränderungen in seiner Körperchemie und wie diese Stoffe in ihrem Blut zu kreisen schienen und somit in ihrem eigenen Körper eine Reaktion auslösten.

Sie spürte, wie er atmete, und das zeigte ihr, dass er jetzt langsam die Kontrolle über seinen Körper verlor, und das gab ihr ein seltsames Gefühl von Befriedigung.

„Du genießt deine Wirkung auf mich", stellte er leise und mit aggressivem Unterton fest. „Ich weiß es, weil du es ausstrahlst wie Sonnenlicht, das mich verbrennt." Er bewegte seinen Mund ein Stück und küsste sie kurz und leidenschaftlich, genoss ihre Wärme und ihre unglaubliche Süße. „Sei vorsichtig, Prinzessin", warnte er sie mit heißem Atem, „oder du entzündest ein Feuer, das ich nicht mehr kontrollieren kann."

Es erstaunte sie jedes Mal, dass sie sich, wenn er sie auf diese Weise zu berühren und zu küssen begann, schließlich keine Gedanken mehr machte über die Folgen. Seine Warnung hatte keine große Wirkung, als er sie an ihren Lippen aussprach und als sie seine besitzergreifenden Hände spürte.

„Ich weiß nicht, was ich mit dir machen soll", sagte sie, und ihre Hände krallten sich in den Stoff seines Hemds. „Du sagst die richtigen Dinge, du tust die richtigen Dinge. Selbst wenn ich etwas für falsch halte, begründest du es so, als wäre es die logischste Sache der Welt. Wo nimmst du deine unerschütterliche Sicherheit her, Damien?"

„Das ist ein Überlebensinstinkt für mich, Syreena. Sonst würde mein Thron jemand anders in die Hände fallen … und es würde mich den Kopf kosten. Ich kann es mir nicht erlauben, an mir zu zweifeln."

„Du weißt ja gar nicht, wie gern ich dasselbe sagen würde", sagte sie sehnsüchtig.

„Das kannst du doch, und das weiß du. Du bist niemandem Rechenschaft schuldig. Nicht, wenn du es nicht selbst willst. Doch zuerst", sagte er, umfasste ihre Arme und hielt sie ein wenig von seinem begierigen Körper weg, „zuerst musst du herausfinden, welche Fragen du dir selbst stellen musst. Ich weiß, ich könnte mich jetzt einfach hier hinsetzen und dich irgendwohin lenken“, fuhr er fort und strich mit den Fingern über ihren Hals. „Syreena, du hast es lange genug zugelassen, dass andere dein Leben lenken. Ich werde dir nicht sagen, was du tun sollst. Ich werde dir nur sagen, welche Möglichkeiten du hast.“

„Sag es mir, Damien! Klar und deutlich. Verpack es nicht in schöne Worte, und rede nicht darum herum! Sag es ganz direkt! Sag mir, was du von mir, von uns, willst, wenn es denn ein *wir* und ein *uns* geben soll!“

„Ich möchte lernen, dich zu lieben, Syreena. Und ich meine damit nicht, körperlich lieben. Ich glaube, das finde ich auch allein heraus.“ Das Blitzen in seinen Augen und das Hochziehen der Brauen brachten sie zum Lachen. „Ich will herausfinden, wie und warum du diese Wandlung in mir ausgelöst hast, sowohl körperlich als auch geistig. Ich will wissen, wie jemand, der sein Leben lang mit Gefühlen so locker umgegangen ist wie ich, von einem einzelnen Wesen wie dir so berührt werden kann.

Das ist nicht nur eine Phase, Syreena. Das ist nicht nur eine Schwärmerei, die wieder vergeht. Ich lebe schon lang genug, um zu wissen, was einzigartig für mich ist. Wenn du Versprechungen willst, dann werde ich einen Weg finden, sie dir zu geben und sie auch zu halten. Wenn du es für immer willst, Liebling, dann lebe ich gerne noch ein ganzes Leben.“ Er ließ sie sichtlich widerstrebend los. „Jetzt ist es an dir zu entscheiden, ob diese Dinge dich glücklich machen und ob du sie genauso willst wie ich. Aber ich warne dich“, sagte er und hob die Hand, damit sie ihn nicht unterbrach, „die Sache hat noch eine andere Seite. Wir beide tragen Verantwortung auch für andere, nicht nur für uns selbst. Wenn wir diese Dinge nicht unter einen Hut bringen, dann müssen wir uns entscheiden, was wir um unseretwillen aufgeben. Ich hatte noch keine Zeit, darüber nachzudenken. Ich habe nur festgestellt, dass es mir nicht mehr so wichtig ist wie früher; vielleicht ist das der erste Schritt. Verstehst du, was ich meine, Syreena?"

„Du sprichst vom Thron, Damien. Ich bin Sienas Thronerbin. Daran ist nichts zu ändern."

„Nur, wenn du es nicht ändern willst. Finde es heraus!"

„Ich soll herausfinden, was mein Herz will, ohne an meine Verantwortung zu denken?"

„Ich weiß, für dich klingt das verantwortungslos. Aber das ist wahre Freiheit, Syreena. Nur seinem Herzen und seinem Instinkt zu folgen. Ich habe zwar nicht unbedingt viel Herz, aber das bisschen kenne ich gut."

Mit dieser einschüchternden Bemerkung gab er ihr einen langen Kuss auf die Stirn und wandte sich zum Gehen.

Alles in Syreena wollte sich auf ihn stürzen, ihn packen, festhalten, damit er nicht weggehen konnte. Ihr Körper schrie nach ihm, ihr pochendes Herz pumpte entsetzliche Angst durch ihre Venen. Es war, als hätte er ein Seil an ihren Verstand geknüpft, und jetzt riss er es ab, als er ging.

9

„Damien! Damien, warte!“

Sie warf sich von hinten auf ihn, bevor er über die Schwelle treten konnte. Ihre Hände packten seine Schultern, ihre Brust schlug gegen seinen Rücken, als sie die Arme um ihn schlang. Ihre Augen schwammen in Tränen, in Tränen der Erleichterung, sodass sie kaum atmen konnte.

Damien schloss die Augen, und ein Ausdruck von Schmerz huschte über sein Gesicht, als er eine ihrer beiden Hände löste, mit denen sie ihn umklammerte. Er kämpfte eine ganze Weile mit sich, während sie mit verzweifelter Sehnsucht an ihm hing. Er wollte bleiben. Mehr als alles andere. Doch sie hatte so viele Zweifel. Er könnte es nicht ertragen, wenn er ihnen beiden solchen Schmerz zufügte, nur weil es ihm nicht gelang, sich in Geduld zu üben und das Richtige zu tun.

„Syreena …“, sagte er heiser.

„Nein! Du hast recht. Es ist meine Entscheidung! Niemand kann sie mir abnehmen. Ich weiß nur, dass ich es nicht aushalte, wenn du mich verlässt, jetzt, wo ich mich endlich so vollkommen ganz fühle, wie ich es noch nie erlebt habe. Alles in mir wehrt sich dagegen. Damien, bitte …“

Damien drehte sich langsam um und ließ es zu, dass sie sich an ihn schmiegte, obwohl diese Nähe seine Willenskraft auf eine harte Probe stellte.

„Und in zehn Minuten wirst du wieder alles an mir infrage stellen“, flüsterte er in ihr Haar.

„Nein. Nein, werde ich nicht."

Sie nahm seine Hände und zog sie hoch, bis seine Finger sich um ihren Hals schlossen.

Er kam in Berührung mit dem wertvollen Gold und mit den Mondsteinen, dem Halsband, das ein Zeichen dafür war, dass sie dem Königshaus angehörte.

Damien begriff augenblicklich, was sie vorhatte.

Mit diesen ungewöhnlichen Schmuckstücken der Lykanthropen hatte es eine besondere Bewandtnis. Sie passten sich dem jeweiligen Träger an, gleichgültig, welche Form sie ursprünglich hatten. Doch ganz entscheidend war, dass niemand wusste, wie man sie abnahm. Die Legende über das Schmuckstück besagte, dass es nur einen einzigen Weg gab, es jemals abzunehmen.

Durch die Hand des einzig wahren königlichen Gatten.

„Wenn es so sein soll, wird deine Berührung es mir sagen."

„Ich verstehe", sagte er leise. „Du kannst also doch nicht selbst entscheiden. Du bist wieder abhängig von etwas, das außerhalb deiner selbst liegt."

Damien versuchte die schmerzliche Enttäuschung zu unterdrücken, die ihn durchzuckte, doch sie war zu groß und so allumfassend. Er machte sich von ihr los, ein bisschen grob unter dem starken Gefühlseindruck, und stieß sie von sich.

„Werde erwachsen, kleines Mädchen!", blaffte er sie an, als sein Temperament mit ihm durchging. „Bis dahin belästige mich bitte nicht mit deinen Sticheleien und mit deinen leeren Versprechungen. Trotz gegenteiliger Gerüchte habe auch ich ein empfindsames Herz."

Mit diesen Worten verwandelte er sich ganz plötzlich in die Rabengestalt und flog davon.

Die tauben Finger noch immer an ihrem Hals, stand Syreena wie erstarrt da. Dann wurde sie vom Schmerz überwältigt.

Unfähig, ihren Körper auch nur eine Sekunde länger zu kontrollieren, brach sie in ihrem Schlafzimmer zusammen.

„Elijah, das sieht ihr überhaupt nicht ähnlich", sagte Siena besorgt.

Der blonde Riese streckte den Arm aus, um ihr nervöses Auf-und-ab-Gehen zu unterbrechen, indem er ihren üppigen Körper an sich zog und ihren Hals streichelte, wo sie normalerweise ihre Halskette trug, wenn sie nicht in ihrem Schlafzimmer waren. In der unablässigen Sorge um ihre jüngere Schwester hatte Siena das Symbol ihrer Königswürde an diesem Tag vergessen.

Das erlaubte es ihm, die Stelle an ihrem Hals zu berühren, die, wie er wusste, überaus empfindlich war. Mit einem Kuss dorthin konnte er sie immer ablenken. Es funktionierte, ein wohliger Seufzer entfuhr ihr, als sie sich fester an ihn schmiegte. Er lächelte, während er den süßen Duft ihres Halses einsog.

„Kindchen, du musst aufhören, dir über eine Frau Sorgen zu machen, die über hundert Jahre alt ist."

„Und wenn sie tausend Jahre alt wäre, Elijah, bleibt sie trotzdem immer meine Schwester."

Elijah wusste das, und es tat ihm leid, dass es so geklungen hatte, als wollte er sie umstimmen. Doch er hatte den Eindruck, dass Siena die Prinzessin zu sehr bemutterte, obwohl diese ganz offensichtlich in der Lage war, auf sich selbst aufzupassen. Unglücklicherweise war Siena, seit Ruth Syreena verletzt hatte, noch besorgter um die Sicherheit und um das geistige Wohlergehen ihrer Schwester.

„Du weißt, dass ich das nicht bestreite", sagte er sanft. Sie konnte seine Gedanken lesen, also wusste sie, dass es stimmte. „Syreena hat einen Anspruch auf Privatsphäre und kann sich zurückziehen wie jeder von uns. Das letzte Mal, als du wutentbrannt durch das Schloss gestampft bist, war sie so klug, dich in Ruhe zu lassen. Du musst sie so nehmen, wie sie ist, und darauf vertrauen, dass sie zu dir kommt, wenn sie dich braucht."

„Das tue ich doch", wandte sie ein.

„Tust du nicht. Du erwartest von ihr, dass sie dich berät, aber sie will nicht, dass du ihr Ratschläge gibst, und das ärgert dich. Also gibst du nur Befehle und Anweisungen und steckst deine freche kleine Nase in Dinge, die dich nichts angehen."

„Elijah!"

„Siena, ich wäre ein schrecklicher Ehemann, wenn ich dich anlügen würde. Wer sonst kann eine Königin, ohne Angst zu haben, auf ihre Fehler hinweisen, wenn nicht ihr Gemahl?"

Siena stieß einen unwilligen Laut aus und versuchte, ihn wegzustoßen, damit sie sich ärgern konnte, ohne dass die wohltuende Wärme seines Körpers sie ablenkte. Doch ihn wegstoßen zu wollen, war, als wollte man einen Berg bewegen. Er rührte sich nur, wenn er wollte.

„Sei nicht beleidigt, Schätzchen", murmelte er an ihrem Ohr.

„Versuch nicht, mich zu bezirzen, wenn ich sauer auf dich bin!"

„Ich bin total uncharmant, Liebling. Das weißt du doch."

„Du bist ein Tyrann, sonst nichts. Das warst du schon immer." Ihr Vorwurf klang nicht sehr überzeugend, denn sie legte dabei ihre Wange an seine Schulter und versuchte, nicht mehr gegen ihn anzukämpfen. „Ohne sie bin ich verloren, Elijah. Sie ist die beständige pragmatische Stimme in meinem Ohr."

„Jetzt gibt es eine andere Stimme, Schätzchen", erinnerte er sie. „Und Syreena soll frei sein, ihren eigenen Weg zu gehen. Die Tage, wo man sie an einen sicheren Ort verbannt hat, sind vorbei."

„Aber …"

„Siena!", ermahnte er sie.

„Elijah, sie ist so traurig!", erwiderte Siena verzweifelt. „Ich spüre es mit jeder Faser meines Herzens. Und ich weiß genau, dass Damien irgendwie schuld daran ist. Wenn ich ihn finde, prügele ich ihn windelweich!"

Elijah verstand ihren Ärger nur zu gut. Er blickte über die Brüstung des Balkons, auf dem sie standen und zu der Prinzessin hinuntersahen, die dort einsam und traurig in einer verlassenen Nische saß. Syreena war in den letzten Tagen untröstlich gewesen. Obwohl sie keine erkennbare Regung zeigte, nahm sie an nichts Anteil und war nur mit ihren eigenen Gedanken beschäftigt. Er wusste, dass Siena versucht hatte, Syreenas Aufmerksamkeit auf andere Dinge zu lenken und sie zumindest in ihrer Rolle als Beraterin heranzuziehen. Doch Sienas Schwester hatte die Königin unter dem Vorwand abgewimmelt, dass sie sich nicht wohlfühle oder dass sie anderweitig beschäftigt sei, nur um allein sein zu können.

Der Krieger versuchte, nicht böse auf die Prinzessin zu sein wegen der Sorgen, die sie seiner Frau machte. Es war eher Sienas Problem als das von Syreena, wie er ihr bereits gesagt hatte. Doch wenn *sie* sich verletzt fühlte, war er es auch. Das lag in der Natur ihrer Bindung. Doch dieses kleine Manko konnte er leicht verschmerzen, angesichts der vielen positiven Punkte, die eine so tiefe Verbindung mit sich brachte.

Er war versucht gewesen, selbst auf Damien zuzugehen. Nur um zu verstehen, was da vor sich ging. Oder vielleicht, weil Siena es sich so inständig wünschte. Manchmal waren ihre Wünsche so stark, dass er sie mit seinen eigenen verwechselte. Umgekehrt war es genauso. Deshalb hielt er an seinen Vorstellungen fest, in der Hoffnung, sie würden auf Siena abfärben.

„Ich würde nicht das Schloss darauf verwetten", erwiderte sie scharfzüngig.

Elijah schmunzelte und gab ihr einen Kuss auf ihr lockiges Haar.

„Ich bin ein Optimist, Siena, kein Idiot", teilte er ihr belustigt mit.

In Gedanken versunken ließ Jasmine ihre Finger über die Buchrücken gleiten und las langsam die Titel, die sie verstehen konnte. Sie hielt nach etwas Ausschau, nach irgendetwas, das ihr bei der Suche helfen würde.

Ihr Zuhause war in Aufruhr, weil sein Herrscher es ebenfalls war. Obwohl er diesmal viel mehr darum bemüht war, es für sich zu behalten, war Jasmine sich fast sicher, dass er wegen irgendeiner Laune eine Zurückweisung durch die Lykanthropenprinzessin erfahren hatte.

Zur Hölle mit ihr, dachte Jasmine gehässig. Damien war weder Widerspruch noch die Zurückweisung durch eine Frau gewohnt. Wenn sie bedachte, wie viel Hoffnung und was für einen ungewohnten Idealismus der Prinz in dieses undankbare Ding investierte, konnte sie sich gut vorstellen, wie schmerzhaft und demütigend es für das Ego des Vampirs sein musste, zurückgewiesen zu werden.

Solange sie nicht wusste, weshalb das alles so unbefriedigend verlaufen war, war sie auf Vermutungen angewiesen. Aus Sorge um das Wohlergehen des Prinzen musste sie einen unwiderlegbaren Beweis finden, um ihren Prinzen in seinen Bestrebungen, was diese fremde Person betraf, an der er so einen Narren gefressen hatte, zu unterstützen – auch wenn sie davon überzeugt war, dass diese kleine Wichtigtuerin es nicht verdiente. Es war der einzige Weg, die Situation wieder ins Lot zu bringen. Wenn

Jasmine beweisen konnte, dass Damiens Theorien eine Grundlage hatten, dann musste die Schattenwandlerin zumindest zuhören und die Möglichkeiten abwägen.

Sie wünschte nur, sie könnte schneller lesen.

Damien streifte durch seine dunklen Gärten, die Gedanken ganz auf eine entmutigende Frau auf der anderen Seite des Erdballs gerichtet. Sie hätte genauso gut auf seinem Schoß sitzen und ihm all ihre Zweifel und ihre Unsicherheit ins Ohr flüstern können. Er war nicht mehr auf der Jagd gewesen, seit er sie zuletzt gesehen hatte, und die Kälte seines Körpers passte zu der Eiseskälte in seiner Seele. So abgelenkt, wie er im Augenblick war, wäre es nicht klug, in der Welt umherzulaufen und sich unzähligen Gefahren auszusetzen, die ihn vielleicht erwarteten. Und am Ende würde er noch getötet werden, wenn er sich nicht vorsah.

So wie es aussah, huschten hier zahlreiche machtvolle Wesen umher, die seinem Wohnsitz und seinem Territorium zu nah kamen. Es waren Vampire, zwei, und sie lungerten herum und warteten auf eine Gelegenheit, ihn anzugreifen. Normalerweise hätte er sich ihnen umgehend entgegengestellt, doch er hatte im Moment kein Interesse und keine Lust. Lass sie kommen, und lass sie ihre Chance ergreifen, dachte er erschöpft. Wofür lebte er, außer um gelegentlich seine Gier zu befriedigen? Sollten sie doch seine Position begehren, seinen Besitz und sein Zuhause, wenn sie wollten.

Sie konnten alles haben in diesem Augenblick, seinetwegen. Jasmine würde allein klarkommen. Sie hatte ihm oft genug gesagt, dass sie ihn nicht brauchte als Beschützer oder als Ratgeber. Und sie hatte recht gehabt. Er hatte sie wahrscheinlich als Vorwand gebraucht, um so viele Jahrhunderte lang auf der Erde zu bleiben. Er hatte sie viel mehr gebraucht als sie ihn.

Was ein Dauerthema bei den Frauen zu sein schien, die er in letzter Zeit angezogen hatte.

Verflucht soll sie sein!

Es war gut zwei Nächte her, dass er sie verlassen hatte. Und in der ganzen Zeit hatte sie keine Entscheidung treffen können? Warum sollte ihn das überraschen, fragte er sich. Sie hatte in ihrem ganzen Leben noch keine freie Entscheidung getroffen. Es würde vielleicht noch hundert Jahre dauern, bevor sie herausfand, wie man das machte.

Und er wollte verdammt sein, wenn er herumsaß und auf sie wartete.

Nicht, wenn es weiterhin so schmerzhaft war, wie es sich gerade anfühlte.

Auf einer gewissen Ebene war sich Damien seiner Allüren bewusst, der Gründe dafür und der Logik, die dahintersteckte. Doch je mehr er gegen seine Verzweiflung ankämpfte, desto größer schien sie zu werden.

Damien war so tiefe Gefühle nicht gewohnt, und er war hin- und hergerissen. Das lag daran, nahm er an, dass er jetzt das Gegenteil von dem tat, was er sonst immer getan hatte. Er handelte gegen seinen Instinkt. Sein innerer Kompass zeigte nach Russland, er sehnte sich danach, zu Syreena zu gehen und ihr zu erklären, was es bedeuten würde, wenn sie sich für ihn entschied. Doch wenn er ihre Wahl beeinflusste, wenn er sie zwang, sich zu entscheiden, würde er ihr zu viel Raum für Zweifel lassen. Wenn sie jetzt nicht an ihn glauben konnte, würde sie es nie tun. Er war überzeugt, dass alles in Syreena nach ihm schrie, so wie alles in ihm nach ihr schrie. Trotzdem kämpfte sie dagegen an, sie wehrte sich, und sie zögerte, während sie darauf wartete, dass jemand ihr sagte, welche Entscheidung die richtige war.

In ihrem Herzen und in ihrer Seele sollte sie es bereits wissen.

So wie er es wusste.

Wenn sie eine Garantie wollte, würde sie sie nur in sich selbst finden. Er hatte schon alles gesagt. Doch anscheinend war ihr das nicht genug. Wie auch? Sie traute ja nicht einmal sich selbst, geschweige denn irgendeinem anderen.

Damien machte sich auf den Weg zu seiner Bank, die wie ein zweites Zuhause für ihn geworden war. Er setzte sich gegrätscht auf den kalten Stein und umklammerte die Sitzkanten, die Hände kalt, und streckte den Kopf in den Wind, der mit winterlicher Kälte vom Ozean her blies.

Er war müde und geschwächt. Er war sich dessen bewusst. Bald wäre er gezwungen, sich entweder selbst aus seiner Schwermut zu befreien, oder er würde sich unter die Erde zurückziehen und sich vor der Welt da oben verstecken. Das war der einzige Weg, wie er überleben konnte. Wenn er in diesem Zustand verharrte, war es nur eine Frage der Zeit, bis jemand ihn herausforderte. In seiner gegenwärtigen Verfassung hatte er keine große Hoffnung, zu gewinnen.

Er würde ihnen alles überlassen, während er unter der Erde schlief. Syreenas Unentschlossenheit würde ihn vielleicht langsam umbringen, aber es wäre um ihn geschehen, wenn seine gierigen Brüder über ihn herfallen würden.

Überlass ihnen alles.

Es hatte sowieso keine Bedeutung mehr.

Als Damien Stunden später erwachte, blickte er in einen Himmel, der sich in der Morgendämmerung rosa färbte.

Rasch setzte er sich auf und musste feststellen, dass er auf der steinernen Gartenbank eingeschlafen war. Als er sich aufrichtete, spürte er die volle Kraft der Morgensonne. Er zuckte heftig zusammen und versuchte mit den Händen seine Augen zu schützen, die sich vor Schmerz mit Tränen füllten. Vor ein paar Tagen, als er noch voller Kraft gewesen war, hätte er dieses frühe Morgenlicht ausgehalten. In seiner geschwächten Verfassung war das anders.

Er verfluchte sich wegen seiner Unachtsamkeit, während er mühsam aufstand und sich umdrehte, um seine Haut zu schützen. Er wollte schnell ins Haus zurück, den drängenden Gedanken an den schützenden Schatten im Kopf.

Dann, als wäre er zu dem Schluss gekommen, dass dies alles nur Einbildung war, gab er jeden Versuch auf, sich zu schützen.

Er ließ langsam die Hände sinken und wandte sich der heller werdenden Sonne zu. Da bemerkte er, wie wunderschön diese tödliche Sonne war. Auch sie war in gewisser Weise ein Räuber. Nur dass sie an der Spitze jeder Nahrungskette stand. Sie nährte sich von allem. Die Sonne verschlang die Dunkelheit mit gefräßiger Schnelligkeit. Dann naschte sie von den Schattenwandlern, als wären sie die Nachspeise. Sie saugte die Energie aus Dämonen, sie bewirkte, dass Lykanthropen mit Blasen übersät wurden und verkochten, während ihrem Körper gewaltsam die lebensnotwendigen Nährstoffe entzogen wurden.

Ihm würde sie Stück für Stück die Haut verbrennen, bis er nur noch aus Asche und Staub bestand, ohne Wasser, ohne Blut und ohne jedes Leben.

„Damien, was tust du da?"

Jasmine packte den Prinzen in wilder Panik. Sie war stark genug, um Damien ihrem Willen zu unterwerfen, solange er in diesem betäubten Zustand war. Sie zerrte ihn schnell ins Haus, in den Schutz getönter Fenster und dichter Vorhänge.

Nachdem sie der unmittelbaren Gefahr entronnen waren, wurde sie sanfter und half Damien auf ein großes Sofa vor einem kalten Kamin. Sobald er saß, ging sie vor ihm auf die Knie und schob sie zwischen seine Fußknöchel, während sie wütend und besorgt seine Hände umklammerte.

„Damien, das ist es nicht wert! Keine Frau ist das wert! Du hättest sterben können. Bitte ... ich flehe dich an, hör auf, dir so wehzutun."

Er achtete kaum auf sie, sein abwesender Blick verriet ihr, dass ein wesentlicher Teil von ihm unerreichbar war. Es war, als hätte dieses dumme Ding sein Herz gestohlen. Er litt, sie konnte es ganz deutlich spüren. Sie spürte es so intensiv, dass die sonst so gelassene Vampirin beinahe zu Tränen gerührt war.

„Damien", schluchzte sie mit leiser, brüchiger Stimme.

Jasmine schlang die Arme um seinen Hals und zog ihn so fest an sich, wie sie nur konnte, tröstete ihn, während sie sich immer wieder sagte, dass er in Sicherheit war und dass er lebte. Sie erkannte, dass sie ihn nicht aus den Augen lassen durfte. Es war zu gefährlich. Auch wenn das nur eine vorübergehende Lösung war. Wenn er nicht jagte, würde Damien in Kältestarre verfallen. Es war nur noch eine Frage von Tagen. Jetzt verstand Jasmine mit einem Mal, was Damien durchgemacht haben musste, als sie selbst mehrmals in diesen Zustand gefallen war.

Er fühlte sich ganz kalt an, und diese Kälte verstärkte noch die innere Kälte, die ihre Seele erfasst hatte. Wenn sie nur zwei Minuten mit dieser gedankenlosen, hartherzigen Lykanthropin hätte allein sein können, dann hätte Damien tatsächlich Grund zu trauern gehabt. Jasmine hätte sie am liebsten umgebracht.

Ihre Gedanken waren so leidenschaftlich, dass Jasmines Reißzähne zum Vorschein kamen, aggressiv und feindselig. Sie stieß einen wütenden Laut aus, während sie ihren Freund in den Armen wiegte.

„Damien", flüsterte sie ihm ins Ohr, und ihre Finger strichen über seinen Hinterkopf und über sein Haarband. „Du brauchst

Nahrung. Komm", sagte sie sanft, warf ihr Haar zurück und presste seinen Mund an ihren Hals. Sie hatte selbst erst vor einer Stunde Nahrung aufgenommen, sodass die Wärme des Bluts, das sie von ihrem Opfer gesaugt hatte, noch in ihr war. „Lass mich dir helfen!", flehte sie an seinem Ohr.

Damien spürte kaum etwas von der Verlockung, die sie ihm bot, und wandte sich ab. Er hatte keinen Appetit, er hatte kein Verlangen nach den Empfindungen, die mit dem Blutsaugen einhergingen, vor allem, wenn es sich um ein weibliches Wesen handelte.

Nicht einmal bei Jasmine.

Er löste sich aus ihrer Umklammerung, stand auf und machte einen Schritt über ihre kniende Gestalt hinweg.

Ohne ein Wort zu sagen, verließ er sie. Er zog sich in seine Gemächer zurück, wo er den Rest des Tages schlafen würde, bis die Dunkelheit wieder hereinbrach.

Das Erste, was an Damiens Sinne drang, während er schlief, war der Duft nach Lavendel.

Dieser Duft holte ihn aus seinem tiefen Schlaf, und er setzte sich mit einer plötzlichen Bewegung auf und sah sich im Raum um.

In der Dunkelheit konnte er die Umrisse einer Vase neben dem Bett ausmachen, gefüllt mit frischen Blumen und Zweigen, darunter Heidekraut und Lavendel.

Das Herz wurde ihm schwer, weil die aufflackernde Hoffnung wieder erlosch, und in einem Anfall von Wut packte er das Gefäß und schleuderte es durch den Raum. Das Glas barst, und Wasser und Blüten verteilten sich überall.

War er ein so abstoßendes Wesen, dass sie sich nicht vorstellen konnte, ihr Leben mit ihm zu verbringen? Dass sie es nicht einmal versuchen wollte? War das der letzte Streich des Schicksals? Er hatte in all den Jahren zahlreiche Sünden begangen, also war das vielleicht der Tiefpunkt eines qualvollen Karmas, das er ertragen musste.

Damien knurrte gefährlich und warnte damit die fremden Kräfte draußen davor, es mit ihm aufzunehmen. Hatte er über die Jahrhunderte nicht gebüßt für seine Fehler? Wie viele Leben hatte er gerettet? Wie viele besser gemacht mit seinem vorsichtigen Eingreifen? Er hatte schon lange, bevor er die englische Königin gerettet hatte, die in bemerkenswerter Frische beinahe siebzig Jahre alt geworden war, den Überblick verloren. Er hatte immer gedacht, dass die Segnungen der elisabethanischen Renaissance einen außerordentlich wichtigen Beitrag zur Entwicklung der Menschheit geleistet hatten. Es war eine Ära gewesen, die vielleicht gar nicht stattgefunden hätte, wenn die Königin in dem Jahr, als er ihr begegnet war, an den Pocken gestorben wäre.

Gab es für diese Dinge kein gutes Karma? Gab es keinen Engel der Barmherzigkeit, der ihn begleitete und der zu schätzen wusste, dass er Dutzende solcher Taten vollbracht hatte und dass es jetzt an der Zeit war, dass er selbst Freiheit, unbeschreibliche Schönheit und vor allem Liebe erleben durfte?

Sein Ausbruch hatte den Geruch nach Lavendel im Raum noch verstärkt, bemerkte er dann. Er stieg aus dem Bett und warf die Laken von sich, die er in unruhigem Schlaf um sich gewickelt hatte. Er ging hinüber zu seinem Kleiderschrank, entschlossen, sich anzukleiden und in der Nacht auf die Jagd zu gehen. Vielleicht musste er sich nicht einmal zwingen. In dem Maße, wie seine Gefühle hochkochten, wuchs auch sein Wunsch nach einer gnadenlosen Pirsch. Es war gefährlich, sich bei der Jagd nur auf die Gefühle zu verlassen, doch das war ihm gleich. Lieber wollte er sein Leben aufs Spiel setzen, um sich wiederherzustellen, als weiter in Selbstmitleid zu baden.

Doch zuerst, dachte er, während er sich eine Hose anzog, zuerst würde er diese Blumen verbrennen, um den Geruch zu vertreiben.

Damien zog sich noch kein Hemd an, sondern drehte sich um, um genau das zu tun.

Und überrannte dabei fast Syreena.

Er packte sie automatisch, um sie festzuhalten, und seine Hand umschloss dabei ihren nackten Oberarm. Er war auf der Stelle betört von der zarten Haut und dem wohlgeformten starken Muskel darunter. In dem nachtdunklen Raum konnte er ihre seltsamen Augen sehen, vor allem das graue, das ihn anblickte, als könnte es direkt durch ihn hindurchschauen.

Damien war vollkommen überrascht, dass sie da war. Doch das Aufwallen falscher Hoffnung vorhin hatte jedes positive Gefühl in ihm erschöpft. Und trotz seiner Überraschung war er noch immer ziemlich wütend. Da sie die Ursache dafür war, freute er sich nicht besonders darüber, sie zu sehen.

Das sagte er sich zumindest.

„Was willst du hier?", fragte er kalt. „Bist du gekommen, um deinen bedauernswerten Verehrer mit deiner Unentschlossenheit und mit deinen endlosen Fragen über seine Absichten zu quälen?"

„Nein", sagte sie, und ihre süße Stimme klang seltsam in der frostigen Atmosphäre, die im Raum herrschte.

„Geh nach Hause, Syreena!", sagte er rau, und es gelang ihm nicht, seine Stimme unbewegt klingen zu lassen. „Ich habe nicht die Antworten, die du suchst."

„Damien …"

Verdammt, er hasste es, wenn sie seinen Namen aussprach!

Sie tat das auf eine Weise, in einem Ton, dass sie seine Nerven damit in Schwingung versetzte. Es war unfair, dass sie Gefühle in ihm auslösen konnte, wo sie doch gleichzeitig so distanziert ihm gegenüber war. Im Gegensatz zu ihren früheren körperlichen Reaktionen auf ihn zeigte sie jetzt keinerlei Regung, jetzt, wo es darauf ankam.

„Sag nichts mehr!", warnte er sie und hob so jäh die Hand, dass sie zusammenzuckte. „Du hattest drei Tage und drei Nächte, um mit mir zu sprechen. Die Chance ist vertan."

Syreena verstand, weshalb er wütend war auf sie. Er hatte recht. Sie hatte tagelang um eine Entscheidung gerungen.

Eine Entscheidung, die, wie sie plötzlich festgestellt hatte, nie wirklich frei gewesen war.

Es war, als hätte Damien das von Anfang an gewusst. Sie hatte nur die Wahl, die Bedürfnisse ihres Herzens und ihres Geistes zu ignorieren, und das hatte sie auch versucht, egal, wie laut sie sich bemerkbar gemacht hatten. In Wahrheit gab es keine Wahl.

Sie war für ihn bestimmt, und er war für sie bestimmt.

Sie hatte Tag für Tag nach einem Beweis dafür gesucht, nur um festzustellen, dass es keinen gab und dass es nie einen geben würde. Der Beweis war in ihrer Seele eingeschrieben. Es war der Instinkt, der in ihr erwacht war, so als wäre in ihr und in ihm gleichzeitig ein Schalter angeknipst worden.

Doch nur er hatte das Licht gesehen, sie war davon geblendet worden.

„Damien", widersprach sie sanft, in dem Bedürfnis, ihm zu sagen, dass sie begriffen hatte. Sie verstand alles, was er ihr zu sagen versucht hatte, wie sie auch verstand, das er sich auf seine Überzeugung und auf sein Gefühl verlassen hatte, während sie geschwankt und ihm diese unerträgliche Herzensqual bereitet hatte.

„Ich habe gesagt, du sollst nichts mehr sagen!“, fauchte er wütend und trat so dicht vor sie hin, dass sie einen Schritt zurückwich.

Dann besann sie sich und verlagerte ihr Gewicht auf die Fußballen. Sie stemmte sich gegen seinen aggressiven, eindrucksvollen Körper, der in berechtigtem Zorn vor ihr aufragte.

Damien schwankte, als sie nicht weiter zurückwich, und ihre Wärme, ihr Geruch und ihre Anwesenheit drangen in ihn ein wie ein Virus. Sie hob die Hände und versuchte, die Handflächen auf seine nackte Brust zu legen. Seine Hand schoss vor wie eine Peitsche, und er packte schmerzhaft eines ihrer Handgelenke und verdrehte es, damit sie ihn nicht berühren konnte.

Sie jaulte auf vor Schmerz und blickte ihm dann in die Augen. „Du kannst mir das Handgelenk brechen, wenn du willst. Das schreckt mich nicht“, sagte sie sanft zu ihm.

Sie berührte seine kalte Haut mit der anderen Hand, und ein Schauer lief ihr über den Arm. Damien bemerkte die Reaktion und lächelte bitter.

„Ich war nicht auf der Jagd, seit ich von dir fortgegangen bin. Ich nehme nicht an, dass du dich mit mir zum Abendessen verabreden willst, oder? Wie du siehst, könnte ich ein kleines bisschen Wärme vertragen. Von irgendeiner Frau, es kommt nicht drauf an.“

„Bist du dir da so sicher?“, erwiderte sie ruhig. Sie legte den Kopf schräg und warf ihr Haar zurück, bis die Halskette in der Dunkelheit glitzerte. Was noch heller schimmerte, war ihr blasser Hals, den sie ihm mit geschlossenen Augen und hochgerecktem Körper darbot.

Doch statt seines Mundes legte sich eine starke Hand um ihren Hals. Sie gab ein ersticktes Keuchen von sich und riss die Augen auf.

„Bist du wahnsinnig?", fauchte er vorwurfsvoll, während er wütend ihr Handgelenk verdrehte. „Wenn du mit dem Feuer spielen willst, Prinzessin, dann schlage ich vor, du suchst dir eine andere Flamme. Ich beiße nicht, wenn du mir das Wortspiel verzeihst."

„Warum nicht? Es ist doch nur Nahrungsaufnahme, nicht wahr? Du hast ein Bedürfnis, und ich habe das, was du brauchst. Das ist doch ganz logisch."

„Logisch?" Immer ging es um Logik bei ihr. Immer war sie pragmatisch, alles war klar und hatte seine Ordnung. „Logik heißt, wenn ein Vampir wütend ist, Prinzessin, dann gehst du ihm am besten aus dem Weg, bevor er dir den Hals aufschlitzt!"

„Hunde, die bellen, beißen nicht", sagte sie spöttisch.

Damien hätte ihr am liebsten gezeigt, wie heftig ein Vampir zubeißen konnte, wenn er außer Kontrolle war. Das änderte allerdings nichts daran, dass er schon viel zu sehr litt unter der Erinnerung an ihren Geschmack und an ihre außergewöhnliche Würze und an deren Wirkung auf seinen Körper. Er hatte diese Erfahrung schon mehrmals mit einer Droge verglichen, und er merkte langsam, dass er schnell abhängig wurde.

Damien drehte sich um seine Achse und hob Syreena hoch und knallte sie so hart gegen den Schrank, dass sie das Gleichgewicht verlor. Alles drehte sich um sie herum. Ihr war schwindlig, und sie versuchte mit den Zehen auf dem Boden Halt zu finden, doch der Fußboden war so glatt, dass sie wegrutschte, und er hielt sie zu hoch, als dass sie mit den Fersen den Boden hätte berühren können.

Dann presste er sie mit seinem ganzen Gewicht mit dem Rücken gegen den Schrank. Es war eine Bestrafung, keine Umarmung, aber sie konnte nichts dagegen tun, dass sie sich trotzdem belohnt fühlte. So kalt ihr auch war, es bedeutete, dass sie seinen

Körper spürte, vor allem mit solcher Aggression, ein Stimulans für all ihre Sinne. Es kümmerte sie auch nicht, dass seine Hand ihr die Luft abschnürte. Sie hätte dem Einhalt gebieten können, doch in Wahrheit hatte sie keine Angst vor ihm, egal, wie heftig er sie beschimpfte und quälte. Sie wusste, dass er ihr niemals wehtun könnte.

Trotz seiner Grobheit, seiner bösen Worte und seinem Wüten hatte er nichts getan, was ihr wehgetan hätte.

Und jetzt musste sie wiedergutmachen, dass sie nicht besonders nett zu ihm gewesen war.

Sie wehrte sich zum ersten Mal gegen ihn, indem sie ihr Handgelenk befreite, während sie ihr Bein um sein linkes Knie schlang. Dann streckte sie das Bein ruckartig, sodass er den Halt verlor. Er fiel, wie erhofft, nach links, und sie fiel auf ihn.

Damien schlug mit dem Rücken auf, und ihr Gewicht presste seine Schultern gegen den glänzenden Fußboden. Als er die Füße aufstützen wollte, setzte sie sich auf seine Hüften, und ihre Hand fuhr ihm an den Hals und umklammerte ihn mit erstaunlicher Kraft. Selbst in seinem geschwächten Zustand war es eine Leistung, ihn auf solche Weise zu bändigen.

Bevor er ein Wort sagen konnte, bevor er auch nur einen Muskel bewegen konnte, um sie abzuwerfen, drehte sie seinen Kopf zur Seite und beugte sich über seine Brust. Sein Hals war ihrem Biss ausgesetzt.

Sie hatte gut aufgepasst, wie er feststellen musste, als ihr warmer, feuchter Mund sich auf die empfindlichste Stelle dieser erogenen Zone legte. Sie war wie ein Schock für seinen kalten Organismus, diese Wärme, aber es kam nicht so überraschend wie der Biss, der dann folgte.

Damien kämpfte mit seiner ganzen Willenskraft gegen die Reaktion seines Körpers an. Er würde nicht noch einmal auf diesen Trick hereinfallen. Er würde ihr nicht erlauben, ihn zu manipulieren, wie es ihr passte, nur um danach wieder ihre Meinung zu ändern und ihn verletzt zurückzulassen. Sie hatte schon zu viel Macht über ihn, und mehr würde er ihr nicht zugestehen.

Er streckte die Hand aus, packte sie an den Haaren und umschloss sie mit seiner Faust. Prompt versuchten die Strähnen ihm zu entschlüpfen. Sie keuchte und löste sich von seinem Hals und legte ihren Kopf in den Nacken.

Er hatte erwartet, dass sie sich dabei aufsetzen und von ihm ablassen würde. Stattdessen schmiegte sie sich mit ihrem ganzen Körper an ihn, und ihr langer Hals übertrug in verführerischer Weise ihren Puls auf ihn. Es war anders diesmal, weil es nicht absichtlich geschah. Die Wahrheit war, dass er sich ihrer Wirkung auf ihn nicht entziehen konnte.

Wütend auf sich selbst und auch auf sie, stieß er ihren sich an ihn klammernden Körper von sich herunter und schleuderte sie buchstäblich über den glatten Boden. Sie schlitterte fast durch den ganzen Raum, und durch die Reibung verbrannte ihre Haut an mehreren Stellen. Sie setzte sich auf und versuchte den Kopf zu schütteln, während er sich aufrappelte.

„Mach dich nicht lächerlich, Syreena! Du bist eine Prinzessin, um Himmels willen!"

„Oh, auf einmal ist das wichtig!", blaffte sie zurück, stand auf und ging direkt auf ihn zu. Sie näherte sich ihm so schnell und so aggressiv, dass Damien fürchtete, sie könnte ihn erneut berühren. Er wusste nicht, ob er das länger aushalten würde, also wich er zurück.

Zumindest, bis er an die Wand stieß.

So gefangen, packten ihre besitzergreifenden Finger sein Haar am Hinterkopf, und sie zog ihn zu sich herunter und drängte sich dabei mit ihrem ganzen Körper an ihn.

So kam sie an seinen Mund heran.

Sie küsste ihn nicht lange, aber mit einer Ernsthaftigkeit, die unmittelbar in seine Sinne und in sein Gedächtnis eindrang. Sie löste sich von ihm, legte ihm die Fingerspitzen auf die Brust und fuhr mit kaum verhohlener Leidenschaft mit ihren Fingernägeln über seine nackte Haut.

Er brüllte auf vor Wut und Schmerz und presste plötzlich wieder seinen Mund auf den ihren. Sie erwiderte den Kuss wild und feurig und mit ungeheurer Aggression. Damiens gesamte Welt geriet ins Wanken, als all diese Reize auf ihn einstürmten. Und er durchlebte eine Gratwanderung zwischen seinem zivilisierten und seinem unzivilisierten Ich.

Ihr Kuss war wild und ansteckend, er machte ihn willenlos und brach seinen Widerstand, und das wusste sie genau. Sie zog ihn an den Haaren, um ihren Mund von seinem zu lösen, und er gab einen erstickten Laut von sich, zwischen Bedauern, dass er ihre Lippen nicht mehr berührte, und Wut über ihren bewussten Übergriff.

Dann ohrfeigte sie ihn so fest, dass sein Kopf nach hinten flog.

Als er diesmal zurücksprang, um sie anzuschauen, geschah es mit einem Brüllen und mit hervorschießenden Reißzähnen. Er packte sie mit einem animalischen Zähnefletschen, und gemeinsam krachten sie gegen die Wand. Sie stieß einen Laut aus, als die Luft aus ihren Lungen entwich, doch er klang hörbar zufrieden und gar nicht empört.

Sie hatte ihn so weit gebracht, wie sie ihn haben wollte.

Zu weit.

Sie bemerkte ihren überwältigenden Erfolg, als er in dem blinden Versuch, ihre verletzliche Halsschlagader freizulegen, ihren Kopf zur Seite riss.

Im Bruchteil einer Sekunde hatte er die Zähne in den Hals

geschlagen und wieder herausgezogen, und ihr Blut rann heiß über seine Lippen und über seine Zunge. In dem Moment, als er damit begann, wusste sie, dass er nicht aufhören würde, bevor sein Hunger, unter dem er die letzten drei Tage gelitten hatte, gestillt war.

Sie griff nach seinen verkrampften Händen und legte sie auf ihren Körper, ertrug deren Kälte, während sie damit über ihre warme Haut fuhr. Sie führte sie zu ihren Brüsten und stöhnte auf, als er ihre Brustwarzen berührte, die augenblicklich hart wurden.

Das Gefühl, ihre Haut zu spüren, und dann auf einmal ihre üppigen Brüste, die sich in seine Hände schmiegten, wurde ihm trotz seines Hungers mit beinahe schmerzhafter Intensität bewusst. Es passte zu der betäubend erotischen Substanz, die über seine Zunge rann, und sein Körper wand sich in heftiger Erregung. Als seine Hände über ihre Haut glitten, stöhnte sie an seinem Ohr.

Er ließ eine Hand auf ihrer linken Brust, spürte ihr Gewicht und ihre Wärme und begriff, dass er sie schon lange so hatte berühren wollen, als wäre dieses Bedürfnis schon immer da gewesen. Die andere Hand glitt über ihr Brustbein, über den festen Bauch, beschrieb einen Bogen über ihre Rippen und glitt zu ihrer Hüfte hinab, über ihren hübsch geformten Hintern und noch weiter zu einem schlanken und kraftvollen Schenkel. Er nahm den Weg zurück, aber auf anderen Bahnen, während ihr Blut in ihn strömte, und ihm war, als würden Klangvibrationen all seine Nerven in Schwingung versetzen.

Als seine Hand über ihren Körper glitt, spürte sie, wie sie wärmer und schließlich richtig heiß wurde. Sie rieb sich an ihm, schmiegte sich an seinen Körper. Das unablässige Saugen ließ sie vor Genuss erschauern. Syreena glitt mit ihren Händen hinauf zu seiner Brust. Seine Haut war zart und unglaublich fest, und die Kälte ließ mit jeder Berührung von ihr nach.

Mit ihrem ganzen entblößten Körper spürte sie, wie die Temperatur sich veränderte, während sie sich an ihn schmiegte wie Wasser. Ihre Finger und ihre Handflächen zeichneten die Form seiner Muskeln nach, beginnend bei seiner Brust und weiter mit kreisenden Bewegungen. Die Lykanthropenprinzessin zeigte dem Prinzen, dass sie nicht genug bekommen konnte von seinen Berührungen. Ihre Hände glitten an seinem Rückgrat entlang und über den Hosenbund. Mit den Fingerspitzen fuhr sie über die straffe Rundung seines Hinterns und so weit an seinen straffen Oberschenkeln hinunter, dass sein saugender Mund sich nicht von ihrem Hals löste.

Damien hatte das Gefühl, als hätte sie ein Feuer in ihm entfacht, als würde er von Flammen verzehrt. Ihre Hände glitten weiter, legten sich um seine Hüften, dann glitten ihre leidenschaftlichen Finger tief in seine Hosentaschen, die Handflächen dem Körper zugedreht. Als sie ihn durch den dünnen Stoff berührte, drängte er sich an sie und grub seine Zähne ein zweites Mal in ihren Hals.

Syreena stöhnte auf, als ihr ein vertrautes Brennen durch den Hals fuhr und eine fremdartige Hitze ihre neugierigen Hände durchströmte. Er war höchst erregt, eine deutlich zu spürende drängende Härte, die nach ihrer Berührung verlangte. Sie zog die Hände aus den einengenden Taschen, und nachdem sie die Gürtelschlaufe an seinem Hosenbund geöffnet hatte, glitt sie mit einer begierigen Hand den sanft behaarten Pfad an seinem Unterleib hinab.

Damien löste schließlich seinen Mund von ihrem Hals und warf den Kopf mit einem wohligen Stöhnen zurück, als sich ihre Hand um ihn schloss. Diese Berührung war wie süßes Gift, und wieder schoss ein Schwall Hitze und Erregung durch ihn hindurch, und er packte ihren sich windenden Körper.

Damien und Syreena glitten an der Wand hinunter zu Boden. Syreena schlang sich irgendwie um ihn herum, und Damien hielt sich einfach an ihr fest. Er versuchte, sich von seinen Kleidern zu befreien, und er spürte, wie ihre Hände ihm dabei halfen, sich seiner engen Hose zu entledigen, bis er sie schließlich von sich schleudern konnte.

Sie lag auf dem Rücken, unter ihm, und genoss es, dass er schwer auf ihr lag. Sie schlang ihre Beine um ihn, strich mit den Fingern durch seinen Bart, über die Ohren, den Hals und den Rücken, und als sie ihm ihren Mund darbot, kam er ihrem Wunsch nach einem Kuss mit derselben heftigen Leidenschaft nach. Die Hitze versengte ihn jetzt fast, während sie immer wieder atemlos nach Luft schnappte, was ihr jedesmal einen Schauer über den Rücken jagte.

Er ließ sie wieder zu Atem kommen und glitt über ihren sündigen Leib, bis sein Mund jeden Zentimeter ihres nach Lavendel duftenden Körpers berührt hatte. Er glitt über Schultern und Hals, über die Innenseite der Handgelenke und der Ellbogen und über ihren köstlichen Bauch. Er knabberte kurz an ihren Hüften und glitt dann begierig zurück über ihren Bauch und über ihren sich heftig hebenden und senkenden Brustkorb. Dann schoss er unvermittelt hoch, um eine ihrer Brustwarzen mit seinen Zähnen zu packen und fest daran zu saugen, mit einem neuen, großen Hunger, und sie bäumte sich auf in unerwartetem Genuss.

Sie spürte das verräterische Kratzen messerscharfer Schneidezähne, das Kreisen seiner Zunge, die ihre Nippel umspielte. Sie schrie auf, und ihre Hände krallten sich in seine Schultern, während sie sich heftig wand.

Hmmm, da hat es jemand wohl gern ein bisschen pervers.

Der Gedanke von ihm huschte durch ihren Kopf und ließ sie in blinder Freude auflachen.

„Damien", stammelte sie heiser. „Verzeih mir. Bitte …"

Damien schloss kurz die Augen und küsste ihr Brustbein bis hinauf zu der kleinen Vertiefung an ihrem Hals. Dann hob er den Kopf und sah ihr in die Augen. Eine Mischung aus unbändiger Leidenschaft und Angst spiegelte sich darin. Er konnte das Adrenalin riechen, ein berauschender Duft unter dem Lavendel.

„Und wenn ich dir nicht verzeihe, Syreena?"

„Dann liebe mich einfach", bettelte sie leise. „Und wenn es nur das eine Mal ist. Es ist mir inzwischen egal. Ich weiß einfach, was ich will, und ich will dich."

„Welchen Teil von mir, Liebling?", fragte er und presste sich wieder an sie, sodass er heiß und hart durch die glitschige Feuchtigkeit vor ihrer heiligen Grotte glitt, die ihn ungeduldig erwartete. „Diesen Teil?"

„Damien!", stöhnte sie, und ihr suchender Körper erwiderte seine Annäherung mit jeder Bewegung.

Damien biss mit einem tiefen Stöhnen, das wild aus ihm herausbrach, die Zähne zusammen. Er stützte sie mit einer Hand auf den Boden, packte ihren Oberschenkel und tat das genaue Gegenteil von dem, was er eigentlich vorgehabt hatte.

Er hatte vorgehabt, sie zur Ruhe kommen zu lassen, weit weg von ihm, um die Antworten von ihr zu bekommen, über die sie sich noch nicht schlüssig war. Doch er musste feststellen, dass er das nicht konnte. Er konnte sie nicht verlassen und noch länger hier draußen verharren. Er stieß weiter vor, glitt durch einen Strom von Hitze und Feuchtigkeit, drang in eine Enge aus angespannten Muskeln ein, die sich noch mehr anspannten, als er so unerwartet in ihren Körper einbrach. Syreenas Hals bog sich, und ihre Schultern hoben sich vom Boden, als er diesen ungewohnten Vorstoß unternahm. Sie bemerkte, wie wenig sie über diesen Moment nachgedacht oder ihn sich vorgestellt hatte.

Für einen Mann, der keinen richtigen Blutkreislauf besaß, war es erstaunlich, wie er in ihr zu pulsieren schien. Er war gebaut, als wäre er dazu geschaffen, ihre Bedürfnisse zu befriedigen, es war wie eine verblüffende Lektion über die Macht des Schicksals, darüber, dass sie zusammenpassten wie die zwei Hälften eines perfekten Ganzen.

„Lieber Gott, ich muss verrückt gewesen sein", stöhnte sie, als sie sich in hemmungsloser Lust unter ihm wand.

Damien musste lächeln, er konnte das Empfinden ganz genau nachvollziehen. Sie war so kostbar, und sie war wie für ihn gemacht, und nichts von dem, was er tat oder fühlte, würde das jemals ändern können.

Er drang tiefer in sie ein, erregt davon, wie sie empfand und auch wie sie reagierte. Das Zusammenspiel ihrer Körper war die höchste Wonne. Er küsste sie innig und fing die überraschten Laute auf, die sie von sich gab, als er in sie hineinstieß. Ihre zupackenden Hände und die Begierde ihres Körpers waren fast unerträglich.

Fast.

Damien vergaß alles um sich herum, bis auf sie und ihren wilden kleinen Körper, der sich mit lustvollen Lauten unter dem Zauber, den er in ihr wirkte, wand. Langsam versuchte er herauszufinden, wie es ihr am besten gefiel, glitt ein wenig höher, als er merkte, dass sie es so am liebsten mochte.

Mit drei Stößen geriet sie von ungeheurer Lust in höchste Ekstase. Was er da mit ihr machte, hatte fast etwas Mystisches. Er war wirklich ein Zauberer, dachte sie benommen. Nur dass er nicht böse war und auch kein Feind. Es war wie im Märchen, gut und süß und rein.

Damien sah, wie ihre Augen sich schlossen und wie ihr Gesicht die Reaktionen widerspiegelte auf das, was er tat. Und während sein Körper sich mit jeder Faser ganz hingab, wusste er, dass er etwas Unvergleichliches erlebte.

Er liebte sie.

Er liebte sie wahnsinnig, und es veränderte alles um ihn herum.

„Syreena", sagte er mit rauer Stimme, er musste einfach ihren Namen aussprechen. „Süße Syreena."

Je tiefer er in sie eindrang, desto mehr hatte er das Gefühl, ein Teil von ihr zu werden. Wenn es möglich war, ein anderes Wesen wirklich in Besitz zu nehmen, dann tat sie das mit ihm. Alles an ihr vereinigte sich mit ihm.

10

Damien erwachte schlagartig, überrascht, dass er überhaupt eingeschlafen war.

Als Erstes bemerkte er, dass Syreena nicht mehr in seinen Armen lag.

Sie lag verkehrt herum auf ihm, und zu seinem Vergnügen hatte sie sich im Bett irgendwie so gedreht, dass ihr Fuß sich an seinen Hals schmiegte. Er hob leicht den Kopf und sah sie an. Er hatte einen erregenden Blick auf ihren Hintern und bemerkte, dass seine Füße und seine Knöchel von ihrem braunen und grauen Haar bedeckt waren. Irgendwie hatte sich die Decke um ihren Rücken und um seine Schenkel gezwirbelt und sie miteinander verbunden wie seltsame siamesische Zwillinge.

Er fühlte sich glücklich, einfach nur weil sie da war, und küsste sie auf die Fußsohle.

Sie zuckte im Schlaf, schmiegte sich an ihn und schlief dann wieder mit gleichmäßigen Atemzügen weiter.

„Oh, das ist doch ein Witz", flüsterte er in den stillen Raum hinein und biss sich auf die Lippen, um nicht laut aufzulachen.

Er griff erneut nach dem Fuß und bohrte einen Finger in den Spann. Damien musste ausweichen, um nicht einen Tritt an den Kopf zu bekommen.

Syreena, die Erbin des Lykanthropenthrons, war kitzlig.

Er konnte nicht widerstehen und tat es noch einmal.

„Wenn du noch einmal meinen Fuß anfasst, reiß ich dir den Kopf ab", brummelte es plötzlich zwischen den Laken hervor.

„Zu fein, um sich kitzeln zu lassen, Prinzessin?", neckte er sie und ignorierte ihre Warnung, indem er erneut ihren Fuß packte.

Syreena schrie auf, versuchte ihn wieder zu treten und rollte auf einmal hellwach herum.

„Ich warne dich!", rief sie.

Um ihm zu entkommen, glitt sie aus dem Bett und auf den Fußboden. Damien wagte es, über den Rand zu schauen.

„Komm schon, schmollen schickt sich nicht für eine Prinzessin."

„Und ein blaues Auge schickt sich nicht für einen Prinzen", erwiderte sie scharfzüngig und warf ihr Haar zurück, während sie sich aufsetzte. „Du bist kein sehr rücksichtsvoller Bettgenosse", beklagte sie sich.

„Ich habe letzte Nacht keine Klagen gehört", murmelte er und sah sie mit einem Lächeln und mit einer hochgezogenen Braue an.

„Wahrscheinlich weil du zu laut geschnarcht hast, als dass du sie gehört hättest." Sie lachte, als er sie mit gerunzelter Stirn ansah. „Was? Zu fein, um zu schnarchen, Prinz?"

„Warum fühle ich mich wie ein Schäferhund, wenn du in diesem Ton *Prinz* sagst?"

„Wenn du dir den Schuh anziehst …"

Sie erhob sich und schüttelte ihr Haar. Dann stieg sie wieder ins Bett und setzte sich vor ihn hin, damit sie seinen belustigten Ausdruck betrachten konnte.

„Du weißt, dass ich das noch nicht bedacht habe …" Sie verstummte, als müsse sie überlegen.

Damien ließ sich nicht täuschen. Er wusste, wann ihm eine Falle gestellt wurde.

Doch er war nachsichtig.

„Was bedacht?"

„Ich habe nicht bedacht, dass du witzig sein könntest. Ich dachte, Sex wäre hier mein einziges Vergnügen."

„Verstehe. Ich nehme also an, du kannst dich glücklich schätzen. Aber ich …"

Syreena grinste, als er sie mit ihren eigenen verbalen Tricks neckte. „Aber du?", forderte sie ihn auf.

„Ich glaube, ich bin der Glücklichere."

Die Antwort war überraschend ernst und traf sie unvorbereitet.

„Wie siehst du das?", fragte sie und blickte ihn nicht an, während sie abwesend mit den Fingern über das Laken strich.

„Weil mir noch nie jemand sagen konnte, dass ich schnarche, und ich bin entzückt, es zu hören."

Syreena blickte betroffen drein. „Wie kann das sein?"

„Weil ich nicht die Angewohnheit hatte zu schlafen, wenn jemand anders dabei war. Nenn es ein vampirhaftes Vertrauensproblem."

Syreena konnte die Wirkung dieser Bemerkung ganz deutlich spüren, denn das bedeutete, dass sie mit zahlreichen Annahmen falschgelegen hatte. „Darüber habe ich noch nie nachgedacht."

„Ich musste immer darüber nachdenken. Ich mag meinen Kopf lieber fest auf den Schultern sitzen haben. Ich hätte ihn längst nicht mehr, wenn ich jemandem so leicht vertrauen würde."

„Aber Jasmine …?"

„Jasmine?" Er grinste. „Jasmine würde lieber bei Tageslicht nackt herumlaufen, als neben jemandem wie mir zu schlafen. Sie ist viel klüger als du."

„Den Eindruck habe ich auch." Sie beugte sich über seine Brust, bis sich ihre Nasenspitzen fast berührten.

„Kann ich dich etwas fragen, ohne dass du gleich aus der Haut fährst?"

„Du hast mir gerade sexuelle Absichten mit einer anderen Frau unterstellt. Was sollte mich da noch aus der Fassung bringen?"

„Kann ich sie wiederhaben?"

Damien blinzelte einen Moment lang fragend, dann erschien langsam ein verstehendes Lächeln auf seinem Gesicht. „Ich dachte, du hättest es nicht gemerkt."

Sie lachte und streckte die Hand aus.

Gold und Mondsteine glitten in einem glitzernden Häuflein in ihre Hand.

Jasmine saß, ein Bein über der Sofalehne, das andere auf einem niedrigen Tischchen, im großen Salon und blätterte langsam in einem leicht stockfleckigen Buch, das breiter war als ihre Hüften und mehr als zwei Handbreit dick.

„Ist das aus der Bibliothek?"

Jasmine blickte auf, als Syreena sich an sie wandte, und musterte die Prinzessin abschätzig. Die Lykanthropin trug eines von Damiens Seidenhemden, das ihr bis zu den Knien reichte. Sie war nicht sehr groß, wie Jasmine feststellte. Sie konnte nicht verstehen, wie Syreena jemals einen Kampf für sich entscheiden konnte; trotzdem galt sie als eine Art Expertin für Lykanthropenkampftechniken.

Doch Jasmine ließ sich nicht beeindrucken. Angesichts der Tatsache, dass die Lykanthropen in den letzten drei Jahrhunderten während des Krieges mit den Dämonen stets auf der Verliererseite gestanden hatten, musste das nicht unbedingt etwas heißen.

Die Vampirin hatte Syreenas Anwesenheit im Haus gleich nach der Rückkehr von ihrem letzten Besuch in der Schattenwandlerbibliothek bemerkt. Nach der Kleidung zu urteilen, die sie trug, und nach dem lauten Gelächter, das zuvor aus Damiens

Schlafzimmer gedrungen war, konnte sie davon ausgehen, dass die beiden sich versöhnt hatten. Doch auch das beeindruckte sie nicht. Jasmine war froh, dass Damien jetzt glücklich war, doch die Erinnerung daran, wie verzweifelt er gewesen war, war noch zu frisch, als dass sie ihr einfach vergeben konnte.

„Ja genau. Deine Schwester hat vor ein paar Tagen einen Bibliothekar geschickt, also dürfen wir jetzt ausgewählte Bände mitnehmen. Es ist einfacher, in vertrauter Umgebung zu lesen, ohne die vielen Fremden um einen herum."

„Ach? Wen hat sie geschickt?"

„Ein sexy kleines Ding", sagte Jasmine lächelnd. „Dunkel und hübsch, mit einem Schönheitsfleck auf dem Hals." Jasmine lächelte, als sie die Wirkung ihrer Worte bemerkte.

„Jinaeri", sagte Syreena nachdenklich. „Verstehe."

„Wenn es dir nichts ausmacht, ich wollte mich gerade hineinvertiefen."

Jasmine wandte sich wieder dem Buch zu, ohne auf eine höfliche Antwort zu warten, und blätterte um, obwohl sie die Seite noch nicht zu Ende gelesen hatte.

Syreena war nicht schwer von Begriff. Sie wusste, dass Jasmine sie nicht mochte. Normalerweise wäre ihr das egal gewesen. Aber Jasmine war wichtig für Damien, also konnte ihr das kaum egal sein. Doch die Situation zu entspannen, dazu wäre später noch Zeit, also überließ sie die andere ihrer Lektüre.

Sie schlenderte weiter durch das riesige Haus, das Damien sein Heim nannte. Die Fenster waren alle schwarz getönt, bis auf die in der Bibliothek und der Küche; die waren aus Buntglas. Sie verstand das mit der Küche, weil sie die so gut wie gar nicht nutzten und weil das farbige Licht, das hindurchschimmerte, zwar schwach war, aber ausreichte, falls jemand dort etwas zu tun hatte.

Bevor sie das Schlafzimmer verlassen hatte, hatte Damien

sie noch davor gewarnt, die Bibliothek zu betreten. Die Fenster waren zwar aus Buntglas, nicht jedoch die Balkontüren, die ins obere Stockwerk führten. Sie benutzten diesen Raum nur nachts, weshalb Jasmine im Salon las.

Abwesend betastete die Prinzessin ihre Halskette. Anders als ihre Schwester kannte sie das Geheimnis, wie man sie wieder anlegte. Sie sollte es eigentlich erst erfahren, wenn sie heiratete, doch sie hatte es heimlich in einem Handbuch gelesen, von dem sie glaubten, sie hätten es gut vor ihr versteckt. Sie wusste nicht, wie man die Kette abnahm. Doch jetzt brauchte sie einfach nur Damien darum zu bitten.

Sie hatte geglaubt, dass sie sich unendlich erleichtert fühlen würde, nachdem sie den Beweis mit dem Abnehmen der Halskette bekommen hatte, doch das war nicht so. Dabei war sie bestätigt worden, und davon war sie ja auch ausgegangen. Nein, sie fühlte sich nicht erleichtert, weil sie ihre Überzeugungen aufgegeben hatte. Sie ging davon aus, dass Damien das gewusst hatte und dass das der Grund war, weshalb er sie ihr abgenommen hatte, als sie schlief. Er hatte gewartet, bis es nichts mehr damit zu tun hatte, ob sie einander erwählten.

Nun, die Entscheidung war gefallen. Es gab jetzt kein Zurück mehr für sie. Obwohl es noch ein paar Zeremonien zu vollziehen galt, um es offiziell zu machen, hatte Damien sich in dem Moment, als er ihr Jungfernhäutchen durchstoßen hatte, mit ihrer Seele vereint.

Als ob der körperliche Akt irgendetwas damit zu tun hätte, sinnierte sie belustigt. Seine Seele hatte die ihre schon lange vorher erobert. Seine Seele und seine Weisheit und die richtigen Worte. Seine sanften Berührungen und sein Verständnis. Wie sie sich hatte dagegen sträuben können und warum, war ihr jetzt ein völliges Rätsel.

Sie seufzte und schaute sich in der Küche nach etwas Essbarem um, wobei sie sich keine großen Hoffnungen machte, da sie sich im Haus eines Vampirs befand.

Es war kräftezehrend gewesen.

Zum Glück funktionierte sie auch mit schwächerer Blutversorgung, nachdem sie letzte Nacht seinen Hunger gestillt hatte, doch er hatte auch seine Ausdauer und seine Unersättlichkeit unter Beweis gestellt und wurde damit seinem Ruf gerecht. Er hatte sie während der dunklen Stunden mehrmals geweckt und sie mit der gleichen Intensität geliebt wie beim ersten Mal. Obwohl er das letzte Mal, als er Blut von ihr gesaugt hatte, keine Schmerzen gehabt hatte, hatte er es kein weiteres Mal getan. Sie hatte irrtümlich gedacht, dass es ein wichtiger Teil des Liebesaktes mit einem Vampir sei, etwas, woran sie sich wegen der starken erregenden Wirkung und wegen der ungeheuren Erotik leicht gewöhnen konnte. Doch seine Leidenschaft hatte die höchsten Höhen erreicht, egal, was er mit ihr tat oder nicht tat. Sie hatte nicht gewusst, dass ein Körper auf so vielfältige Weise stimuliert werden konnte.

Dagegen verblassten alle Lektionen über Sex oder über Sexualität.

Besonders war in dem Handbuch nicht erwähnt worden, wie wund er einen machen konnte. Es war eine körperlich anspruchsvolle Übung, eine Herausforderung selbst für ihren athletischen und gut trainierten Körper.

Sie stellte fest, dass es nicht einmal einen Kühlschrank in der Küche gab. Nicht einmal ein Eisfach. Sie gab einen bestürzten Laut von sich.

„Hast du Hunger, Kleines?“

Ruckartig drehte sie sich um. Damien war noch nicht wieder ganz bei Kräften, und trotzdem hatte er seine besondere Veranlagung schon genutzt. Er hatte sich angeschlichen, ohne dass sie auch nur einen Hauch im Nacken gespürt hätte.

„Du musst mir zeigen, wie du das machst", sagte sie neidisch, als er näher kam und seinen muskulösen Arm um ihre Taille legte. Er zog sie fest an sich und drehte sie leicht, als er sich hinunterbeugte, um ihr Schlüsselbein unter dem offen stehenden Hemdkragen zu küssen.

„Es ist ein mentaler Trick, und ich bin gespannt, ob du ihn eines Tages auch beherrschst. Das traue ich dir glatt zu."

„Ich mir auch", stimmte sie selbstgefällig zu, und er musste lachen.

Sein Gelächter vibrierte an ihrem Körper, und sein Mund, der über ihren Hals und über ihren Nacken fuhr, verursachte ihr eine Gänsehaut. Sie kicherte, als seine Barthaare über ihre kalte Haut glitten, und sie entzog sich der direkten Berührung seines Mundes.

„Ich habe dich gewarnt!", schalt sie ihn und stemmte sich gegen seine Brust, als er sie nicht loslassen wollte.

„Du bist also nur dann nicht kitzlig, wenn ich dich beiße", schloss er mit einem hinterhältigen Blitzen in den Augen.

„Du bist mir ja ein schöner Vampir. Oooh. Pass bloß auf! Der Vampirprinz kitzelt dich vielleicht auf qualvolle Weise zu Tode!" Sie schlug die Hand vor den Mund und riss die Augen auf wie eine Stummfilmdiva. „Rettet mich!"

„Hat dir schon mal jemand gesagt, dass du eine Querulantin bist?", fragte er trocken und zog die Hand von ihrem Mund weg.

Er beendete den Schlagabtausch, indem er sie mit einem Kuss zum Schweigen brachte. Der Kuss war genauso erregend wie beim ersten Mal. Nur dass sie inzwischen geschickter geworden war. Innerhalb einer Minute hatte Damien es geschafft, dass ihre Körper miteinander verschmolzen, als wäre sie aus weichem, formbarem Lehm und als könnte er sie seiner eigenen Gestalt perfekt anpassen. Obwohl sie sich vollkommen entspannt fühlte, war ihr Kuss beinahe aggressiv. Syreena wusste genau, was ihm gefiel. Ein Lecken. Ein Knabbern. Ein unvergleichlicher Hunger nach ihm, der so heftig und so hemmungslos war, dass es ihn umhaute.

Als er sich endlich von ihrem heißen kleinen Mund lösen konnte, lag sie an ihm wie eine zweite Haut, ein Bein um ihn geschlungen, die Arme um seinen Rücken und um seine Schultern, und ihr ganzer Körper klebte an ihm wie ein Magnet.

„Syreena", sagte er mit sanfter Fürsorge, als er ihr Gesicht an seinen Hals bettete.

Syreena kannte jedes nonverbale Gefühl, das sein Tun begleitete. Sie fühlte genau das Gleiche.

„Ich habe so ein Glück", flüsterte sie. „Ich weiß das jetzt. Von nun an werde ich immer den Weg zu dir zurückfinden, Damien. Ich weiß, dass deine Küsse, deine Berührungen und deine liebevolle Zuwendung immer geduldig auf mich warten, so wie ich dich immer in meinem Herzen tragen werde." Sie küsste ihn mit solcher Innigkeit auf den Hals, dass es sich anfühlte wie eine helle Glocke in seinem Geist. „Falls du mir tatsächlich wehgetan hast – und glaub mir, ich weiß, dass ich es sehr wohl verdiene, nach allem, was du durchgemacht hast –, aber wenn es je ein Missverständnis zwischen uns gäbe, dann würde ich zu dir kommen oder auf dich warten oder was ich sonst tun müsste, um es wiedergutzumachen."

Damien schluckte, so gerührt war er. Sie machte ihm ein Geständnis, das sie ihm gegenüber womöglich schwächen und das ihm die Macht geben konnte, sie zu einer Sklavin ihrer Gefühle und ihrer Versprechen zu machen. Es war ein Vertrauensbeweis von ihr, den er nicht erwartet hatte. Die Zeit würde noch mehr tiefe Verbundenheit schaffen; Zeit und Vertrauen. Zweifellos mussten sie angesichts ihrer sehr unterschiedlichen Lebensweise noch eine Menge übereinander lernen, und das erforderte viel gegenseitiges Verständnis.

Sie hatte stets eine klare Meinung gehabt und sie ohne Furcht geäußert. Sie hatte sich nur nie darüber geäußert, was sie selbst wollte. Jetzt, wo sie es getan hatte, jetzt, wo er es war, den sie wollte, würde er nichts mehr dagegen tun können. Er war jetzt unwiderruflich mit ihr verbunden, sein Schatten haftete sozusagen an ihren Füßen, und er konnte sich nicht vorstellen, dass er sich je wieder von ihr lösen könnte und dass er diese Trennung überleben würde.

„Ich würde dich nie bestrafen", sagte er mit leisem Tadel. „So kleinmütig kann ich gar nicht sein."

„Ich weiß. Ich sage ja auch nur, dass ich es verdiene. Ich kann mir nicht vorstellen, dass wir uns nie streiten werden. Ich weiß, dass es irgendwann einmal eine Meinungsverschiedenheit geben wird. Vielleicht sogar eine ernste. Wenn ich glauben würde, dass alles eitel Sonnenschein und toller Sex wäre, wäre ich ziemlich naiv und dumm."

„Du bist keins von beiden", versicherte er ihr mit einem Grinsen.

„Damien", mahnte sie ihn und rieb sich an seinem Körper. „Damien, ich habe Hunger."

Seine Hand streichelte weiter die Rundung ihres Hinterns und glitt unter das Hemd, um ihre nackte Haut zu spüren.

Seine Hände und seine schrecklich geschickten Finger waren tödlich, stellte sie fest. Die Anmut, mit der er sich immer bewegte, gab auch seinen Berührungen einen gleichmäßigen Fluss. Es war hypnotisierend, und es machte süchtig. Fünf Minuten lang gab sie sich dem Zauber hin, bevor sie erneut protestierte.

„Damien …“

In diesem Moment fuhr er unter dem Hemd mit beiden Händen über ihren Bauch. Er spreizte die Finger auf ihrer warmen, glatten Haut und ließ seine Hände langsam hinauf zu ihren Brüsten wandern, über ihre harten Brustwarzen, zu ihren Schultern und zu ihrem Hals und dann in ihr Haar.

Als er den Weg umgekehrt machte, stöhnte sie leise, und ihr Atem ging stoßweise, und sie spürte die betäubende Wirkung der Hyperventilation.

„Ich habe auch Hunger“, flüsterte er und hielt inne, um an ihrem Ohrläppchen zu spielen und dann an der empfindlichen Stelle dahinter. „Ich glaube, mein Appetit auf deine Delikatessen wird nicht zu stillen sein, Liebling.“

„Den Eindruck habe ich langsam auch“, erwiderte sie atemlos.

Als seine Hände wieder an ihrem Hintern angelangt waren, packte er sie und zog sie an seinem Körper nach oben. Er wandte sich zu einer Arbeitsfläche um und setzte sie darauf, während er zwischen ihre Knie glitt. Er zog sie fest an sich, und seine Hände streichelten sie noch immer, doch diesmal ließ er sie über ihren Bauch und ihren Nabel nach unten wandern zu der sanftesten und seidigsten Haut, die er sich vorstellen konnte. Sie wand sich kurz, doch er hatte sie fest um sich geschlungen.

Seine Finger glitten in die honigartige Wärme, die unter seinen geschickten Fingern immer feuchter wurde. Syreena keuchte, ein wohliger Laut, und er lächelte wissend.

„Dann wollen wir mal deinen Hunger stillen, Prinzessin“, spöttelte er.

Sie lachte, halb belustigt über seine Schadenfreude, halb als Reaktion darauf, wie unglaublich er ihr Lustzentrum stimulierte.

„Funktioniert nicht?“, fragte er. „Dann können wir ja mal schauen, ob der Geist über die Materie triumphiert.“

Seine freie Hand schloss sich um ihren Nacken und hielt ihren Kopf so fest, dass sie ihm tief in die Augen schauen musste. Syreenas Pupillen weiteten sich, als sie spürte, wie er in ihre Gedanken und in ihre Wahrnehmung eindrang. Einen Augenblick lang fühlte es sich an, als würde er in ihren Kopf kriechen. Doch innerhalb von dreißig Sekunden hatte sich sein Bewusstsein an ihres und an ihre Gedanken angepasst.

Sie erbebte und stöhnte vor Wonne. Damien stürzte sich auf ihren Mund und dämpfte ihre lauter werdenden Lustschreie mit dem Spiel seiner Zunge. Er verschmolz Berührung, Kuss und Gedanken in eins und versetzte sie damit in einen Zustand der Schwerelosigkeit. Er hielt keinen Moment inne, als er sich seiner Kleider entledigte und sanft in die bebende Öffnung ihres heißen Körpers eindrang.

Sie schrie auf, gedämpft von seinem Mund, der ihre Lippen verschloss, und klammerte sich so fest an ihn, dass ihre Nägel sich in seine Haut bohrten. Er wollte diesen Gipfel der Lust noch nicht verlassen und steuerte ihren Körper so, dass sie beide meinten, sie könnten dieses ungeheure Hochgefühl die ganze Zeit beibehalten, während er sie schnell und stürmisch liebte. Ihr wildes Stöhnen und ihr Pulsieren zerrten an ihm wie ein heftiger Strudel, der alles gnadenlos in sich einsaugen wollte. Er stöhnte heftig und wurde mit seinen schneller werdenden Stößen immer lauter.

Syreena konnte nicht einmal mehr Luft holen, um zu schreien. Sie hatte sich in stummer Glückseligkeit zurückgebogen. Mit einer plötzlichen ekstatischen Bewegung, so als wollte er noch tiefer in sie eindringen, um seiner Seele Befriedigung zu verschaffen, erreichte er den intensiven Höhepunkt, den er so herbeigesehnt hatte.

Syreena konnte endlich wieder Atem schöpfen und schreien,

als er sie auf einmal aus diesem mentalen Höhenflug und aus der Erfüllung entließ. Ihr ganzer Körper zuckte unter seinem festen Griff, und er hielt sie an sich gepresst, um sie aufzufangen. Sie war glitschig vom Schweiß, also war das nicht so einfach. Glücklicherweise beruhigte sie sich bald, wurde plötzlich schwer und sank nach vorn gegen ihn. Sie rang nach Luft, begleitet von einem ungläubigen Kichern.

Und sie musste noch mehr lachen, als er sie von der Arbeitsplatte herunterhob und sie sichtlich ermattet auf eine Bank in der Frühstücksecke fielen.

„Hübsche Ecke", kicherte sie.

„Hübsche Ritze", erwiderte er und zuckte lüstern mit den Brauen.

Syreena lachte so laut, dass sie beinahe von seinem Schoß gefallen wäre.

Im Flur direkt neben der Küchentür stand Jasmine an die Wand gelehnt. Sie hatte sich abgewandt, als Damien sich umdrehte, weil er sie sonst entdeckt hätte. Er war so gefangen von seinem neuen Spielzeug, dass er sie überhaupt nicht bemerkte.

Jasmine erkannte allmählich, dass sie einen hohen Preis für das Glück des Monarchen zahlte. Vielleicht nicht gleich, aber irgendwann wäre sie gezwungen, sein Gefolge zu verlassen. Die Wahrheit war, dass sie viel zu sehr an seinem Glück interessiert war, als dass ihre Eigeninteressen gezählt hätten. Die Lykanthropin war in ihr Leben eingebrochen und hatte innerhalb von Sekunden alles verändert.

Sekunden, verglichen mit ihrer fünfhundert Jahre währenden Freundschaft.

Und trotzdem würde Jasmine nicht gegen sie ankommen.

Jasmine wünschte, sie hätte den Mut, sie auszustechen, doch

wieder kamen ihr die Gefühle für Damien dazwischen. Wenn sie bleiben würde, würde es irgendwann zum Streit mit Syreena kommen, wahrscheinlich zu einem sehr üblen Streit. Damien liebte Jasmine, doch er war sichtlich verliebt in die kleine Lykanthropenmaus. Das bedeutete, dass die beiden Frauen mit allem, was sie einander antaten, letztlich nur ihn verletzten.

Und das war nicht hinzunehmen.

Jasmine wischte sich eine Träne ab, die sie nicht hatte unterdrücken können.

Was sollte sie nur ohne ihn tun?

Damien ging durch das stille Haus auf der Suche nach Jasmine. Syreena war losgezogen, um etwas zu essen zu besorgen, sie hatte allerdings versprochen, dass sie bald zurück sein würde. Er hatte Jas zuvor im Salon gesehen, doch ein Blick in den Raum verriet ihm, dass sie nicht mehr da war. Er folgte seinen Sinnen in den Keller. Der Keller, den man aus dem harten Fels herausgesprengt hatte, war eine sichere Gruft für den Fall, dass sie das Bedürfnis hatten, geschützt zu schlafen. Es gab nur einen Eingang, der für das menschliche Auge nicht wahrnehmbar war. Es bedurfte außerdem großer Kraft, das Steinportal, das hineinführte, zu öffnen.

Er war enttäuscht, als er feststellen musste, dass Jasmine beschlossen hatte, dort drin zu schlafen. Er begriff, dass es wahrscheinlich an dem ungewohnten Gast auf ihrem Anwesen lag, und er wusste auch, dass er an ihrer Stelle sehr wahrscheinlich dasselbe getan hätte.

Trotzdem konnte er nichts dagegen tun, dass ihn ein Anflug von Traurigkeit überkam. Doch es ging schnell vorüber, und Damien beschloss, sie schlafen zu lassen. Sie hatten später noch genug Zeit, über die Situation zu sprechen.

Er kehrte ins Erdgeschoss zurück und verschloss den verborgenen Treppenzugang zum Keller wieder. Die Häuser in Kalifornien hatten selten einen Keller. Es war unpraktisch, wo sich die tektonischen Platten fortwährend verschoben. Niemand würde je nach einem solchen Ort suchen, geschweige denn nach einem verborgenen. Hinzu kamen die schweren Riegel auf der anderen Seite, die es nahezu unmöglich machten, ihn zu entdecken.

Damien ging zurück in den Salon und setzte sich auf den Platz, wo Jasmine zuvor gesessen hatte. Auf dem Tisch vor ihm lag das Buch, das sie gerade las. Im Laufe der ganzen Ereignisse hatte er die Bibliothek beinahe vergessen. Ihm wurde bewusst, dass er bisher noch keine Gelegenheit gehabt hatte, auch nur ein einziges Buch aus der riesigen versteckten Schattenwandlerschatzkammer zur Hand zu nehmen.

Als er sich den Grund für seine Ablenkung ins Gedächtnis rief, musste er über sich selbst lächeln. Er stand auf und verließ den Raum, ohne das Buch anzurühren. Sein Bedürfnis, zu duschen und sich umzuziehen, bevor Syreena zurückkam, war größer.

Jasmine wartete, bis Damien unter der Dusche stand.

Sie ging zu dem Buch, das er nicht angerührt hatte, und nahm es schützend in ihre Arme.

Der Band war dreimal so alt wie Damien, und er enthielt Antworten auf zahlreiche schwierige Fragen. Ja, diese Fragen wurden wahrscheinlich in den anderen Büchern der Schattenwandlerbibliothek wiederholt beantwortet, nur dass Damien dort wahrscheinlich nicht so bald auftauchen würde. Er schien an solchen Informationen nicht länger interessiert zu sein, also musste sie diese auch nicht mit ihm teilen. Wenn er sie direkt gefragt hätte, wäre das etwas anderes. Vorerst würde sie das antike Kompendium an sich nehmen.

Was Damien nicht wusste, konnte ihm hoffentlich nicht wehtun.

11

Es herrschte Dämmerung, also war es sicher für Syreena, unterwegs zu sein.

Sie war nicht vertraut mit der Umgebung, doch es war nicht schwer, den Straßen der Menschen zu der ziemlich großen Küstenstadt mehrere Kilometer entfernt zu folgen.

Es wäre schneller gegangen, wenn sie nicht gezwungen gewesen wäre, zu Fuß zu gehen.

Damiens wunderbare Wandlungsfähigkeit beinhaltete, dass sich auch seine Kleidung anpasste, je nachdem, welche Gestalt er annahm. Da die Lykanthropen nicht so begünstigt waren, blieb Syreena nichts anderes übrig, als zu Fuß zu gehen, wenn sie später beim Einkaufen nicht nackt dastehen wollte. Und natürlich wollte sie auch keine Aufmerksamkeit erregen. Daher hatte Damien sie gezwungen, etwas von Jasmine anzuziehen. Die Vampirin schien nicht gern Kleider zu tragen. Syreena fühlte sich ein wenig eingeengt in der Seidenbluse und den Kniehosen, ganz abgesehen davon, dass Jasmine ein ganzes Stück größer war als sie.

Nachdem sie sich wieder erholt hatte, kam die Prinzessin mit ihrem federnden Schritt gut voran. Kurz nachdem sie die hektische Küstenstadt erreicht hatte, wurde ihr wieder bewusst, weshalb sie menschliche Behausungen und Metropolen mied.

Es waren einfach viel zu viele.

Es erdrückte sie jedes Mal. Wahrscheinlich, weil sie sich nicht oft in einer solchen Umgebung aufhielt und so auch nicht die

Möglichkeit hatte, sich daran zu gewöhnen. Wäre sie eine Mistral gewesen, hätte sie wahrscheinlich aus Angst auf der Stelle einen Herzinfarkt bekommen. Für eine Spezies, die drei Leute schon als Menschenmenge empfand, musste das ein Albtraum sein.

Wenn sie daran dachte, wie sehr die Menschheit allein zu ihren Lebzeiten angewachsen war, war es Syreena schleierhaft, wie die Schattenwandler es schaffen wollten, weiterhin in völliger Abgeschiedenheit zu leben. Selbst nicht besiedelte Gebiete, die von den Menschen in ihrem ursprünglichen Zustand belassen worden waren, wurden von Wissenschaftlern und von Touristen überrannt. Die Mönche hatten stets geglaubt, dass die Natur einen Weg finden würde, ein natürliches Gleichgewicht herzustellen, doch sie hatten der Zerstörung nie etwas entgegensetzen können. Siena war etwas pragmatischer als Damien und Noah, wie sie vermutete. Siena hatte schon vor langer Zeit für den Erwerb des Waldgebiets gesorgt, auf dem sich die Stadt und ein großer Teil des Lykanthropenterritoriums befanden. Was nicht in ihrem Besitz war, gehörte zu öffentlichen Parks oder war im Besitz der Regierung.

Was wird die Schattenwandler davor bewahren, das Schicksal der Arten zu erleiden, die den Planeten für immer verlassen haben?, fragte sie sich. Zumindest in Russland hatten die Politik und strenge Winter dafür gesorgt, dass die Tundra und andere Gebiete nicht erschlossen wurden. Trotzdem verschwanden Arten wie der sibirische Tiger rasch aus diesen Regionen. Wenn etwas so Schönes wie eine Unterart des Tigers so einfach missachtet und sinnlos ausgerottet wurde, was würde dann die Schattenwandler, die den Menschen gefährlich und nutzlos vorkamen, schützen?

Menschen hatten offensichtlich nicht die gleiche Wertschätzung für Schattenwandler wie diese für die Menschen. Die Jäger, die Damiens und Syreenas Völker heimsuchten, waren ein Beispiel dafür. Die einzige Waffe der Schattenwandler war ihre Stärke. Unglücklicherweise war diese eingeschränkt durch das Tageslicht, was sehr leicht ausgenutzt werden konnte. Das wurde noch verschlimmert durch die jahrhundertealten Mythen der Menschheit. Es war ein Körnchen Wahrheit in diesen seltsamen und gewalttätigen Erzählungen, wie Damien einmal gesagt hatte. Genug Wahrheit, um schrecklichen Schaden anzurichten.

Ihr war nicht ganz klar, warum sie sich über diese Dinge Gedanken machte. Als sie schließlich den Supermarkt betrat, wurde ihr bewusst, dass sie zum ersten Mal über ihre Zukunft nachgedacht hatte. Ihre Gedanken hatten sich bisher stets nur um das gedreht, was andere von ihr erwarteten. Dieser Radius hatte sich vor fünfzehn Jahren um Siena erweitert. Und obwohl sie Siena dabei half, ihr Volk zu regieren, tat sie es nicht mit derselben Leidenschaft wie ihre Schwester. Sie benutzte ihren Verstand, um die besten Entscheidungen für die Lykanthropen zu treffen. Siena benutzte ihren Verstand und ihr kämpferisches Herz. Syreena war überzeugt davon, dass sie aus diesem Grund nie so eine Königin sein konnte wie ihre Schwester.

Jetzt übten auch Damien und, wie sie zugeben musste, auch noch andere Einfluss auf sie aus, und das bereitete ihr noch mehr Sorgen. Weil sie ein unverzichtbarer Teil von ihr geworden waren, konnte sie nicht anders, als sich auch um deren Sicherheit Sorgen zu machen. Sie war nicht kalt, wie viele dachten; sie war nur unerfahren im Umgang mit gewissen Gefühlen.

Etwas, das sie ganz schnell wettzumachen schien, dachte sie mit einem Lächeln.

Syreena schnappte sich einen kleinen Einkaufskorb und ging durch den Supermarkt. Elektrischer Strom und Kühlmöglichkeiten waren etwas, das sie in den letzten Jahren mehr und mehr vermisst hatte. Lykanthropen liebten modernen Komfort und dergleichen Annehmlichkeiten, selbst wenn sie in Höhlen lebten, doch seit sich Botschafter der Vampire und der Dämonen am Hof der Lykanthropen aufhielten, hatte Siena angeordnet, alles auf Gasbeleuchtung umzustellen und die technischen Errungenschaften zu entfernen. Die Wesenszüge der beiden Gruppen vertrugen sich nicht mit Technologie, egal auf welchem Niveau. Es gab Kurzschlüsse, Explosionen oder andere Ausfälle. Jetzt, wo der Dämon Elijah eine dauerhafte Instanz am Hof sein würde und wo es sich bei ihrem Gemahl um einen Vampir handelte, ging Syreena davon aus, dass sie auch in Zukunft auf elektrischen Strom würde verzichten müssen.

Sie legte rasch ein paar Sachen in den Korb, allerdings war sie so ausgehungert, dass sie zwei Äpfel aus einer Tüte aß, noch bevor sie die Kasse erreichte.

Geld war für sie eine interessante Angelegenheit. Da sie an den höfischen Lebensstil gewöhnt war, war sie mit allem versorgt, und Geld bedeutete lediglich Zahlen auf Papier, die für Haushaltsausgaben und Ähnliches standen. Sie reichte der Kassiererin den Geldschein, den Damien ihr gegeben hatte, und erntete seltsame Blicke, als sie bei dem Gefühl der kalten Münzen in ihrer Hand lachte. Sie betrachtete noch immer deren Form und Prägung, als sie aus dem Supermarkt hinausging.

Kaum hatte sie den Parkplatz verlassen, als alle ihre Sinne plötzlich hellwach waren.

Jemand verfolgte sie.

Doch es herrschte nicht Alarmstufe rot. Es war nicht Ruths Art, jemanden zu verfolgen und ihm die Möglichkeit zu geben, ihrer Anwesenheit gewahr zu werden. Trotzdem war Syreena misstrauisch; sie spürte, dass es kein menschliches Wesen war, das ihr heimlich hinterherschlich.

Es war auch nicht Damien. Das hätte sie sofort gespürt.

Sie ließ die Münzen in die Einkaufstasche fallen und fuhr nervös mit einem Finger über den Hosenbund der geborgten Kniehosen. Ein weit geschnittenes Kleid loszuwerden war das eine, aber sich dieser Kleidungstücke zu entledigen, falls sie sich schnell verwandeln musste, war fast unmöglich.

Na gut, sagte sie entschlossen zu sich selbst. Sie war einem Handgemenge gewachsen, auch wenn sie bei Ruth versagt hatte. Es waren schon andere Schattenwandler von der wahnsinnigen Dämonin verletzt oder sogar besiegt worden, und ein paar von denen, die Ruth zum Opfer gefallen waren, hatten zu den stärksten Wesen auf dem Planeten gehört.

Sie ließ es zu, dass ihr Verfolger ihr weiter hinterherkam. Je näher sie Damiens Territorium kam, desto besser für sie.

Nur für den Fall.

Sie spürte, wie er – es handelte sich ganz sicher um ein männliches Wesen – genau in dem Moment näher kam, als sie beinah die Grenze zu Damiens Grundstück erreicht hatte. Obwohl es noch ein Stück bis zur Grundstücksgrenze war, registrierte sie die Tatsache, dass sie angegriffen würde, bevor sie die Grenze erreicht hatte. Derjenige, der sie verfolgte, musste gut Bescheid wissen.

Sie blieb unvermittelt stehen und drehte sich um. „Ich weiß, dass du da bist."

Er trat augenblicklich aus der Dunkelheit hervor. Er war groß und schlank, blass und rothaarig. Seine wilden Locken waren zu einem Pferdeschwanz gebunden, ähnlich wie bei Damien, nur dass er nicht so gepflegt aussah wie bei dem Prinzen. Er lächelte sie an und hob beschwichtigend die Hände.

„Ich habe nichts Böses vor. Ich habe nur auf dich aufgepasst."

Ein Vampir. Sie hatte ihn noch nie gesehen, doch sie wusste

es wegen der fehlenden Körperwärme und den klassischen Gesichtszügen. Außerdem hatte er keinen wahrnehmbaren Puls.

„Hat Damien dich geschickt?“, fragte sie ruhig.

„Nun, gewissermaßen. Er würde mir nicht sagen, dass ich das tun soll, denn ich bin mir sicher, du hättest es ihm übel genommen.“

„Das stimmt. Also hast du es selbst übernommen, mich vor den Kopf zu stoßen.“

„Nicht absichtlich“, versicherte er ihr. „Ich tue nur das, was jeder Freund des Prinzen tun würde, wenn es um den Schutz seiner … anderen Freunde geht.“

Syreena wusste, was er mit „anderen Freunden“ meinte. Verärgert runzelte sie die Stirn. Da niemand außer Damien und Jasmine von ihrer Beziehung zum Prinzen wusste – zumindest niemand aus seiner Welt, von dem sie gewusst hätte –, bedeutete das, dass Damien ihr sofort, nachdem sie das Haus verlassen hatte, jemanden hinterhergeschickt haben musste … oder dass Jasmine es getan hatte.

Weil Jasmine ihr gegenüber ein wenig zu kühl gewesen war, als dass sie sich um sie kümmern würde, musste Syreena annehmen, dass Damien dafür verantwortlich war. Der Gedanke, dass er ihr nicht zutraute, dass sie auf sich selbst aufpassen konnte, beunruhigte sie. War das der Eindruck, den sie ihm vermittelt hatte? Zugegeben, er hatte sie retten müssen, und sie hatte nicht gerade den Eindruck gemacht, als hätte sie die besten Entscheidungen für sich getroffen, doch sie dachte, dass er sie ein bisschen besser kennen würde.

„Wer bist du?“

„Nicodemous. Aber man nennt mich Nico.“

„Also gut, Nico, ich war neugierig, wie weit wir dieses Versteckspiel treiben können“, sagte sie und starrte ihn ungerührt an.

Er fühlte sich plötzlich unwohl in seiner Haut. „Versteckspiel?“, wiederholte er.

„Ja. Gehen wir jetzt zusammen zum Haus hinauf, oder sollen wir so tun, als hätte mein Prinz es geschafft, mich heimlich überwachen zu lassen?“

„Dein …“ Er entspannte sich und lächelte jungenhaft. „Dein Prinz wäre ein wenig bloßgestellt, wenn er uns zusammen zum Haus hinaufgehen sehen würde.“

„Dann solltest du dich wohl lieber wieder verstecken“, sagte sie und scheuchte ihn mit einer Geste davon, um ihren Weg fortzusetzen.

„Aber!“, sagte er rasch und packte sie am Arm. „Aber ich möchte ihn nicht anlügen.“

Syreena wandte den Kopf zu ihm um und starrte verächtlich und drohend auf seine Finger, was von ihrem königlichen Geburtsrecht herrührte. Er schien es nicht zu bemerken, und der Griff um ihren Bizeps wurde fester. Sie lächelte entwaffnend, drehte sich ganz zu ihm um und schlug ihm mit der Handfläche so fest auf die Nase, dass sie sie brechen hörte. Sie ließ ihre Tasche fallen und umschlang mit dem Arm den anderen, den er noch immer festhielt. Dann packte sie ihn wie eine grausame Python und verdrehte ihm den Arm, bis er einen Fluch ausstieß und zu Boden ging. Sie beugte sich über ihn und drückte ihm ihr Knie auf die Kehle.

Sie konnte ihm nicht die Luft abschnüren, und sie hatte ihm nur eine blutige Nase geschlagen, doch sie war einigermaßen zufrieden, als er zu Boden ging. Sie setzte ihm den Fuß in den Nacken und verlagerte ihr Gewicht darauf.

„Nun“, sagte sie ruhig. „Wenn wir bedenken, dass ich dir den Kopf von den Schultern abtrennen könnte, würde ich jetzt doch gern von dir wissen, warum du mir tatsächlich gefolgt bist.“

„Ich hab doch schon …"

Sie drückte das Bein weiter durch. Seine Hände schlossen sich um ihren Knöchel, doch falls er gedacht haben sollte, dass er stärker sei, erlebte er eine Überraschung.

„Du bist zufälligerweise gerade der Frau des Vampirprinzen gefolgt, und du weißt zufälligerweise als Einziger davon, und dann hältst du sie zufälligerweise ein paar Meter vor der Grundstücksgrenze des Prinzen auf, außerhalb seiner telepathischen Reichweite? Er kann dich spüren, er kann mich spüren, aber er kann nicht spüren, dass du eine Gefahr für mich bist. Nicht, bevor ich diese kleine unsichtbare Grenze überschreite."

Er wurde blass, doch er starrte sie noch immer an. „Du bist unmenschlich!", krächzte er.

„Nun … was denn sonst!", sagte sie trocken. Die Bemerkung machte ihr bewusst, dass er wahrscheinlich zu jung war, um den Unterschied zwischen Menschen und Lykanthropen zu erkennen. Die Jugend war ehrgeizig, was oft mit Dummheit und Dreistigkeit einherging. „Du dachtest wohl, der Prinz hat sich unters gemeine Volk gemischt. Ich bin schon neugierig, was du dir von mir erhofft hast. Doch wohl nicht den Thron, hoffe ich. Was wolltest du tun, ihm mit mir eins auswischen?"

Syreena schnaubte angewidert angesichts des anmaßenden Vampirs, der so frech und planlos vorgegangen war. „Ich lasse dich in ein paar Sekunden gehen", sagte sie. „Wenn ich du wäre, würde ich über ein paar Dinge nachdenken. Erstens, ich kann schneller laufen als du, obwohl du ein Vampir bist. Zweitens, wenn du mich erwischst, würde ich nicht noch einmal so nett sein. Und drittens, wenn auch nur ein einziger Apfel in meiner Tasche eine Beule hat, werde ich meine Meinung ändern und dir doch den Kopf abreißen. An deiner Stelle würde ich die Beine in die Hand nehmen."

Sie tat wie versprochen, hob ihren Fuß und ließ ihn gehen. Er wandte sich zu ihr um, als wollte er etwas sagen, und sie nahm entschlossen ihre Tasche.

Er rannte auf und davon.

„Kinder. Man hält es nicht aus mit ihnen, aber umbringen kann man sie auch nicht."

Syreena fuhr keuchend herum, als sie die tiefe Stimme vernahm, und eine Sekunde später wurde sie von einer kräftigen Hand am Hals gepackt. Er war riesengroß, noch größer als Damien, und er war sehr stark. Sie wusste das, weil er sie so weit hochhob, dass sie auf Augenhöhe mit ihm war. Syreena strampelte, doch sie kam sich vor, als wäre sie eine lästige Fliege, die ihm über die Haut krabbelte und die es nicht wert war, dass man sie überhaupt bemerkte.

Das war kein Kind. Das war ein ausgewachsener Vampir mit ungeheuren Kräften und von unbestimmbarem Alter.

„Du musst meinem Sohn verzeihen", sagte er zu ihr, und sein Mund verzog sich belustigt, während sie gezwungen war, ihm in die Augen zu schauen, die dunkel waren wie eine mondlose Nacht. „Er hat den Ehrgeiz seines Vaters und ist so schwach, wie seine Mutter es war."

Der Vampir nahm sich Zeit, sie zu betrachten. Syreena wäre beinahe ohnmächtig geworden.

„Schlau von ihm, den Namen seines Vaters zu benutzen", fuhr er im Plauderton fort. „Wenn er es vermasselt hätte, würdest du zu Damien gehen und sagen, es sei Nicodemous gewesen. Damien würde zu mir kommen, während mein Sohn davonlaufen und sich irgendwo verstecken würde." Syreena sah flüchtig, wie sich in seinen Augen andere Membranen vorschalteten. „Eine Lykanthropin? Interessante Brautwahl."

Nicodemous zog sie näher zu sich heran, und ihre Beine schlugen gegen ihn wie bei einer Stoffpuppe. Er drehte ihren Kopf und betrachtete sie eingehend.

„Nun", sagte er sinnend, „da hat aber jemand ordentlich zugebissen."

Syreena spürte, wie ihr die Zeit davonlief. In der Luft hatte sie keine Hebelkraft, und sie konnte ihn genauso wenig besiegen, wie sein Sohn sie besiegen konnte. Sie versuchte die Panik niederzukämpfen, um darüber nachzudenken, was man ihr über Vampire beigebracht hatte.

„Ja. Erzähl's mir! Was bringt man einem Lykanthropen darüber bei, wie man einen Vampir tötet?"

Syreena verfluchte sich selbst. Wie hatte sie nur vergessen können, dass er ihre Gedanken lesen konnte? Sie musste vorsichtiger sein. Wenn er erriet, was sie dachte, konnte er sie auch manipulieren. Sie wüsste dann nicht mehr, was eigentlich los war, wenn er sie auf diese Weise durcheinanderbrachte.

„Falls du dich das gefragt hast, ich werde dich nicht dazu benutzen, ihm eins auszuwischen", fuhr Nicodemous sanft fort. „Nur, um ihn aus diesem Haus herauszulocken. Mit Damien werde ich schon fertig, aber Damien *und* Jasmine, das ist etwas ganz anderes. Leider ist sie jedes Mal, wenn ich mich umdrehe, in seiner Nähe. Entweder sie oder irgendein Dämon. Ich nehme an, ich hätte mir Jasmine schnappen und dir das hier ersparen sollen, doch sie ist ein verdammt zähes Weibsstück. Sie wäre eine zu starke Gegnerin im Kampf, wenn ich es gleich danach mit Damien aufnehmen müsste. Außerdem hat sie Spaß an den Spielchen bei Hofe, also kann ich mir vorstellen, dass ein Prinz so gut ist wie der andere. Ich würde es bedauern, eine so verlockende Gelegenheit auszulassen. Ich wette, Damien nutzt ebenfalls jede Gelegenheit – zwischen vorübergehenden Launen, wie du eine bist."

Syreena fragte sich, warum Leute nur so viel redeten, wenn sie eigentlich jemanden töten wollten. Dann riss sie die Beine hoch und benutzte seinen Brustkorb, um eine Rolle rückwärts zu machen.

Damit vermochte er seine Stärke nicht mehr auszuspielen. Niemand konnte ein sich drehendes Objekt festhalten, wenn er sich nicht das Handgelenk brechen wollte. Da sie mit der Hebelwirkung arbeitete, gelang es ihr ganz leicht, sich aus seinem Klammergriff zu befreien. Sie landete auf den Füßen und wirbelte Straßenstaub auf, während sie endlich Luft holte. Sie musste ihre ganze Willenskraft aufbringen, um nicht zu würgen, als sie einatmete. Wenn sie einen Hustenanfall bekam, könnte sie sich nicht besonders gut verteidigen.

Weil sie ihm keinen Schaden zugefügt hatte, erholte er sich schnell von seiner Überraschung. Sie griff nach dem nächstbesten Ding, ihrer Einkaufstasche, und schleuderte sie ihm mit der Wucht von fünf Pfund Äpfeln weniger zwei krachend an den Kopf. Es war, als hätte man ihn mit einer groben Keule getroffen, nur ohne Zacken.

Er taumelte unter dem Schlag und war geschockt von ihrer Schnelligkeit und ihrer Kraft, wenn sie seinen Gesichtsausdruck richtig deutete. In Wirklichkeit sah sie keine Chance, wenn sie es direkt mit ihm aufnahm, und noch weniger, wenn er die Gelegenheit bekäme, mit ihrem Kopf zu spielen.

Also rannte sie los.

Sie achtete auf die Richtung und rannte, so schnell sie konnte. Er würde sie leicht einholen, sobald er sich erholt hatte, doch solange sie in die richtige Richtung lief und mentale Tricks abwehrte, die sie sonst wohin schicken würden, hatte sie eine Chance.

Nur weil sie in Damiens Wahrnehmungsradius hineinkam, war das noch keine Garantie dafür, dass er sie auch bemerkte.

Dieser Vampir war stark genug, um ihre Anwesenheit vor Damien abzuschirmen.

Ihr Verfolger zögerte nicht, hinter ihr herzustürzen. Syreena zerrte an ihrer Bluse, während sie auf Damiens Territorium zurannte. Sie hatte keine andere Wahl, als ihre Kleider auszuziehen. Sie spürte, wie Nicodemous näher kam.

Ihr Vorteil war es, dass sie sich sozusagen im Flug verwandeln konnte. Es gab nur wenige, denen das mit solcher Schnelligkeit und Leichtigkeit gelang wie ihr. Als Nicodemous nach ihrem Arm griff, erwischte er nur ein paar Federspitzen. Der Vampir stolperte ungläubig, als er nichts in den Händen hielt, doch er fasste sich schnell wieder und erhob sich in die Lüfte, dem Wanderfalken auf der Spur.

Da sie kleiner und wendiger war, hatte sie sich einen Vorsprung verschafft. Wenn er allerdings so stark war, wie sie glaubte, würde er sie früher oder später doch schnappen.

Ihr rechter Flügel stieß plötzlich gegen etwas, und sie wäre beinahe abgestürzt. Schmerz durchzuckte ihre rechte Seite, und Syreena bemerkte zu spät, dass sie einen Baum gestreift hatte. Der Vampir hatte ihr vorgegaukelt, sie befände sich über den Baumwipfeln, weshalb sie geradewegs gegen einen harten, hervorstehenden Ast geflogen war. Sie sackte ab, bis sie mit ihrem unverletzten Flügel schließlich wieder in Gleitflug überging und in kreiselnden, sich verlangsamenden Bewegungen abwärtstrudelte.

Nicodemous war dicht hinter ihr, als sie mit den Füßen auf dem Boden aufschlug. Sie war verletzt und krachte auf den Waldboden, wo nur tote Blätter und Gestrüpp den Aufprall dämpften, als sie schlitternd auslief. Die Prinzessin hatte nicht einmal eine Sekunde, um sich aufzurichten, da war er bereits über ihr.

Diesmal würde er sie nicht entkommen lassen. Er bohrte sich

mit der betäubenden Angst, in die er seine Opfer mental versetzen konnte, in sie hinein. Ihre Schwester hatte die gleiche Gabe mit dem Pumaschrei, nur dass die Furcht, die dieser Schrei auslöste, noch intensiver war als die natürliche Furcht beim normalen Schrei eines Pumas. Also schrie Syreena, doch der durchdringende Schrei des Falken war mit der Gestalt verschwunden.

Syreena ließ die Furcht, die er ihr einflößte, einfach zu. Adrenalin und angstbedingte Botenstoffe überschwemmten ihr Blut, und blinde Panik lähmte ihren Verstand.

Damien fuhr so jäh herum, als Syreenas Angstschrei zu ihm drang, dass er eine schwere Skulptur umriss. Der Marmor zerbarst zu seinen Füßen, während sein Gehirn so überflutet wurde von Furcht und Schmerz, dass er sekundenlang nicht mehr richtig sehen konnte.

Als er begriff, was vor sich ging, verfluchte er sich, dass er wertvolle Zeit verschwendet hatte, und rannte aus dem Haus. Er nahm keine andere Gestalt an, weil seine Geschwindigkeit und seine Geschicklichkeit als Rabe noch zu wünschen übrig ließen. Er brauchte es auch nicht. Er war wie ein dunkler Lichtstrahl, während er die Wiesen und den Wald in einer Minute durchquerte.

Was um Himmels willen hatte er sich nur dabei gedacht? Er hatte doch gewusst, dass sie da draußen waren.

Er hätte nicht gedacht, dass sie Syreena behelligen würden, da niemand wusste, welche Bedeutung sie für ihn hatte. Es war eine Fehleinschätzung, für die Syreena jetzt bezahlte.

Mit finsterem Zorn stürzte sich Damien in die Schlacht.

Er sprang über Syreena hinweg und warf sich mit voller Wucht auf den angreifenden Vampir. Die beiden Männer stolperten von Syreena weg, was Damiens Absicht gewesen war. Nicodemous fiel auf den Rücken, und der Prinz trat ihn so heftig gegen die

Brust, dass er, als er schließlich jäh zum Stehen kam, mit dem Knie auf dessen Rippen krachte.

„Nico, du verdammter Bastard, dafür bringe ich dich um!“, fauchte Damien, und seine blitzenden Reißzähne schossen hervor, als er seinen Feind mit der Faust am Hals traf. Er hatte vor, dem anderen mit bloßen Händen den Kopf abzureißen, doch Nico war zu stark, als dass ihm das so einfach gelungen wäre. Er stieß den Prinzen weg, sodass der drei Meter entfernt gegen den Stamm eines mächtigen Baums knallte. Das Krachen von Holz erfüllte die Luft und hallte aus allen Richtungen wider.

Nicodemous rappelte sich auf und wollte mit seinen ebenfalls schimmernden spitzen Zähnen und einem finsteren Knurren auf den Prinzen zugehen. Doch bevor er einen Schritt tun konnte, wurde er von einem blitzschnellen Ball aus grauem und braunem Haar angegriffen. Damiens Frau war stark für ihre Größe, doch wichtiger noch, sie war schlau. Sie traf ihn von hinten in die Kniekehlen, und er verlor das Gleichgewicht. Er schlug hin und fiel rückwärts auf sie. In blinder Wut versuchte er das Einzige zu packen, was er von ihr sehen konnte.

Ihr gestreiftes Haar.

Doch in seiner Hand blieben nur zwei Strähnen hängen. Frustriert und außer sich wandte Nico sich zu Damien um. Der Prinz war rasch wieder aufgestanden, nachdem seine Liebste ihm eine Atempause verschafft hatte.

Der größere Vampir griff in seinen Stiefel und zückte einen Dolch, den er auf den näher kommenden Prinzen schleuderte.

Damiens Hand bewegte sich so schnell, dass man es nicht wahrnehmen konnte, und fing den Dolch in der Luft ab, bevor er seine Kehle durchbohrte. Die Klinge verletzte ihn dabei an der Hand, doch das war nicht der Rede wert.

Nico erkannte, dass er den Prinzen gerade hervorragend ausgerüstet hatte. Ein Zweikampf war das eine, doch wenn Waffen ins Spiel kamen, bedeutete das normalerweise, dass Blut fließen würde. Verlier genug Blut, und du verlierst den Kampf. Der Angreifer hatte den ersten Schlag geführt, und zufrieden bemerkte er, dass von Damiens Fingern kostbares Blut herabtropfte.

Nico griff nach seinem zweiten Dolch und schleuderte ihn auf Damien. Damien spürte die Spitze der Waffe an der linken Seite, doch die Verletzung machte ihm nicht viel aus. Er hatte den Angriff zugelassen, damit er Nico den Arm um den Hals legen konnte.

Der Dolch drang tiefer ein, als Damien Nicodemous mit ganzer Kraft auf seine verletzte Seite zog und ihm den anderen Dolch in den Rücken stieß. Die Klinge prallte von einer Rippe ab, bis er eine Stelle zwischen zwei Rippen fand und der Dolch durch die Muskeln, die Lunge und die Leber drang.

Nico stöhnte auf vor Schmerz, doch beide Vampire lösten sich voneinander, jeder mit einer Waffe in der Hand. Die meisten Menschen wussten das nicht, aber das Herausziehen einer Klinge tat viel mehr weh als das Hineinstoßen. Und es richtete auch viel größeren Schaden an.

Damien spürte, wie sich sein Hemd und der Bund seiner schwarzen Jeans mit Blut vollsaugten. Doch er beachtete die Wunde nicht. Bei einem Kampf zwischen Vampiren kam es oft darauf an, wer der Furcht erlag, zu viel Blut zu verlieren. Es beeinträchtigte das kämpferische Geschick.

Damien war nicht neunhundertvierundsiebzig Jahre alt geworden, weil er solchen Dingen leicht nachgab. Es war der geheimnisvollste Teil seiner Kraft. Er hatte keine Angst, vielleicht zu sterben.

Die Vampire gingen erneut aufeinander los und verletzten einander, bevor sie wieder voneinander abließen. Damien senkte den Kopf und duckte sich, und seine gespenstischen blauen Augen blickten tief in Nicos schwarze Pupillen. Einen anderen Vampir zu manipulieren, war ein ungeheurer Kraftakt. Es war fast unmöglich, weil Vampire sich die ganze Zeit eines solchen Angriffs bewusst waren. Normalerweise gelang es keinem, die Wahrnehmung des anderen auszutricksen.

Doch Damien war kein normaler Vampir.

Nicodemous griff Damien erneut an, doch der Prinz verschwand vor seinen Augen. Er ahnte, dass es ein Trick war, und fuhr herum, versuchte die Sinnestäuschung aufzulösen, um auszumachen, wo sein Feind sich wirklich befand. Doch alles, was er sehen konnte, war ein verdammter Lykanthropenfalke, der über ihn hinwegflog.

Plötzlich hatte Nico das Gefühl, dass sein Körper explodierte, und ein schrecklicher Schmerz fuhr ihm durch die Brust und durch das Herz. Ungläubig blickte er an sich hinunter und sah einen Ast, der aus seinem aufgerissenen Brustkorb ragte.

Er schnellte herum und taumelte, während er seinem Angreifer das andere Ende des Asts aus den Händen riss. Seine Augen weiteten sich vor Entsetzen, als er die Lykanthropin dort stehen sah, wo er soeben noch gestanden hatte, ihr nackter Körper war mit seinem Blut bespritzt, und Reste von Baumrinde fielen von ihrem anderen Arm.

Nico ließ den Kopf herumschnellen, um den Vogel zu finden, den er vorhin gesehen hatte. Die Täuschung war offensichtlich, in Wirklichkeit hatte er den Raben gesehen. Damien hatte die Vogelgestalt benutzt, um ihm das Gefühl zu geben, er wüsste, wo die Lykanthropin war, sodass diese ihn von hinten angreifen konnte.

Als er bemerkte, dass er besiegt war und sein Leben auf dem Spiel stand, trat Nico eilig den Rückzug an. Der hervorstehende Ast stieß auf seinem Flug vom Waldboden hinauf über die Baumwipfel fortwährend gegen andere Äste, was ihm unbeschreibliche Schmerzen verursachte.

Egal, wohin Damien auch verschwunden war, Nico konnte davon ausgehen, dass er ihn nicht mit dem Leben davonkommen ließ, wenn er ihn erwischte.

Doch darum musste er sich vorerst keine Sorgen machen. Damiens erste Sorge galt wie immer Syreena.

Nach einer ungeschickten Landung nahm Damien seine natürliche Gestalt wieder an. Syreena sah zu, wie er sich von der Rabengestalt in die Gestalt eines vor ihr knienden Mannes verwandelte. Seine Hand wanderte automatisch zu der Wunde an seiner Seite, um die heftige Blutung zu stoppen, als er aufstand und Syreena an sich presste.

„Geht es dir gut? Hat er dich verletzt?"

„Pssst, ja, es geht mir gut … und ja, er hat mich verletzt. Nicht so schwer wie dich, nur ein gebrochener Arm, und ein paar Federn musste ich lassen. Ich bin so froh, dich zu sehen!" Sie schlang ihren unverletzten Arm um seinen Hals und drückte ganz fest.

„Ebenso", erwiderte er erleichtert, als er sie sprechen hörte und ihre Wärme spürte. Er blickte hinauf zu den Baumwipfeln und zum Himmel. „Hier ist es nicht sicher. Es kommt öfter vor, dass ein zweiter Vampir angreift, wenn er denkt, dass der erste erledigt ist. Lass uns nach Hause gehen, wir brauchen Jasmine als Verstärkung."

„Okay. Ich glaube, ich bin ausnahmsweise mal froh, sie zu sehen."

Damien musste grinsen. Er hob sie hoch und flog mit rasender Geschwindigkeit in den Nachthimmel hinein.

„Lois Lane, verzehr dich vor Sorge", sagte sie an seinem Hals.

„Also, er ist tatsächlich gebrochen."

Gideon, ein altehrwürdiger Körperdämon am Hof und ein hervorragender Heiler, bewegte sanft die Finger über Syreenas Arm.

„Wie du sicher weißt, kann ich Lykanthropen nicht heilen", fuhr er fort, „aber ich kann den Bruch schienen, und deine Selbstheilungskräfte übernehmen den Rest."

„Damien, ich bin so froh, dass du sie heil nach Hause gebracht hast", sagte Siena dankbar und legte ihm die Hand auf die Schulter.

„Nun ja, da von uns dreien zwei verletzt sind, dachte ich, dass ein Ortswechsel das Beste sei", erklärte Damien und stöhnte auf, als er sich anders hinsetzte auf dem Stuhl, den er an Syreenas Bett gezogen hatte.

„Das ist doch lächerlich. Er ist zehnmal schlimmer verletzt als ich", begehrte Syreena auf und versuchte den Dämonenheiler wegzuscheuchen, während sie sich aufsetzte.

„Und er hat den ganzen Weg von Kalifornien bis hierher geblutet", ertönte Jasmines Stimme.

„Gideon hat die Blutung bereits gestoppt. Syreena geht im Moment vor."

„Damien, du brauchst frische Nahrung. Schon ganz bald", mahnte Jasmine. „Du bist kalt wie der Tod und außerdem geschwächt."

„Wenn Gideon fertig ist, gehen wir auf die Jagd. Vorher werde ich Syreena nicht allein lassen."

„Damien", sagte sie verärgert. „Sie wird nicht gleich sterben, wenn du gehst."

„Das reicht, Jasmine."

Jasmine verfiel in Schweigen, verärgert und aufgebracht durch sein Verhalten, das so irrational und so schwer zu verstehen war.

Die Prinzessin hatte gerade einen von Damiens schlimmsten Feinden gepfählt, buchstäblich mit einem Arm auf dem Rücken. Obwohl der Mythos vom Pfählen und dem unmittelbar eintretenden Tod nicht ganz stimmte, konnte Nico tatsächlich schnell verbluten, sobald er den Ast entfernte. Syreena hatte ihn sehr wahrscheinlich getötet. Sie war kein zartes Pflänzchen oder so etwas Ähnliches. Das konnte auch gar nicht sein. Bei einer solchen Frau hätte sich ihm, Damien, augenblicklich der Magen umgedreht.

Seine Gesundheit zu riskieren, um nach einem gebrochenen Arm zu schauen, war vollkommen lächerlich. In diesem Punkt stimmte Jasmine mit der Lykanthropin überein.

„Na gut. Dann einen letzten Drink, damit du durchhältst", sagte sie, warf ihr tiefschwarzes Haar zurück und trat näher an ihn heran.

„Jasmine."

Damiens warnender Ton kam nur eine Sekunde vor dem bedrohlichen, raubtierhaften Fauchen der Frau, neben der er saß. Jasmines dunkle Augen richteten sich auf die Prinzessin und erfassten umgehend ihre Drohgebärde. Sie begriff, dass es hier um Besitzansprüche ging. Wenn es etwas gab, das ihr allzu vertraut war, dann die Reaktion von jemandem, der einen anderen von seinem Eigentum fernhalten wollte.

Von ihrem Eigentum.

Wie kann sie es wagen, sich einzumischen, dachte Jasmine wutentbrannt. *Für wen hält sie sich eigentlich? Ich habe Damien mein ganzes Leben lang unterstützt.*

„Schon gut. Macht doch, was ihr wollt!", fauchte sie. Dann verschwand sie mit der übernatürlichen Geschwindigkeit, mit der alle Vampire gesegnet waren, aus dem unterirdischen Schloss der Lykanthropen.

Sobald sie weg war, wandte sich Syreena mit bedauerndem Blick an ihren Gemahl. „Es tut mir leid. Ich weiß nicht, warum ich das getan habe."

„Ich denke, du weißt es sehr wohl", sagte Siena tröstend. „Ich würde dasselbe tun, wenn sich eine andere Frau vor meinen Augen Elijah anbieten würde. Es war unsensibel von ihr."

„Nein. Sie war einfach nur pragmatisch", sagte Damien leise. „Jas ist übertrieben pragmatisch. Ihr seid euch ähnlicher, als du denkst, Syreena. Sie betrachtet mich als jemanden, den es zu schützen gilt. Sie war ihr Leben lang loyal mir gegenüber, so wie du deiner Schwester gegenüber loyal bist. Hab Geduld mit ihr. Keiner von uns versteht, was mit uns geschehen ist, und es kam alles so plötzlich." Damien beendete das ernste Thema mit einer abwehrenden Handbewegung und wandte sich an Gideon. „Bist du sicher, dass alles richtig verheilt, alter Freund?"

„Der Arm ist gebrochen, nicht zerschmettert. Die Prellungen sehen schlimm aus, ich weiß, aber ich bin sicher, er heilt, sobald er geschient ist. Wenn du Zweifel an meiner Einschätzung hast, solltest du vielleicht einen der Mönche hinzuziehen."

„Ich habe nicht den leisesten Zweifel", erwiderte Damien. „Es war eine Frage, die du dir bestimmt selbst stellen würdest, wenn du Magdelegnas Gesundheit in andere Hände geben müsstest. Wir Schattenwandler sind sehr fürsorglich, was unsere Frauen angeht."

Damien hob Syreenas gesunde Hand an seine Lippen, sodass ihm der entzückte Blick entging, den Siena ihrem Gatten zuwarf. Der lehnte entspannt an der Wand und beobachtete die zwischenmenschliche Dynamik, die sich vor ihm abspielte. Elijah wusste, dass Siena jubilierte angesichts des Glücks, das ihre Schwester gefunden hatte, besonders nach den sorgenvollen Tagen, die Syreena ihr bereitet hatte. Und der Krieger war natürlich froh, dass seine Frau ihre gute Laune wiedergefunden hatte. Ansonsten würde er sich eines Urteils enthalten. Die Verbindung zwischen einer Lykanthropin und einem Dämon war schon schwierig, doch die Vereinigung einer Lykanthropin mit einem Vampir schien Elijah beinahe unmöglich zu sein.

Offensichtlich betraf das nicht Emotionen oder Körperlichkeit, wie er feststellen musste, als er beobachtete, wie vertraut Damien und Syreena waren. Dass sie füreinander bestimmt waren, stand außer Frage. Dass sie ineinander verliebt waren, war ebenfalls klar. Doch Elijah erinnerte sich an die Unterbrechung, die es mit Siena nach ähnlichen Erfahrungen gegeben hatte. Tatsache war, dass sie zu zwei völlig verschiedenen Gesellschaften gehörten und dass sie beide eine Stellung mit großem Einfluss, großer Verantwortung und zahlreichen Verpflichtungen innehatten.

Elijah sah zu seiner Frau und merkte, dass sie seine Gedanken las. Obwohl sie versuchte, ihre Aufmerksamkeit auf Gideon zu richten, der Syreenas Arm behandelte, war ihr Blick auf einmal besorgt und verwirrt. So wie ihre Gedanken.

Sie blickte kurz zu ihm auf, und ihr Ausdruck und ihre Gedanken erreichten ihn sofort.

Kann unser Volk wirklich zwei Männer einer fremden Gattung als Gemahle der Monarchinnen akzeptieren? Es hat sich gerade erst an dich gewöhnt, mein Liebling.

Ich weiß, Liebes, erwiderte er ihre Gedanken. *Schlimmer ist, dass die Vampire ihren Herrscher sehr wohl töten könnten, wenn er gedenkt, eine Lykanthropin zur Frau zu nehmen.*

Aber Vampire hegen keinen Groll gegen uns!

Vampire haben sehr wenige Regeln, Siena, also wird es nicht gern gesehen, wenn diese gebrochen werden. Aus irgendeinem Grund verstößt es gegen das Gesetz, dass Damien das Blut von deiner Schwester trinkt. Hinzu kommt ihre Gier nach Macht und nach Damiens Position, und das verheißt nichts Gutes für ihre Sicherheit und für ihr allgemeines Wohlergehen.

Er hätte versuchen können, sie anzulügen, um sie in dem Glauben zu lassen, dass ihre Schwester glücklich war, doch er war der Anführer von Kriegern, und sie war die Königin. Beides verlangte nach einem pragmatischen Umgang mit der Wirklichkeit, damit sie denjenigen, die von ihnen abhingen, Nutzen bringen konnten. Auch wenn Siena nicht dazu in der Lage gewesen wäre, seine Gedanken zu lesen, hätte sie der Wahrheit immer ins Gesicht sehen wollen. Für eine Königin gab es keine hübschen Märchen … zumindest nicht für eine gute Königin.

Und seine Frau war eine außergewöhnlich gute Königin.

Wenn sie also hierbleiben, werden sie auf Ablehnung und auf Feindseligkeit stoßen. Wenn sie zurückkehren, wird es dasselbe sein oder noch schlimmer.

Elijah senkte kurz den Blick, denn er konnte die Ängste seiner Frau in einem Raum voller Leute kaum ertragen, wo er nicht einfach zu ihr gehen und sie trösten konnte, ohne zu verraten, wie sehr sie sich sorgte.

Wenn du mich jetzt berühren würdest, würde ich anfangen zu weinen wie ein Kind, sagte sie zu ihm.

Ich weiß. Das ist der einzige Grund, warum ich immer noch an dieser Wand lehne, Liebes.

Siena wandte den Kopf und blinzelte schnell mit ihren goldenen Wimpern, als sie spürte, wie ihr dennoch heiße Tränen in die Augen stiegen.

„Komm, Schätzchen, lassen wir die beiden allein mit dem Doktor“, sagte Elijah auf einmal und ging durch den Raum, um seine Frau, die zwischen Gideon und Damien stand, mit sanftem Druck hinauszuschieben.

„Warum dem Doktor zuschauen, wenn wir selber Doktorspiele machen können", sagte er scherzend und warf Syreena einen listigen Blick zu.

Die Prinzessin lachte, und er schob ihre Schwester ohne ein weiteres Wort hinaus auf den Flur. Sobald sie draußen waren, schloss er seine Gefährtin tröstend in die Arme und bot ihr seine breite Schulter, damit sie sich ausweinen konnte.

Damien gab Syreena einen sanften Kuss auf die Stirn. Sie schlief, weshalb sie es nicht bemerkte. Er saß bei ihr auf dem Bett, sie schlief halb im Sitzen, mit dem Rücken an seine Brust gelehnt. Er berührte ihr Haar, und die lebendigen Ranken bewegten sich zwischen seinen Fingern, ein paar bogen sich nach außen, andere schlangen sich darum herum.

Ihm wurde klar, dass er ein paar schwere Entscheidungen zu treffen hatte.

Zum einen Jasmine. Er konnte nicht das Seil sein bei einem Tauziehen zwischen den beiden Frauen, die ihm am meisten bedeuteten. Er musste so schnell wie möglich eine Lösung finden. Er wollte vor allem mit Jasmine sprechen und ihr begreiflich machen, dass sie nichts zu befürchten hatte. Er wollte sie nicht fortschicken, und er war überzeugt davon, dass Syreena das auch nicht wollte. Sie machte vielleicht Besitzansprüche geltend, und sie war vielleicht auch eifersüchtig, aber dass er sich zwischen dem Wesen, das er als seine beste Freundin betrachtete, und ihr entscheiden sollte, das würde sie niemals verlangen.

Jasmine war leider nicht erhaben über einen solchen Wunsch. Das war die selbstsüchtige Natur der Vampire. Er wusste das, und er nahm an, dass Syreena das ebenfalls wusste. Doch weshalb Jasmine sich auf einmal bedroht fühlte, das konnte er nicht verstehen. Sie waren fünfhundert Jahre lang gemeinsam durch die Welt gezogen. Was um Himmels willen sollte sich daran ändern?

Ihm war außerdem bewusst geworden, in welche Gefahr er Syreena brachte. Nicos Angriff gegen sie hatte ihm das gezeigt. Damien war daran gewöhnt, seinen Thron zu verteidigen. Es gehörte einfach dazu. Doch nun konnte ihn das nicht mehr länger unberührt lassen. Es hatte ihn nie besonders beschäftigt, dass er zu Tode kommen könnte. Er hatte immer gedacht, dass es keine Rolle spielte; wenn es so weit war, dann sollte es eben geschehen. Es war der Preis, den er zahlen würde für ein tausendjähriges Leben und für das Privileg, der älteste Prinz der gesamten Vampirgeschichte zu sein.

Jetzt waren auf einmal andere Interessen im Spiel.

Syreenas Interessen.

Er hatte sie gerade erst gefunden, und er war nicht besonders erpicht darauf, sie gleich wieder zu verlieren oder dass sie ihn gleich wieder verlor. Er konnte den Gedanken nicht ertragen, ihr so viel Schmerz zuzufügen.

Und es wäre ein unaussprechlicher Schmerz.

Er wusste ganz sicher, dass Syreena ihn liebte. Sie hatte es ihm noch nicht gesagt. Doch er konnte das akzeptieren, wenn er bedachte, wie schnell alles gegangen war. Wichtig war vor allem, dass sie es wirklich fühlte. Auch wenn sie es nicht aussprach, so war es doch in ihren Gedanken und in ihrem Geist. Er hätte es gewusst, auch wenn er nicht in ihren Kopf hätte hineinschauen können. Er hatte begriffen, dass sie sich mit Nico in Gefahr gebracht hatte, um ihn zu warnen.

Damien wusste, dass sie hätte fliehen können, wenn sie nur ein paar Meter in die entgegengesetzte Richtung gerannt wäre. Die Klippe war nicht weit weg von der Stelle, wo sie auf Nicodemous getroffen war. Egal, ob sie sich in einen Delfin verwandeln konnte oder nicht, sie hatte den Instinkt eines Wasserwesens, den sie brauchte, um einen solchen Sprung zu überleben und vor Nico zu fliehen. Niemals wäre er ihr nachgesprungen. Für ihn wäre es Selbstmord gewesen; für sie war es kaum mehr als Atmen.

Damien hatte schon einmal mit Nico gekämpft, es wäre zwar eine Herausforderung gewesen, aber er hätte ihn auch dieses Mal besiegt, mit oder ohne Vorwarnung. Natürlich konnte sie das nicht wissen, und deshalb hatte sie getan, was sie dachte tun zu müssen, um ihn zu beschützen.

Was des Weiteren bedacht werden musste, war Siena.

Er hatte selbst telepathische Fähigkeiten, also hatte er die Art des Austauschs zwischen der Königin und ihrem Gefährten im Grunde verstanden. Siena fürchtete um das Glück ihrer Schwester. Und gleichzeitig hatte sie Angst, das Missfallen ihres Volkes zu erregen. Er musste nicht lange nachdenken, um den Grund zu verstehen. Er wusste um die möglichen Konsequenzen, wenn Syreena, Sienas einzige Erbin, einen Ausländer zum Mann wählte. Und Syreena wusste es auch.

„Und jetzt, Liebes, muss ich auf die Jagd. Ich werde aufgewärmt und hoffentlich friedlicher zurückkehren“, flüsterte er in ihr Haar.

„Keine Frauen“, murmelte sie halb im Schlaf.

„Keine, welcher Art auch immer. Versprochen.“

Ihre einzige Antwort war ein schläfriges Seufzen. Er lächelte und zog seinen Körper sacht unter ihr hervor. Dann bettete er sie und legte ihren Arm vorsichtig auf das Kissen, sodass er gestützt wurde. Er würde nicht weit weg gehen, und er würde auch nicht lange bleiben. In seiner momentanen Verfassung schaffte er das nicht, und er wollte wieder bei ihr sein, bevor sie überhaupt bemerkte, dass er fort gewesen war.

Alles andere war zweitrangig.

Nicodemous flog weiter und bemerkte bald, dass Damien mehr daran interessiert war, sich um sein Flittchen zu kümmern, als ihn zu verfolgen, und er war dankbar dafür.

Dennoch raste er vor Wut.

Wenn er diese hinterhältige, verschlagene kleine Lykanthropenhure je in die Finger bekäme, würde er sie auf der Stelle mit seinem besten Silbermesser ausweiden.

Unglücklicherweise musste er zuerst das Entfernen des verdammten Astes überleben.

Kurz darauf landete er ungeschickt irgendwo in der Wüste von Nevada. Es gab einen besonderen Grund, warum es gerade dieser Ort war. Es würde so wehtun, als würde man der Sonne ausgesetzt, doch Sand war die schnellste Lösung, um die klaffende Wunde zu schließen, die das Entfernen des Asts hinterlassen würde. Nachdem er die Wunde damit gefüllt hätte, würde er fern von Menschen und Tieren Schutz vor der Sonne suchen und sich in Kältestarre versetzen, bis sein Körper geheilt war.

Es wäre hilfreich, wenn er jagen könnte. In diesem Zustand war das unmöglich, doch frisches Blut war stets die beste Quelle für einen Vampir, wenn es um schnelle Heilung ging. Da er in dieser Sache keine Wahl hatte, würde er sich mit der Kältestarre begnügen. Zumindest könnte er dann schlafen und darüber nachdenken, was schiefgegangen war. Er konnte es nicht genau sagen, doch Nico war überzeugt davon, dass irgendetwas Seltsames vorging.

Ein Vampir, der eine Lykanthropin beschlief, war schon seltsam genug, doch Damien, der sogenannte Erbprinz, hatte ihr Blut getrunken. Mehr als einmal, aus den Malen zu schließen. Und es gab eine Menge Vampire, die daran Anstoß nehmen würden. Vielleicht konnte ihm das später von Nutzen sein.

Aber da war noch etwas anderes. Es musste so sein. Er war

zu alt und erfahren, um nicht zu merken, wenn seltsame Dinge vor sich gingen. Damien war der Beste, was das Manipulieren von Wahrnehmung anging, doch etwas an diesem Trick mit dem Raben und dem Falken ließ ihn nicht los.

Nico ging auf die Knie und spreizte sie so weit, wie er konnte, während seine Hände den Ast umfassten.

Es wäre einfacher zu bewerkstelligen, wenn nicht sein missratener Sohn den Schwanz eingezogen hätte und davongerannt wäre wie ein heulendes Weib, dachte er wütend. Er hatte gewusst, dass Cyril es bei der Frau versuchen würde, so wie er auch gewusst hatte, dass er in den letzten paar Tagen an der Grenze von Damiens Territorium gejagt hatte. Dieses idiotische Kind hatte einen gewissen Ehrgeiz, aber das war auch alles, was in den Augen seines Vaters bemerkenswert an ihm war. Ansonsten war das, was er getan hatte, nachlässig gewesen und dumm und überstieg bei Weitem Cyrils Fähigkeiten. Nico hatte keine Ahnung, was sein Sohn sich dabei gedacht hatte, als er es mit Damien aufnehmen wollte.

Zumindest war Nico so schlau anzuerkennen, dass Damien am längsten an der Macht war, weil er es verdiente. Der Prinz war kein lasches Aushängeschild, das war sicher. Doch bei jedem Kampf lernte Nico ein wenig mehr. Wenn er diesen Kampf überlebte, dann war er bereit, es ein drittes Mal zu versuchen.

„Brauchst du ein bisschen Hilfe dabei?“

Nico hob ruckartig den Kopf. Er hatte solche Schmerzen, und er hatte so viel lebenswichtige Flüssigkeit verloren, dass er die Fremde nicht hatte näher kommen hören. Er blickte sie mit seinen wachsamen dunklen Augen an. Sie war groß, sehr groß für eine Frau, und sie hatte so langes blondes Haar, wie er es selten gesehen hatte. Sie sah jung aus und war außergewöhnlich schön. Ihre gebräunte Haut verriet ihm, dass sie kein Vampir war, doch ihr nüchterner Umgang damit, dass sie mitten in der Wüste einen Mann antraf, der von einem Ast durchbohrt und immer noch am Leben war, verriet ihm, dass sie mit Schattenwandlern vertraut sein musste.

Sie beugte sich vor, die Hände auf die Knie gestützt, und blickte ihn mit kalten hellblauen Augen an. Er las darin, dass sie einen scharfen Verstand hatte und dass sie furchtlos war, was augenblicklich sein Interesse weckte. Sie war in lilafarbene Stoffstreifen aus Seide oder Chiffon gehüllt, doch der Mond ließ ihre Gestalt durch den Stoff durchschimmern, und sie hätte genauso gut nackt sein können.

„Ich kann dir helfen", flüsterte sie, während ihre Augen mit einer Begehrlichkeit über seinen verwundeten Körper glitten, die ihm, wäre er in besserer Verfassung gewesen, durchaus gefallen hätte.

„Ich nehme an, du willst etwas dafür", erwiderte er. „Ich komme schon allein klar."

„Ich meine nicht nur dieses Ding hier", sagte sie kurz angebunden und tat seine Verletzung mit einer Geste ab, als handelte es sich um einen Splitter im Finger.

„Dann sag mir, was du meinst, und mach schnell, okay? Die Zeit ist knapp."

„Ich wollte sagen, dass du das bekommen kannst, was du willst." Sie lächelte süß, als er sarkastisch eine Braue hochzog. Sie beugte sich noch tiefer zu ihm hinunter, und er konnte ihren Geruch nach Klee, nach Moschus und nach Weihrauch wahrnehmen. Seltsamerweise fand er diese Mischung ziemlich angenehm. „Ich meine", schnurrte sie sanft, als sie sein Gesicht ganz zart mit der Hand berührte, „ich kann dir Damiens Kopf auf einem Silbertablett servieren. Mit einem Lykanthropenherzen gleich daneben."

Nicos Augen verengten sich, und er musterte sie noch einmal. „Wer bist du?"

„Ich bin diejenige, die weiß, wie Damien dich besiegt hat. Ich bin diejenige, die weiß, wie man dich stärker macht, als du dir je vorstellen konntest. Ich bin dein wahrer Engel, Nicodemous."

Mit diesen Worten packte sie den Ast, der ihn durchbohrte, und zog ihn mit einem Ruck aus seinem Körper. Nicos Schrei konnte über Meilen hinweg von jedem Wüstentier gehört werden. Schmerzgepeinigt und wütend packte er die Frau und zerrte sie vor sich auf die Knie. Blut floss aus seinen Wunden, und da er sehr wahrscheinlich sterben würde, wollte er ihr zumindest eine Tracht Prügel dafür verpassen, dass sie ihn so unvorbereitet getroffen hatte.

Sie lachte noch, als sein Blut auf ihr Kleid spritzte. Einen Augenblick lang dachte er, sie sei vollkommen verrückt.

Dann legte sie ihre schlanken Finger auf seinen Körper und begann sanft zu flüstern. Die Worte waren eine Mischung aus Latein, Arabisch und drei anderen Sprachen, die er sofort erkannte. Der Rest war nur Kauderwelsch für ihn.

Kauderwelsch oder nicht, was immer sie da tat, es half. Es war, als könnte er spüren, wie sein Fleisch sich augenblicklich schloss; beginnend bei seinem verwundeten Herzen verlief der Vorgang von innen nach außen.

„Du bist eine Dämonin", sagte er vorwurfsvoll.

„Mmm", bestätigte sie, und ihre riesigen blauen Augen, die tief und leer waren, wirkten gespenstisch.

„Du benutzt Magie. Eine Dämonin, die Zaubersprüche einsetzt? Warum wirst du dafür nicht bestraft?"

Ihre Antwort war ein kleines Lächeln und eine hochgezogene Braue.

„Ahh“, sagte er auf einmal verstehend. „Du würdest bestraft werden … wenn man dich erwischen würde.“

Nicodemous war angenehm überrascht von diesem interessanten glücklichen Umstand. Aus dem, was sie gesagt hatte, schloss er auf eine Art Vendetta gegen Damien oder gegen die Lykanthropin. Wahrscheinlich hatte sie ihren Kampf beobachtet und war ihm gefolgt auf der Suche nach einem Verbündeten. Offensichtlich hatte sie ihr Ziel nicht allein erreichen können.

Aber vielleicht gemeinsam …

Mit ihren angeborenen Fähigkeiten, mit den magischen Fähigkeiten, die sie erworben hatte, und mit seiner eigenen Stärke …

Nico wurde ganz schwindlig bei all den Möglichkeiten.

„Das ist wahrscheinlich der Blutverlust“, sagte sie trocken als Antwort auf seinen Gedanken.

Er lachte in sich hinein. „Ich nehme an, auf die Jagd nach Blut zu gehen, gehört nicht zu deinen weiteren versteckten Talenten, oder?“

„Ich habe eine bessere Idee“, flüsterte sie erwartungsvoll, als sie ihre blutverschmierten Hände von seinem geheilten Körper löste. „Möchtest du gern wissen, wie Damien es vorhin geschafft hat, dich auszutricksen?“

„Kann das warten, bis ich etwas zu mir genommen habe?“

Die schöne Blonde trat dicht vor ihn, ihre Hände packten sein feuerrotes Haar, und ihr Mund presste sich auf den seinen. Nico war vollkommen überrascht, doch sie war ein warmes, sinnliches Weib, also brauchte er nicht lange, um sich wieder zu fangen. Er küsste das mutige Frauenzimmer entschlossen und sorgte dafür, dass sie nach Atem rang, als er sie losließ. Sie küsste ihn erneut und schmiegte ihren Körper mit geschmeidiger Sinnlichkeit an ihn.

Es war klar, dass sie wusste, wie sie mit einem Mann umgehen musste. Es war die Art, wie sie sich an ihm rieb, wie sie die Hände fordernd über ihn gleiten ließ. Sie war forsch und ungehemmt, was Nico an Frauen sehr mochte.

„Okay, du gewinnst", brummte er und zog sie an den Haaren von seinem Mund weg. Er schlang eine Strähne um seine Hand und hielt sie fest, während er ihr Gesicht bewunderte.

„Wie hat er es gemacht?"

„Willst du es herausfinden?", fragte sie atemlos.

„Hab ich doch eben gesagt, oder nicht?"

„Gut."

Sie stieß den Mann, der sie an den Haaren festhielt, zurück und bot den hungrigen Augen und dem verlangenden Körper ihren schlanken, appetitlichen Hals dar.

Jasmine rieb abwesend ihre kalten Arme, als sie zum dritten Mal ihr Zimmer durchschritt.

Sie war nicht sonderlich interessiert an materiellen Dingen, daher erkannte sie, obwohl sie erst eine kleine Tasche halb gepackt hatte mit Kleidern, dass es sonst nichts gab, was sie wirklich mitnehmen wollte.

Neben ihrer Tasche lag das alte Buch auf dem Bett, das sie sich aus der Schattenwandlerbibliothek geliehen hatte. Sie ging hin, berührte den Ledereinband und den seltsamen Titel am unteren Rand.

Er war in Vampirsprache, ihrer ältesten Sprache, und er bedeutete schlicht: Überlegungen.

Ein so bescheidener Titel für ein so bedeutsames Thema, dachte sie mehr als ein wenig niedergeschlagen. Sie hatte nichts anderes getan in den letzten achtundvierzig Stunden, als ihre Schlussfolgerungen wieder und wieder zu durchdenken. Egal, was sie tat, ihre Überlegungen schienen sich im Kreis zu drehen;

Logisches erschien nach einer Weile unlogisch, und alles klang weinerlich und emotional in ihrem Kopf, wenn sie nur lang genug darüber nachdachte. Zeitweise fühlte sie sich wie ein Kind, das einen Trotzanfall hat, weil ein anderes Kind ihm sein Lieblingsspielzeug weggenommen hat, und ein Erwachsener kommt daher und legt ihm die Gründe dar, warum es teilen sollte.

Du musst teilen, oder man nimmt es dir für immer weg. Wenn du nicht teilen kannst, kannst du auch nicht spielen.

Jasmine stampfte mit dem Fuß auf, auch wenn es das Bild in ihrem Kopf nur bestätigte. Sie hatte Damien doch mit den anderen Frauen geteilt. Warum fiel es ihr diesmal so schwer?

„Weil sie kein Vampir ist und uns nicht versteht", beschwerte sie sich in das stille Haus hinein.

Verstand eine Lykanthropin die Art, wie Vampire ihre Einsamkeit und ihre Langeweile mit einer intimen Berührung kompensierten, die nichts mit Sex zu tun hatte? Und was war damit, dass Syreena sie bedroht hatte, wo sie dem Mann doch nur helfen wollte. Wäre die kleine Prinzessin böse, wenn Jasmine und Damien einen ganzen Tag hinter verschlossenen Türen verbrächten, nur um zu reden, wie sie es früher so oft getan hatten? Vampire waren nicht beleidigt, wenn andere sich zurückzogen, so wie sie auch nicht beleidigt waren, wenn andere sich in ihrer Gegenwart zügellos benahmen.

Jasmine konnte sich vorstellen, wie Syreena gleich beim ersten Mal einen Anfall kriegte, wenn sie mitbekam, dass jemand Sex im Gemeinschaftsraum hatte oder nackt durch das Haus lief. Die Vampirin war zu wütend, um zu bedenken, dass sie über die Jahrhunderte immer wieder ein paar Wochen am Hof der Lykanthropen verbracht hatte und dass es sich in dieser Hinsicht um eine ganz ähnliche Kultur handelte. Neben Gemeinschaftsbädern und heißen Quellen, die sich im Schloss verteilten, waren öffentliche Nacktheit und öffentlicher Sex genauso üblich.

Nach einer Weile beruhigte sich Jasmine wieder. Sie drehte sich um und setzte sich mit einem tiefen Seufzer neben das Kompendium aufs Bett.

Für wen war es denn überhaupt ein Problem?, fragte sie sich.

Sie blickte zu ihrer Tasche und dann wieder zu dem Buch. Wenn sie ihre restlichen Sachen packte und fortging, wem würde das etwas ausmachen? Nur Damien und ihr selbst. Syreena konnte das große Drama einer solchen Veränderung in der Gemeinschaft nicht nachvollziehen; wieso sollte es ihr also etwas ausmachen? Außer es machte ihr etwas aus, weil es Damien etwas ausmachte. Was bedeuten würde, dass sie ernsthaftes Interesse an ihm hatte.

Was Jasmine nicht hinnehmen wollte.

Jasmine stöhnte mitleiderregend, als sie wieder in ihre Gedankenschleife geriet. Sie warf sich auf die Matratze. Ihre Hand fiel auf das Buch, was sie an das zweite Dilemma erinnerte, in dem sie steckte. In dem Buch befand sich der Beweis, nach dem Damien gefragt hatte; die Erklärung dafür, warum Vampire sich grundsätzlich nicht von anderen Schattenwandlern ernähren sollen. Etwas von dem, was sie gelesen hatte, entsprach dem, was Damien vermutet hatte, und stimmte mit dem überein, was er hören wollte. Es würde ihn noch enger an die Lykanthropin binden, falls das überhaupt möglich war.

Etwas daran war von tödlicher Konsequenz, und es erklärte ihrer Meinung nach gewissermaßen logisch, warum es sich so entwickelt hatte, dass andere Schattenwandler als Nahrungsquelle tabu waren. Im Grunde war es eine so kalte und tödliche Logik, dass sie es mit einem bisschen Glück schaffen sollte, Damien von seiner angeblichen Liebe abzubringen und ihn zurück zu ihrem normalen, ruhigen Leben zu führen.

Allerdings musste Jasmine sich eingestehen, wie sehr sie Routine und Normalität hasste. Vor ein paar Wochen war sie bereit gewesen, sich für ein Jahrhundert in die Erde zu legen. Und heute schlug sie sich mit Überlegungen und Entscheidungen herum, die zugegebenermaßen Abenteuer und existenzielles Risiko verhießen, was viele Vampire und auch sie selbst aufblühen ließ. Doch sollte sie Damiens Wohlergehen, vielleicht sogar sein Leben aufs Spiel setzen, nur um sich zu amüsieren? Nicht, dass akute Gefahr bestand. Wenn es so wäre, würde sie nicht zögern zu handeln. Denn sie wusste, Damien käme stets an erster Stelle.

Sie würde für ihn sterben.

Diese tief verborgenen Wahrheiten konnten ebenfalls sterben, überlegte Jasmine. Zum Beispiel, wenn die Bibliothek plötzlich abbrannte, das verfluchte Buch auf ihrem Bett eingeschlossen. War die Idee so weit hergeholt, dass eine Fackel womöglich zu nah an ein Buch gekommen war und die katastrophale Vernichtung all der Geheimnisse, die in ihrer staubigen Stätte hätten bleiben sollen, in Gang gesetzt hat? Würde ihnen wirklich etwas fehlen, wenn so etwas geschah? Sie hatten so lange überlebt …

Bloß überlebt.

Jasmine hätte nie gedacht, dass sie zu so etwas fähig wäre, doch sie konnte der verlockenden Idee nicht widerstehen, dass dieser Band voller Informationen zu etwas viel Besserem und Schönerem führen konnte als zum bloßen Überleben.

Zack! Sie war wieder da, wo sie angefangen hatte mit ihrer Gedankenschleife.

Jasmine nahm die Hand von dem Buch und schlug sich auf die schmerzende Stirn. Das war lächerlich! Trotz ihres Alters, ihrer

Weisheit und Erfahrung fand sie keine Lösung dafür, was mit so einem blöden Buch und so einer kleinen Frau passieren sollte? Wenn Damien Syreena heiratete, würde sie Jasmines Königin sein. Jasmine wäre die Untertanin einer Ignorantin, die keine Ahnung hatte, was für das Volk der Vampire gut war.

Und wenn Damien sie heiratete, würde er Jasmine mehr denn je brauchen. Wenn sie ihn verließ, würde ihn das verwundbar machen innerhalb der Gemeinschaft. Stephan, der Anführer von Damiens Kampftruppen, war gut darin, es mit anderen Gattungen und menschlichen Jägern aufzunehmen, aber Jasmine glaubte nicht, dass er seine eigenen Leute massenhaft umbringen könnte, falls ein Bürgerkrieg ausbrach. Und selbst wenn es ihnen gelang, interne Konflikte von einer solchen Größenordnung zu vermeiden, würde es noch immer eine Menge Begehrlichkeiten auf den Thron wecken. Einen solchen Angriff könnte Damien nicht überleben. Nicht allein. Nicht ohne jemanden, der jeden töten würde, um ihn zu beschützen.

Wenn Jasmine blieb, dann würde sie beide unterstützen müssen, auch Miss Twiggy.

Sie würde lieber um die Mittagszeit nackt durch eine sonnenbeschienene Wüste laufen.

Und wieder ging es von vorn los.

Warum war das nur so schwer? Warum konnte sie das Miststück nicht einfach umbringen und allem ein Ende machen?

In diesem Moment spürte Jasmine, wie ein intensives, pochendes Gleißen durch ihre Sinne fuhr, so plötzlich, dass ihr Kopf und ihre Stirnhöhle von einem scharfen Schmerz durchzuckt wurden. Hastig sprang sie auf und war sich sofort bewusst, dass ein Eindringling im Haus war.

Es war niemand, den sie kannte, und es war kein Vampir. Einen Vampir hätte sie sofort bemerkt, sowie er das Territorium betrat, egal, wie sehr sie mit ihren eigenen Gedanken beschäftigt war.

Jasmine wandte sich zur Tür, als der Luftdruck im Raum plötzlich sank. Sie schrie auf, als ihre Stirnhöhle wegen des Druckwechsels erneut zu schmerzen begann. Doch als Ruth sich ihr entgegenstellte, zeigte Jasmine zwei beeindruckende Reißzähne und fauchte bedrohlich und ging in die Hocke.

„Hmmm, wie furchterregend", bemerkte Ruth und tat so, als würde sie erschauern. „Sitz, Mädchen!", befahl sie ihr, als spräche sie mit einem Hund, und wies mit dem Zeigefinger zum Boden, um noch eins draufzusetzen. „Ich bin nicht hier, um dir etwas zu tun."

„Wie solltest du auch", spie Jasmine ihr entgegen, während ihre Finger sich krümmten, bis sie zu regelrechten Krallen gebogen waren.

„Wenn du meinst." Ruth machte eine wegwerfende Handbewegung. „Ich bin lediglich hier, um dem Prinzen, seiner Hure und all den anderen schrägen Vögeln da, wo sie herkommt, eine kleine Nachricht zu überbringen, einschließlich dem Krieger, der mein Kind getötet hat. Sag ihnen, dass jetzt alles anders wird. Wenn sie glauben, dass ich vorher Ärger gemacht habe, dann sollen sie erst einmal sehen, wozu ich jetzt in der Lage bin. Meine Macht wächst, das verspreche ich dir. Genau wie meine Wut und mein Rachedurst. Es ist ein wenig seltsam, Jasmine. Aber du bist doch schon im Bilde, nicht wahr?"

Die Geistdämonin musterte Jasmine einen Augenblick lang und löste dann im Kopf der Vampirin eine Art Explosion aus. Unter der Wucht geriet Jasmine ins Taumeln. Sie war von Natur aus stark, doch ihr Widerstand fiel in sich zusammen angesichts der Gewalt, die da durch ihren Kopf stürmte.

„Ich kenne deine Gedanken, du armes, geplagtes Mädchen",

sagte Ruth sanft. „Diese Gestaltwandler sind ein ziemliches Ärgernis, nicht wahr? Aber warum so verzweifelt? Im Grunde deines Herzens weißt du, was du tun willst. Du weißt, ich kann dir zeigen, wie du ihn zurückbekommst. Ohne dass es jemand merkt. Ich könnte …"

Ruths Blick fiel auf einmal auf das Bett, und ihre hellblauen Augen weiteten sich.

„Woher hast du das?" Sie sprach voller Ehrfurcht, als sie begierig die Hände nach dem Band ausstreckte. Jasmine wollte sie aufhalten, doch sie musste feststellen, dass sie sich nicht von der Stelle rühren konnte. Schockiert darüber, dass sie ihren Körper nicht mehr unter Kontrolle hatte, wurde sie wütend. Doch es war Ruth, die laut wurde. „Eine Bibliothek? Eine Schattenwandlerbibliothek? Der Schatz gehört eigentlich mir! All die Monate, die ich in diesem gefrorenen Niemandsland gegraben habe!" Ruths Kopf schnellte hoch, und ihre Augen verengten sich zu bösen Schlitzen. „Du hast den Schwarzen Band gesehen! Ich wusste, wir waren ganz nah dran! Ich konnte es fühlen!"

Jasmine hatte das Gefühl, dass sie wusste, wovon Ruth redete. Es gab ein Buch in der Bibliothek, ein Hauptwerk, das auf einem eigenen Sockel stand, mit schwarzem Einband und mit seitenweise magischen Sprüchen in jeder nur vorstellbaren Sprache und, wie die anderen verborgenen Bücher in der Bibliothek, in Sprachen, die völlig unbekannt waren.

Jasmine spürte, wie sich ihr vor ohnmächtiger Wut auf Ruth der Magen zusammenkrampfte, ja, aber vor allem vor Wut auf sich selbst. Ihr Verstand war eine Goldgrube für die Dämonin, und Ruth hob die unbezahlbaren Schätze mit solcher Leichtigkeit, als wäre Jasmine fünf Jahre und nicht fünfhundert Jahre alt. Sie hätte stark genug sein müssen, um das Eindringen einer Geistdämonin abzuwehren.

„Ah, aber ich bin keine gewöhnliche Dämonin. Wusstest du das nicht? In Grunde bin ich keine richtige Dämonin mehr. Und warum sollte ich das auch sein wollen? Diese ganze Scheinheiligkeit und das ganze selbstgefällige Getue … Dabei dreht sich mir der Magen um. Du weißt“, sie wandte sich mit einem strahlenden Lächeln zu Jasmine um, „dass ich glaube, ich habe die Antworten, nach denen du suchst, Jasmine. Da du eine so großartige Quelle warst, sehe ich keinen Grund, sie nicht zu teilen.

So viele Fragen spuken dir im Kopf herum, Vampirin. Du könntest in Frieden leben und ein so interessantes Leben haben, wie du es dir immer gewünscht hast. Ich sage dir, ich lerne jeden Tag etwas Neues. Ich sehe Dinge, die du nicht glauben würdest. Die Welt ist meine Auster, und du kannst dir wahrscheinlich nicht vorstellen, was kleine Perlen wie diese hier“, sie rieb über das Leder des Bandes, den sie an ihre Brust gepresst hielt, „bewirken können. Doch die größte Perle, der Schwarze Band, was könnten wir damit alles anstellen!

Ich habe eine Menge über Magie gelernt, Jasmine. Die ganze Zeit habe ich nach einem menschlichen Geisterbeschwörer gesucht, der mächtig genug ist, um sich mir anzuschließen und ein starker Partner zu sein. Jetzt wird mir klar, dass es so etwas nicht gibt! Das ist der Grund, warum wir die menschlichen Geisterbeschwörer immer besiegen. Magie war nie für sie gedacht, sie ist uns vorbehalten! Aus diesem Grund werden sie immer so böse. Es ist zu viel für sie; das schaffen sie nicht. Es ist für Schattenwandler gedacht.“

Ruth trat zu Jasmine, die wie gelähmt war, und strich ihr über die Wange, während sie tief in die dunklen, wütenden Augen blickte.

„Ich weiß, wie stark du bist. Selbst jetzt noch erschöpft mich deine Abwehr gegen mich. Aber stell dir vor, deine Kraft ist dreimal oder gar zehnmal so groß. Es gibt keine Grenzen. Nicht, wenn du dich erst einmal von all den Einschränkungen der Sterblichen befreit hast, die wir alle in uns aufgenommen zu haben scheinen. Komm, Jasmine“, drängte sie begierig. „Ich habe schon jemanden als meine rechte Hand, sozusagen.“ Sie kicherte wie ein kleines Mädchen, das für jemanden schwärmte. „Aber du kannst meine linke Hand sein. Du kannst den Platz meiner Tochter einnehmen. An meiner Seite würde es dir nie an etwas fehlen. Ich würde dich nie für jemand anders fallen lassen. Ich bin nicht wie ein wankelmütiger Mann. Ich werde dir nichts tun. Ich will dir Macht verleihen! Ich weiß, dass du darüber nachdenkst. Ich fühle es. Komm, zeig mir die Wahrheiten, neben denen alles, was man dir erzählt hat, zur Lüge wird.“

Jasmine konnte nicht sprechen. Sie atmete vor Erregung, etwas, was sie in über hundert Jahren nicht getan hatte. Sie schloss die Augen und dachte an Damien und an alles, was sie in den letzten fünfhundert Jahren miteinander erlebt hatten. Wer wäre sie ohne ihn? Wer konnte sie sein ohne ihn?

Jasmine war bestürzt darüber, dass sie erneut in einer Gedankenschleife gefangen war.

12

Syreena erwachte unter Schmerzen, jedoch glückselig.

Diese kamen von ihrem Arm, der während der Heilung stärker wehtat. Und glückselig war sie, weil sie in den Armen ihres Liebsten lag. Sie drehte sich zu ihm um und legte sich mit einem langen Seufzer auf ihn. Er erwachte augenblicklich, berührte ihr zartes Gesicht mit seinen Lippen und mit seinen eleganten Fingern.

Ohne die Augen zu öffnen, fuhr er mit den Fingerspitzen langsam über ihr Kinn, ihre Wangen, die Brauen und die sanft geschwungenen Wimpern. Als er ihre Lippen erneut berührte, spürte er, dass sie lächelte.

„Daran könnte ich mich gewöhnen", sagte sie mit andächtigem Flüstern.

„Das wirst du wohl müssen", erwiderte er mit leisem Lachen. „Du wirst für den Rest deines Lebens neben mir aufwachen."

„Das ist ein ziemlich großes Versprechen, Prinz Damien", bemerkte sie und öffnete die Augen, um ihn anzuschauen. Sie gewöhnte sich langsam an die wunderbare Tiefe in seinen mitternachtsblauen Augen. Manchmal hatte sie den Eindruck, als könnte er Dinge in ihr sehen, die sie nicht einmal selbst bemerkte. Dann sagte er etwas, das diesen Eindruck noch verstärkte.

„Eines, das ich zu halten versuche, Prinzessin Syreena", sagte er leise und besiegelte den feierlichen Eid mit einem langen Kuss.

Syreena versuchte noch näher an ihn heranzurücken, als der

Kuss intimer und intensiver wurde, doch er legte ihr die Hand auf die rechte Schulter und schob sie sanft von sich.

„Du brauchst Ruhe, Liebling, nicht Sex", mahnte er sanft.

„Es tut nicht weh", wandte sie ein und verschloss seinen Mund mit ihrem, noch bevor er protestieren konnte.

Er schob sie noch einmal von sich und blickte sie tadelnd an. „Du lügst."

„Nun, jedenfalls nicht sehr", schränkte sie ungeduldig ein. „Warum sollte ich nicht selbst entscheiden, wozu ich in der Lage bin."

„Weil die Vorstellung, dir Schmerzen zu verursachen, scheußlich ist. Ich darf vielleicht hinzufügen, wie schrecklich unfair es von dir ist, dass du meine guten Absichten nicht richtig würdigst, wo ich dich doch so heftig begehre."

Syreena seufzte und schob enttäuscht die Unterlippe vor. „So gesehen hast du wohl recht. Vergibst du mir?"

„Jederzeit", versicherte er und gab ihr zur Bestätigung noch einen Kuss. „Vor allem, weil ich mich um schwierigere Dinge kümmern muss als darum, dich zu lieben."

„Und die wären?"

„Ich weiß nicht recht, wo ich anfangen soll." Er seufzte tief und beruhigte sich dann wieder. Nachdenklich strich er sich mit der Hand über den Bart, und sein Ausdruck wurde ernst.

„Soll ich?"

Damien hob neugierig eine Braue.

„Lass uns mit Jasmine anfangen", sagte sie.

„Ja, Jasmine." Damien strich ihr mit einem Finger über die Wange. „Was kann ich tun, damit ihr beide zufrieden seid? Ich weiß im Moment keine Lösung."

„Ich kann dir nur sagen, was du meiner Meinung nach lieber nicht mit ihr tun solltest", antwortete Syreena. „Trink kein Blut mehr von ihr! Ich könnte ihren Geruch an dir nicht ertragen, und ich bin mir nicht sicher, ob ich mich dann noch vernünftig verhalten könnte. Ich hätte nie gedacht, dass ich eifersüchtig bin, aber ich bin es wohl."

„Nicht mehr und nicht weniger, als ich es wäre. Ich habe nicht vor, von einer anderen Frau Blut zu saugen, sofern es sich nicht um einen Notfall handelt. Das wäre genauso, als würdest du einem Vampir erlauben, von dir Blut zu trinken. Ich bin überzeugt, dass ich besitzergreifend und wahrscheinlich gewalttätig reagieren würde."

„Nun, dann sind wir uns in dieser Sache ja einig. Was soll ich dir zu Jasmine sagen? Ich verlange nicht von dir, dass du die Freundschaft beendest. Ich verstehe, dass das so wäre, als würde ich meine Schwester bitten, auf ihre Freundschaft mit Anya zu verzichten. Sie sind zusammen aufgewachsen. Sie sind ebenfalls wie Schwestern. Ich nehme an, zwischen dir und Jasmine ist es ähnlich."

„Außer dass Anya dein Auftauchen in Sienas Leben und deine Berufung auf eine Position über ihr mit Würde hingenommen hat und vielleicht sogar mit Liebe und Loyalität. Jasmine … ich denke, Jasmine ist zu einer so großzügigen Geste nicht fähig."

„Weil sie sich bedroht fühlt. Wir müssen ihr irgendwie klarmachen, dass es nicht meine Absicht ist, sie den Wölfen zum Fraß vorzuwerfen."

„Nein", sagte Damien und schüttelte den Kopf. „Es darf nichts mit dir zu tun haben. Sie wäre gekränkt, wenn sie das Gefühl hätte, du bist so gnädig, ihre Anwesenheit zu dulden. Die Freundschaft wird weiter bestehen, doch Jasmine muss entscheiden, ob sie unter meinem Dach wohnen bleibt oder nicht. Ich würde sie ungern verlieren. Sie ist eine begabte Jägerin. Die beste nach mir, glaube ich."

„Du kannst ihr Können gut brauchen, um unser Territorium zu schützen", stimmte Syreena zu. „Ich habe so eine Ahnung, dass wir ziemlich viel Schutz benötigen werden."

„Ich werde mein Gefolge demnächst zurückbeordern. Wir werden in unserer Suite natürlich völlige Privatheit genießen, doch meine Hofgemeinschaft ist viel beweglicher, als du es bisher erlebt hast, wenn sie erst einmal alle da sind."

„Wie viele sind es?"

„Sechs, ohne uns. Zwei Bedienstete, zwei Wachen, Jasmine, die für mich das ist, was du für deine Schwester bist, und Stephan, der in Kriegszeiten für mich als Befehlshaber fungiert. Und natürlich Horatio, Jasmines Bruder, und Kelsey, die jederzeit willkommen sind, wenn ihre diplomatischen Verpflichtungen an fremden Höfen es erlauben. Das sind meine engsten Freunde. Meine Familie, wenn du so willst. Wir sind seit Jahrhunderten gemeinsam unterwegs."

„Nun, ich nehme an, wir werden uns nicht mehr so bald in der Küche lieben." Sie kicherte.

„Ich bin sicher, es würde ihnen nicht das Geringste ausmachen", erwiderte Damien lachend. „Wenn ich so darüber nachdenke, wirst du ein paar Dinge vielleicht eine Spur zu freizügig finden. Du bist für eine Lykanthropin ziemlich zurückhaltend."

„Dann müssen wir uns wohl beide ein bisschen anpassen, denke ich. Wir werden einen Weg finden. Solange ich akzeptiert werde, ist alles andere nebensächlich."

„Einverstanden." Damien schwieg eine Weile. „Was die Akzeptanz betrifft, so glaube ich, dass diejenigen, die loyal mir gegenüber sind, einen Weg finden werden. Diejenigen, die sich gegen mich stellen, werden ein wenig Staub aufwirbeln, doch der wird sich wieder legen. Das sind die, die es mir übelnehmen, dass ich so mächtig bin, oder die mich darum beneiden. Mir gefällt die Vorstellung nicht, dass du dir regelmäßig die Knochen zusammenflicken lassen musst."

„Eher unwahrscheinlich, wenn ich weiß, was mich erwartet, wem ich vertrauen kann und wie ich die Täuschungsmanöver durchschaue, die deine Leute einsetzen. In meiner Ausbildung habe ich gelernt, dass die Überlegenheit eines Gegners durch Übung und Geschick ausgeglichen werden kann."

„Darf ich hoffen, dass du in der Zwischenzeit nicht getötet wirst?", fragte Damien ein wenig gröber als beabsichtigt.

„Wer hat sich denn über die Folgen seiner Handlungen keine Gedanken gemacht?", fragte sie, während sie sich aufsetzte und auf ihn hinabschaute. „Zweifelst du schon an der Sache mit mir?"

„Ich zweifle an meiner Stellung, Syreena, an sonst nichts", versicherte er ihr. „Ich habe diese Führungsrolle schon so lange inne, und als dominanter Mann ohne Familie oder Abhängige, auf die ich Rücksicht nehmen müsste, war es viel einfacher, die Risiken auf sich zu nehmen, die damit einhergehen. Aber nein", er unterbrach sich, als er sah, wie ein Schatten über ihre Züge huschte, „ich betrachte dich nicht als Abhängige, und ich bereue meine Entscheidung auch nicht. Ich denke nur über die Veränderungen auf meinem weiteren Weg nach. Ich bin diesen Weg bisher allein gegangen. Es ist sinnvoll, ein wenig beiseitezutreten, um ihn von jetzt an mit dir zu teilen. Dabei hat sich auch meine Perspektive verändert, und Gesellschaft zu haben ist mir lieber. Ohne Begleitung auf einem so langen Weg kann man auch verrückt werden, Syreena."

Das konnte Syreena gut verstehen. Doch sie begriff auch, dass er ihr mit dieser Metapher noch etwas anderes sagen wollte.

„Du denkst an Abdankung, nicht wahr?", fragte sie rundheraus.

Damien schwieg, während er abwesend mit ihren Haaren spielte.

„Damien, deinen Leuten geht es gut unter deiner Regierung. Du bist an die Rolle des Anführers gewöhnt. Kannst du wirklich in einer Gesellschaft leben, in der du kaum etwas zu sagen hast? Du kennst seit über sechshundert Jahren nichts anderes. Du warst der jüngste Vampir, der je den Thron bestiegen hat. Du lebst schon länger als jeder andere Monarch in der gesamten Vampirgeschichte. Du hast es nicht nur geschafft, dass Frieden innerhalb deiner Gesellschaft herrscht, sondern auch mit den meisten Schattenwandlern."

„Mit ein paar arroganten Ausnahmen", verbesserte er sie leise lachend.

„Wie es scheint, hat Noah dir den Krieg mit seinem Volk vergeben, und ich glaube, dass jeder mit den Schattenbewohnern in Konflikt gerät. Man kann sie einfach nicht verstehen."

„So waren wir alle einmal", brachte er ihr in Erinnerung und blickte lange und tief in ihre verschiedenfarbigen Augen.

„Du willst also, dass ich den Thron behalte? Ich denke, du genießt es einfach, Prinzessin zu sein."

„Ich denke, ich bin daran gewöhnt, eine zu sein. Ich denke, ich weiß, was es bedeutet zu regieren", sie zwinkerte ihm zu, „ein Volk mitzuregieren."

„Und wenn du gemeinsam mit mir regieren müsstest, Liebling, was wird dann aus dem Thronerbe deiner Schwester?"

„Sie wird abdanken. Die Lykanthropen werden das niemals akzeptieren, Damien. Siena denkt, ich habe das nicht erkannt, aber das habe ich. Sie werden nicht zwei fremde Ehemänner akzeptieren, die in die Königsfamilie einheiraten. Mit einem Ehemann ist die Toleranzgrenze erreicht. Das war fünfzehn Jahre lang mein Zuhause. Doch es wird mir nie das bedeuten, was es Siena bedeutet. Ich werde keinen Aufstand riskieren und so ihren Thron aufs Spiel setzen. Wenn ich in ein fremdes Volk einheirate, kann man mich als … als Propagandawaffe benutzen. Das königliche Blut eines Clans mit dem königlichen Blut eines anderen um des ewigen Friedens willen zu verbinden. Oder so ähnlich. Solange du nicht nach ihrem Thron greifst, wird es ihnen nicht schwerfallen, unsere … uns zu feiern."

„Sprich es ruhig aus", sagte er, während er ihr mit den Fingern langsam über die Wange strich. „Unsere Hochzeit. Sprich ruhig davon, als wäre es eine ausgemachte Sache, Syreena, weil wir beide wissen, dass es das ist."

„Vampire heiraten nicht", brachte sie ihm in Erinnerung.

„Vampire heiraten derzeit nicht", korrigierte er. „Früher haben wir es getan. Unsere Zeremonien ähneln sogar denen anderer Schattenwandler. Wir sind nur mit der Zeit zu verwöhnt und in unserer Selbstbezogenheit zu launenhaft geworden, als dass wir es noch für notwendig erachtet hätten. Ich habe den Sinn darin wiederentdeckt. Durch dich, Geliebte."

„Geliebte", wiederholte sie. „Und du bist mein Geliebter, Damien. Ich habe es dir noch nicht gesagt, aber ich fühle es mit meinem ganzen Herzen."

„Das weiß ich schon. Ich habe dein Herz in jedem unserer Küsse, in jeder unserer Berührungen gespürt. Ich wäre dumm, wenn ich es missverstehen würde."

„Mmm, ich wünschte, ich hätte dein Vertrauen." Sie seufzte und kuschelte sich an ihn. „Ich meine das nicht in Bezug auf uns. Ich habe erkannt, woher das kommt mit uns und dass es unvermeidlich ist. Trotzdem war ich nicht besonders mitteilsam, was meine Gefühle angeht. Dabei scheinst du sie sogar schon vor mir zu kennen."

„Das liegt nur daran, dass ich im Laufe meines Lebens gelernt habe, Wahrheit von Verwirrung zu trennen. Das wirst du eines Tages auch, wenn du einmal so lange gelebt hast.“ Er zögerte einen Moment und küsste sie dann auf die Stirn. „Du hast nicht gesagt, ob du mich heiraten willst, Syreena.“

Zu seinem Unbehagen lachte sie so heftig und so ausgelassen über ihn, dass ihr der Arm wehtat davon.

„So viel zu Mr Zuversicht.“ Sie kicherte vergnügt. „Was ist mit ‚Sprich ruhig davon, als wäre es eine ausgemachte Sache‘?“ Als sie ihn zitierte, machte sie seine tiefe Stimme und seine typischen Gesten nach. Sie musste so lachen, dass sie ihm ein Schmunzeln entlockte, als sie sich die Tränen aus den Augen wischte.

„Du undankbares Balg“, schalt er sie.

„Weil ich es wage, über dich zu lachen, mein Prinz? Das wirst du aushalten müssen, wenn du vorhast, eine Prinzessin zu heiraten, die sich nur von einem Titel nicht beeindrucken lässt“, neckte sie ihn. „Du beeindruckst auf andere Weise, mein Liebster. Ich würde mir nicht allzu große Sorgen machen.“

Er konnte ein Lächeln nicht unterdrücken und zog sie wieder an sich.

„Sag das noch mal“, verlangte er flüsternd an ihrem Ohr. „Wenn du wüsstest, wie sehr mich das freut …“

„Mein Liebster“, wiederholte sie sanft und ließ es zu, dass sie errötete. „Mein Liebster, mein Gebieter, wenn du es wünschst. Ich hätte keine Zukunft, wenn du nicht ein Teil davon wärst, Damien. Ich wusste das, als ich zu dir gekommen bin. Wahrscheinlich schon lange bevor ich es mir selbst eingestanden habe. Ich werde mich immer an deine Zusicherung erinnern. Sie wird mich nie verlassen.“

„So wie ich gelernt habe, deine umsichtigen Gedanken zu schätzen. Du wolltest Gewissheit, um anderen nicht mehr Schaden zuzufügen als unbedingt notwendig. Ich begreife das jetzt.“

Sie hob das Kinn und ließ sich von ihm zärtlich küssen, und kurz bevor er sie losließ, lächelte sie bereits wieder.

„Gibt es noch etwas, das du gern besprechen wolltest?", fragte sie ihn. „Gibt es noch etwas, das dich beunruhigt?"

„Tatsächlich sind da noch zwei Dinge. Das wird unsere erste gemeinsame Entscheidung als Herrscher sein."

„Das klingt ernst."

„Teils, teils. Zuerst möchte ich Windsong und Lyric alles vergelten, was sie für uns beide getan haben. Normalerweise würde ich eine feierliche Versammlung vorschlagen, doch das würde ihnen keine Freude machen."

„Dann mach doch eine nette kleine Runde daraus. An einem hübschen Ort und nur mit den Schattenwandlern, bei denen sie sich sicher und geborgen fühlen. Mach es zu einer ganz besonderen Ehrung, und gib ihnen trotzdem das Gefühl, dass sie jederzeit Nein sagen können, ohne Angst haben zu müssen, dass sie dich beleidigen."

„Vielleicht eine Hochzeit?", schlug er vor und begriff sofort, worauf sie hinauswollte.

„Ja. Lenk die Aufmerksamkeit von ihnen weg. Sie wären befangen, wenn sie bei der Zusammenkunft im Mittelpunkt stünden. Also stehen wir im Mittelpunkt. Zur Hochzeit des Vampirprinzen eingeladen zu werden wird eine ungewöhnliche Ehre für sie sein."

„Vielleicht mit Noah als Gastgeber. Das ist eine vertraute Umgebung. Es ist ein gut organisiertes und sicheres Umfeld, das der Dämonenkönig vollständig unter Kontrolle hat. Ein Vorteil, den, wie ich fürchte, mein Zuhause nicht mehr bieten wird, sobald die Neuigkeit von der Hochzeit die Runde macht."

„Nur die engsten Familienangehörigen werden dabei sein. Und dazu zähle ich selbstverständlich auch Jasmine."

„Ich weiß."

„Und die zweite Sache?", wollte sie wissen. „Die ernstere, nehme ich an. Die erste war ja ziemlich harmlos."

„Stimmt. Die zweite Sache ist Ruth. Sie ist wie schon so oft auch nach dem Angriff auf dich entkommen. Wir müssen sie finden und sie bestrafen, wenn nicht gar ganz ausschalten. Sie wird immer mächtiger, je länger sie da draußen ist. Ich denke, es ist Zeit, sie ernsthaft zu verfolgen, eine konzertierte Aktion, wie die Schattenwandlerbibliothek. Es betrifft uns alle, und wir sind alle dafür verantwortlich."

„Das denke ich schon seit Langem. Jeder versucht es mit seinen Mitteln, aber selten denken wir daran, unsere Kräfte zu bündeln, um sie endgültig zu fassen. Sie ist wahnsinnig. Man kann es in ihren Augen sehen. Wahnsinnig und böse ist die schlimmste Verbindung, die es gibt."

„Nimm noch Intelligenz und eine ungeheure Machtfülle dazu, und du hast den Grund dafür, warum sie uns so oft entwischt ist."

„Ich glaube, sie ist die größere Bedrohung", sagte Damien, während er langsam den Großen Saal im Schloss des Dämonenkönigs durchschritt. „Wenn wir uns aufteilen und uns auf die Suche machen, uns dann nochmals aufteilen, um uns sowohl auf sie als auch auf die Magier zu konzentrieren, dann schwächen wir uns und machen uns höchst verwundbar. Ich glaube, dass wir sie deshalb nie erwischt haben. Sie ist eine Kreuzung eingegangen, sie hat zwei Kulturen angenommen, und dadurch hat sie jetzt doppelten Zugang zur Macht. Wir müssen unsere Kulturkreise ebenfalls verbinden."

Damien hielt inne und blickte in den Kreis der Anführer der Schattenwandler, die um ihn herumsaßen und ihm aufmerksam zuhörten. Ein solches Treffen hatte es noch nie gegeben. Jede bekannte Schattenwandlerart in der Welt war vertreten, und es hatte nur vierundzwanzig Stunden gedauert, um sie zu versammeln.

Andererseits hatte es Tausende von Jahren gebraucht.

Siena und Elijah waren da, die Königin der Lykanthropen und ihr Gemahl; Noah, König aller Dämonen; Hawk, ein Mistralbarde, und Windsong, die Mistralsirene, die älteste und angesehenste ihrer Art; Isabella, die Erste unter den Druiden, die aus der Winterruhe erwacht war; und, zur Überraschung aller, Malaya und Tristan, die beiden Großkanzler der Schattenbewohner.

Obwohl es gegenüber den Schattenbewohnern bereits viele Friedensangebote und Einladungen zu gesellschaftlichen Anlässen gegeben hatte, konnte Damien sich nicht erinnern, dass sie je darauf reagiert hätten. Wegen ihnen war es so düster, und nur das Kaminfeuer und eine speziell platzierte Kerze erhellten den Saal. Ihre Lichtempfindlichkeit war weithin bekannt. Sie waren etwas Besonderes unter den Anführern, die zusammengekommen waren. Es waren eindrucksvolle, leicht dunkelhäutige Gestalten, und ihre Züge waren eine atemberaubende Mischung aus vorderasiatischer Exotik und indianischer Strenge. Beide hatten glattes schwarzes Haar, das glänzte wie polierter Onyx, und unglaubliche Augen.

Syreena nahm ihre feinsinnige Haltung wahr, die sie so nicht erwartet hatte. Der Mann bewegte sich mit der gleichen lässigen Anmut, wie Damien es stets tat. Er trug lange, locker sitzende Kleidung über einem überraschend trainierten und groß gewachsenen Körper. Sie würde sagen, er war für einen bestimmten Zweck so hager und athletisch, er war speziell auf Beweglichkeit und Schnelligkeit trainiert. Sie wusste nicht, woher sie das wusste, doch ihr Instinkt sagte es ihr.

Die Frau war ebenfalls groß und anmutig, eine Primaballerina, deren Gestalt so gebaut war, dass ihre langen Arme und Beine und der lange Hals betont wurden. Sie hatte einen schlichten, eleganten schwarzen Sari mit schwarzer Stickerei an und eine bauchfreie Bluse, die von einem ähnlichen dunklen Blau war wie Damiens Augen. Sie trug ein paar schlichte Schmuckstücke aus Gold, zu denen ein schmaler Ring an ihrem kleinen Finger gehörte und eine hauchdünne Halskette, an der ein Onyxanhänger hing, sowie ein feines Piercing an der Nase, von dem eine sanft wippende, noch dünnere Kette zu einem passenden Clip an ihrem Ohr lief. Der Bogen der Kette betonte den ausgeprägten Wangenknochen, und ein breiter Kajalstrich umrahmte ihre Augen, sodass sie mit eindringlicher Schönheit hervorstachen.

Sie waren in Aussehen und Auftreten ganz anders, als Syreena es sich vorgestellt hatte. Vielleicht war es diese unerwartete Aura von Kultur und Klasse, die so gar nicht zu ihrem Ruf als Unruhestifter passte. Doch das war wahrscheinlich naiv von ihr, dachte sie, während sie sich nach dem Mann umblickte, der in Zukunft auch auf ihre Intelligenz zählen würde. Sie konnte sich eine solche Naivität nicht leisten.

„Wir müssen ebenfalls Kulturen verbinden", wiederholte Damien leise. „Nicht nur eine oder zwei, sondern alle. Jeder Schattenwandler hier ist wegen Ruths Intrigen in Gefahr, davon bin ich überzeugt. Sie hat bereits auf dem Territorium der Dämonen, Druiden und Lykanthropen ihr Unwesen getrieben und ist jetzt auf Mistralgebiet gesichtet worden."

„Und gestern hat sie auf Vampirgebiet zugeschlagen."

Damien und sämtliche Anführer im Saal wandten sich nach Jasmine um, als sie diese niederschmetternde Feststellung machte. Der Prinz war sofort beunruhigt. Er hatte geglaubt, dass sie zu Hause sicher wäre. Doch er konnte an ihrer äußeren Erscheinung ablesen, dass ihre Sicherheit bedroht gewesen war.

„Jasmine, was ist passiert?“

Damien achtete nicht auf die anderen im Saal und eilte zu ihr. Sie sah aus, als würde sie gleich ohnmächtig werden. Sie zeigte eine Schwäche, die Damien an ihr nicht kannte und die ihn aus der Fassung brachte. Er betrachtete sie prüfend, um herauszufinden, ob sie verletzt war.

„Nein, nein, es geht mir gut“, sagte sie, obwohl sie sich auf seinen Arm stützte. „Ich bin nur müde und müsste dringend auf die Jagd gehen. Zum Glück bin ich draußen auf Horatio getroffen und musste mich nicht hereinschleichen. Ich glaube wirklich nicht, dass ich das geschafft hätte.“

„Ich nehme an, du bist Ruth begegnet.“

Jasmine blickte zu dem Dämonenkönig auf, der sich an sie gewandt hatte. Wie üblich kam er direkt auf den Punkt. Doch sie nahm es ihm nicht übel. Das mit Ruth war eine bitterernste Angelegenheit.

„Ich habe den Großteil der Nacht in ihrer Gesellschaft verbracht. Sie kam so gegen elf und ist eine Stunde nach Sonnenaufgang wieder verschwunden. Ich nehme an, das war Absicht, damit ich ihr nicht folgen konnte.“

„Oh mein Gott!“, rief die Druidin Isabella aus. Isabella wusste aus eigener Erfahrung, was schon fünf Minuten in Ruths Gegenwart einem antun konnten. Sie konnte sich nicht vorstellen, was mit jemandem geschah, der dieser Wahnsinnigen so lange ausgeliefert war, wie Jasmine behauptete.

Obwohl es mehrere solcher Reaktionen gab bei denen, die Ruth gut kannten, war die einzige, die Jasmine traf, die von Syreena. Aus den Augenwinkeln erkannte sie, wie die Prinzessin blass wurde, im Gegensatz zu den anderen jedoch schwieg.

Wenn es nicht bereits zu spät gewesen wäre, hätte Jasmine vielleicht Zeit gehabt, diesen Gleichmut zu bewundern.

Doch es *war* bereits zu spät.

Allerdings wusste das noch keiner.

Jedenfalls noch nicht.

„Jasmine, setz dich und berichte uns!", forderte Damien sie auf und musterte sie erneut prüfend, um zu sehen, ob sie verletzt war. Er war verwirrt. Wie konnte sie eine Begegnung mit Ruth gehabt haben und fast unverletzt davongekommen sein? Er war dankbar dafür, doch er hatte gesehen, was Ruth mit Syreena in nur wenigen Stunden angestellt hatte. Acht Stunden zusammen mit Ruth, und Jasmine war beinahe unversehrt? Das grenzte an ein Wunder.

„Lass mich damit anfangen, dass fast alles, was du mir über Ruth erzählt hast, gelogen ist, Damien. Zumindest erweist es sich jetzt so", fügte sie hinzu, während sie beobachtete, wie er reagierte. „Sie ist zehnmal mächtiger, als du mir gesagt hast. Sie hat mich die ganze Zeit allein mit ihrer geistigen Macht gefangen gehalten. Ich habe so etwas noch nie erlebt. Alles, was ich wusste, weiß sie jetzt auch." Sie blickte die Lykanthropenkönigin an. „Auch, wo sich die Bibliothek befindet, fürchte ich."

„Oh mein Gott! Jinaeri! Sie ist nicht ausreichend geschützt! Es gibt nur ein paar Wachen dort und je nachdem auch ein paar Schattenwandler …"

„Deshalb bin ich so schnell wie möglich gekommen. Entspann dich, Siena!", beruhigte Jasmine sie, während sie erschöpft eine Hand hob und sie dann wieder sinken ließ. „Ich habe Anya getroffen, die Generalin eurer Elitearmee, und sie kümmert sich darum. Sie hat mir gesagt, wo ich euch alle finden kann." Jasmine blickte zu Damien auf. „Ich weiß nicht, was danach passiert ist. Wenn Ruth sich bei Tageslicht fortbewegen oder sich über die gesamte Entfernung teleportieren kann, ist es wahrscheinlich längst zu spät."

„Im Moment kann keiner von uns etwas tun." Elijah sprach leise, während er seiner Frau eine Hand auf die Schulter legte und sie sanft auf ihren Platz drückte. „Ruth hatte bereits den ganzen Tag, um Unheil anzurichten. Ich denke, sie ist auf jeden Fall stark genug, um die Trägheit zu überwinden, die uns am Tag befällt, aber sie kann wahrscheinlich nicht sehr lange durchhalten. Hoffen wir, dass sie bis zum Abend gewartet hat, um Unruhe zu stiften. So oder so, jetzt ist es jedenfalls schon passiert."

„Elijah, ich kann doch nicht einfach nur hier herumsitzen …"

„Überstürzt zur Bibliothek zu rennen, könnte genau das sein, worauf Ruth wartet, Siena." Elijah war mit seiner Äußerung sehr direkt, versuchte jedoch seinen ernsten Ton nicht so klingen zu lassen, als würde er sie zurechtweisen. Es wäre nicht richtig, sie vor so vielen wichtigen Personen vorzuführen. „Sie hat Jasmine aus einem bestimmten Grund relativ unversehrt gehen lassen. Der Grund könnte sein, dass sie Alarm schlägt und wir so in eine Falle von ihr tappen."

„Ich verstehe nicht." Malaya sprach zum ersten Mal, und alle lauschten aufmerksam, vor allem Jasmine, die sie noch gar nicht wahrgenommen hatte. „Verzeih mir!", entschuldigte sich die Schattenbewohnerin mit ihrem wohlklingenden exotischen Akzent. „Ich will nicht unterbrechen, aber ich verstehe nicht, wie eine abtrünnige Dämonin Vampire angreifen kann. Oder gar Lykanthropen."

Noahs Seufzer war der Auftakt zu einer fälligen Antwort.

„Malaya … das ist eine lange Geschichte, die mit den abstrusen Ideen einer verrückten Frau zu tun hat."

„Nein, Noah, das ist es nicht." Jasmine räusperte sich. „Es ist ein Fehler zu glauben, dass Ruths Wahnsinn keine Methode hat, ihre Logik und ihr Verstand funktionieren beängstigend gut. Vielleicht hat sie früher leere Drohungen ausgestoßen, aber jetzt … jetzt ist klar, dass sie einen ausgeklügelten Plan hat, und sie setzt ihn bereits seit einer Weile systematisch in die Tat um."

„Jasmine hat recht", fügte Elijah anerkennend hinzu. „Wir sind ihr in den letzten Monaten an den unmöglichsten Orten zu den unmöglichsten Zeiten in die Arme gelaufen, und sie hat Dinge getan, die wir uns nicht erklären können. Aber wenn man das alles zusammennimmt …"

„Sie sucht nach etwas", seufzte Syreena leise. „Wir wissen, dass sie auf der Suche nach der Bibliothek war, als wir sie rein zufällig auf dem Territorium der Lykanthropen dabei erwischt haben, wie sie so etwas wie eine archäologische Grabung begonnen hatte."

„Das Schwarze Buch. Sie war hinter dem Handbuch für schwarze Magie her", stimmte Jasmine zu. „Sie hat es selbst gesagt."

„Und das ist inzwischen wahrscheinlich in ihrem Besitz! Oh mein Gott", stammelte Syreena voller Angst und Zorn, „du hattest recht, Noah, wir hätten es verbrennen sollen!"

„Mmm." Noah dachte nach, und seine graugrünen Augen huschten zu Isabella hinüber und fingen den entsetzten Ausdruck auf ihrem Gesicht auf. Sie hatte sich damals dagegen ausgesprochen, und nun fühlte sie sich zweifellos zutiefst schuldig.

Doch Noah bekam sofort Mitleid mit ihr. „Wir können es jetzt tun", sagte er langsam. „Das Buch ist unten."

„Es ist wo?"

Die Ausrufe prasselten von allen Seiten auf ihn ein.

„In der Dämonenbibliothek", erklärte er. „Siena und ich haben schon vor längerer Zeit darüber gesprochen und beschlossen, dass wir einen sichereren Ort dafür brauchen, sobald die Bibliothek geöffnet ist. Besonders weil Ruth hinter dem Buch her war.

Ich habe mich so schnell wie möglich darum gekümmert, vor allem nach dem, was mit dir passiert ist, Syreena."

„Aber ich habe es erst vor ein paar Tagen dort gesehen", bemerkte Jasmine.

„Natürlich. Es wäre nicht sehr klug, den Besuchern der Bibliothek zu erzählen, was damit passiert ist, für den Fall, dass Ruth den Ort entdecken und deren Verstand ausforschen würde. Ich kenne meinen Feind, Jasmine. Ich habe es durch einen gleich aussehenden Band ersetzt, nur dass dieser", er zog einen Mundwinkel zu einem Grinsen hoch, „voller, ich würde sagen, Dämonen-Limericks ist."

Jasmine blieb vor Überraschung der Mund offen stehen, und Isabella stöhnte und lachte dann erleichtert auf, doch am meisten kicherten die Schattenbewohner. Syreena schaute sie an, sah ihre funkelnden dunklen Augen und ihr weiß blitzendes Lächeln. Sie waren regelrecht entzückt von Noahs geschicktem Schachzug gegen ihren Feind. Das verdiente sogar ihre Bewunderung.

„Gut gemacht. Wirklich gut gemacht", sagte der Schattenbewohner, und seine tiefe Stimme trug seine Erleichterung durch den ganzen Saal. „Ruth hat also wahrscheinlich ein Buch mit wertlosen Reimen gestohlen."

„Ich hoffe nur, sie bemerkt es erst, wenn sie damit verschwunden ist", sagte Noah, und sein Lächeln verschwand. „Ich will gar nicht daran denken, wie sie wütend wird und es an denjenigen auslässt, die sie sonst vielleicht am Leben gelassen hätte."

„Elijah hat recht, Noah, du kannst es nicht mehr ändern, was Ruth getan hat, oder dich verantwortlich machen für das, was sie von jetzt an noch tun wird, bis wir nicht einen Weg gefunden haben, sie zu stoppen", sagte Damien. „Es ist Zeitverschwendung, und es untergräbt den Kampfgeist, den wir unbedingt brauchen, wenn wir uns mit Dingen aufhalten, die wir im Augenblick nicht stoppen können."

„In der Zwischenzeit müssen wir alles tun, damit ihr das verdammte Buch nicht in die Hände fällt", sagte Jasmine nachdenklich. „Sie glaubt, dass sie oder andere Schattenwandler den richtigen Gebrauch davon machen und dass die Magie die Menschen zerstört hat oder gescheitert ist, weil sie zu schwach dafür waren. Sie glaubt, Schattenwandler können damit umgehen, ohne die Kontrolle zu verlieren, ohne böse zu werden."

„Blödsinn", bellte Elijah. „Hat sie in letzter Zeit einmal an sich gerochen? Sie stinkt wie ein Müllhaufen. So riechen alle bösen Wesen für uns, vor allem diejenigen, die von Magie befleckt sind."

„Sie gehört jetzt dazu, also merkt sie es nicht, im Gegensatz zu uns", sagte Siena.

„Das ist noch nicht alles", mischte sich Jasmine ein. „Da ist noch jemand."

„Noch jemand?", fragte Noah schneidend. „Was soll das heißen?"

„Sie hat mir erzählt, dass sie bereits eine rechte Hand hat, als sie mir ebenfalls einen Platz in der größer werdenden Gruppe anbot. Es war klar, was sie damit sagen wollte. Sie hat einen anderen Schattenwandler auf ihre Seite gebracht. Ich weiß nicht, wen oder wie, aber es klang nach einer sehr ernsten Entwicklung."

„Das kann ich mir vorstellen. Verflucht soll sie sein!", fauchte Elijah bedrohlich. „Schon zwei! Und wenn sie einen umdrehen konnte, wird sie nach weiteren suchen!"

„Das wird sie", stimmte Jasmine zu. „Sie hat festgestellt, dass Menschen dir nichts anhaben können, dass sie Schattenwandler an ihrer Seite braucht. Schattenwandler, die Magie anwenden, die sie noch stärker macht. Deshalb hat sie mich gehen lassen,

Damien. Sie wollte, dass ich dir das sage. Sie wollte, dass ihr alle erfahrt, dass es euch nicht mehr so leicht gelingen wird, ihre Anhänger auszuschalten."

„Das ist ein mentaler Trick." Noah nickte grimmig. „Sie will uns Angst einjagen. Angst wird uns schwächen."

„Es funktioniert schon", sagte Isabella erschauernd.

Die Diskussion ging weiter, doch Jasmine drehte sich zu Damien um, zog ihn zu sich heran und flüsterte ihm etwas ins Ohr. Der Prinz entschuldigte sich einen Moment und führte Jasmine am Arm fort. Syreena beobachtete, wie sie sich entfernten, und versuchte angesichts der Heimlichtuerei nicht gekränkt zu sein. Sie hatte sich vorgenommen, so etwas nicht zu tun und ihn seine Freundschaft mit Jasmine so pflegen zu lassen, wie er es für angemessen hielt, bis auf die wenigen Bedingungen, die sie ihm gestellt hatte.

Das wiederholte sie stumm für sich, während sie zusah, wie die beiden in den Garten gingen.

13

Damien führte Jasmine hinaus, wo sie ein Gespräch unter vier Augen führen konnten, um das Jasmine ihn gebeten hatte.

„Damien, ich muss dir etwas Schreckliches gestehen, etwas, worüber du mit Recht ziemlich böse sein wirst. Aber ich muss es dir sagen, weil so viel auf dem Spiel steht."

„Einverstanden", sagte er, während er halb auf einer Steinmauer saß, die den Garten umschloss, in den sie sich begeben hatten.

„Ruth hat das Buch mitgenommen, das ich gerade gelesen habe."

„Verstehe. Aber sie wird auf alle anderen Bücher in der Bibliothek genauso Zugriff haben, wenn Anya sie nicht aufhält."

„Der Unterschied ist, dass ich nicht weiß, wie wichtig diese Bücher sind. Aber die Bedeutung dieses Buchs ist mir schon eine ganze Weile bewusst, und ich kann nicht außer Acht lassen, welchen Schaden es anrichten kann."

„Erklär es mir!", forderte er sie leise auf.

„Du hast mich gebeten herauszufinden, ob es vor deiner Beziehung mit dieser – mit Syreena", verbesserte sie sich gerade noch rechtzeitig und lächelte verlegen, „schon einmal eine solche Verbindung gegeben hat. Nun, ich habe etwas darüber in diesem Buch gefunden."

„Wann war das?", fragte er noch immer in leisem Ton, was viel nervenaufreibender war, als eine wütende Reaktion es vielleicht gewesen wäre.

„Vor ein paar Tagen. Nachdem Jinaeri Bibliothekarin geworden ist. Aber du hattest dich bereits mit der – mit Syreena versöhnt." Jasmine stieß verärgert die Luft aus. „Ich habe mir gesagt, dass du die Information jetzt nicht mehr brauchst, doch das war falsch von mir, egal, wie man es betrachtet. Es gibt Dinge, schöne und schreckliche, die du wissen solltest."

„Dann lass uns zum Kern der Sache kommen, meinst du nicht?" sagte er direkt.

„Einverstanden. Es gibt einen früheren Fall. Und tatsächlich sind in diesem Buch Zeremonien beschrieben, die ausschließlich für die Hochzeit zwischen Vampiren und fremden Schattenwandlern bestimmt sind. Vor ein paar Tausend Jahren war es anscheinend ganz verbreitet. Wie du schon vermutet hast, kommen daher die Mythen über Vampire, die unterschiedliche Gestalt annehmen können. Wenn sich ein Vampir und eine Lykanthropin also zueinander hingezogen fühlen und ihre Seelen zusammenpassen, können sie sich in einem Vorgang, der als Austausch bezeichnet wird, verloben. Der Austausch ist der erste Schritt zu einer Zeremonie namens Bindung. Anders ausgedrückt, einer Hochzeit. Der Austausch ist wörtlich gemeint. Der Vampir trinkt vom Blut seiner Verlobten. Wenn er das tut, nimmt er für alle Zeiten ein Element seiner Gefährtin auf."

„In meinem Fall den Raben."

„Ja. Aber da ist noch mehr. Sie muss auch von dir trinken, um die Zeremonie abzuschließen. Sobald dieser Kreis geschlossen ist, nimmt sie eine Eigenschaft von dir an. Ich weiß nicht, welche, aber es ist etwas, was unsere Vorfahren so stark beeindruckt hat, dass sie deswegen ein bisschen in Panik geraten sind." Sie wischte ihre Gedanken weg. „Doch ich greife vor. Ich habe außerdem herausgefunden, dass es eine sehr gute Begründung für die Tabus gibt, die wir über die Jahrhunderte entwickelt haben.

Während es nur eine einzige Bindung zwischen einem Vampir und einem Lykanthropen geben kann, kann der Austausch ein Dutzend Mal stattfinden. Sogar tausendmal. Verstehst du? Dein Herz wird für alle Zeiten an diese Frau gebunden sein, sobald du ihr erlaubst, von dir zu trinken. Nichts, keine Macht der Welt kann das ändern, nur der Tod. Dasselbe gilt für sie. Sie ist bis zu deinem Tod an dich gebunden.

Doch der Schrecken geht vom Vampir aus, Damien. Ein Vampir, der von einem Schattenwandler trinkt, kann dessen Kräfte annehmen, so wie ein Kind Spielzeug sammelt, und kann sie in seinen Bestand einbauen, bis er sämtliche Eigenschaften beisammen hat wie bei einer vollständigen Sammlung. Begreifst du, was ich sagen will?" Sie atmete schwer. „Ein Vampir kann damit unbezwingbar werden. Nichts, keine Macht der Welt könnte ihn je aufhalten, wenn er beschließen würde, alle Macht an sich zu reißen. Die Entscheidung, nicht mehr von Schattenwandlern zu trinken, war moralischer Natur. Unsere Vorfahren haben sich versammelt und geschworen, ihren Kindern beizubringen, dass sie Angst davor haben müssen, Blut von Schattenwandlern zu trinken. Sie erfanden Fabeln und Geschichten und haben sie damit zu Tode erschreckt. Sie haben damit zukünftige Generationen unter Kontrolle gebracht, weil sie gesehen hatten, was passiert, wenn es erlaubt ist."

„Verdammt", murmelte Damien heiser, und der Schock stand ihm ins Gesicht geschrieben.

„Es war ein Opfer, Damien, mit Auswirkungen. Ja, sie waren erfolgreich bei dem, was sie wollten, aber ich habe in der Zwischenzeit herausgefunden, dass wir genau deshalb so sind, wie wir sind. Als sie uns diese besondere Verbindung genommen haben, haben sie uns auch der Liebe und der emotionalen Tiefe beraubt, die damit einhergeht. Sie haben uns die Möglichkeit genommen, das zu bekommen, was du jetzt mit dieser von dir ausgewählten Frau hast. Das ist es, was uns so traurig macht, Damien. Darum halten wir es manchmal nicht mehr aus auf der Erde; und das ist der Grund, warum wir nicht heiraten. Wir haben den Partnerpool zerstört und uns damit großer Gefühle beraubt. Ein Opfer, das wir gebracht haben, um nicht Unschuldige zu vernichten, falls wir beschließen sollten, Machtmonster zu werden.

Darum haben wir so wenig Nachwuchs. Es bedarf einer tiefen Liebe und eines intensiven Wunsches, Kinder großzuziehen. Wir haben Kinder, aber wir ziehen sie nicht groß. Sie ... wachsen irgendwie auf. Wir haben Sex, aber keine Liebe. Keinen wahren Genuss, obwohl wir mit willkürlicher Sinnlichkeit permanent danach suchen. Wir suchen, wir verspüren ein Verlangen, aber während all der Jahrhunderte haben wir nie gewusst, wonach genau wir uns sehnen. Wir haben", sie schluckte schmerzerfüllt, „zusammen mit unserer Angst auch unser Glück weggeworfen."

„Genau wie die Dämonen, als sie die Druiden vernichtet haben", murmelte Damien.

„Obwohl die Dämonen nicht wussten, worauf sie sich damit eingelassen haben. Aber ich denke, unsere Vorfahren wussten das. Ich bin mir nicht sicher", fügte sie hinzu, und als er sie fragend anblickte, sagte sie: „Es gab eine Menge beschönigende Formulierungen. Trotzdem haben sie die Geschichte aufgeschrieben und die Hoffnung geäußert, dass wir eines Tages als Spezies reif genug sein würden, um erneut Verantwortung zu übernehmen. Partnerschaften einzugehen, ohne die Gelegenheit zu nutzen, sie auf verbrecherische Weise auszubeuten. Du hast diesen Austausch aus Versehen gemacht. Kannst du dir vorstellen, was wäre, wenn die anderen wüssten, dass sie es mit Absicht tun können?"

„Jas, weißt du, worum du mich hier bittest?“, verlangte er von ihr zu wissen. „Du bittest mich um eine unmögliche Entscheidung!“

„Das weiß ich! Warum, glaubst du, habe ich das so lange für mich behalten? Ich wollte dir das nicht antun! Aber jetzt, wo Ruth dieses Buch hat, habe ich keine andere Wahl. Wenn sie es liest ...“

„Wenn sie einen Vampir findet, den sie auf ihre Seite locken kann ...“, fügte er gequält hinzu.

„Dann haben wir es mit etwas viel Schlimmerem zu tun als mit einem wahnsinnigen Dämon, der sich der schwarzen Magie bedient. Und dann ist da noch die Frage, wie wir mit den ganzen Informationen umgehen.“

„Ja, ich weiß“, stieß er bitter hervor. „Soll ich weiter dabei zusehen, wie mein Volk durch diese Welt geht und die Schmerzen und Qualen von Einsamkeit und einem verzweifelten Bedürfnis durchlebt, ohne die Linderung durch Liebe, Freude und Erfüllung erfahren zu können? Soll ich ihnen die Freiheit geben, die Liebe kennenzulernen, mit der ich gesegnet wurde? Wie soll eine einzige Person eine solche Entscheidung treffen? Wie soll ich über das Schicksal so vieler bestimmen?“

„Das ist deine Pflicht als Prinz“, sagte Jasmine.

„Nein, das ist es nicht! Eine Regierung hat nicht das Recht, jemandem sein Glücksstreben vorzuschreiben! Und wir sprechen hier nicht mehr nur von meinen Leuten, Jasmine. Die Leute der Anführer in diesem Raum sind ebenfalls betroffen. Wie oft haben wir von der Einsamkeit und dem Alleinsein der anderen Schattenwandler gehört? Was, wenn diese furchtbare, verzweifelte Situation daher rührt, dass sie Vampirpartner bräuchten, die aber gar nicht in ihre Nähe kommen?“

„Dämonenpartner, die gar nicht in ihre Nähe kommen“, fügte sie nachdenklich hinzu und dachte dabei an Elijah und Siena.

„Jasmine."

Mehr brachte Damien im Moment nicht heraus. Die Konsequenzen dieser Entdeckung waren vielschichtig und außergewöhnlich. Das war nicht der erste Hinweis darauf, dass die verschiedenen Arten von Schattenwandlern irgendwann einmal zusammengehört hatten. Der deutlichste Hinweis war die Bibliothek. Eine gemeinsame Anstrengung zwischen den Clans, die dafür bekannt waren, dass sie sich bekämpften. Dann dachte er an die Schattenbewohner da drinnen, die Anführer einer Spezies, von der sie geglaubt hatten, dass sie keinerlei politische Struktur besaß.

„Jas … ist dir klar …" Er hielt inne und schluckte nervös. „Ist dir klar, dass zum ersten Mal in meinem Leben kein Schattenwandler im Krieg ist? Immer gab es irgendetwas. Seit Sienas Krönung war der einzige Krieg, den wir als solchen bezeichnen konnten, der kalte Krieg gegen die Schattenbewohner. Soweit ich mich erinnern kann, gab es in den letzten Jahrzehnten keinen feindlichen Angriff, aber wir haben sie wegen allem Möglichen verdächtigt, dass sie heimlich irgendetwas anzettelten. Doch wenn ich mir ihre Kanzler anschaue, wird mir klar, dass sie oft nur als Sündenbock herhalten mussten. Damit war schnell eine einfache Erklärung zur Hand."

„Bleib beim Thema", wies Jasmine ihn sanft zurecht. „Worum geht es?"

„Vielleicht darum, dass es an der Zeit ist, dass wir uns nicht mehr um die Angelegenheiten von Vampiren, von Dämonen und von Lykanthropen kümmern, sondern sie zu Angelegenheiten von Schattenwandlern machen." Er blickte sie ernst an. „Das, was du mir da erzählt hast, betrifft nicht nur die Vampire. Es betrifft die Schattenwandler. Es betrifft uns alle."

„Damien!", zischte sie. „Du wirst doch nicht etwa hineingehen und den anderen so etwas erzählen! Sie könnten uns als potenzielle Bedrohung betrachten, wenn du ihnen das von dem Austausch erzählst und von der Macht, die wir dadurch erlangen können!"

„Vielleicht. Und vielleicht hätten sie sogar recht damit. Genauso wie sie ein Recht darauf haben, zu erfahren, ob wir unser Herz vor dringend benötigten und ausgewählten Partnern verstecken, Jas. Ich weiß, dich interessiert das nicht besonders, weil du diese emotionalen Dinge für eine lästige Schwäche hältst, doch ich kann dir sagen, das ist es nicht. Es ist eine Stärke. Es ist eine mächtige Kraft, geliebt zu werden und zu lieben."

„Verstehe. Eine mächtige Kraft, die einen dazu bringt, dass man sich in der Sonne röstet wie ein Toastbrot?", sagte sie mit bitterem Sarkasmus.

„Oder Gift in der Familienkrypta trinkt oder den König von Camelot betrügt oder Füße gegen Flossen eintauscht und zuschaut, wie die große Liebe eine andere heiratet. Ja, Jasmine, all diese schrecklichen Dinge und mehr. Doch wenn es funktioniert, wenn die Chance besteht, dass es eingelöst wird, bekommt man die Prägung, die Bindung, und es wird Ehen geben, die von einem Leben bis ins nächste halten. Partnerschaften, Freundschaften, Freude und körperliche Liebe." Während seiner leidenschaftlichen Rede hatte er ihre Hand ergriffen. „Du musst auf der Erde bleiben, Jasmine, und jeden Tag etwas Neues lernen, sodass es nie langweilig wird. Du bist in der Lage, dich um etwas zu kümmern, das viel mehr ist, als du selbst bist, und das auch viel wertvoller ist. Willst du nicht wissen, wie das ist?"

„Ich will nie wieder einen solchen Schmerz erleiden wie in der letzten Woche, als ich erfahren habe, dass ich dich verlieren werde, Damien! Kannst du dir vorstellen, wie ich leiden würde, wenn ich verliebt wäre. Ich kann den Gedanken daran nicht ertragen!"

Doch da war etwas in der Art, wie er über seine neue Liebe sprach, die Leidenschaft und die Wahrheit und das Vertrauen, das er ausstrahlte, das auch in ihr den Wunsch weckte zu wissen, was er fühlte. Plötzlich wollte sie wissen, was sie da vermisste.

Nein.

Nicht plötzlich.

Schon immer. Jeden Tag ihres Lebens hatte sie gewusst, dass irgendetwas fehlte. Mehr als die anderen, da sie viel sensibler war und darüber immer wieder in tiefe Verzweiflung gestürzt war, ohne zu wissen, warum.

Was, wenn hier das Warum lag? Sie hatte das schon früher gesagt, doch sie hatte nicht wirklich darüber nachgedacht, was das bedeuten könnte. Sie hatte nicht erkannt, was damit gewonnen werden konnte. Sie hatte zu viel Angst davor gehabt, als sie mit ansehen musste, wie Damien sich von ihr entfernte.

Und was noch entscheidender war, sie war eifersüchtig gewesen.

„Verdammt, Damien", flüsterte sie, schüttelte seine Hand ab und drehte sich weg.

Der Prinz betrachtete einen Moment lang ihren Rücken und wusste, womit sie kämpfte. Er war in der vergangenen Woche selbst durch diese kritische Selbstbefragung gegangen. Es gab nur eine einzige Wahrheit, soweit es ihn betraf, nur eine Sache, auf die es letztlich ankam.

Er würde bis ans Ende der Welt gehen, um Jasmine so glücklich zu sehen, wie er es jetzt war.

Er würde alles dafür tun.

„Ich würde Syreena einsetzen, wenn ich dich damit glücklich machen könnte", sagte er sanft.

Jasmine drehte sich abrupt um und verschränkte abwehrend

die Hände unter den Brüsten, als sie ihn ansah. „Nein, das würdest du nicht. Du würdest lieber sterben, als dabei zuzuschauen, wie ihr etwas passiert."

„Ich spreche von einem anderen Einsatz, Jasmine. Ich meine, ich würde es riskieren, mit ihr vor die Öffentlichkeit zu treten. Ich würde es wagen, sie für jedermann sichtbar neben mich auf den Thron zu setzen, ich würde sie zum Vorbild machen und jede Drohung aushalten, wenn ich damit dir und den anderen, für die ich verantwortlich bin, das Glück geben könnte, das ich selbst jetzt erlebe. Ich hatte von Anfang an recht. Ich habe nicht das Recht, für andere zu entscheiden. Alles, was ich tun kann, ist, die Wahrheit zu sagen und die anderen selbst entscheiden zu lassen, was als Nächstes geschehen soll." Er atmete einmal tief durch. „In meiner Verantwortung liegt es, denen auf die Finger zu schauen, die damit Böses im Schilde führen. Ich muss bei uns so einen Präzedenzfall schaffen, wie die Dämonen es in ihrem Volk getan haben. Ich werde jemanden einsetzen müssen, der diejenigen an die Kandare nimmt, die das Privileg des Austauschs missbrauchen könnten."

„Das ist eine unlösbare Aufgabe, Damien!"

„Nicht für die richtige Person", wandte er ein. „Nicht für jemanden mit den richtigen Sinnen und den entsprechenden Fähigkeiten."

„Jacob und Isabella sind mit den entsprechenden Sinnen auf die Welt gekommen. Wir haben so jemanden nicht."

„Wir alle haben das in uns. Wir haben die Fähigkeit, diejenigen unter uns aufzuspüren, die Macht haben", erwiderte er.

„Dann hinken wir hinterher. Nachdem ein Austausch bereits stattgefunden hat? Das ist ein tödliches Unterfangen."

„Ich habe nicht gesagt, dass es einfach ist. Doch mit dem nötigen Wissen ist es vielleicht vorstellbar."

„Es ist Wahnsinn“, murmelte sie, „aber …“

„Aber?“, ermutigte er sie.

„Vielleicht“, sagte sie nachdenklich, „wenn es nicht nur einen gäbe. Nicht nur einen Vollstrecker. Es sollte einen Anführer geben, jemanden wie … wie Stephan“, sagte sie plötzlich, und die Idee nahm rasch Gestalt an. „Damien, Stephan hat eine ganze Armee von uns zu seiner Verfügung. Da wir mit niemandem sonst Krieg führen, sollten wir ihnen vielleicht eine neue Aufgabe geben. Oder eine doppelte Aufgabe.“

„Sprich weiter!“

„Wir können nicht ohne Armee sein, nur für den Fall, dass es mit dieser Friedensgeschichte, für die du dich so einsetzt, nicht klappt. Aber da nun einmal Frieden herrscht, vertreiben sie sich seit Jahrzehnten die Zeit nur noch mit Trainieren. Im Grunde seit Jahrhunderten. Ehrlich gesagt, ich glaube, sie sind faul geworden. Ihnen innenpolitische Aufgaben zu übertragen, ist vielleicht ganz sinnvoll. Das hält sie außerdem von Dummheiten ab. Du weißt, der beste Vampir ist ein beschäftigter Vampir. Stephan hat seine Soldaten immer sehr sorgfältig ausgewählt. Pflichtbewusst, aufrichtig, gute Kämpfer. Wenn wir sie auf bestimmte Gebiete verteilen, Vampire, Schattenwandler und Menschen, wäre es wie … wie …“

„Ein Netz von Sensoren“, ergänzte er. „Ein Überwachungssystem, um gesetzlose Vampire zu schnappen, bevor sie zu weit gehen.“

„Mehr noch. Gesetzlose Schattenwandler ganz allgemein. Natürlich würden wir keinem fremden Volk schaden wollen, aber wir könnten deren Heimatländer alarmieren.“

„Siehst du. Genau das meine ich. Wenn alle sechs Schattenwandlervölker gemeinsam handeln würden, könnten wir uns selbst und uns gegenseitig vor den Ruths dieser Welt schützen.

Wahrscheinlich gibt es sogar in jedem unserer Völker eine Ruth oder mehrere Ruths. Jemanden, dem es stets gelingt, außerhalb unseres Überwachungssystems zu bleiben."

„Wie Nico. Du hattest Glück, Damien, dass er in diesem Kampf getötet wurde." Sie lächelte, und ihre Augen glänzten im Mondlicht. „Diese Krieger auf unserem Territorium zu haben, ist vielleicht gar keine so schlechte Idee. Ich weiß, dass du immer dazu in der Lage warst, dich um dich selbst zu kümmern, und es ist nicht unsere Art, einen offiziellen Hofstaat zu halten, aber vielleicht ist es überfällig. Dieses Spiel vom König der Berge, das wir um deinen Thron veranstalten, ist reif für einen Wandel. Vielleicht sollten wir einen richtigen Hof haben, mit den angemessenen Schutzmaßnahmen, um diejenigen einzuschüchtern, die dir schaden wollen … und auch Syreena. Sie werden sie benutzen, um dich zu treffen."

„Ich weiß. Sie werden eine Überraschung erleben, denn sie ist nicht so leicht zu übertölpeln. Doch es wäre mir lieber, ich könnte ihr diesen Schmerz ersparen. Vor allem …" Er hielt inne und schaute zu Boden, kickte einen Stein weg und lächelte verschmitzt. „Vor allem, wenn wir eine Familie gründen wollen, was sie sich so sehnlich wünscht." Er blickte Jasmine an, und in seinen Augen standen Freude und Dankbarkeit. „Was ich jetzt, dank dir, Jasmine, für möglich halte. Ich kann mir nicht vorstellen, dass Hochzeiten außerhalb der eigenen Spezies so normal gewesen wären, wie du behauptest, wenn man keine Kinder bekommen könnte."

„Daran habe ich noch gar nicht gedacht", gestand sie und musste ebenfalls lächeln. „Aber noch mal: Ich habe keinen Anlass, über solche Dinge nachzudenken. Du überraschst mich, Damien. Du hast nie ein Kind gehabt."

„Du auch nicht", stellte er fest.

„Wir sind nicht gerade der Elterntyp. Ich bin es noch immer nicht."

„Solange du keine Veränderung zulässt, Jasmine."

„Schwangerschaft?" Jasmine schüttelte sich theatralisch. „Nicht dran zu denken. Beschäftige du dich damit. Oder besser noch sie, die das Muttertier für Eure Majestät spielt."

„Und was ist mit Verlieben?"

„Das ist was für dich und für Poeten, nicht für mich." Sie hielt inne, bevor sie einlenkte. „Jedenfalls nicht so bald. Vor mir liegt eine große Aufgabe, wenn du dich erinnerst. Ich muss Stephan dabei helfen, eine Schutztruppe aufzubauen, und ich muss die Maßnahmen mit unseren Botschaftern absprechen. Dann muss ich dir Vorschläge für einen Botschafter am Hof der Schattenbewohner unterbreiten, weil ich weiß, dass du vorhast, einen hinzuschicken. Wir müssen noch jemanden finden, den wir zu den Mistrals schicken können. Jemanden, der geistig so stark ist, dass er dem Zauber ihrer Stimmen nicht erliegt, der vielleicht musikalisch ist, aber ruhig und sittsam. Jemanden, der wenig redet, der aber, wenn er redet, auch etwas zu sagen hat."

„Ich bin froh, wenn ich hier am Ort einen häuslichen Schutz bekomme. Ich glaube, jemand hat es auf meinen Thron abgesehen", scherzte er und tätschelte sie am Kinn. „Heißt das, du willst bei uns bleiben, Jas?"

„Ich bleibe am Hof", verbesserte sie ihn. „Ich denke, du solltest dich in Rumänien niederlassen, Damien. Unserem Heimatland. Unser Anwesen dort ist groß genug, dass du den Hofstaat so vergrößern kannst, wie es nötig sein wird, und trotzdem gibt es genügend Flügel, sodass du und deine möglichen Gäste eure Privatsphäre habt. Abgesehen davon liegt es näher an der Heimat deiner zukünftigen Braut. Sie könnte regelmäßig zu Besuch nach Hause fliegen."

Damien lachte über ihr listiges Lächeln, das deutlich machte, dass Jasmine das nur recht wäre.

„Versprich mir eins!"

„Es kommt darauf an", erwiderte sie in typischer Vampirart.

„Wenn sich erwiesen hat, dass Syreena die Richtige ist, um neben mir auf dem Thron zu sitzen, wirst du ihr den Respekt entgegenbringen, den sie verdient."

Jasmine dachte kurz darüber nach.

„So viel kann ich dir versprechen. In der Öffentlichkeit werde ich sie immer so behandeln, wie du es von mir erwartest. Ich für meinen Teil halte sie weiterhin für eine kleine, dumme Nuss. Mehr kann ich nicht tun."

„Einverstanden." Er grinste.

„Und ich halte mit meiner Meinung nicht hinter dem Berg, ob das jemandem gefällt oder nicht."

„Ich erwarte, dass du das auch weiterhin tust. Ich habe nichts von einer Beraterin, die mir nicht widersprechen kann."

„Oder deiner Prinzessin. Doch ich werde ihr mit großem Respekt widersprechen", sagte sie großmütig und machte eine schwungvolle Verbeugung.

Damien lachte, streckte den Arm aus und winkte sie zu sich. Jasmine ließ sich von ihm umarmen und seufzte erleichtert auf, als sie spürte, wie er ihr mit den Fingern über das Haar strich, so wie er es immer getan hatte.

Zwei Stunden vor Tagesanbruch erfuhren sie schließlich, was sich in der Bibliothek ereignet hatte. Die Zeit verging unerträglich langsam für Siena, obwohl sie dank Damiens Enthüllungen über die Geschichte der Vampire und deren mögliche Zukunft eine überwältigende Menge an Informationen bekommen hatten. Siena wusste nicht, ob sie so mitteilsam über ihre internen

Probleme gewesen wäre, doch sie begriff schnell, weshalb Damien es für notwendig hielt. Die Vampire waren stets die Ersten gewesen, die in Friedensfragen einen Anfang gemacht hatten, zumindest sobald Damien festgestellt hatte, dass Krieg ihn zu Tode langweilte. Einen Botschafter für den Hof der Schattenbewohner vorzuschlagen, war ein ungeheures Risiko, doch umso erstaunlicher war es, dass sie den Vorschlag akzeptierten. Siena war gerade dabei, sich bewusst zu werden, was für ein interessantes Paar sie in Malaya und Tristan kennengelernt hatte, als Anyas Botin angeflogen kam.

Ihr Name war Nita, und Siena erkannte sie augenblicklich, als sie sich von ihrer Eulenform in die hübsche, rundliche Gestalt von Anyas Lieblingsleutnant verwandelte.

Sie deutete ihrer Königin gegenüber eine höfliche Verbeugung an und dann eine gegenüber den übrigen Würdenträgern, ohne die bemerkenswerte Erscheinung der versammelten Nachtwandler eines Blickes zu würdigen.

„Meine Königin", begann sie ohne Umschweife, „ich habe Neuigkeiten aus der Bibliothek."

„Dann berichte bitte." Siena erteilte ihr ungeduldig das Wort, obwohl ihr die treue Nita die Gelegenheit gegeben hatte zu entscheiden, ob sie es lieber unter vier Augen hören wollte.

„Als wir angekommen sind, war sie völlig verwüstet. Jinaeri berichtet, dass …"

„Jinaeri lebt?", fragte Siena unvermittelt. Seit Stunden hatte sie sich mit Vorwürfen gequält, dass sie eine so gute und enge Freundin in so große Gefahr gebracht hatte.

„Sie hat als Einzige überlebt", berichtete Nita. „Ihre Lemurengestalt hat sie gerettet. Sie ist keine Kämpferin, wie du weißt, also hielt sie es für richtig, sich herauszuhalten. Die Mönche und die anderen hatten allerdings nicht so viel Glück."

„Kelsey?“, fragte Damien schneidend.

„Tot. Es tut mir leid“, sagte Nita leise. „Es gab vier Wachen, drei Mönche und eine Mistral. Es tut mir so leid für euch alle.“

Sie hielt einen Moment inne, als Trauer sich über den Saal senkte.

„Jinaeri hat uns gesagt, dass Ruth nicht allein war. Da war ein …“

„Ein Mann“, unterbrach Jasmine bitter.

„Ein Vampir“, verbesserte Nita.

„Ein was?“, brach es aus Damien heraus, und seine Ruhe war dahin, als er aufsprang. „Woher weiß sie das?“

„Weil er die Mistral überwältigt und ihr die Kehle aufgeschlitzt hat, sodass sie verblutet ist. Nur ein sehr mächtiger Vampir kann dem Gesang einer Mistral widerstehen und dann seine Reißzähne auf diese Weise einsetzen. Sie kamen durch Teleportation herein, haben angegriffen und dann die Bibliothek zerstört. Wir haben keine Spur gefunden. Das ist alles, was wir wissen.“

„Ich kann sie verfolgen. Ich töte dieses …“

„Nein, Damien. Du kannst es nicht allein aufnehmen mit Ruth, geschweige denn mit Ruth und einem Vampir. Es ist so, wie du erst vor ein paar Stunden gesagt hast“, wandte Noah ein, „das ist etwas, was wir in einer gemeinsamen Aktion angehen müssen.“

„Ruth zusammen mit einem Vampir, das ist eine tödliche Verbindung“, rief Jasmine allen anderen ins Gedächtnis. „Je mehr Zeit sie haben, desto schlimmer wird es.“

„Das ist ein Risiko, das wir eingehen müssen“, sagte Noah grimmig. „Unser Wissen ist noch zu neu, als dass wir es gegen Ruth verwenden könnten. Wir sind darauf nicht vorbereitet. Wenn wir unvorbereitet losschlagen, schicken wir nur noch mehr von unseren Leuten in den Tod. Ich werde dieser geisteskranken

Frau keinen von uns opfern. Für meine Leute geht die größte Gefahr von diesem Vampir aus, wenn es stimmt, was du sagst. Natürlich sind wir alle in Gefahr, aber Dämonen verfügen über die verschiedenen Kräfte, die die Vampire begehren. Je mehr wir uns momentan zurückhalten, desto besser. Es ist sinnvoller, wenn wir an jedes einzelne Mitglied unserer Gesellschaft eine Warnung herausgeben. Wir sind so weit verstreut, dass sie wie Lämmer zur Schlachtbank geführt werden, wenn wir sie nicht warnen."

„Einverstanden", sagte Siena ruhig. „Meine Leute sind einfacher zu kontaktieren, weil wir in Gruppen und in Rudeln in Höhlen leben, aber das geht erst, wenn der Winterschlaf vorbei ist."

„Schattenbewohner leben auch meistens in Clans, aber sie streiten gern, und es wird eine Weile dauern, bis sie sich auf ein bestimmtes Vorgehen einigen können", sagte Tristan.

„Eine drohende Gefahr ist das beste Mittel, solche Leute zusammenzubringen", bemerkte Jasmine.

„Wollen wir's hoffen", sagte Elijah. „Noah hat recht, wir haben abgesehen von dieser Bedrohung eine Menge interner Streitigkeiten zu schlichten. Und die Mistrals sind am verwundbarsten. Windsong, deine Leute sind auf die betäubende Wirkung eurer Stimmen angewiesen, um sich zu schützen, doch hier handelt es sich um einen Geistdämon und einen Vampir, und sie sind beide in der Lage, diesen Schutz zu überwinden."

„Das kommt auf die Fähigkeiten der jeweiligen Mistral an." Siena sprach für Windsong, weil sie wusste, was diese gerne vermitteln würde, wenn sie sprechen könnte, ohne die meisten im Saal in Trance zu versetzen. In Zukunft musste sie einen telepathischen Übersetzer für den Barden und die Sirene organisieren, damit sie besser kommunizieren konnten. „Es gibt ein paar unter uns, die der Verführungskraft von Windsongs Fähigkeiten widerstehen können. Damien … vielleicht Jasmine, obwohl ich ihre telepathischen Fähigkeiten nicht kenne."

Damien begann während des Gesprächs mit ungewohnter Ungeduld im Saal auf und ab zu gehen und zog Syreenas besorgten Blick auf sich.

„Ich kann nicht dulden, dass wir über einen so langen Zeitraum untätig bleiben", sagte Damien plötzlich. „Es wäre gewissenlos, wenn wir uns die Gelegenheit entgehen lassen, sie zu verfolgen, jetzt … heute."

„Und was dann? Gegen ihre unermessliche Macht ankämpfen und gegen diesen unbekannten Vampir? Eine Macht, die gerade sieben Schattenwandler auf einen Schlag getötet hat, von denen wir wissen, dass sie hervorragende Kämpfer waren?" Siena gab ebenfalls einen ungeduldigen Laut von sich. „Ich empfinde genau wie du, Damien, aber ich habe an dieses kranke Weib zu viele gute Leute verloren, genau wie Noah, und ich habe schnell begriffen, dass eine überstürzte Jagd auf sie nichts bringt."

„Letztes Mal sind wir Mary losgeworden", sagte Syreena.

„Und das hätte dich fast das Leben gekostet, Syreena, vor nicht einmal einer Woche", gab ihre Schwester zurück. „Ich stimme für Damiens ersten Vorschlag, ein Netz aus gut trainierten Leuten auszuwerfen. Sie ist kein Wesen mit ausgeprägten Sinnen. Irgendwann wird sie über uns stolpern."

„Hoffentlich, bevor sie so viel Macht angehäuft hat, dass sie uns zu Hunderten abschlachten kann", sagte Damien sarkastisch. „Oder bevor sie eine große Gefolgschaft hat. Mein Gedanke bezog sich auf zukünftige Ereignisse und sollte nicht die Gegenwart außer Acht lassen." Er blieb unvermittelt stehen und hob eine Braue. „Aber gehen wir einmal davon aus, dass wir in Zukunft diese Art der Zusammenarbeit wollen. Gibt es eine bessere

Möglichkeit, es unserer Gefolgschaft vorzuführen, als dass alle in diesem Raum und die Stärksten, die wir kennen, sich Ruth ein für alle Mal vornehmen?"

„Und die eine Gruppe von Anführern in Gefahr zu bringen, der es in mehreren Tausend Jahren gelungen ist, Frieden miteinander zu schließen? Wenn einer von uns stirbt, Damien, dann hat das Konsequenzen für ein ganzes Volk, und ich sage das nur ungern, aber dieser Friede ist noch zu jung, zu wenig gefestigt, um das zu überstehen."

Damien blickte Syreena mit kalten Augen an, als dieses vernünftige Argument über ihre Lippen kam. Es war eine spontane Reaktion gewesen, dass sie einfach sagte, was sie dachte, egal, wie es aufgenommen wurde. Sie hatte sich angewöhnt, ihre Gedanken auch gegenüber Siena auszusprechen. Erst jetzt, wo sie seine Missbilligung erfuhr, wurde ihr klar, wie er so etwas aufnahm von jemandem, von dem er Unterstützung erwartete. Doch sie konnte sich nicht dazu durchringen, irgendetwas von ihrer Bemerkung zurückzunehmen, auch nicht aus Liebe zu ihm. Es stand zu viel auf dem Spiel, und sie war überzeugt, dass auch er das am Ende einsehen würde.

Irgendwann, wenn er nicht mehr unter dem Tod von Kelsey und dem Treuebruch eines seiner Leute leiden würde.

„In der Zwischenzeit", fuhr sie sanfter fort, „sollten wir die anderen Maßnahmen ergreifen, die wir besprochen haben, und noch ein paar mehr. Die Bibliothek muss verlegt werden, also das, was davon übrig ist. Es ist eine Fundgrube, und es gibt dort bestimmt noch andere Schätze, von denen wir nichts wissen. Ruth hatte es auf ein bestimmtes Buch abgesehen, doch in ihrer üblichen Kurzsichtigkeit hat sie tausend andere außer Acht gelassen, die vielleicht ebenso wertvoll sind, wenn nicht noch wertvoller. Auf diese Weise müssen wir uns im Moment schützen. Wir müssen dieses Wissen bewahren um zukünftiger Generationen willen."

„Also haben wir einen Programmplan", sagte Malaya fest. „Einen ziemlich umfangreichen. Zuerst müssen wir uns in Zurückhaltung üben. Ich meine natürlich vor allem die Vampire und die Schattenbewohner. Darin sind wir nicht besonders gut."

„Zweitens", nahm Tristan den Faden auf, „ein diplomatischer Austausch an allen Höfen, sodass wir mehr voneinander erfahren. Die Wahrheit. Keine Spekulationen oder Vorurteile."

„Drittens, der Schutz der Bibliothek", sagte Siena. „Ein gemeinsamer Ort, wo alles allen zugänglich ist, doch einer, der von uns allen hundertmal besser gesichert wird."

;„Kontrolle, Vorbereitung, Schutz und Friedenserhalt", fasste Syreena zusammen.

„Nehmen wir noch Meinungsbildung dazu", schlug Noah vor. „Regelmäßige Treffen wie dieses, jeden Monat, ganz öffentlich, sodass unsere Anhänger verstehen, was für Ziele wir haben. Diesmal versuche ich alles zu tun, damit die Schattenwandler es beim Reden belassen."

„Einverstanden", sagte Siena rasch.

„Einverstanden", sagten Tristan und Malaya.

Alle anderen stimmten im Chor zu, und die Tonschwingungen der Mistralstimmen durchdrangen sie.

Syreena ging langsam den leeren Gang der alten rumänischen Anlage entlang. Damiens Besitztümer in der Heimat waren nach oberirdischen Maßstäben riesig. Es gab außerdem Katakomben, die in ihrem Gewirr an Sienas steinernes Labyrinth erinnerten, das sowohl natürlich als auch konstruiert war.

Jasmine war zu dem kalifornischen Anwesen zurückgekehrt und wollte am nächsten Abend herkommen. Damien war rasch auf die Jagd gegangen, bevor die Morgendämmerung anbrechen würde. Zuerst hatte er Syreena noch hierher gebracht und ihr gesagt, dass sie im Gebäude bleiben sollte, dass sie dort sicher wäre.

Ja, hier war sie sicher, sofern sie nicht vor Spinnennetzen erschrak, die es in großer Zahl gab. Das Haupthaus, eine Mischung aus Schloss und einem rechteckigen Gebäude mit endlosen Räumen, war kein bisschen verfallen. Es war klar, dass Damien seinen Besitz nicht vernachlässigte, auch wenn er jahrzehntelang nicht da war. Doch so, wie es aussah, war schon lange kein zweibeiniger Besucher mehr hier gewesen. Wenn ihr Arm nicht gewesen wäre, der noch nicht ganz verheilt war, hätte sie sich in den Falken verwandelt und wäre tief in die verwinkelten Flure hineingeflogen, zwischen den Netzen hindurch, die von überall her nach ihr zu greifen schienen.

Der Arm wäre wahrscheinlich in einem Tag vollkommen verheilt, und ein paar Spinnweben konnten ihr nichts anhaben. Außerdem würde sie sich von diesen Dingern nicht aus der Ruhe bringen lassen.

Sie hatte schließlich einen Ruf zu verteidigen.

„Igitt!", schimpfte sie, als sie mit dem Gesicht in eine der seidenen Fallen lief. Sie zupfte das Gespinst aus ihren Haaren und vom Gesicht und versuchte verzweifelt, es von den Fingern zu schütteln.

„Ich glaube, du hast eine Spinne in deinem Haar."

Syreena keuchte erschrocken und fasste sich ins Haar, während sie zu Damien herumfuhr. „Wo?"

„Direkt neben dem Teil deines Kopfs, der mir so gern vor einem halben Dutzend oder mehr Anführern widerspricht", sagte er trocken.

„Damien!" Sie schlug ihm fest gegen die Schulter und zwang

ihn so, einen Schritt rückwärts zu machen, damit er das Gleichgewicht nicht verlor, während er sie angrinste.

„Das ist nicht witzig!"

„Die große, böse ehemalige Schülerin von The Pride, die darauf trainiert wurde, mit bloßen Händen zu töten, hat Angst vor Spinnen?" Sein Schmunzeln verriet ihr, dass er anders dachte.

„Es ist meine Aufgabe, aufgeblasenen königlichen Egos zu widersprechen, vor allem, wenn sie einfach davonrennen und sich einen Kopf kürzer machen lassen wollen", entgegnete sie schroff.

„Ich wusste gar nicht, dass du so wenig Vertrauen in meine Fähigkeiten hast", sagte er.

„Du hast mir selbst gesagt, dass du es nie selbst mit Ruth aufnehmen würdest."

„Wann habe ich das gesagt?", verlangte er zu wissen.

„Als du mich gerettet hast", sagte sie.

„Erklär mir das bitte! Ich muss dich wohl daran erinnern, dass du bewusstlos warst."

„Dann beantworte mir Folgendes", erwiderte sie. „Warum hast du dir Ruth nicht an Ort und Stelle vorgenommen? Du hattest doch die Gelegenheit, die Zeit und deine ganze Kraft zur Verfügung. Warum hast du sie nicht ein für alle Mal erledigt?"

„Weil ich damit beschäftigt war, deinen frechen, undankbaren Hintern zu retten."

„Du hast ein Leben im Tausch gegen Dutzende anderer gerettet?"

„Ein sehr wichtiges Leben", erwiderte er ein wenig freundlicher. „Für mich sehr wichtig."

„Gut. Dann denk daran, wenn ich dir das nächste Mal vor einem halben Dutzend Anführer widerspreche."

Damien seufzte tief und rieb sich die Schläfen.

„Daran denken oder es bedauern?", fragte er leise.

„Hahaha."

Er lächelte sie an, er konnte nicht anders. Selbst wenn er böse auf sie war, entzückte sie ihn. „Ich habe das Gefühl", sagte er und zupfte ihr den Rest einer Spinnwebe aus dem Haar, „das mit uns könnte auf lange Sicht funktionieren."

„Ich bin froh, dass immerhin *du* so denkst", sagte sie und lächelte ihn spitzbübisch an.

„Vorausgesetzt, ich bringe dich nicht vorher um."

„Gute Voraussetzung", stimmte sie zu.

Damien schwieg einen Moment und packte sie dann am Handgelenk, um sie an sich zu ziehen.

„Wirst du hier glücklich sein?", fragte er sie, als sie sich aneinanderschmiegten. „Wirst du so weit weg von deinem Zuhause glücklich sein?"

„Bei Gott, ja." Sie seufzte erleichtert. „Den Mönchen bin ich entwachsen, und Siena braucht mich nicht mehr. Vielleich hilft meine Abwesenheit ihr ja dabei, dass sie ihre Angst überwindet, Kinder zu bekommen. Denn dann werden die Leute noch mehr nach einem Erben verlangen."

„Siena hat Angst davor, Kinder zu bekommen?"

„Schreckliche Angst sogar. Sie hat es nur noch nicht gemerkt. Sie denkt, sie tut es nicht aus Bequemlichkeit oder weil sie noch nicht sehr lange verheiratet ist. Zu ihrem Glück ist ihr Mann ebenfalls ein ganz schöner Angsthase, was Vaterschaft betrifft. Obwohl ich vermute, dass er sich schneller an den Gedanken gewöhnt, als ihr lieb ist."

„Elijah als Vater", sinnierte er, und die Vorstellung belustigte ihn sichtlich. „Er ist es gewohnt, sich als *Siddah* um die Kinder zu kümmern, wenn sie über achtzehn sind. Er hat keine Ahnung, was er mit einem Baby anfangen soll."

„Ich weiß", kicherte sie. „Wenn ich daran denke, bin ich froh, dass ich dann nicht mehr da bin. Sie würden mich fertig machen."

„Die Kinder?"

„Nein, die Eltern!"

Er lachte. „Und was ist mit eigenen Kindern, Liebling?"

Sie legte den Kopf zur Seite und sah ihn mit hochgezogenen Brauen an. „Willst du denn Kinder, Damien?"

„Das ist eine von den ziemlich wichtigen Fragen, zu denen wir noch nicht gekommen sind, oder?"

„Ja. Ich bin mir nicht sicher, ob du das weißt, aber ich wollte immer viele Kinder. Damit das Haus voll ist."

„Nicht dieses Haus, hoffe ich." Er grinste.

„Nein. Bestimmt nicht dieses Haus." Sie lächelte. „Ich denke, wir werden beizeiten ein größeres Haus brauchen."

„Wie reizend", sagte er und gab ihr zur Strafe einen Klaps auf den Hintern.

„Lass das!"

„Dann mal im Ernst. Sag mir, was du wirklich willst." Sein Ton wurde ernst. „Ich will wissen, was du willst."

„Ich will glücklich sein", sagte sie ganz einfach. „Doch eins nach dem anderen. Das Leben ist zu unvorhersehbar, um weit im Voraus zu planen. Besonders zurzeit."

„Ich verstehe deinen Standpunkt. Aber gleichzeitig will ich nicht, dass wir unser Leben einschränken aus Angst vor dem, was Ruth als Nächstes tun wird."

„Nein? Aber wir könnten mir nichts, dir nichts unser Leben verlieren. Und das ist okay?"

„Syreena ..."

„Ich meine es ernst, Damien. Ich verstehe dich nicht. Ein bisschen Zeit gewinnen, ohne auf die anderen Rücksicht zu nehmen? Du willst mich und Kinder, obwohl du vor einer Stunde noch etwas in Betracht gezogen hast, das im Grunde auf Selbstmord hinauslief." Sie schauderte. „Ich erwarte nicht, dass wir beide untätig herumsitzen, während die anderen ihr Leben für uns aufs Spiel setzen, aber ich hoffe, du bist dir bewusst, dass du nicht mehr nur an dich denken kannst. Weißt du nicht, dass du mein Herz überallhin mitnimmst?"

„Wie du meinst", versicherte er ihr sanft und beugte sich zu ihr hinunter, um sie sanft auf die Stirn zu küssen, und schloss die Augen. „Du hast recht, und ich muss mich entschuldigen. Ich verspreche, ich werde in diesen Dingen in Zukunft mehr Rücksicht auf deine Gefühle und Gedanken nehmen. Ich war vorhin ziemlich aufgebracht. Ich muss mich erst noch an die tiefen Empfindungen gewöhnen, die sich mir so plötzlich aufgetan haben."

„Du hast immer stark empfunden. Du könntest nicht ein so mächtiger Anführer sein, wenn es nicht so wäre."

„Schon. Aber jetzt ist es noch stärker."

„Vertraust du mir, Damien?"

„Was für eine Frage!", sagte er brüsk und bog ihren Kopf zurück, um in ihre eigentümlichen Augen zu schauen.

„Ich habe mich nur gefragt, ob du den Austausch mit mir vollenden willst", sagte sie unumwunden.

„Warum sollte ich nicht?"

„Weil es beängstigend ist, einen Teil seiner selbst herzugeben, ohne zu wissen, was damit passiert." Sie strich ihm mit warmen Fingern über die Wange. „Ich wusste nicht, was ich tat, als du den Teil von mir bekommen hast, der dich zum Raben macht. Ich hatte keine Wahl."

„Bereust du es?"

„Eigentlich nicht. Ich bin froh, dass es so gekommen ist. Ich war vielleicht zu durcheinander, um selbst zu entscheiden. Denk daran, ich war zu dem Zeitpunkt nicht gut darin, Entscheidungen für mich zu treffen. Ich bin es immer noch nicht."

„Aber du machst Fortschritte", stellte er fest.

„Ja, ich weiß." Sie lachte.

„Willst du den Austausch vollenden, Syreena?"

Sie zögerte einen Moment lang und dachte nach, während sie seinen erwartungsvollen Blick auf ihrem Gesicht spürte. Sie wusste erst seit ein paar Stunden davon, und sie hatte es von Jasmine erfahren, von jemandem, der sich als unzuverlässig erwiesen hatte, wenn es darum ging, dass man vollständige Informationen bekam. Nicht, dass Syreena zimperlich gewesen wäre, was das Trinken von Blut anging. Genau genommen, war sie größtenteils ein Tier. Sie war ihr ganzes Leben lang Allesfresserin gewesen. Ihre Hauptsorge war, was eine zusätzliche Kraft aus ihrer bisherigen Gestalt machen würde.

Doch was war sie anderes als ein Meerschweinchen? Ihr ganzes Dasein war das Ergebnis eines Experiments der Verbindung von Schattenwandlerfähigkeiten. Als sie im Kindesalter krank gewesen war, hatte Windsong sie mit Geistgesang ins Leben zurückgeholt und ihren Geist mit dem Geist von Siena und dem Geist von ihr, Syreena, verbunden. Syreena vermutete, dass daher ihre Vogelhälfte kam. Mistrals konnten sich nur in Vögel verwandeln. Und es konnte kein Zufall sein, dass eine ihrer Gestalten ein Falke war. In dem Augenblick, als sie dem Tode nahe war, während der Geist dieser verschiedenen Wesen zugleich in ihr wirkte, konnte alles Mögliche dazu geführt haben, dass sie zu dieser Art zusammengemischtem Sud, zu diesem gespaltenen Wesen geworden war.

Und jetzt war sie dank Damiens Geist, der alles zusammenführte, wieder ein Ganzes.

Die Vermischung von seinem Blut mit ihrem Blut wäre nur

dann richtig vollzogen, wenn auch alle anderen Teile von ihm in diesen Sud einfließen würden.

„Bei dir klingt das wie Minestrone", zog er sie liebevoll auf.

„Soll ich lieber eine Nussmischung als Metapher benutzen? Und du bist darin die größte Nuss von allen? Hör auf, in meinem Kopf herumzustöbern."

„Tut mir leid. Ich konnte nicht widerstehen. Du hast so grüblerisch ausgesehen. Da hat mich die Neugier gepackt."

„Also kennst du meine Antwort."

„Ja."

„Ja. Ich auch."

14

Damien packte sie in den Kniekehlen und zog sie zu sich heran, bis sie zwischen seinen gespreizten Beinen saß und ihre Beine um ihn legen konnte. Sie saßen da und blickten einander an, so nah jetzt, dass ihre Oberschenkel auf seinen lagen und beide die Füße um den anderen geschlungen hatten. Damiens Hände glitten über ihre wohlgeformten Beine und legten sich leicht auf ihre Taille. Ihre Nasen rieben sanft aneinander, als er sie lange küsste. Ihre Brustwarzen streiften leicht seinen ebenfalls nackten Brustkorb, und er genoss die unmittelbare Reaktion.

„Ich mag es, wie du fühlst", sagte er leise an ihren sinnlichen Lippen.

Syreena lächelte kurz, bevor er sie erneut küsste und ihren Geschmack und die Feuchtigkeit ihres Mundes aufsog und ihr von seinem Geschmack und von seiner Feuchtigkeit zurückgab. Ihre Hände glitten um seinen Brustkorb herum zu seinem Rücken, und mit weit gespreizten Fingern spürte sie die Wärme und Sanftheit seiner glatten Haut. Es gefiel ihr, wie sich seine Muskeln bei jeder Bewegung ihrer Handflächen und Fingerspitzen zusammenzogen. Das zeigte ihr, wie sehr er ihre forschenden Bewegungen genoss.

Damien ließ seine Hände in ihr Haar gleiten, und die lebendigen Strähnen legten sich wie hungrige Schlangen darum herum und zogen sie so zu ihrem warmen Kopf. Innerhalb von Sekunden war er bis zu den Ellbogen davon umhüllt.

Sie küsste ihn, und ihre Hände setzten den Weg über seinen

Körper fort. Sie vergaß den Staub und die Kargheit des riesigen Bereichs um die Königssuite herum, zu der er sie geführt hatte, auch wenn jeder Atemzug in den umliegenden Korridoren ein Echo zu finden schien. Der Muff und die Spinnweben schienen zu verschwinden, und zurück blieb sein männlicher Geruch vermischt mit dem ihren, während sie in der kleinen Welt schwebten, die sie um ihre aneinandergeschmiegten Körper herum erschaffen hatten.

Sie waren beide vollkommen nackt, bis auf den Verband und die feste Schiene um ihren rechten Arm. Doch selbst diese Einschränkung störte nicht die totale Nähe, die sie sich im Augenblick wünschten. Syreena kam es so vor, als hätten sie sich jahrhundertelang nicht gespürt, obwohl sie wusste, dass sie in ihrem Leben von niemandem so oft berührt worden war wie von Damien. Es war, als könnte er sie sogar über eine Entfernung hinweg streicheln, nur mit seinen Augen und dem darin liegenden unverhohlenen Begehren, das die Distanz zwischen ihnen aufhob.

„Lass meine Hände los!“, sagte er belustigt und zupfte an einer ihrer Haarsträhnen.

„Warum sollte ich?“, erwiderte sie mit Schalk in den Augen.

„Weil ich weiß, dass du von mir gestreichelt werden willst“, sagte er mit der Selbstgewissheit eines Telepathen.

Dagegen konnte sie nichts sagen, also entspannte sie sich und lockerte den festen Griff ihres Haars. Sobald er sich von dem zärtlichen Gewirr befreit hatte, strich er ihr mit den Fingern übers Gesicht, den Hals entlang, berührte ihre Halsschlagader und glitt mit den Fingerspitzen weiter über die pulsierenden Adern an Schultern und Armen.

Damien verschränkte seine Finger mit den ihren und drückte sie kurz. Dann ließ er sie wieder los, um, beginnend bei der Halsmulde, mit seinen Fingerknöcheln über ihre Brüste zu streichen. Dann folgte er den Schlüsselbeinen, strich mit den Fingerspitzen über ihre harten Brustwarzen und drehte seine Hände so, dass er das ganze Gewicht ihrer Brüste wie in einer Schale fassen konnte.

Für Syreena waren diese tastenden Zärtlichkeiten wie der langsam schlagende Rhythmus einer Basstrommel in ihrem Körper. Sie schloss die Augen und sog tief die Luft ein, als sich seine Hände um sie legten und ihre Wärme seine normale Temperatur ansteigen ließ. Vielleicht war es ihre eigene heiße Haut, die das bewirkte, doch wie sollte sie in diesem Fall den Unterschied spüren.

„Ich mag es, wie du mich berührst, Damien", murmelte sie an seinen Lippen.

„Ich weiß", sagte er, bevor er ihren Mund mit seinen Lippen mit einer physisch kaum zu erklärenden Intensität berührte.

Seine Rechte löste sich von ihrer Brust, um über ihre Seite und über ihre Hüfte zu gleiten. Dann packte er sie fest, um sie in einer höchst intimen Berührung ganz über seine Oberschenkel in seinen Schoß zu ziehen. Es war irritierend, wie frech und unverblümt er auf einmal war, nachdem er sich bisher so geduldig und sanft gezeigt hatte. Sie stöhnte überrascht auf, als seine eiserne Härte und Hitze durch die äußerliche Feuchtigkeit ihres Körpers glitt, was jedoch augenblicklich einen solchen Genuss auslöste, dass das Stöhnen in ein langes und genießerisches Schnurren überging.

„Ich habe dich vermisst", sagte er plötzlich und näherte seine Lippen ihrem Ohr, sodass sie ihn hören und die Wärme seiner geflüsterten Worte spüren konnte. „Es kann nicht länger als einen Tag her sein, dass ich das letzte Mal hier war, ganz nah bei dir, eingehüllt in deine Wärme, aber ich habe dich trotzdem vermisst."

„Du bist noch gar nicht eingehüllt in meine Wärme", sagte sie und schmiegte ihren Körper begehrlich noch fester an ihn.

Sie spürte, wie er an ihrem Ohr lächelte.

„Du wirkst ein bisschen ungeduldig, Liebling", neckte er sie und fuhr ihr mit den Zähnen über das Ohrläppchen, ließ es dann los, um kühle Luft auf die feuchte Stelle zu blasen, die er hinterlassen hatte. Sie erbebte und bekam Gänsehaut auf dem Rücken, während ein einladender feuchter Schwall aus ihrem Körper strömte.

„Sag mir, dass du es nicht bist!", verlangte sie von ihm und unterstrich die Bitte, indem sie sich gekonnt in den Hüften bog und ihn so mit einer perfekten Stellung reizte, die das Vorspiel zu einer noch viel besseren Stellung war.

Damien gab einen rauen, männlichen Laut von sich, als er, angelockt vom Pulsieren ihres Inneren, seine Zurückhaltung aufgab.

„Oh doch", sagte er erregt, suchte erneut ihren Mund und ließ seine Hände auf ihre Hüften fallen und packte sie besitzergreifend.

Gerade als sie ihre Hüften und ihren Körper hob, um ihn in sich aufzunehmen, zog er sie auf sich. Es war stets etwas Atemberaubendes in diesem Zusammenfinden ihrer Körper. Es war ein Moment, der einer Ewigkeit gleichkam, und die ganze Konzentration war auf die Vereinigung ihrer beiden Geschlechter gerichtet. Er saugte das erschauernde Stöhnen in sich auf, das sie von sich gab, und sie küsste ihn mit einer Intensität, als wollte sie ihn damit verschlingen.

Sie wurde immer verlangender und aggressiver, während sie sich liebten, doch sie lernte auch, wie sie sich ihm hingeben und zulassen konnte, dass er sie an wonnevolle Orte führte. Es war eine Frage des Vertrauens. Dann wusste er, dass sie ihm bedingungslos vertraute. Sie musste es tun. Es war ein Akt totaler Preisgabe und Verletzlichkeit.

Dabei konnte er eine Macht spüren, die über sein Wesen als Vampir hinausging.

Syreena legte eine Hand auf seine Schulter und schob ihn ein gutes Stück von ihren Brüsten und von ihrem Mund fort. Er gab nach und blinzelte sie mit seinen blauen Augen an.

Dann, als ihre andere Hand über das Laken glitt, fiel ihm wieder ein, weshalb sie hierhergekommen waren.

Syreena ergriff den stählernen Dolch, dessen Metall im Kerzenlicht bedrohlich funkelte, und die feurig grünen Facetten des in den Griff eingelassenen Smaragds glitzerten. Sie hielt ihn einen Moment lang zwischen ihrer beider Brust und blickte am Griff vorbei auf die rasiermesserscharfe Klinge. Auf dem Griff war eine Gravur in Vampirsprache, die sich spiralförmig um das verzierte Metall schlang.

„Ich werde dich in jedes Herz stoßen, das meinem Herzen entgegensteht“, sagte sie leise und beeindruckte ihn damit, dass sie seine Sprache lesen konnte.

„Familienmotto“, sagte er mit einem schiefen Lächeln.

„Sehr leidenschaftlich für einen Vampirspruch“, stellte sie leise fest.

Syreena berührte mit der kalten Klinge längs seine Brust und strich damit vorsichtig über seine Haut. Wenn er den scharfen Schliff bedachte, war er überrascht, dass sie ihn nicht damit verletzte. Es war allein ihrer Geschicklichkeit zu verdanken.

„Sag mir, wo“, bat sie und schnappte nervös nach Luft, auch wenn sie andererseits höchst erregt war.

„Egal. Es ist deine Entscheidung, Syreena.“

Ihre Entscheidung.

Die Grundlage ihrer ganzen Beziehung in zwei Worten.

Doch diesmal würde sie nicht zögern. Sie hatte bereits alles bedacht. Jetzt, mit ihren so perfekt vereinten Körpern und mit seinem Vertrauen, das so blank war wie die Klinge, gab es nichts mehr zu entscheiden.

Sie bewegte sich so rasch, dass es eher einem Zucken glich. Damien spürte die Klinge gar nicht, als sie ihm in den Hals schnitt. Die Wunde war bemerkenswert für die Geschwindigkeit, mit der sie es getan hatte, nicht einmal drei Zentimeter lang und links unterhalb seines Adamsapfels. Sofort begann es scharlachrot zu tropfen, und Blut lief ihm über die Brust hinab bis zu seinem Unterleib. Das dünne Rinnsal seines Lebenssafts lief weiter, bis es dort verschwand, wo ihre Körper sich vereint hatten.

Syreena blickte ihn mit ihren verschiedenfarbigen Augen an, als sie den Dolch über den Rand der Matratze hielt und zu Boden fallen ließ. Sie bemerkte das Scheppern des Metalls auf dem Steinboden gar nicht, als sie sich zu seinem Hals vorbeugte.

In dem Moment, in dem ihre Lippen sich auf seine Haut legten, spürte Damien, wie das Gleichgewicht der Welt ihn verließ. Er stöhnte wild auf, als sie ihn mit ihrer Zunge leckte und ihr flinker kleiner Mund wie Feuer brannte und dann langsam zu saugen begann. Er packte sie fest, als sie das tat, und legte den Kopf zurück, damit sie leichter herankommen konnte. Seine Reißzähne tauchten plötzlich auf, während das Stöhnen zu einem anhaltenden lustvollen Knurren wurde.

Syreena spürte, wie das, was sie mit ihm tat, ihren ganzen Körper von tief drinnen bis nach außen durchdrang. Sein Saft wärmte sie intensiv, und seine wachsende Härte pulsierte erregt in ihr. Er schmeckte nicht so, wie sie erwartet hatte. Es war irgendwie anders als der Geschmack nach Rost und nach salzigem Tang, von dem sie ausgegangen war. Sein Geschmack war stark und beinahe süß. Als die warme Flüssigkeit über ihren Gaumen lief, bekam sie eine Vorstellung davon, was es für ihn bedeutet haben musste, zum ersten Mal von ihr zu trinken.

In seinem Blut war Macht. Schattenwandlerblut trug immer die Macht seines Besitzers in sich, aber das hier war unvergleichlich. Da war so viel von ihr selbst darin und so viel von der gebündelten Schattenwandlermacht, die sie in sich barg. Das Hinzufügen seiner Essenz war unbeschreiblich betäubend und erotisch und lustvoll. Sie war nicht vorbereitet gewesen auf das Feuer, das von ihrem Bauch in sämtliche Glieder strömte. Wenn es möglich gewesen wäre, dann wäre es aus ihren Fingerspitzen, Zehen und Haarenden geschossen, so heftig durchströmte es sie.

Sie löste sich von der Stelle, an der sie trank, als ihr Körper in einem lustvollen Krampf erschauerte. Damien spürte, wie sie erbebte, und er umschlang sie so fest, dass er in dem aufsteigenden Lustgefühl beinahe das Bewusstsein verlor. Er wusste, was sie da gerade erlebte, wenn es irgendwie dem ähnelte, was er selbst erlebt hatte. Die bloße Vorstellung davon war schon so intensiv wie das Gefühl selbst.

Damien ließ seine Hände zu ihrem Hintern gleiten und schmiegte die Pobacken in seine Handflächen, sodass er sie hochheben konnte, um sich langsam aus ihrer Umklammerung zu lösen. Plötzlich packte Syreena mit bemerkenswerter Kraft seine Schultern, schrie laut auf, als er den Druck seiner Hände löste und sie auf ihn herabglitt und ihn umschloss wie ein dehnbarer Handschuh, der nur für ihn gemacht zu sein schien. Ihre Arme strichen über seine Schultern und umschlangen seinen Hals und seinen Kopf, während er die Bewegung ein ums andere Mal wiederholte.

Syreena schloss die Augen, weil sie den Blick auf nichts richten konnte und weil ihr so schwindlig davon wurde, dass sich der

Raum drehte und schwankte. Sie gab sich ganz der totalen Erregung hin, die sie durchströmte, sodass sie nicht anders konnte, als ihn das tun zu lassen, was er wollte. Selbst ohne die Vereinigung ihrer Körper hätte sie so empfunden. Mit dieser Vereinigung war sie jenseits jeder klaren Empfindung.

Ihre Schulter stieß gegen Damiens Lippen und seine kratzenden Zähne.

Er konnte sie riechen.

Lavendel, Sex, Süße vermengten sich an ihrem Schlüsselbein. Er schloss die Augen, rieb mit seinen Lippen und seinem Gesicht über ihre Haut und versuchte sich daran zu erinnern, dass er an diesem Abend bereits auf der Jagd gewesen war, erst vor Kurzem sogar.

Bis sie den Kopf wieder auf die Wunde senkte, die sie ihm zugefügt hatte, und ihre Lippen erneut darauf presste.

Er fluchte in Vampirsprache, ein lasterhaftes Stöhnen voller Ungeduld und lustvoller Intensität. Er stimmte das Bohren seines Körpers mit dem seiner Zähne ab. Ihre Wärme floss über seine Lippen und seine Zunge und über den härter werdenden Schaft, den sie so eng umschloss. In diesem Moment begriff Damien, warum das zwischen ihnen genau so sein sollte, wie es war. Es war die Essenz des wahren Lebens. Es durchströmte ihn in flüssiger und emotionaler Form, und er wusste, dass er noch zwanzigtausend Jahre leben könnte und nie genug davon bekommen würde. Es mochte die neu entdeckte Intensität seiner Gefühle sein, die ihn zu diesen träumerischen Gedanken brachte, aber er glaubte es nicht. Das hier sprengte alle Grenzen. Das war das Verschmelzen zweier Seelen, das Zusammenfließen von Geist und Blut und Körper.

Es war alles.

Sie war alles.

„Ich liebe dich“, stöhnte sie an seinem Ohr und packte ihn wild, während sie die Worte aussprach, die ihm selbst auf der Zunge lagen. Er verschloss die Wunden, die er ihrem Körper zugefügt hatte und lehnte sich zurück, um ihr in die Augen zu schauen.

„Ich liebe dich“, wiederholte sie, als sie das Blau seiner Augen sah. Sie schluchzte auf, und überwältigt von Gefühlen und von Lust traten ihr Tränen in die Augen. Ihr Schluchzen und ihr Stöhnen vermischten sich, während ihre Bewegungen schneller und heftiger wurden.

Damien hatte nie den scharfen Schmerz von Tränen kennengelernt, oder wie es war, wenn einen die Gefühle zerrissen und im Körper bohrten und sprudelten, bevor sie sich Bahn brachen. Er legte das Gesicht in ihre Halsbeuge, und seine Wimpern waren feucht als Antwort auf ihre ehrlich gezeigten Gefühle.

Als sie kam, war es, als würde sie einen Krampfanfall bekommen. Ihr ganzer Körper schien zu zucken und zu beben, und sie konnte das Schluchzen genauso wenig kontrollieren wie den Orgasmus.

Es kam Damien so vor, als risse sie ihn aus der normalen Welt. Er konnte sie kaum festhalten, während sich ihr Körper in seinen Händen wand und an ihm zerrte, wie um ihn aufzufordern, ihrer Seligkeit zu folgen. Bei aller Stärke hätte er sich oder ihr niemals die unausweichliche Erlösung verweigert, die sie sich von ihm nahm. Keine Macht der Welt konnte so stark sein.

Der Vampirprinz ließ sich auf die Kissen zurückfallen, und Syreena sank erschöpft auf seine Brust. Ihr Atem ging keuchend, obwohl sie kaum atmen konnte. Sie konnte sich nicht beruhigen, als sie an seinem Hals weiterweinte. Sie spürte wie er seine Hände in ihr schlaffes Haar schob, sie mit einer männlichen Behutsamkeit berührte, die nur seine Hände vermitteln konnten. Damien legte einfach nur seine Hände auf ihren heißen Kopf. Er war selbst zu sehr damit beschäftigt, wieder in seinen eigenen Körper zu finden.

Sie hatte ihm gesagt, dass sie ihn liebte. Er hatte es gewusst, doch es zu hören hatte ihn auf neue und überwältigende Weise berührt.

Auf eine Weise, die ihm das Gefühl gab, dass er alles tun konnte.

Alles, was sie von ihm brauchte oder wollte.

Denn dass sie ihn liebte, bedeutete so viel mehr, als dass er sie liebte.

Syreena fühlte sich, als wäre sie vollkommen gelähmt.

Sie konnte sich nicht bewegen, selbst dann noch nicht, als sie sich von ihrer emotionalen und sexuellen Achterbahnfahrt ein wenig erholt hatte.

Also lag sie einfach nur da, hingestreckt auf ihrem Liebsten, als täte sie das schon seit Jahren und nicht erst seit ein paar Tagen. Sie spürte, wie seine Finger an ihrem Rückgrat entlangfuhren, ein beruhigendes und angenehmes Gefühl nach dem eben erlebten Aufruhr.

Sie dachte, sie wollte schlafen, nachdem beinahe alles, was sie jüngst sowohl geistig als auch körperlich erlebt hatte, so erschöpfend gewesen war. Gleichzeitig war sie viel zu aufgedreht, um zur Ruhe zu kommen, auch wenn die Sonne bereits aufgegangen war.

Syreena seufzte wohlig und fühlte sich sicher und zufrieden. Sonnenlicht war stets eine so bedrohliche Sache für ihre Leute gewesen; die Sonnenvergiftung, die sie erleiden konnten, war schrecklich. Trotzdem bedeutete die Sonne jetzt etwas völlig anderes für sie. Es bedeutete, dass die Wahrscheinlichkeit, von

Feinden aufgestört zu werden, fast gleich null war. Es bedeutete, dass keiner von ihnen beiden bis zur Dämmerung ihre vier Wände verlassen würde. Mit Damien eingeschlossen zu sein, das war irgendwie so, als befänden sie sich in einem Kokon. Er konnte sie nicht verlassen, und sie konnte ihn nicht verlassen. Natürlich brauchten sie so etwas eigentlich nicht, um zusammen zu sein, doch es gab ihnen noch ein zusätzliches Gefühl von Gemeinsamkeit und Sicherheit.

„Ich kann diese abstrakten Überlegungen sogar hören, ohne dass ich mich darum bemühe", murmelte er dicht an ihrem Ohr.

Sie lächelte.

Syreena stellte fest, dass sie nie viel gelächelt hatte in ihrem Leben. Sie war immer eine so ernste und gefasste Person gewesen. Sie hatte erst entdeckt, dass sie unbeschwert sein konnte, als sie vor fünfzehn Jahren Mitglied von Sienas Hof geworden war. Ihre Schwester war für ihren Schalk und ihren Humor bekannt und hatte die Fähigkeit, andere zum Lachen zu bringen. Sie hatte Syreena das Scherzen und Necken gelehrt.

Doch es war Damien gewesen, der ihr in dieser vergangenen Woche immer wieder ein Lächeln entlockt hatte. Sie wusste, das lag daran, dass sie sich zum ersten Mal in ihrem Leben wohlfühlte in ihrer Haut. Und man musste sich wohlfühlen in seiner Haut, um Zugang zu Humor und Glück zu finden.

„Willst du jedes Mal, wenn wir uns geliebt haben, philosophisch werden?"

Syreena kicherte und hob den Kopf, um ihn anzuschauen, und sie war froh, dass es ihr überhaupt gelang. Sie blickte hinunter in diese Augen, die so tief waren wie der tiefste Ozean.

„Ich hoffe, es ist die Telepathie, der Teil von dir, den ich angeblich bekommen soll. Ich würde auch ganz gern ein bisschen in deinem Kopf herumschnüffeln."

„Das wäre toll, Liebling. Dann könnte ich mir einen großen Teil des Vorspiels ersparen."

„Mmm, ganz bestimmt", sagte sie, und ihre Ungläubigkeit war ihr anzumerken. „Ich denke, du wärst ganz schön sauer, wenn wir das Knabbern am Hals abschaffen würden."

„Wie wahr!", stimmte er grinsend zu. Er lächelte weiter, während er mit dem Daumen über ihre frische Wunde strich. „Es tut mir leid, wenn ich die Kontrolle verliere. Ich kann irgendwie nichts dagegen tun."

„Entschuldige dich nicht dafür, Damien! Es kommt mir so normal vor, wenn es passiert. Es ist eine Steigerung, keine Verletzung."

„Das kann ich nachvollziehen", sagte er und berührte erneut die Wunde, die bereits zu heilen begonnen hatte. „Ich habe nie zuvor so etwas empfunden. Du gibst einen sehr guten Vampir ab."

„Danke!"

Syreena bemerkte, dass sie wieder Kraft in den Armen hatte, und auf ihren gesunden Arm gestützt, setzte sie sich auf ihn. Bei der Bewegung gab sie einen klagenden Laut von sich, als bestimmte Körperteile heftig dagegen protestierten.

„Tut es weh?", fragte er.

„Ein bisschen. Ich fühle mich wie … wie …"

„Als hätte man dein Inneres nach außen gekehrt?"

„Ja. Natürlich wusstest du das."

„Ja, obwohl ich glaube, dass es für mich ein bisschen schlimmer war."

„Da musst du bitte unterscheiden. Den schlimmen Part habe wohl ich abbekommen." Syreena stöhnte, als sie sich etwas zu weit streckte und der Schmerz sie durchzuckte.

Sie spürte, wie seine Hände sich nach ihr ausstreckten, um ihr zu helfen, doch plötzlich hielt er inne. Sie sah, wie seine Kinnlade herunterfiel, so als lauschte er. Ihr Herzschlag beschleunigte sich kurz, und das Gefühl von Sicherheit schwand, während sie herauszufinden versuchte, was seine Aufmerksamkeit erregt hatte.

„Was ist?“

Er blickte zu ihr auf, als überraschte ihn die Frage. „Nichts. Nein, das stimmt nicht. Es ist nichts Schlimmes. Entspann dich, Liebling, wir sind hier sicher.“

„Woher weißt du das?“

„Vertrau mir! Wir sind umgeben von Vampiren, Syreena. Sie wissen, dass ich zurück bin. Sie würden nie zulassen, dass jemand so tief in unsere Grafschaft eindringt.“

„Ich dachte, Vampire leben nicht auf demselben Gebiet zusammen.“

„Rumänien ist unsere Heimat. Hier ist es anders. Die Vampire dieser Grafschaft gehören seit Generationen zu meinem Stammbaum. Du wirst es vielleicht nicht glauben, aber selbst wir wissen Loyalität zu schätzen. Deshalb wollte Jasmine hierherkommen. Sie wusste, dass wir vor jeglicher Bedrohung geschützt sind, wenn ich mich mit bekannten Verbündeten umgebe.“

„Worauf hast du dann gelauscht?“

„Ich habe nicht auf etwas gelauscht, ich habe zugehört. Ich habe einer telepathischen Nachricht zugehört. Verzeih mir, ich wollte mich nicht ablenken lassen.“

„Das macht nichts.“ Sie winkte ab. „Was für eine Nachricht? Muss ich dir alles aus der Nase ziehen? Du bist manchmal so knauserig mit Informationen.“

„Das kann sein. Ich bin nicht daran gewöhnt … nun, wie dem auch sei. Es war nur eine Art Gruß. Ein sehr altmodischer. Es gibt dafür keine sprachliche Entsprechung.“ Er überlegte, wie er es am besten erklären könnte. „Es ist unsere Art, einander etwas zuzurufen. Ein ‚Alles okay' sozusagen. Ich habe es so lange nicht mehr gehört, dass ich beinahe vergessen habe, dass es existiert. Es kündigt die Morgendämmerung an, nennt die Zeit, zu der alle sich in Sicherheit begeben sollten. Wenn jemand darauf reagiert, heißt das, etwas stimmt nicht. Aus Gewohnheit und Respekt lauscht man, ob eine Antwort kommt."

„Das ist … toll, wie ein Rudelruf. Das ist sehr lykanthropisch."

„Wir sind nicht so verschieden, wie wir manchmal denken, wir zwei Gruppen."

„Das erkenne ich gerade. Ich …"

Sie hielt inne, als der Raum sich auf einmal drehte. Sie gab ein schwaches Geräusch von sich und legte sich plötzlich wieder auf ihn. Mit der einen Hand fuhr er ihr besorgt durch das Haar, die andere Hand legte er auf ihre Wange.

„Was ist?"

„Mir ist nur ein bisschen schwindlig", sagte sie so leichthin, wie sie konnte, in Anbetracht der Tatsache, dass sich ihr der Magen umdrehte. „Das ist also der Teil, der für mich bestimmt war. Der Teil, wo man aus dem Gleichgewicht kommt."

„Mach keine Witze, wenn du dich nicht gut fühlst!", rügte er sie sanft. „Ich hoffe, wir waren nicht zu unbedacht bei diesem Austausch."

„Waren wir", räumte sie ein und legte ihre Wange auf seine Brust, während sie ihren Blick auf die Kerze auf dem Nachttisch zu richten versuchte. Wenn sie die Augen schloss, wurde es nur noch schlimmer. „Aber das wusste ich schon, bevor wir es getan haben. Ich war bereit, den …"

Sie unterbrach sich, und diesmal überlief ein Schauer ihren ganzen Körper.

„Syreena?"

Damien setzte sich mit ihr auf. Ihr Griff war ganz schlaff, und das beunruhigte ihn. Behutsam drehte er sie so, dass er sie auf seinem Schoß halten konnte, und legte ihre Stirn an sein Kinn in der Hoffnung, dass das Schwindelgefühl, das nicht nachlassen wollte, so besser zu ertragen war.

„Es geht vorbei", murmelte sie mehr hoffnungsvoll als überzeugt.

„Weißt du was, du hast nicht viel gegessen, seit du mit uns zusammen bist. Vielleicht kommt es daher."

„Ja. Das stimmt. Natürlich."

Sie holte Atem und fiel in seinen Armen in Ohnmacht.

Damien saß in der Falle.

Die Sonne schien, und er befand sich an einem spartanischen Ort ohne Hilfe, ohne Vorräte und ohne die Möglichkeit, sich etwas zu beschaffen. Syreena atmete unregelmäßig und flach, was eher nervenaufreibend als beruhigend war. Er hatte sie auf das Bett gelegt und in einer Truhe aus Zedernholz ein einigermaßen sauberes Laken gefunden, um sie zuzudecken. Er spürte, wie sie Körperwärme verlor, und fand nur eine einzige Erklärung dafür, und vor der graute ihm.

Er hatte den Austausch überstanden, doch es war ein ziemlich inniger Tanz mit dem Jenseits gewesen, wie er sich erinnerte. Jasmine hatte ihm zwar gesagt, es gebe Beweise dafür, dass es in der Vergangenheit ein normaler Vorgang zwischen den verschiedenen Arten gewesen war, doch Syreena war keine normale Schattenwandlerin. Was, wenn diese Entscheidung tödlich war für eine Mutation wie sie? Damien konnte sich nicht vorstellen, wie er weiterleben sollte, wenn ihr deswegen irgendetwas zustieß.

„Okay, entspann dich", sagte er laut zu sich selbst.

Sie hatte etwas durchlebt, was man als radikalen Wandel ihrer physischen Struktur bezeichnen konnte, wie bei ihm auch. Es würde einfach eine Weile dauern, bis sie sich erholt hatte. Er hatte nur einen Tag gebraucht, um die Auswirkungen zu verarbeiten. Vielleicht musste er sich einfach nur eine Zeit lang in Geduld üben.

Diese Bestärkung hielt ihn davon ab, in Panik zu verfallen, doch entspannen konnte er sich nicht.

Damien verbrachte die verbleibenden Tagesstunden damit, bei ihr zu wachen, und er behielt sie so aufmerksam im Auge, dass er schließlich genau wusste, wie viele Atemzüge sie in einer Stunde machte. Er fand seine Hose unter den zu Boden geworfenen Kleidern wieder und suchte das Haus ab, doch er hatte recht gehabt mit der Annahme, dass er nichts Brauchbares finden würde. Da sein Streifzug erfolglos gewesen war, ging er nun im Zimmer auf und ab.

Nach einer fünfstündigen Geduldsprobe begann sie ein bisschen leichter zu atmen und schien aus ihrer Bewusstlosigkeit in eine Art Schlaf hinüberzugleiten.

Das verschaffte ihm schließlich eine gewisse Entspannung, und er setzte sich zu ihr, statt hilflos im Kreis zu gehen. Er zog sie an sich, deckte ihren Körper, so gut er konnte, mit seinem zu.

Der Prinz schloss die Augen, doch er schlief nicht. Er lauschte lediglich ihrem Atem.

Ungefähr drei Stunden vor Sonnenuntergang wurde sie unruhig. Es begann mit ein paar nervösen Zuckungen, doch dann schien ihr zentrales Nervensystem die Herrschaft zu übernehmen. Sie warf sich hin und her, als hätte sie einen schrecklichen Albtraum. Tief in ihrer Kehle machte sie leise Geräusche wie ein verwundetes Tier. Er ertrug diese Folter beinahe eine Stunde lang, während er sich die ganze Zeit dafür verfluchte, dass er sie einer so schlimmen Erfahrung ausgesetzt hatte. Und es tröstete ihn auch nicht, wenn er sich sagte, dass sie die Entscheidung freiwillig getroffen hatte.

Gegen Ende dieser Stunde wünschte er sich, Jasmine hätte ihm nie von dem Austausch erzählt. Denn aus der Unruhe wurden leichte Krampfanfälle, die schließlich so stark wurden, dass er dachte, ihr zartes Rückgrat würde brechen, so sehr bäumte sich ihr Körper auf.

Nichts, was mit Liebe und mit Bindung zu tun hat, sollte so schmerzvoll sein, dachte er zornig.

Er vergaß, dass ihm das nach seinem eigenen schmerzhaften Prozess nicht so viel ausgemacht hatte. Alles, woran er denken, alles, was er sehen konnte, war, wie sehr die Frau, die er liebte, litt.

Eine Stunde vor Einbruch der Dunkelheit fiel sie schließlich in tiefen Schlaf. Sie schlief so tief, dass er nicht einmal ihre Träume wahrnehmen konnte. Ihre Körpertemperatur wurde wieder normal, und sie atmete gleichmäßig. Der Schweiß, der das erste Laken getränkt hatte, war verdunstet, als er sie in ein zweites hüllte.

Er legte sich neben sie, und wieder konnte er nicht schlafen.

Damien schloss die Augen und lehnte sich an das Kopfteil des riesigen Bettes. Er diente Syreena als Kissen, sie lag mit dem Rücken an seiner Brust, und ihr Kopf ruhte unter seinem Kinn. Er spürte die sanften Bewegungen ihres Haars auf seiner Haut, als die ruhelosen Enden eine bequeme Lage suchten.

Damien bemerkte nicht, dass die grauen Stoppeln an ihrem Haaransatz mit ziemlicher Geschwindigkeit wuchsen. Das stahlgraue Haar wurde dunkler, je länger es wurde, und die lebendigen Strähnen fielen über Syreenas Wange. Dann, mit einem leichten Pulsieren des Bluts, das durch ihr Haar floss, dunkelte die braune Seite ebenfalls nach. Zum ersten Mal, seit sie sich als junges Mädchen von ihrer Krankheit erholt hatte, war ihr Haar beinahe von einheitlicher Farbe. Es war von einem wunderbaren Kohlschwarz, nicht so schwarz wie das von Damien, aber beinahe. Der Unterschied lag in den sichtbaren Strähnen aus Dunkelgrau, Dunkelbraun und Schwarz, die von ihrem Haaransatz direkt über ihrer Stirn in drei verschiedene Richtungen in voller Länge herabfielen.

Als Syreena schließlich die Augen aufschlug, geschah es mit dem überwältigenden Gefühl, dass es dunkel war. Alle Schattenwandler spürten das auf die eine oder andere Weise, doch sie meinte es deutlicher wahrzunehmen als sonst. Sie fühlte sich nicht ausgeruht, aber auch nicht so erschöpft, wie sie sich wahrscheinlich fühlen sollte. Sie verharrte einen Augenblick so, lächerlich glücklich darüber, dass Damien seine Arme um sie gelegt hatte.

Alle Anzeichen von Schwindel, die sie zuvor gequält hatten, waren weg, und sie war sehr erleichtert. Der Wundschmerz war mit dem Heilungsprozess ebenfalls verschwunden, obwohl sie annahm, dass sie, wenn sie sich bewegte, ein paar Stellen spüren würde, wo ihr Körper sich gerade wieder aufbaute.

Sie hatte keine Ahnung, als wie zutreffend sich diese bildhafte Vorstellung erweisen würde.

Damien spürte ihre regen Gedanken in seinem extrasensorischen Bewusstsein umherschwirren, noch bevor sie sich bewegte, und er öffnete rasch die Augen, um sie anzuschauen. Die Veränderungen ihres Haars waren dramatisch, und er brauchte einen Moment, um die Wirkung zu verdauen. Er hatte sich kaum davon erholt, um es ihr zu sagen, als sie zu ihm aufsah.

Ihre Augen. Augen, welche die gleiche schwarze Farbe angenommen hatten, gesprenkelt mit grauen, braunen und tiefschwarzen Punkten. Es war, als blickte man in gemaserten italienischen Marmor.

Einen Moment lang war es so, als blickte er in die Augen einer Fremden.

Doch dann lächelte sie ihn an, und augenblicklich war sie wieder ganz Syreena. Ungeachtet der Veränderungen war sie dieselbe attraktive, verführerische Frau, in die er sich verliebt hatte.

Und sie lächelte.

Die Erleichterung war riesengroß.

„Ich glaube, ich weiß, was du von mir bekommst", sagte er ironisch.

„Oh! Willst du nicht teilen?"

„Nun …"

Er dachte einen Moment lang nach und hob sie mit sich hoch, als er sich zur Seite drehte, um über die Bettkante zu schauen. Sie kicherte, als sie nach vorn kippte, während er nach etwas griff. Als er sich wieder aufrichtete, hielt er den Dolch in der Hand. Er hielt ihn ihr mit der flachen Seite der Klinge vor das Gesicht. Verwirrt sah sie ihn an.

„Schau in die Klinge!"

Sie tat es und sah ihr leicht verzerrtes Spiegelbild.

Syreena stöhnte und packte sein Handgelenk, um den provisorischen Spiegel besser auszurichten. Sie konnte ihr dunkles Haar nur teilweise sehen, doch ihre Augen erkannte sie deutlich.

„Sie sind gleich!"

Es war ein kindlicher Ausruf heller Freude, und er war ziemlich verwirrt darüber. Er hatte gedacht, dass sie womöglich verstört sein würde, sich so verändert zu sehen. Er war gar nicht auf den Gedanken gekommen, dass ihr einheitliches Aussehen ihr gefallen könnte. Obwohl die Färbung immer noch ziemlich ungewöhnlich war, machte sie Syreena nicht zu einer Außenseiterin, nicht so wie die Harlekinerscheinung, die sie die meiste Zeit ihres Lebens gewesen war.

Sie hielt das Messer in verschiedene Richtungen, drehte den unzulänglichen Spiegel hin und her, damit sie die verschiedenen Teile ihres veränderten Äußeren betrachten konnte.

„Ich frage mich, was das bedeutet", sagte sie leise.

„Was es bedeutet?"

„Das Schwarz, Damien. Erinnerst du dich? Lykanthropenhaar zeigt die Gestalt an, in die man sich verwandeln kann."

„Ein Rabe?"

„Unwahrscheinlich. Diesen Teil habe ich dir gegeben. Schwer möglich, dass du ihn zurückgeben kannst." Sie rückte von ihm weg und setzte sich auf die Bettkante, ihre Füße berührten den staubigen Boden eine Sekunde lang, bevor sich eine Hand um ihren Oberarm schloss und sie zurück ins Bett zog.

„Du hast gerade eine extreme körperliche Verwandlung durchgemacht, und ich habe den ganzen Tag um deine Gesundheit und um deine Sicherheit gebangt, und du glaubst, ich lasse dich jetzt herumlaufen, als wäre nichts geschehen?"

„Damien, ich bin nicht jemand, der die ganze Woche jammernd im Bett liegen kann. Es geht mir gut, und ich möchte …"

Sie brach ab und griff nach der Schiene und den Bandagen an ihrem Arm. Nach einer ganz kurzen prüfenden Berührung riss sie den hinderlichen Verband ab und warf die Fetzen auf den Boden. Sie bewegte ihre Finger und den Arm und warf ihm ein strahlendes Lächeln zu: „Ich will fliegen!"

„Syreena!"

Doch sie hatte sich seinem Griff bereits entwunden und eilte durch den Raum in das Wohnzimmer, rannte zum Fenster und entriegelte es augenblicklich. Damien sprang aus dem Bett und rannte hinter ihr her.

„Syreena! Was, wenn du den Falken aus irgendeinem Grund verloren hast?"

„Hab ich nicht. Das wüsste ich."

Sie beugte sich aus dem Fenster und sprang in ihrer menschlichen Gestalt hinaus. Sie waren hoch oben, sodass Damien das Gefühl hatte, das Herz springe ihm aus der Brust. Er rannte zum Fenster, umklammerte den Rahmen und hatte beinahe Angst hinauszuschauen. Doch er war im Leben nicht durch ängstliches Verhalten dorthin gekommen, wo er war, also blickte er ihr sofort hinterher.

Ihr stromlinienförmiger Körper hatte einen Bogen beschrieben und die Form eines Pfeils angenommen. Sie stürzte dem Grund entgegen, als wäre er Wasser und nicht harter Fels, und ihr langes marmoriertes Haar flatterte, als sie schließlich die Arme ausbreitete.

Im Bruchteil einer Sekunde verwandelte sie sich in eine Harpyie, und die Art, wie sie von ihrem tödlichen Sturz in einen eleganten Gleitflug überging, erinnerte eher an einen Engel als an ein feindseliges mythisches Wesen. Sie wirbelte herum und flog nun mit kräftigen Flügelschlägen wieder nach oben. Damien musste hastig zurückweichen, damit sie nicht mit den Köpfen zusammenstießen, als sie durch das Fenster schoss.

Das geschmeidige grauschwarze Gefieder schimmerte im Mondlicht, als sie wieder vorbeiflitzte. Er lächelte breit und lehnte sich weit aus dem Fenster, um sie dabei zu beobachten, wie sie in den Nachthimmel flog. Sie bewegte sich in der Luft so selbstverständlich, wie sie atmete. Er beneidete sie einen Moment lang um diese Leichtigkeit, doch dann schob er den Gedanken an seine beschränkten Fähigkeiten weg und verwandelte sich selbst in den Raben, um ihr folgen zu können.

Gerade als der Rabe das Gebäude verließ, veränderte seine

Gefährtin die Gestalt erneut, diesmal in den Falken, der ihr so vertraut war. Nur war das Gefieder, an das sie gewöhnt waren, nicht mehr braun, sondern von dem dunkleren Farbton, den ihr neues Haar besaß. Ihr Rücken war braunschwarz gestreift, ihre Unterseite von einem weichen Dunkelgrau, und der Rest war schwarz.

Der Rabe und der Falke stürzten hinab und wendeten auf diese gespenstische synchrone Art, die den Vögeln eigen ist. Sie vorneweg und er hinterher. Es würde eine Weile dauern, bis er ihre Fähigkeiten hätte, doch er lernte schnell genug, um mit ihr mitzuhalten.

Syreena schoss zur Erde hinab und ließ sich von dem Aufwind weg von dem Berghang tragen, auf dem Damiens Anwesen errichtet worden war. Sie flog zum See, direkt vorbei an einem gezackten Felsvorsprung. Damien ahnte, was sie vorhatte, drehte die Schwingen so, dass er an Geschwindigkeit verlor, während sie genauso halsbrecherisch auf das Wasser zuschoss, wie sie sich aus dem Fenster gestürzt hatte.

Wieder verwandelte sie sich mitten im Flug.

Sie hatte die gummiartige Haut vermisst, die nun plötzlich ihren sich verwandelnden Körper überzog. Und die vollkommene, stromlinienförmige Gestalt ihres Delfinkörpers. Sie traf mit Höchstgeschwindigkeit auf dem Wasser auf, doch ihr eintauchender Körper verursachte nicht einen Spritzer. Der Delfin tauchte unter die Oberfläche wie ein grauer Blitz, so schnell, dass man die Bewegung im Flug nicht verfolgen konnte.

Damien ließ sich am Ufer des Sees nieder, verwandelte sich in seine natürliche Gestalt zurück und ging in die Hocke, wobei er sich mit einer Hand auf dem Boden abstützte. So konnte er sie besser beobachten, bis sie in den Tiefen des Wassers verschwand.

Kurz darauf tauchte sie wieder auf und kam als die Frau, an

deren Anblick er gewöhnt war, an die Oberfläche, und ihr fröhliches Lachen entlockte ihm ein breites Grinsen.

„Es ist so lange her!", erklärte sie. „Eine ganze Woche!"

„Hat sich etwas verändert? Abgesehen von der Färbung?"

„Ich bin mir sicher, aber ich weiß noch nicht, was."

„Weißt du wirklich nicht, was ich denke?", fragte er sie.

„Doch, ich weiß, aber es hat nichts mit Telepathie zu tun." Syreena hob eine Hand und winkte ihm kokett zu.

„Mmm, das Ergebnis ist so oder so gleich, also ist es mir ziemlich egal, wie es zustande kam", sagte er zu ihr, während er aufstand und sich sogleich vom Ufer abstieß.

Sein Kopfsprung war präzise und geübt.

Als er wieder an die Oberfläche kam, keuchte er heftig.

„Stimmt", sagte sie mit einem Fingerschnippen. „Es ist Winter, nicht?"

Damien fand das nicht witzig. Er schwamm zu ihr hin und packte sie am Arm, während sie mehr Energie darauf verwendete zu kichern, als sich von ihm zu befreien.

„Wetten, du spürst die Wassertemperatur gar nicht."

„Nicht besonders", gestand sie und erlaubte ihm, ihren warmen Körper an sich zu ziehen. „Aber das war ich dir schuldig für die kalten Hände."

„Wie kannst du das fühlen, aber nicht diese Eiseskälte?", wollte er wissen.

„Weil ich vorbereitet war. Sozusagen ein mentaler Mechanismus und die Tatsache, dass ich nicht zur Gänze in Menschengestalt bin."

Er spürte, wie ihre Beine ihn berührten, und musste feststellen, dass es sich um eine Flosse und nicht um Beine handelte.

Na, wenn das nicht die kleine Meerjungfrau ist, dachte er, und glitt mit einer Hand neugierig über ihren Rücken und über ihren

Hintern, und er spürte die Stelle, an der die Haut in die samtige Kühle ihrer Flosse überging.

„Erwarte nicht, dass ich für dich singe. Ich kenne nicht ein einziges Lied."

„Nicht einmal mit einem Sirenengeist in dir? Das kann ich kaum glauben."

Er küsste sie, bevor sie etwas erwidern konnte.

„Ich dachte, ich hätte Klagen gehört, dass das Wasser so kalt ist", schnurrte sie, als sie sich einen Moment später unter Wasser an seinen Körper schmiegte.

„Ja, aber da die Wärme meinen Körper verlässt, kann ich es besser aushalten. Das kannst du von dir nicht behaupten, nehme ich an. Ich frage mich, wie du diesmal auf meine kalten Anhängsel reagierst."

Sie lachte, stieß sich von ihm weg und bespritzte ihn mit Wasser.

„Du bist der Angeschmierte, Prinz Damien", neckte sie ihn. „Du musst mich erst einmal erwischen."

Sie tauchte unter, schlug einmal kräftig mit der Schwanzflosse, und ein Schwall Wasser ergoss sich über ihn.

„Wenn du dich da mal nicht täuschst, Prinzessin", murmelte er, „denn ich kann die Luft länger anhalten."

Er machte sich nicht die Mühe, ihr zu folgen, und wartete stattdessen ab, bis sie wieder an die Oberfläche kam.

Dann sorgte er dafür, dass sie ihn zur Strafe wärmte.

15

Jasmine betrat die alte rumänische Festung langsam durch die Tür anstatt über einen der zahlreichen Balkone, die das Gebäude schmückten. Als Erstes suchte sie nach Anzeichen für Damiens Anwesenheit.

Sie hatte gemerkt, dass er sich auf dem Besitz aufhielt, doch sie hatte ihn innerhalb des Gebäudes vermutet. Deshalb war sie überrascht, ihn draußen aufzuspüren. Sie war jedoch nicht überrascht, dass sein neuer Schatten ganz nah bei ihm war. Sie seufzte ein wenig ungehalten. Ließ diese Frau ihn denn nie allein?

Doch Jasmine schob den Gedanken sofort beiseite. Sie musste sich nun einmal daran gewöhnen. Es war klar, dass die Lykanthropin sein Schmusetier bleiben würde. Schließlich war sie ja auch mehr Tier als sonst etwas.

Jasmine sah sich in dem großen Saal um, den sie betreten hatte, und betrachtete die mit Spinnweben überzogene Kuppeldecke mit ihren Fresken. Wenn sie gereinigt wäre, kämen die kräftigen Farben und auch der Goldglanz der Intarsien wieder zur Geltung.

Sie war sichtlich stolz auf das, was sie im trüben Licht erkennen konnte. Ihr Bruder Horatio hatte die Arbeiten in der Renaissance ausgeführt, als dies gerade in Mode war. Er war stets der Künstler und der kreative Kopf in der Familie gewesen. Bis er schließlich vor einigen Jahrzehnten den diplomatischen Posten an Noahs Hof übernommen hatte.

Man sollte meinen, dass jemand, der so alt war wie sie, sich in der langen Zeit daran gewöhnt hatte, dass nichts so blieb, wie es war. Die Dinge änderten sich. Immer. Und wenn man bedachte, wie schwer es nach ein, zwei Jahrhunderten wurde, noch Zerstreuung für sich zu finden, hatte das wohl auch sein Gutes.

Doch die Abwesenheit ihres Bruders war ihr genauso wenig recht gewesen wie die Ankunft der Lykanthropenprinzessin. In beiden Fällen hatte sie nichts mitzureden. Was natürlich richtig war.

Das hieß allerdings nicht, dass es ihr gefallen musste.

Doch sie würde sich irgendwie anpassen, wie sie es immer tat. Sie tröstete sich damit, dass die Zeit schnell verging. Zumindest würde sie sich nicht langweilen. Andererseits war es vorprogrammiert, dass Dinge geschehen würden, die nicht begrüßenswert waren.

Und Damien war höchstwahrscheinlich als einer der Ersten davon betroffen.

Sie hatte sich jedenfalls entschieden. Ruth hatte sie mit allen möglichen Verlockungen in Versuchung geführt, eine bunte Mischung an Möglichkeiten, die in vielerlei Hinsicht reizvoll, aber in anderer Hinsicht wiederum gewissenlos waren.

Sie würde hierbleiben, an diesem Ort, mit diesem Mann, der für sie wie ein Bruder war und wie ein Vater. Sie würde sich mit dem neuen Familienmitglied Syreena arrangieren. Damien brauchte ihre Hilfe, und sie würde ihn nicht im Stich lassen in diesen gefährlichen Zeiten. Sie konnte Syreena immerhin zugutehalten, dass sie dasselbe Ziel verfolgten. Und es war sehr wahrscheinlich, dass sie gemeinsam dieses Ziel erreichten.

Obwohl sie beschlossen hatten, sich ihrem Feind gegenüber erst einmal ruhig zu verhalten und abzuwarten, hatte Jasmine ihre eigene Entscheidung getroffen. Auch sie war zwar der Meinung, dass sie erst einmal Zeit brauchten, um die Lage zu sondieren, doch da gab es eine Sache, die sofort getan werden musste.

Nachdem sie den ganzen Tag darüber nachgedacht hatte, hatte sie beschlossen, Damien in ihren Plan einzuweihen. Er hatte seine Meinung in der Angelegenheit so deutlich zum Ausdruck gebracht, dass sie es für wahrscheinlich hielt, dass er in ihre Richtung umschwenken könnte.

Vorausgesetzt, seine kleine Schnecke bekam keine Gelegenheit, sich einzumischen. Sie würde sonst womöglich einen Keil zwischen sie treiben. Etwas, was sie mit schöner Regelmäßigkeit zu tun schien.

Die eigentliche Kunst bestand darin, die beiden lange genug voneinander zu trennen, um Damien von ihrem Gedankengang zu überzeugen. Natürlich hatte sie dafür einen Plan, den sie bereits in die Tat umsetzte. In Kürze würden Brüder ankommen, und sie würden das Schloss wieder zum Leben erwecken. Sie waren der Hauptköder für die kleine Prinzessin.

Jasmine machte sich auf den Weg zu den Gemächern, die sie stets bewohnte, wenn sie sich in ihrer Heimat aufhielt. Doch sie lagen zu nah bei Damiens Räumen, also würde sie in den Flügel umziehen, der am weitesten von dem glücklichen Paar entfernt war.

Sie fing an, ihre Sachen in den entfernteren Gebäudeteil zu bringen, während sie darauf wartete, dass die anderen, einschließlich Damien, kamen.

Damien hob den Kopf von Syreenas Bauch und schaute zum Schloss, das sie verlassen hatten. Rasch setzte er sich auf und zog sie mit sich hoch, sodass sie an seiner Brust lehnte, ihre Beine und ihr Hintern auf seinem Schoß, während er sie fest umschlungen hielt.

„Wir bekommen Gesellschaft", teilte er ihr mit, als sie ihn neugierig ansah.

„Lass mich raten …" Mit einem bedeutungsvollen Augenaufschlag rückte sie von ihm ab.

„Ja, es ist Jasmine." Er grinste. „Aber ich würde mir keine Sorgen machen. Es sind noch mehr Vampire hierher unterwegs. Ich nehme an, es ist unser neues Gefolge."

„Erinnere mich daran, dass ich ihr danke", sagte Syreena, doch sie klang überhaupt nicht dankbar. Aber Damien wusste, dass das hauptsächlich von ihrer Enttäuschung herrührte, weil sie ihre Zweisamkeit aufgeben mussten. Er lernte sie langsam besser kennen und wusste, sie machte sich Sorgen, dass sie an einem belebten Hof so gut wie keine Gelegenheit zu solchen intimen Begegnungen mehr haben würden. Sie hatte fünfzehn Jahre unter einer solchen Glasglocke zugebracht, wo jeder sie aus nächster Nähe hatte betrachten können. Wahrscheinlich hatte sie sich gefreut, dem ein wenig entfliehen zu können.

„Das ist nicht allein ihr Verdienst. Sie haben meine Ankunft gespürt. Es ist eine Mischung aus Tradition und Neugier, die sie hierher führt."

Damien wusste auch, dass sie verstand, dass es so am besten war, wenn auch nicht ganz ungefährlich. Das war der Moment, in dem ihr Privatleben zu öffentlichen Meinungen und Reaktionen führen würde. Wahrscheinlich machte sie sich zu viele Gedanken darüber. Vampire waren in dieser Hinsicht ganz anders als Lykanthropen. Diejenigen, die mit ihrer Beziehung nicht einverstanden waren, würden das für sich behalten und ihre eigenen Pläne verfolgen. Die meisten würden jedoch schnell das Interesse an der Sache verlieren, falls es sie überhaupt interessierte.

Das war eine Situation, in der sich die Launenhaftigkeit der Vampire als nützlich erwies.

Syreena und Damien kehrten in ihr neues Zuhause zurück und kleideten sich entsprechend, um die anderen, die nach und nach eintrafen, zu begrüßen. Die Prinzessin verließ Damiens Gemächer zuerst, da sich anzukleiden für sie lediglich bedeutete, wieder in ihr leichtes Kleid zu schlüpfen. Als sie hinausging, lief sie Jasmine buchstäblich in die Arme.

Die Vampirin wollte sich gerade entschuldigen, hielt jedoch inne, als sie einen Blick auf die veränderten Augen und Haare der Prinzessin werfen konnte. Syreena gönnte der anderen ihr Erstaunen. Wie sie sich vorstellen konnte, war es eine geradezu aufsehenerregende Verwandlung. Jasmines Schweigen war eindeutig, doch ihre Miene war undurchdringlich, und Syreena hatte den Eindruck, dass die Vampirin nicht sehr erfreut war über die Veränderung.

„Wie ich sehe, habt ihr den Austausch vollzogen", sagte sie schließlich. „Ich gratuliere dir und Damien. Ihr seid die ersten in mehreren Tausend Jahren. Sagt mir Bescheid, wenn ich euch bei der Bindungszeremonie helfen kann."

„Das werden wir", sagte Syreena, verwundert über Jasmines ungewohnte Liebenswürdigkeit. „Damien sagt, das Gefolge kommt."

„So ist es. Ich bin sicher, du freust dich darauf."

Wieder hatte Syreena den Eindruck, dass Jasmine etwas vor ihr verbarg und dass ihr das insgeheim Vergnügen bereitete.

„Inwiefern?"

„Du bist jetzt die Herrscherin an diesem Hof, Prinzessin. Du bist die Schlossherrin, von der erwartet wird, dass sie alles organisiert und am Laufen hält. In der Vergangenheit hatte ich diese Rolle inne, doch das ist jetzt deine Aufgabe."

„Verstehe. Es ist eine Familienstellung. Ich habe bereits den Hof meiner Schwester geführt."

Jasmine lächelte ihr nur zu als Antwort. Es wäre amüsant zu beobachten, wie eine Lykanthropin versuchte, einem Vampirstab Anweisungen zu geben.

„Dann schlage ich vor, dass du die Neuankömmlinge begrüßt. Sie sind in der Eingangshalle." Jasmine nahm Syreena beim Arm und führte sie in die richtige Richtung. „Im Laufe des Abends wird der Rest eintreffen. Ich bin sicher, es wird dir nicht schwerfallen, die Dienerschaft von den höhergestellten Gästen zu unterscheiden. Sybil, unsere Haushälterin, wird als Erste hier sein, wie ich sie kenne, und sie wird dir eine große Hilfe sein."

Damien lehnte mit verschränkten Armen an der Wand, während er mit seinen dunklen Augen seiner Gefährtin folgte, die sich geschäftig um die Einteilung des Personals kümmerte. Zwischendurch begrüßte sie höflich die Gäste und schickte sie umgehend wieder fort. Das Haus, erklärte sie, würde in ein paar Tagen in Ordnung gebracht sein, dann würde es eine landesweite Begrüßung geben für alle, die Damien ihre Ehrerbietung erweisen wollten. Sie nahm einer möglichen Kränkung darüber, dass sie ihre Gesellschaft ablehnte, die Schärfe mit einer Liebenswürdigkeit und mit einem strahlenden Lächeln, die höchst diplomatisch waren.

Niemand, der nicht genau hinsah, würde jemals denken, dass sie keine Vampirin war, dachte er. Erstens, weil es unvorstellbar war, dass Damien mit einer Frau einen Hausstand gründete, die nicht eine von ihnen war. Und diejenigen, die es seltsam fanden, dass sie nicht den natürlichen Instinkt ansprach, den Vampire füreinander hatten, ließen es bei einem Stirnrunzeln bewenden. Wenn jemand die seltsame Frau mit den wärmeempfindlichen Membranen in den Augen betrachtet hätte, hätte er sofort die Wahrheit gewusst, weil sie warm und rot gewesen wäre.

Letzteres hätte womöglich eine feindselige Reaktion hervorrufen können, also beobachtete Damien die Anwesenden dahingehend ganz genau.

Bald war die Einteilung derjenigen, die im Schloss leben und arbeiten sollten, so weit gediehen, dass Damien sich endlich entspannen konnte. Es waren die loyalsten Personen, die in der Vergangenheit ihr Leben eingesetzt hatten, um diesen Hof zu schützen und zu verteidigen. Vom Butler bis zum Spülmädchen hatten ihre Familien dem Hof seit Äonen gedient, und sie betrachteten es als eine Auszeichnung, diese Aufgabe übernehmen zu dürfen. Es war ihm egal, dass sie die schwächsten waren in dieser mächtigen Spezies. Es lag eine große Kraft in diesen scheinbar untergeordneten Leuten, die sie weit über die Leute in seinem Gefolge stellte.

Es war die Kraft der Genügsamkeit, der Loyalität und der Zufriedenheit, alles Dinge, die denjenigen, die sich zu Höherem berufen fühlten, ganz fremd waren. Er hatte das bisher nie richtig begriffen. Das lag daran, wie er jetzt erst erkannte, dass sie sich nicht jeden Augenblick Sorgen darüber machen mussten, dass jemand ihnen von hinten ein Messer in den Rücken stoßen oder ihnen bei der erstbesten Gelegenheit den Kopf abreißen könnte. Sie hatten ihre Heimat nie verlassen, hatten stets demselben Clan angehört und dieselben lebenslangen Beziehungen unterhalten. Und das gab ihnen Sicherheit, nicht Langeweile.

Damien war fasziniert, das zu sehen.

Zumindest war es jetzt so. Jetzt, wo er selbst Zufriedenheit gefunden hatte. Er hatte dieses Land und diese Leute sehr lange gemieden, weil sie ihn abgestoßen und verärgert hatten mit ihren scheinbar einfachen Freuden des Lebens.

Das sah er jetzt anders.

An der freudigen Atmosphäre bemerkte er, wie glücklich sie

waren, dass er endlich in seine Heimat zurückgekehrt war. Und wie sehr sie die Anwesenheit ihres Prinzen vermisst hatten. *Wenn nur die von höherem Rang ebenfalls so erfreut wären,* dachte er. Aber er würde es so nehmen, wie es kam.

Als sich mindestens zehn der zum Hof gehörenden Vampire, die er kannte, im Hauptsalon befanden, stieß Damien sich schließlich von der Wand ab. Niemand würde es wagen, sich mit Syreena anzulegen, jetzt, wo sie wussten, dass sie seine Unterstützung darin hatte zu bestimmen, wer bleiben durfte und wer gehen musste. Diejenigen, die jetzt um sie herumstanden, würden sich ebenfalls um ihren Schutz kümmern, falls jemand so dumm war, sie herauszufordern. Es war klar, dass sie die Frau des Prinzen war und dass sie ebenso respektiert und beschützt werden musste wie der Prinz.

Damien ergriff die Gelegenheit, sich an Jasmine zu wenden, die ihn baldigst um eine private Unterredung ersucht hatte. Er wollte Jasmine besondere Aufmerksamkeit schenken und ihr das Gefühl geben, dass sie noch immer wichtig war für ihn und dass er ihre Meinung schätzte, daher war es ihm ein Anliegen, ihrer Bitte nachzukommen. Es stimmte wirklich, dass er so empfand; er musste nur dafür sorgen, dass Jasmine es ebenfalls tat.

Jasmine gab gerade einem kleinen Mädchen namens Lucia Anweisungen, wie sie ihre Räume und ihre Sachen geordnet haben wollte, als Damien sie fand.

Er verstand nicht, warum Jasmine sich neue, abgelegene Räume ausgesucht hatte, wo sie doch in den letzten fünf Jahrhunderten stets das Gegenteil getan hatte. Diese Art passiver Widerstand gegenüber den Veränderungen in seinem Leben machte ihn ein wenig traurig, doch mit der Zeit würde sich das von selbst lösen.

„Du verlangst nach einer Audienz, Madam?", begrüßte er sie, und seine Stimme hallte in dem riesigen Raum wider.

Lucia bekam einen furchtbaren Schreck, und Damien musste sich zusammenreißen, um nicht zu schmunzeln, als sie ihn mit Augen ansah, die beinahe aus den Höhlen traten. Sie konnte nicht älter sein als ein paar Jahrzehnte, und sie hatte den Vampirprinzen nie zuvor gesehen. Seine bloße Anwesenheit und die Geschichten und Gerüchte, die sich um ihn rankten, waren wohl Grund genug, eingeschüchtert zu sein, wie Damien sich vorstellen konnte.

„Damien", begrüßte ihn Jasmine mit einem warmen Lächeln. Sie stellte die Parfümflasche ab, die sie betrachtet hatte, und ging auf ihn zu, um ihn zu umarmen. Sie schmiegte ihren schlanken Körper mit großer Zuneigung an seinen und küsste ihn liebevoll auf die Wange. „Ich bin froh, dass du gekommen bist."

Sie hakte sich bei ihm unter und scheuchte das glotzende Mädchen mit einem Blick zurück an die Arbeit, während sie mit dem Prinzen in den Flur hinaustrat. Sie öffnete eine Tür in der Nähe und führte ihn in einen verstaubten und verlassenen Lagerraum.

„Du heckst doch etwas aus", sagte er sofort, nachdem sie die Tür hinter sich geschlossen hatte.

„Stimmt, du hast recht. Auch wenn ich mit dem übereinstimme, was über die Sache mit den abtrünnigen Schattenwandlern gesagt wurde, glaube ich doch, dass es eines gibt, das unbedingt getan werden muss."

„Du suchst Ärger, Jasmine", stellte er fest.

„Genau", sagte sie seufzend. „Und das solltest du auch! Damien, du bist der Prinz, und ich bin deine engste Beraterin. Ich habe mich immer um unsere internen Probleme gekümmert, und du hast sie mir stets anvertraut." Sie trat vor ihn hin und packte ihn an den Schultern, damit er in ihre ernsten dunklen Augen blickte. „Seit wann überlassen wir es anderen Leuten, unsere internen Probleme zu lösen? Wir haben eine Verantwortung und müssen uns umgehend um das Problem kümmern. Der abtrünnige Vampir. Wir müssen herausfinden, wer das ist. Wir müssen wissen, wer unter uns ein Verräter ist, damit wir nicht an der falschen Stelle Informationen preisgeben."

Damien betrachtete sie und suchte in ihrem Gesichtsausdruck und in ihrer Körpersprache nach ihren Beweggründen. Was sie sagte, ergab einen Sinn, doch er konnte sich des Gefühls nicht erwehren, dass dahinter andere Motive standen.

Allerdings hatte Jasmine stets andere Motive bei allem, was sie sagte oder tat.

„Es ist wahrscheinlich einer von denen, denen wir zunächst nicht trauen würden", sagte er, ohne auf ihre Überlegungen einzugehen.

„Und wenn nicht?", fragte sie verärgert. „Es sieht dir gar nicht ähnlich, dass du mögliche Gefahren ignorierst."

„Ich tue das auch nicht gern, Jasmine", sagte er finster, „aber ich renne nicht los und fordere einen Vampir heraus, der Ruth hinter sich hat … und wahrscheinlich auch die schwarze Magie. Wer immer es ist, er hat einen Unschuldigen getötet. Da gibt es kein Zurück mehr. Es wird ihn für immer verändern."

„Und wir beide haben gesehen, was aus einem Vampir werden kann, der die Grenze überschreitet. Früher haben wir nicht geruht, bis wir so jemanden zur Strecke gebracht hatten. Warum zögerst du jetzt?"

„Weil ich nicht mehr nur an mich denken kann, Jasmine."

„Du meinst, du hast Angst, deine kleine, zerbrechliche Frau zu beunruhigen?", zog sie ihn auf.

„Ich meine", fauchte er, „dass ich ein Volk regiere und dass ich die Verantwortung dafür trage, es in diese friedvolle Phase zu führen, und das hältst ja auch du für klug. Wenn ich jetzt sterbe, wer weiß, welcher Typ von Vampir mich dann ersetzen wird."

„Sehr wahrscheinlich wäre ich das", sagte sie übermütig. „Hast du so wenig Vertrauen, dass ich deine Ideale hochhalte?"

„Du?" Er lachte rau und rief damit absichtlich Entrüstung bei ihr hervor. „Jas, du kannst doch nicht länger als ein Jahrhundert auf der Erde bleiben. Du würdest abgesetzt, sobald dich deine erste melancholische Stimmung befiele."

„Das ist ungerecht!"

„Ist es nicht, sonst würdest du dich nicht so aufregen", stellte er fest und mäßigte seinen Ton. „Du hast nicht die Geduld zum Regieren, meine Liebe. Ich liebe dich, und ich bin auf dich angewiesen, aber ich kenne dich. Und tief drinnen weißt du es auch. Allein mein Tod, der die Voraussetzung für deine Herrschaft wäre, würde dich in ein Tal der Tränen stürzen."

„Du überschätzt deine Bedeutung für mich", sagte sie, doch sie beide wussten, dass das nur Wortgeklingel war. „Trotzdem, ich erwarte ja nicht, dass du einen Krieg vom Zaun brichst. Aber ich glaube, wir sollten einen kleinen Aufklärungsflug unternehmen. Sag mir, dass du nicht darauf brennst zu wissen, wer unsere Leute auf solche Weise verrät, und ich werde es nie wieder erwähnen."

Jasmine kannte ihn einfach zu gut.

„Ich nehme an, du hast einen Vorschlag, wie wir das herausfinden sollen", sagte er und überging das triumphierende Blitzen in ihren Augen.

„Wir sollten in der Bibliothek anfangen. Vielleicht finden wir dort einen Hinweis. Wenn wir Glück haben, ist Ruths Spur noch nicht so kalt, dass wir ihr nicht mehr folgen können …"

„Jasmine …"

„Nur folgen“, beeilte sie sich zu sagen. „Außer wir hätten die Macht, uns dicht an sie heranzuschleichen, ohne dass sie uns entdeckt.“

„Und was, wenn der Vampir so mächtig ist, dass er uns entdeckt?“

„So mächtig, dass er deine Tarnung durchschaut? Das kann nicht einmal ich.“

Damien schwieg längere Zeit und versuchte, sich gedanklich Klarheit zu verschaffen und nicht aus einem Impuls heraus zu handeln. Er wollte es herausfinden; mehr als alles andere wollte er herausfinden, wer so etwas tat. Und diese Person bestrafen. Das wollte er sogar mit noch größerer Inbrunst. Wenn sie feststellen könnten, wer der Verräter war, hätten sie einen Vorteil ihm gegenüber. Er würde denken, er könnte sich noch immer in ihrer Nähe aufhalten, ohne dass jemand anders von seinem doppelten Spiel wüsste. Vielleicht verschaffte ihnen das die Möglichkeit, den Vampir von der Dämonin zu trennen und damit jeden von ihnen verwundbarer zu machen, sodass Damien ihn selbst bestrafen konnte, wie er es bisher immer getan hatte. Wenn es überhaupt einen günstigen Zeitpunkt gab, dann jetzt, bevor Ruth ihr Wissen um den Austausch nutzen konnte oder bevor der Vampir sich ihre Zauberkünste mithilfe schwarzer Magie aneignete.

„Einverstanden“, sagte er. „Gib mir nur ein paar Minuten mit Syreena.“

„Dafür ist keine Zeit mehr, Damien. Lykanthropen trampeln bestimmt schon unsere einzige Spur nieder, seit sie angefangen haben, die Bibliothek auszuräumen.“

„Aber ich kann sie nicht einfach allein lassen mit einem Haus voller Vampire, die nicht wissen, wer und was sie ist“, widersprach er.

„Ist sie so zerbrechlich? Nachdem sie Nico getötet hat, traue ich ihr mehr zu, als eine Gruppe Dienstboten bei der Stange zu halten."

Jasmine hatte recht. Damiens Bedürfnis herauszufinden, wer der abtrünnige Vampir war, überwog alle Bedenken.

Eilig verließ er seinen rumänischen Besitz mit Jasmine an seiner Seite.

Es dauerte über eine Stunde, bis Syreena bemerkte, dass Damien das Areal ganz verlassen hatte. In dieser Zeit war sie damit beschäftigt gewesen, kleine Zänkereien zu schlichten, Aufgaben zu verteilen und über misstrauische Blicke aus immer mehr Zimmerecken hinwegzusehen. Der Stab aus Vampiren hatte rasch festgestellt, dass sie nicht eine von ihnen war. Sie wusste es, weil es für sie immer schwieriger wurde, dass sie auf ihre Bitten eingingen.

Doch sie wollte sich deswegen nicht bei Damien ausheulen, deshalb versuchte sie die Situation selbst in den Griff zu bekommen, aber sie hatte keinen einzigen Verbündeten, und sie kam lange nicht so voran, wie sie es gekonnt hätte. Jasmine hatte natürlich genau auf so etwas gehofft. Bestimmt war sie deshalb nirgends aufzufinden.

Syreena hatte damit gerechnet, jedoch nicht damit, dass Damien sie in einer so feindseligen Atmosphäre allein ließ. Andererseits war sie froh, dass er ihr nicht über die Schulter schaute, sondern ihr alles selbst überließ.

„Nun, Syreena, du kannst wohl nicht beides haben", sagte sie leise zu sich.

Er war wahrscheinlich nur auf die Jagd gegangen. Mit oder ohne Jasmine, Syreena war das vollkommen gleich. Trotzdem hoffte sie, er käme schnell zurück, weil sie ein Dienstmädchen sah, das den Kamin reinigen sollte und das sie stattdessen nun schon zum dritten Mal im Flur herumstreichen sah.

Syreena hatte auf einmal genug.

Sie trat vor das Mädchen hin, als dieses den Hauptsalon betrat, wo vier Arbeiter gerade alles in Ordnung bringen wollten. Syreena warf einen Blick auf den bereits gereinigten Kamin und ließ ihrer Wut freien Lauf.

„Oria!“

Das Geplauder im Raum verstummte schlagartig, und das Mädchen fuhr bei dem schneidenden Ton, in dem die Prinzessin ihren Namen aussprach, erschrocken zusammen.

„Ja?“, fragte das arbeitsscheue Mädchen mit sorglosem Grinsen.

„Der Kamin hier ist bereits gereinigt“, sagte Syreena ihr.

„Ja und?“

Syreena sah die neugierigen Blicke der vier anderen im Raum.

„Dann kannst du jetzt ja damit anfangen, die Toiletten zu putzen“, sagte Syreena mit aufgesetzter Freundlichkeit. „Ich schlage vor, du kümmerst dich darum.“

Das Mädchen stemmte augenblicklich die Hände in die Hüften und streckte empört den Rücken, während sie sich eine Erwiderung zu überlegen schien.

„Und wenn du frech wirst“, sagte Syreena in warnendem Tonfall, „fliegst du hier in hohem Bogen raus, hast du mich verstanden?“

„Das kannst du nicht tun. Du bist ein Niemand. Nächsten Monat wird sich Damien mit irgendeinem anderen Mädchen in seinem Bett wälzen, und du bist abgeschrieben!“

Von den anderen war unterdrücktes Kichern zu hören.

Drei Sekunden lang.

So lange brauchte Syreena, um das vorlaute Mädchen an der

Kehle zu packen und mit einem Krachen, das beunruhigend klang, an die nächste Steinwand zu knallen. Das Dienstmädchen gab ein gurgelndes Geräusch von sich, und ihre Hände streckten sich nach dem eisernen Griff der Hand aus, die sie an der Wand festhielt. Das Vampirmädchen war zu jung, um zu wissen, wie man ohne Sauerstoff auskam, also schnappte sie verzweifelt nach Luft.

Als die anderen ihr zu Hilfe kommen wollten, wandte sich Syreena mit einem wütenden Knurren zu ihnen um, sodass sie mitten in der Bewegung innehielten.

„Wer vorhat, mich anzurühren, wird sehr genau feststellen, wie viel ich dem Prinzen bedeute", drohte sie mit eisiger Stimme. „Ich versichere euch, er wird etwas viel Schlimmeres tun, als euch von hier zu verbannen."

Ihre Selbstgewissheit wirkte einschüchternd. Sie wichen zurück und beobachteten mit wachsamem Blick, was sie als Nächstes tun würde. Sie wandte sich wieder dem jungen Ding zu, das sie immer noch festhielt.

„Das mit dir wird den anderen eine Lehre sein, Mädchen. Ich wiederhole mich nicht gern, und ich spreche eine Warnung nur einmal aus. Ich bin eine Lykanthropenprinzessin, und ich bin es gewöhnt, dass man mir aufs Wort gehorcht. Und auch im Hause meines Gemahls werde ich mich nicht mit weniger zufriedengeben."

Und mit dieser Bemerkung würde es mit der Vampirgerüchteküche ein Ende haben. Die vier im Raum würden unverzüglich herumerzählen, wer sie war und was sie war und dass sich hinter ihrer gelassenen Art eine kurze Lunte verbarg, die man besser nicht zündete.

„Verlass dieses Haus freiwillig, sonst werde ich nachhelfen! Und denk daran, du bekommst es nur ein Mal gesagt."

Syreena ließ Oria unvermittelt zu Boden gleiten. Sie beachtete das Häuflein Elend nicht und wandte sich lächelnd zu den anderen um.

„Ihr leistet großartige Arbeit. Wenn ihr hier fertig seid, vergesst nicht, euch bei Sybil zu melden. Ihre Anweisungen sind genauso zu beachten wie meine oder wie die von Damien. Ich erwarte, dass ihr euch Sybil gegenüber viel besser benehmt, als dieses Ding sich mir gegenüber benommen hat."

Sie warf einen verächtlichen Blick auf Oria und wandte sich dann ab, um Damien zu suchen.

Nachdem Syreena gegangen war, sprang die empörte Vampirin voller Zorn auf. Sie ging zu den anderen.

„Könnt ihr euch diese Frechheit vorstellen? Wer glaubt sie, wer sie ist? Gemahlin? Damiens Gemahlin? Damien würde sich nie an jemanden binden, der kein Vampir ist!"

„Halt den Mund, Oria!", fauchte einer der Männer ungeduldig. „Was weißt du schon über Damien? Der Prinz war eine lange Zeit fort, sicher länger, als du auf der Welt bist."

„Du verschwindest besser, Mädchen, zu deinem eigenen Besten", sagte ein zweiter Arbeiter. „Wenn sie die Wahrheit sagt, wird Damien dir den Kopf abreißen."

Da die anderen ihr zahlenmäßig überlegen waren, erkannte Oria, dass sie keine Wahl hatte. Die Gestaltwandlerin hatte gewonnen, und es gab wenig, was sie dagegen tun konnte.

Also verließ sie voller Wut das Anwesen.

Als Damien nach einer Stunde immer noch nicht zurück war, begann sich Syreena zu fragen, wohin er wohl gegangen war. Sie kannte seine Gewohnheiten nicht besonders gut, doch sie hatte nicht den Eindruck, dass er jemand war, der seine Zeit mit Jagen vertrödelte, wenn so viel zu tun war. Jasmine war auch noch nicht zurück, was die Sorge der Prinzessin nur noch vergrößerte. Sie verließ die Haupträume und überließ sie dem spürbar eingeschüchterten Personal. Nach dem Vorfall mit Oria waren sie einsichtiger und zeigten sich eher bereit, den Anweisungen Folge zu leisten, also hatte sie keine Bedenken, sie ihren Aufgaben zu überlassen, ohne jede Minute die Peitsche zu schwingen.

Syreena fand den Weg zu Jasmines Räumen. Vielleicht würde sie hier einen Hinweis darauf finden, wohin die beiden verschwunden waren.

Was sie vorfand, als sie die Tür öffnete, war ein blutjunges Vampirmädchen, das Jasmines Kleidungsstücke sorgfältig zusammenlegte oder in den Schrank hängte. Das kleine Mädchen, dem Aussehen nach noch nicht ganz Frau, riss die Augen auf, als sie Syreena erblickte. Sie knickste eilig vor der Prinzessin, was dieser ein Lächeln entlockte. Es war das erste Zeichen von Respekt, das jemand von ihrem neuen Personal ihr erwies.

„Hallo, Kleine", grüßte Syreena freundlich. „Weißt du, wo deine Herrin ist?"

„Sie steht vor mir, Miss", antwortete das Mädchen sofort.

Syreena lächelte über den Eifer und den Wunsch, zu gefallen und nicht anzuecken.

„Vielleicht. Ich nehme an, Jasmine erwartet, dass deine Loyalität ihr gegenüber größer ist als mir gegenüber, und ich werde dir das nicht ankreiden, wenn du einmal im Zwiespalt bist. Wie heißt du?"

„Lucia."

„Lucia, hast du meinen … deinen Prinzen gesehen?"

„Ja, Miss. Er ist vor ein paar Stunden mit meiner Herrin fortgegangen."

„Weißt du, wo sie hinwollten?"

Jetzt zögerte Lucia, und man konnte die widerstreitenden Gedanken an ihrem Gesicht ablesen.

„Lucia, ich will es nur wissen, weil … weil ich besorgt darüber bin, dass sie noch nicht zurück sind. Wenn meine Sorge unbegründet ist, sag es mir, und ich werde dir glauben."

„Das kann ich nicht sagen", flüsterte Lucia. „Ich sollte eigentlich nicht wissen, wohin sie gegangen sind, aber ich weiß es doch."

„Könntest du das bitte erklären?", fragte Syreena so geduldig wie möglich.

„Ich war im Gang und habe zufällig mit angehört, was meine Herrin, Jasmine, meine ich, im Raum nebenan zum Prinzen gesagt hat. Sie wollen die Identität eines Vampirs herausfinden, den sie als Verräter bezeichnet haben."

Syreena hatte das Gefühl, als bliebe ihr das Herz plötzlich stehen. Sie wusste sofort, wovon Lucia sprach, auch wenn diese selbst es nicht wusste.

„Ich danke dir für deine Offenheit, Lucia."

„Und ich danke Euch, Miss", erwiderte das Mädchen rasch. „Die anderen werden es nie sagen, aber sie haben sich so sehr gewünscht, dass Damien in seine Heimat zurückkehrt. Wenn Ihr der Grund dafür seid, schulden wir Euch alle Dank. Ich kenne so viele, die ihn vermisst haben."

Syreena nickte in einer Mischung aus Verstehen und Abschied. Sie stürzte aus dem Raum, und ihre Gedanken und Gefühle rasten.

Seltsamerweise richtete sich ihr Augenmerk auf den eher nebensächlichen Teil. Sie hatte nicht bemerkt, dass Damien schon so lange weg war. Sie hatte gegen die Staubschichten gekämpft, die alles in seinem Heim bedeckten, und jetzt stellte sich heraus, dass inzwischen viel mehr Zeit vergangen war, als sie eigentlich gedacht hatte. Nach dem, was Lucia gesagt hatte, war es sogar so lange her, dass sogar ein Vampir sich allein gelassen fühlen konnte, was bei einer Spezies, die in so großen Zeiteinheiten lebte, wahrscheinlich erst nach ziemlich langer Zeit der Fall war. Sie fragte sich, was Damien so lange fernhielt, bis er gar keine andere Wahl mehr hatte, als zurückzukehren.

Und dann wurde ihr der ernstere Teil der Wirklichkeit bewusst. Damien und Jasmine waren fortgegangen, um genau das zu tun, wovon er ihr erst einige Stunden zuvor versprochen hatte, dass er es nicht tun würde. Er hatte behauptet, ihm sei klar, wie unvernünftig es wäre, so sein Leben aufs Spiel zu setzen, und er hatte geschworen, ihre Bedürfnisse und Gefühle zu bedenken, bevor er je wieder eine so rücksichtslose Entscheidung traf.

Neben einem tiefen Gefühl von Furcht fühlte Syreena sich vor allem betrogen. Sie wollte ja gern glauben, dass er und Jasmine sich um sich selbst kümmern konnten, aber wie sollte sie darauf vertrauen, wenn sie nicht einmal in einer so wichtigen Sache seinem Wort vertrauen konnte? Wie sollte sie den Rest ihres Lebens mit jemandem verbringen, der ihr erzählte, was sie hören wollte, und der einfach tat, was er wollte, sobald sie ihm den Rücken zukehrte? Wie sollte sie ihm glauben, dass er das tat, was er versprochen hatte?

Die Vorstellung tat weh. Hatte sie seinen Charakter so falsch eingeschätzt? Hatten sie das alle? War ihr Urteilsvermögen auf einmal so schlecht? Damien war tief verstört von dem Gedanken, dass unter seinen Leuten ein Verräter war. Er war es zwar gewöhnt, dass sie unzuverlässig waren, doch nur in gewissen Dingen und bis zu einem bestimmten Punkt. Alles, was darüber hinausging, würde er natürlich persönlich nehmen. Syreena wusste, dass Sienas Reaktion ähnlich heftig und entschieden ausgefallen wäre, wenn sich so etwas an ihrem Hof ereignet hätte.

Trotzdem hätte Syreena ihre Schwester zur Umsicht gemahnt, und die hätte ihr entweder zugehört und wäre ihrem Rat gefolgt, oder sie hätte nicht auf sie gehört. Jedenfalls hätte Siena nicht so getan, als würde sie der Prinzessin zustimmen, und hätte sich dann heimlich davongestohlen wie ein ungehorsames Kind.

Sie brauchte nur ein paar Minuten, um darauf zu schließen, wo sie ihre Jagd wohl begonnen hatten. Sie rannte durch die steinernen Räume, bis sie einen Raum mit einem Fenster fand, das in die kalte Nacht hinausging.

Dann stürzte sie sich über die Brüstung.

16

Syreena flog, so schnell sie konnte, in Richtung unterirdischer Bibliothek. Sie hatten einen ziemlich großen Vorsprung. Sie hatte keine Ahnung, was sie tun würde, wenn sie sie eingeholt hätte, falls sie es überhaupt schaffen sollte, doch ihr Handeln war von einem Ansturm von Gefühlen und von großer Entschlossenheit bestimmt.

Syreenas Schwester war die Jägerin in der Familie und insofern auch eine bessere Fährtensucherin. Doch die Prinzessin war schneller, und sie hatte schärfere Augen, sobald ein Ziel ausgemacht war. Syreena fragte sich, ob sie ihre Schwester zu Hilfe holen sollte, als sie am Bibliothekseingang ankam.

Sie bemerkte sofort die Stille und das Chaos, das im Innenraum und weiter in den umliegenden Höhlen herrschte. Die Bibliothek war nur spärlich erhellt von einer schwelenden Fackel, die, soweit sie erkennen konnte, hastig aus den Einrichtungsresten ausgegraben worden war. Wo einstmals Ordnung und handwerkliche Perfektion geherrscht hatten, nur getrübt von Staub und Schimmel, war jetzt nur noch ein zerschmettertes Durcheinander.

Sie roch alle möglichen Arten von Blut, von dem selbst jetzt noch, wo es überall verspritzt war, eine große Kraft ausging. Sie zögerte an der Schwelle dieses Orts, wo sich so viel Gewalt und Tod abgespielt hatte. Nicht weil sie zimperlich war, sondern weil sie das Gefühl hatte, er sollte mit Respekt behandelt werden.

Neben dem Geruch des Todes gab es einen frischen Vampirgeruch. Damien.

Sie hatte noch gehofft, dass Lucia sich vielleicht getäuscht hatte, dass sie hier keine Spur von ihnen finden würde, doch das war natürlich ein dummer Wunschtraum gewesen. Damien war leidenschaftlich, was seine Leute betraf, noch leidenschaftlicher als mit ihr.

Sie schob ihre Enttäuschung beiseite und verbarg sich in der Dunkelheit, um seine Spur aufzunehmen.

Sie hielt nicht nach irgendeinem konkreten Hinweis Ausschau; es war mehr die Visualisierung einer Spur, die aus einer Summe kleiner Informationsmengen ihrer verschiedenen Sinne bestand.

Syreena ließ die anderen Informationen außer Acht, einschließlich Jasmines erkennbarer Spur, und konzentrierte sich ganz auf ihren Gefährten.

Sie hatten die Höhle gemeinsam verlassen.

Schön und gut, aber konnte sie die beiden im Fliegen verfolgen?

Es war Damiens kraftvolle Spur, die sie davon überzeugte, dass sie es konnte.

Entweder gab er sich nicht die geringste Mühe, seine Pläne zu verbergen, oder sie entwickelte ein Geschick darin, ihn aufzuspüren. Dazu kam noch ihre natürliche Begabung, Dinge zu entdecken, die durch die Luft getragen wurden, und vielleicht hatte sie ja Glück.

Rasch machte sie sich auf die Suche nach ihm.

Wie sich herausstellte, war es viel einfacher, Jasmines und Damiens Spur zu verfolgen, als sie erwartet hatte. Natürlich hatten sie keinen Grund, ihre Spur zu verwischen, selbst wenn Ruth oder einer ihrer Anhänger beschlossen hätte, sie zurückzuverfolgen. Doch dann erkannte Syreena, dass Ruth auf jeden Fall die Überlegenere gewesen wäre, und das war ein unerträglicher Gedanke. Sie flog noch schneller hinter ihnen her.

Syreenas Vorteil war, dass sie einer frischen Spur folgte, im Gegensatz zu Damien und Jasmine, deren Spur beinahe vierundzwanzig Stunden alt war. Sie betete, dass sie die beiden einholte, bevor sie in Schwierigkeiten gerieten.

Ihr Herz pochte angsterfüllt, als sie bemerkte, dass sie wieder in Richtung Frankreich, dem Mistralgebiet, flogen. Es war verständlich, dass sie besorgt war, versuchte sie sich selbst zu sagen, weil sie das letzte Mal, als sie in der Gegend gewesen war, so viele Schmerzen und so viele Ängste durchgemacht hatte. Ihre Selbstanalyse trug nicht gerade dazu bei, ihr rasendes Herz und ihre wirbelnden Gedanken zu beruhigen. Die Vorstellung, dass Damien sich der Bedrohung durch diese wahnsinnige Frau aussetzte, war beinahe niederschmetternd.

Syreena sah sich jetzt aufmerksamer um und flog dicht über dem Boden, zwischen Bäumen hindurch und darüber hinweg, um möglichst unbemerkt zu bleiben. Sie wusste, sie war bereits in der Nähe von *Brise Lumineuse*. Sie bemerkte außerdem, dass die Spur bald enden würde. Ruth hatte einen neuerlichen Grund, auf Mistralgebiet herumzuschleichen, und sehr wahrscheinlich war sie noch immer da, weil sie einen bestimmten Plan verfolgte.

Das hieß, dass die Informationen aus dem Buch, das sie Jasmine gestohlen hatte, ihrer Wut kein neues Ziel gegeben hatten. Ruth hatte bereits einen Vampir rekrutiert und war auf Vampirterritorium gewesen. Wer sagte, dass sie dort nicht sehr bald wieder auftauchen würde, um noch mehr Schattenwandler zu Gefolgsleuten zu machen?

Bei diesen Gedanken wurde es Syreena ganz schwindlig. Sie ließ sich für einen Augenblick auf einem Ast nieder, schüttelte nervös ihr Gefieder und strich es glatt, während sie mehrmals tief durchatmete und neue Kraft schöpfte.

Sie war jetzt nah dran, das wusste sie. Ganz nah.

Auf einmal hatte Syreena Angst, sich noch näher an die beiden heranzuwagen. Sie war schließlich nicht dumm. Jasmine und Damien hatten mentale Fähigkeiten, die sie davor schützten, von Ruth entdeckt zu werden. Wenn sie mitten in diese Situation hineinflog, und die Vampire versteckten sich oder benutzten irgendeinen Trick, würde sie sie allein schon durch ihre Gedanken verraten.

Dann wurde ihr klar, dass sie genauso schuld war wie Damien, dass sie das nicht bedacht hatte. Und sie wurde noch wütender auf ihn. Wenn er Unterstützung brauchte, wie sollte sie das dann erfahren? Wie sollte sie ihm so überhaupt eine Hilfe sein? Wenn sie diese Situation unbeschadet überstanden, würde sie ihn eigenhändig umbringen.

Sie schloss die Augen und versuchte sich zu beruhigen. Wenn sie so weitermachte, würde sie jedem, der in der Lage war, sie zu erspüren, ihre Anwesenheit verraten. Als Falke war sie natürlich von anderen Raubvögeln nicht zu unterscheiden, es sei denn, jemand kam nahe genug heran, um die Kette um ihren Hals zu sehen, die halb unter dem Gefieder versteckt war.

Als sie ein wenig ruhiger geworden war, konnte sie wieder klar denken und ihre empfindlichen Sinne benutzen, um das Beste aus ihrer Lage zu machen. Sie starrte in die Dunkelheit in Richtung der Spur des Vampirduos. Sie erhob sich von dem Ast in die Luft und glitt zwischen Schatten und Blättern hindurch, bis ihre Krallen einen anderen packten. Das Ganze war vollkommen geräuschlos vonstattengegangen, und der kahle Ast hatte sich unter ihrer sanften Landung kaum bewegt.

Ihre lautlosen Bewegungen ermöglichten es ihr, das unverwechselbare Geräusch von Flügeln zu hören, die sich durch die Luft bewegten. Ihr kleines Falkenherz schlug augenblicklich rascher, und mit ihren scharfen Augen spähte sie zwischen Bäumen und Zweigen in den Nachthimmel. Das Gleiten schwarzer Flügel im Mondlicht gehörte vielleicht zu den kostbarsten Anblicken in ihrem Leben.

Der Rabe stieß vom Himmel herab und kam mit beeindruckender Geschwindigkeit und merklich größerer Präzision auf sie zugeschossen. Sehr bald hätte er seine Fähigkeiten so verbessert, dass man ihn von einem Lykanthropen und einem Mistral, die alle zu einem Teil auch Vögel waren, nicht mehr würde unterscheiden können. Doch als er auf denselben Ast zuflog, auf dem sie saß, verriet das Flattern seiner Flügel ganz unverkennbar den unerfahrenen Vampir.

Er krächzte, und seine Flügelspitzen glitten wütend und vorwurfsvoll über ihren Schnabel und über ihre Augen. Sie schwang sich von dem Ast, und als sie auf dem Waldboden aufkam, hatte sie bereits wieder ihre menschliche Gestalt angenommen.

Damien verwandelte sich ebenfalls vom Raben in seine gewohnte Gestalt, und sie war erleichtert zu sehen, dass er unversehrt war.

„Bist du verrückt?“, schimpfte er.

„Dasselbe wollt ich dich gerade fragen! Was um alles in der Welt tust du hier, Damien?“

„Später“, bellte er und brachte sie mit einer schneidenden Handbewegung zum Schweigen. „Du bist zu nah an Ruth dran. Wenn ich dich spüren kann, kann sie es bestimmt auch. Du musst verschwinden, bevor …“

„Bevor ich dabei zusehen muss, wie sie dir das Genick bricht?“, unterbrach sie ihn scharf. „Bevor ich völlig die Beherrschung verliere und dich an ihrer Stelle umbringe?“

„Dafür ist hier weder der richtige Ort noch die richtige Zeit, Syreena!“

„Das sehe ich genauso! Aber wenn du dir wirklich mit mir einig wärst darüber, wärst du nicht hierhergekommen, wo wir doch noch darüber gesprochen hatten, dass es dumm und vermessen wäre, sie zu verfolgen!“

„Ich bin nur hier, um herauszufinden, wer von unseren Leuten der Verräter ist. Ich habe nicht vor, mich mit Ruth auf einen Kampf einzulassen, aber wenn du jetzt nicht verschwindest, bin ich womöglich gezwungen, genau das zu tun!“

„Was fällt dir ein, die Schuld auf mich zu schieben! Du hast mir etwas versprochen, Damien, und ich muss leider feststellen, dass du es nicht gehalten hast. Du bist ein Lügner und ein rücksichtsloser Mistkerl!“

„Bring sie zum Schweigen, Damien, oder ich tue es selbst!“

Die fauchende weibliche Stimme aus der Dunkelheit war Syreena nur allzu vertraut, und sie errötete vor Zorn. Ihre kleinen Hände ballten sich zu Fäusten, und ihre Zähne knirschten, als sie die Kiefer aufeinanderpresste. Ihre gesprenkelten Augen flackerten vor unterdrückter Wut, während Damiens frostiger Blick scheinbar teilnahmslos auf ihr ruhte.

„Ich bin es nicht gewohnt, jemandem über meine Handlungen Rechenschaft abzulegen, als wäre ich ein Kind, Syreena, und es tut mir leid, wenn dich das ärgert, aber wie ich schon mehrmals gesagt habe, ist das nicht der richtige Zeitpunkt, um sich darüber zu streiten.“

„Einverstanden“, sagte sie. „Dann geh ruhig und schleich hier auf diesem gefährlichen Gelände mit dieser gefährlichen Frau herum, wenn es dir beliebt, aber wenn du glaubst, ich warte wie ein zahmes Haustier darauf, dass du zurückkommst, dann hast du dich geschnitten!“

Syreena wollte an ihm vorbeigehen, doch er packte sie am Oberarm und zwang sie, sich umzudrehen.

„Denk nach, bevor du etwas Überstürztes tust, Syreena!", warnte er sie mit einem scharfen Flüstern.

„Oh, du meinst, so wie du es getan hast?", entgegnete sie. „Tu, was ich sage, und nicht, was ich tue? Wofür hältst du mich, Damien? Für ein kleines Kind? Für einen Welpen, den man abrichten muss, damit er gehorcht? Die ganze Zeit hast du mich gebeten, unabhängig zu denken und zu handeln, aber jetzt, wo es dir nicht in den Kram passt, ist es unerwünscht? Das wirst weder du noch sonst jemand ändern können!" Mit überraschender Kraft schüttelte sie ihn ab. „Ich bin zu dir gekommen, weil ich meine Freiheit wollte, und du hast sie mir mit guten Wünschen und mit schönen Worten auf einem Silbertablett serviert. Entweder ich bin deine gleichberechtigte und respektierte Begleiterin und genieße volles Vertrauen, vor allem bei den wirklich wichtigen Dingen, oder ich bin nichts dergleichen, klar?"

Syreena fuhr herum und überraschte Jasmine, die von hinten auf sie zugegangen war. „Wenn du mich anfasst, Jasmine, werde ich dir dein verräterisches Herz mit meinen eigenen Händen herausreißen, das verspreche ich dir!"

„Wenn du nicht gleich dein zänkisches Maul hältst, kannst du deine Fähigkeiten gern unter Beweis stellen, Prinzessin, aber das musst du dann wohl bei Ruth und Konsorten tun. Kriegst du das in dein Spatzenhirn, bevor sie plötzlich hier auftaucht?"

„Lass sie nur kommen! Zumindest ist sie ehrlich, was ihre Beweggründe angeht!"

„Danke für das Kompliment, Prinzessin!"

Syreena spürte, wie die beiden Vampire zusammenzuckten, als Ruths Stimme direkt rechts von ihnen ertönte, doch sie selbst war überraschend ruhig, als sie sich mit einem Schritt umdrehte und breitbeinig hinstellte. Sie hob die Fäuste, während ihr kleines Herz heftig pochte.

„Ich schulde dir etwas", flüsterte sie der Dämonin leise zu, und die lächelte, als wären sie Gäste auf einer Party.

„Da hast du wohl recht. Komm, Mädchen, und hol dir dein Pfund Fleisch, wenn du dich traust!"

„Syreena!"

Damiens Ausruf und auch sein Versuch, sie zu packen, waren vollkommen wirkungslos, als die Lykanthropin sich auf die Dämonin stürzte. Syreena wechselte ihre Gestalt im Sprung, und Flügel und Klauen von menschlichen Ausmaßen fuhren in atemberaubender Geschwindigkeit aus ihr hervor. Ruth hatte noch nie gegen eine der Wergestalten der Prinzessin gekämpft, und als sie sah, wie die Harpyie rachedurstig auf sie zuflog, erschrak sie so, dass Syreena im Vorteil war.

Da ihre Konzentration unterbrochen worden war, konnte Ruth sich nicht teleportieren. Doch sie konnte immer noch reagieren wie die Kriegerin, die sie einmal gewesen war. Trotz eines geschickten Ausweichmanövers der blonden Dämonin erwischten die langen Krallen sie an der linken Schulter, und man konnte hören, wie ihre Kleidung und ihre Haut zerfetzt wurden.

Damien und Jasmine wollten Syreena zu Hilfe kommen, doch sie wurden von einer kurzen Explosion und von dickem schwarzem Rauch, der zwischen ihnen und den beiden kämpfenden Frauen aufstieg, daran gehindert. Der Rauch verzog sich rasch, und eine Gestalt kam zum Vorschein.

„Nico", fauchte Damien.

„Sieht so aus", fügte Jasmine ein wenig kühler hinzu.

„Höchstpersönlich sogar", stimmte Nico zu. Er sagte einen Satz, schnell und entschlossen, und schnippte mit den Fingern in Richtung seiner Feinde.

Jasmine und Damien schrien überrascht auf, als der Waldboden unter ihren Füßen auf einmal zum Leben erwachte. Baumwurzeln brachen hervor und schlangen sich um die Knöchel und Waden der Vampire und hielten sie fest.

Damien nahm schnell die Rabengestalt an und war damit so klein, dass er der magischen Falle entkommen konnte. Jasmine war weniger raffiniert. Sie packte die Fesseln mit bloßen Händen und riss knurrend daran. Das Mark und das weiche Innere der Wurzeln flog in alle Richtungen, als sie sie zerfetzte wie ein wildes Tier.

Damien flog auf Nicos Kopf zu und wechselte mittendrin die Gestalt. Er nutzte seine schwere Körpermasse und krachte mit seinem ganzen Gewicht auf den verräterischen Vampir. Die beiden Männer stürzten auf die verrottende Streu am Waldboden, doch Damien lag oben, und seine Hände krallten sich über der Brust in die Kleider des Vampirs, während er seinem Feind mit einem Fauchen seine Reißzähne zeigte.

„Jetzt ist er gekommen, Nico. Der Augenblick, auf den du gewartet hast. Mal sehen, wer meinen Thron verdient."

Jasmine konnte sich schließlich befreien, und sie stolperte von den frisch aus dem Boden wachsenden Tentakeln weg, die der noch immer wirksame Zauber ihr hinterherschickte. Sie erhob sich so hoch in die Lüfte, dass sie außer Reichweite war, und flog ein Stück weit weg, um sich einen Überblick über den Kampf am Boden zu verschaffen. Damien wurde im Moment allein mit Nicodemous fertig, und sie machte sich keine Sorgen um ihn. Auf den ersten Blick hatte die Prinzessin ebenfalls die Oberhand über die Dämonin. Doch Jasmine wusste, dass der Überraschungseffekt ihr Vorteil gewesen war, dass sie danach aber hoffnungslos unterlegen wäre.

Jasmine schoss genau in der Sekunde zu den beiden Frauen

hinunter, als Ruth sich mit einem wütenden Schrei auf Syreena stürzte. Syreena hatte ihr eine blutende Wunde zugefügt, und es beschädigte Ruths Selbstbild der Unverwundbarkeit. Ruth stieß einen Zauberspruch aus, und der ganze Wald wurde von einer Explosion erschüttert, deren Epizentrum sich dort befand, wo die Dämonin war. Syreena wurde von der Druckwelle getroffen, genau wie Jasmine, und die beiden Frauen wurden durch die Luft geschleudert, bevor sie gegen einen Baum krachten. Syreena war zu überrascht, um ihre Flügel auszubreiten, und knallte mit voller Wucht auf den Boden.

Jasmine brauchte keine Flügel, um sich in der Luft zu halten. Sie erholte sich rasch wieder, weil sie nicht Atem holen musste. Den stechenden Schmerz konnte sie erst einmal wegdrängen, obwohl sie sicher war, dass sie sich bei dem Aufprall mehrere Rippen gebrochen hatte.

Die wichtigste Frage war, wie sie Ruth zum Schweigen brachte. Solange sie sprechen konnte, würden sie nie die Oberhand gewinnen. Sie kannten ihre Zaubersprüche nicht und konnten sie nicht unwirksam machen.

Aber, dachte Jasmine kaltblütig, *sie kann keinen Zauber sprechen, wenn man ihr die Zunge herausreißt.*

Natürlich wusste sie, dass sie nie so nah an Ruth herankommen würde. Sie musste sich etwas anderes einfallen lassen.

Auch Damien und Nico waren von der magischen Druckwelle niedergeworfen worden und wälzten sich über den Boden. Und diesmal gelang es Nico, die Oberhand über Damien zu gewinnen. Er drückte den Monarchen mit seinem bloßen Gewicht und mit den kräftigen Beinen zu Boden und legte ihm die Hand um den Hals. Dann griff er nach seinem Dolch, doch als er ihn Damien ins Herz stoßen wollte, riss der Prinz den Arm hoch, und es gab ein klirrendes Geräusch, als Metall auf Metall traf.

Nico versuchte, Damien den Dolch ins Fleisch zu treiben, durch das Leder der Jacke, die dieser trug, aber es war, als wäre die Haut des Prinzen aus Stahl. Er holte zum zweiten Stich aus und schlitzte dabei das Leder auf, und da sah er etwas Metallenes schimmern.

„Ganz schön raffiniert", sagte Nico atemlos.

Nico erkannte, dass er Damien im Zweikampf nicht überwältigen konnte, vor allem, wenn der Prinz Waffen am Körper versteckt hatte.

Der verräterische Vampir hatte nicht viel Zeit gehabt, Zaubersprüche zu lernen, deshalb hatte er sich auf solche Sprüche konzentriert wie das Verwandeln des Waldbodens in Schlangen, wegen ihres taktischen Nutzens im Kampf. Weil der Prinz am Boden lag, war es sinnvoll, den Spruch noch einmal anzuwenden, und da Nico über ihm war, würde Damien es nicht wagen, seine Gestalt zu wechseln.

Nico sagte den Zauberspruch, der Damien hilflos unter ihm und seiner gezückten Klinge festhalten würde.

Syreena konnte einen Moment lang nicht atmen. Ihre Lungen versagten ihr einfach den Dienst, während sie auf dem Waldboden kniete. Schließlich hustete sie und sog die Luft ein, und ihre Lungen dehnten sich gegen die gequetschten und gebrochenen Rippen. Sie kämpfte sich hoch und fuhr dabei immer wieder herum, um ihre Gegnerin zu suchen, bevor sie sich ganz aufrichten konnte.

Dabei entdeckte sie Jasmine. Die Vampirin rannte auf etwas zu. Von ihrem Platz aus konnte Syreena nicht sehen, was es war. Mit dem Aufprall hatte sie wieder ihre menschliche Form angenommen. Sie zögerte, während sie überlegte, welche geflügelte Gestalt im Augenblick am günstigsten wäre, als direkt hinter der Baumgruppe, in die sie gestürzt waren, Metall klirrte. Sie fuhr herum, drückte sich an den nächsten Baum und lugte am Stamm vorbei. Nicos Klinge glänzte im Mondschein, als er sie zum zweiten Mal hob, um sie ihrem Gefährten ins Herz zu stoßen. Dann überlegte er es sich anders, und sie hörte, wie er einen Satz in einer selbst ihr unbekannten Sprache sagte.

Wurzeln fuhren aus dem Boden um Damien herum und schlangen sich um seine Beine und um seinen Hals, hielten ihn gleichzeitig fest und würgten ihn. Syreena spürte Zorn in sich aufsteigen, und sie vergaß Ruth. Sie stürzte aus ihrem Versteck hervor, als Nico ausholte, um den Dolch in Damiens Brust zu stoßen.

Damien spürte, wie sie näher kam, ein Geschoss aus schwarzem Haar und mit ausgeprägtem Beschützerinstinkt. Sie traf den Feind mit ihrem ganzen Gewicht. Das genügte, um selbst einen Baum von einem Mann wie Nico zu Fall zu bringen. Sie stieß ihn von Damien herunter, und die beiden krachten ins Unterholz. Damien setzte sich sofort gegen seine Fesseln zur Wehr, und er musste seine ganze Kraft aufwenden, da diese nervös nach ihm zu schnappen begannen. So wie er dalag, flach auf dem Rücken, kam er sich vor wie Gulliver, festgehalten von Tausenden von Schnüren der Liliputaner. Als er so viele davon zerrissen hatte, dass er einen Arm befreien konnte, wiederholte sich der Zauber, und er wurde wieder an den Boden gefesselt. Die Bäume um ihn herum begannen sich gefährlich in seine Richtung zu neigen, nachdem man ihnen ihr Wurzelwerk weggenommen und es missbraucht hatte.

In der Zwischenzeit erlebte Nico, was es hieß, gegen jemanden aus dem Kloster von The Pride zu kämpfen. Als Syreena ihn umgerissen hatte, griff sie nach dem Dolch und entwaffnete ihn. In dem Augenblick, als sie beide auf dem Waldboden gelandet waren, drückte Syreena dem Vampir das eine Knie auf die Kehle und das andere in die Leiste und holte mit beiden Händen zum Stoß aus. Der Dolch des Vampirs drang durch die Knochen hindurch tief ins Herz.

Nico brüllte auf vor Schmerz und Wut, als sie ihn erneut in das lebenswichtige Organ stach. Der Vampir konnte nicht glauben, dass sie ihn ein zweites Mal erwischt hatte. Doch diesmal war es viel schlimmer. Sie hatte es geschafft, die Klinge herauszuziehen, sodass eine klaffende Wunde entstanden war und sein Blut ihr auf die Oberschenkel, die Brüste und ins Gesicht spritzte. Bevor er reagieren konnte, stieß sie den Dolch wieder hinein. Ihre Augen waren riesig und wild, von ihren Lippen kam ein grimmiges Fauchen, und ihr Haar schwang als dunkelgraue Wolke mit ihren Bewegungen mit. Sie zog den Dolch wieder heraus, und das Blut strömte noch heftiger, als er sich unter ihr wand.

Nico konnte schließlich nur versuchen, ihre Hände zu packen, bevor sie erneut zustach, und er fing sie mitten in der ausholenden Bewegung ab, sodass sie ihm den Dolch nicht mehr in die Brust stoßen konnte. Das schien sie noch wütender zu machen. Sie kämpfte gegen seine Kraft an, die trotz der tödlichen Verletzungen noch immer ziemlich groß war, und es gelang ihm tatsächlich, sie mit einer Drehung abzuwerfen. Er versuchte, sich die blutenden Wunden in der Brust mit den Händen zuzuhalten, während er sich aufrichtete und auf sie stürzte. Sie hatte sich aufgesetzt, den Dolch noch immer entschlossen in der Hand.

Jasmine wandte sich von Ruth ab, was diese einen Moment lang überraschte. Dann begriff die Geistdämonin, dass Jasmines Wesen sehr dem ihren glich. Solange Ruth sie nicht direkt bedrohte, war die Vampirin nicht bereit, ihren Kopf für etwas zu riskieren, das nicht in ihrem Interesse lag. Jasmine hasste

Damiens neue Gefährtin. Warum sollte sie der Prinzessin zu Hilfe kommen.

Ruth teleportierte sich und tauchte neben Damien wieder auf. Als sie sah, dass der mit den Fesseln kämpfende Prinz gerade keine Gefahr darstellte, verschwand sie wieder und tauchte diesmal neben ihrem verletzten Partner auf, den die Lykanthropin ernsthaft verletzt hatte.

„Immerhin habe ich dich", murmelte die Dämonin voller Vorfreude.

Als Nico sich auf die Lykanthropin stürzte, griff Ruth nach deren Haaren, die sowohl ihre Schwachstelle als auch ihre besondere Stärke waren.

Zu ihrem Schrecken verfehlten die beiden Feinde ihr Ziel und stießen stattdessen zusammen. Ruth verfluchte Nico; Nico verfluchte Ruth und schob sie grob beiseite, um das geschickte kleine Biest zu schnappen, das ihnen irgendwie entwischt war.

Als Ruth und Nico Syreena schließlich entdeckten, stellten sie erschrocken fest, dass diese keine fünf Meter entfernt von dem Vampirprinzen stand.

„Unmöglich!", fauchte Ruth.

„Das ist ein Trick! Eine Täuschung", knurrte Nico.

„Unmöglich!", wiederholte die Geistdämonin.

„Ist es nicht", stellte Damien nüchtern fest.

Ruth rappelte sich hoch und wollte sich auf das Paar stürzen, das sogar ihre ungewöhnlichen mentalen Fähigkeiten ausgetrickst hatte. Sie hatte sich kaum aufgerichtet, als jemand sie von hinten brutal an den Haaren packte und sie so fest zurückriss, dass sie beinahe gestürzt wäre.

Ruth schrie auf vor Schmerz.

Jasmine klatschte ihr die andere Hand auf den Mund, die voll mit zähem Schlamm war, den sie aus der nächstbesten Pfütze geholt hatte, und stopfte ihn hinein, damit sie keinen Laut mehr von sich geben konnte.

Damien zog seinen Dolch aus dem Ärmel, und er und Syreena wandten sich Nico zu. Als dieser merkte, dass er zu schwer verletzt war, um sich zu wehren, schloss er die Augen und verschwand in einer dunkel wirbelnden Wolke.

„Verdammt!"

„Teleportation!"

„Anscheinend hat Ruth herausgefunden, wie sie ihre Fähigkeiten auf ihn übertragen kann", sagte Jasmine nüchtern. „Oder etwa nicht, meine Liebe?", fragte sie und riss die nach Luft ringende Dämonin erneut an den Haaren zurück. „Du willst mir nicht vielleicht sagen, wo mein Buch ist, oder?"

Jasmine blickte mit einem blitzenden Lächeln zu Damien und Syreena. „Hoppla! Stimmt. Es könnte ja was Übles rauskommen." Jasmine fuhr mit dem Finger ein paarmal über Ruths Mund und zwang sie so, den Schlamm drinzubehalten.

„Töten wir sie, oder bringen wir sie zu Noah?", fragte Damien.

„Töte sie! Töte sie, bevor sie …"

Jasmines Gestalt verschwand plötzlich in einer explodierenden schwarzen Wolke. Die Wolke stieg zwischen ihren Armen auf, und Ruth war verschwunden. Damien und Syreena hörten, wie Jasmine wütend aufschrie, als sich der Rauch ganz verzogen hatte, und sahen, wie sie wütend mit dem Fuß aufstampfte.

Damien und Syreena tauschten einen Blick und seufzten.

„Nico", sagten sie wie aus einem Mund.

Die Mission war größtenteils erfolgreich verlaufen, obwohl Jasmine noch immer grollte, dass sie ihre Gefangene verloren hatte. Trotzdem wusste Syreena, dass sie nach langer Zeit die Ersten waren, die Ruth beinahe gefasst hätten. Und das trotz der zusätzlichen Bedrohung, die Nico darstellte. Das war etwas, auf das sie trotz des unbefriedigenden Ausgangs sehr stolz war. Und sie spürte, dass es Damien genauso erging. Allerdings änderte das nichts daran, dass sie ein schwieriges Gespräch vor sich hatten.

Syreena saß auf dem Bett, wo sie erst am Abend zuvor den Austausch ganz vollzogen hatten. Damien kam mit einer sauberen Schüssel Wasser, sauberen Tüchern und Verbandsmaterial in den Raum.

„Rutsch ein Stück!"

Syreena gehorchte und rückte beiseite, damit er sich neben sie setzen konnte. Er stellte die Schüssel auf den Nachttisch, und nachdem er ein Tuch angefeuchtet hatte, schaute er sie an. Er streckte die Hand aus, um die Schnittwunden auf ihrem Rücken zu säubern, und nötigte sie, sich umzudrehen, damit er besser sehen konnte.

Er schwieg minutenlang, bevor er endlich das Wort ergriff.

„Du hast allen Grund, böse auf mich zu sein. Entgegen dem, was ich gesagt habe, weiß ich das", sagte er leise. „Ich habe mich von Jasmine zu schnell überreden lassen. Wegen Kelseys Tod und bei dem Gedanken an einen Vampir in Ruths Reihen kam mir ein Kampf gerade recht. Ich bin kein Idiot, aber ich nehme an, ich habe mich so benommen."

Sie spürte, wie er sich nach vorn beugte und ihr einen zaghaften Kuss auf die Schulter gab. „Es ist mir egal, ob du ein Idiot bist, Damien. Aber es ist mir nicht egal, wenn du ein erst wenige Stunden altes Versprechen brichst. Ich habe dir mein volles Vertrauen geschenkt, und ich habe im Gegenzug nicht viel dafür verlangt, und gleich beim ersten Mal …"

„Ich weiß, ich weiß", unterbrach er sie mit einem scharfen Flüstern. „Das war nicht richtig von mir. Und noch schlimmer war es von mir, dir die Schuld in die Schuhe zu schieben. Ich war einfach nicht darauf gefasst, und ich hatte Angst um dich. Jas und ich konnten unbemerkt bleiben, aber ich weiß noch, wie ich auf einmal gespürt habe, dass du ganz in der Nähe bist …"

„Und das war nicht richtig von mir. Es war sogar ziemlich dumm. Ich weiß, wir hätten alle getötet werden können."

Wieder herrschte Schweigen, während er vorsichtig ihre Wunden säuberte. Sie waren nur oberflächlich, und sie wären bis zum nächsten Abend verheilt, aber er wollte sich um sie kümmern. Es war teils Entschuldigung, teils Sorge und teils auch Dankbarkeit. Sie hatte sich tapfer geschlagen. Sie war wahrscheinlich das mutigste Wesen, dem er je begegnet war, und es machte ihn ziemlich stolz, sie an seiner Seite zu haben.

Als er das Tuch schließlich weglegte, griff sie sofort nach einem anderen und drehte sich zu ihm um. Als er das dunkelblaue Hemd abstreifte, kamen zahlreiche blutende Wunden und, noch schlimmer, dunkelviolette kreisförmige Blutergüsse zum Vorschein.

„Damien", stieß sie erschrocken hervor und berührte die verfärbten Stellen vorsichtig mit den Fingerspitzen. Der Zauber der Schlingarme war wirkungsvoll gewesen, und die Baumwurzeln hatten ihn von Kopf bis Fuß umklammert. Die Verletzungen sahen schlimm aus und waren wahrscheinlich sehr schmerzhaft. „Es tut mir leid."

„Das ist in ein, zwei Tagen verheilt." Er lächelte sie an. „Das war es wert, weil ich jetzt weiß, wer der Vampir ist. Aus der Ferne hätte ich das nicht in Erfahrung gebracht. In gewisser Weise hast du uns dabei geholfen, es herauszufinden. Du hast sie aus der Deckung gelockt."

„Nun, ich hatte eigentlich einen besseren Plan."

„Obwohl der wahrscheinlich nicht so wirkungsvoll gewesen wäre", grinste er.

„Das ist nicht lustig", sagte sie und säuberte eine besonders scheußliche Hautabschürfung an der Schulter. „Es war ein Chaos, und wir hatten Glück, dass wir relativ unversehrt da herausgekommen sind."

„Übrigens", sagte er plötzlich und packte sie am Handgelenk, damit sie innehielt. „Würdest du mir verraten, wie du Nico und Ruth dazu gebracht hast zu glauben, dass du nicht da bist, wo du warst?"

„Ich …" Sie zwinkerte mit ihren dunklen Augen. „Ich weiß es nicht genau. Das war nur so ein Instinkt …"

„Ein Instinkt, mit dem du eine Illusion von dir selbst erzeugt hast, während du aus ihrem Angriffsfeld verschwunden bist." Damien zog schmunzelnd einen Mundwinkel hoch. „Schön, schön. Ich glaube, wir müssen nicht mehr länger darüber rätseln, welchen Teil von mir du bekommen hast. Ich muss sagen, das war ein ziemlich wirkungsvoller Trick, den du da gegen zwei Wesen mit solchen mentalen Fähigkeiten eingesetzt hast. Vor allem für eine Anfängerin."

„Aber du bist kein Anfänger", erwiderte sie.

„Nein, aber du bist eine äußerst geschickte Gestaltwandlerin, und es zeigt sich deutlich, dass ich das von dir nicht in gleichem Maße übernommen habe."

„Vielleicht hast du das doch. Nicht in allen Einzelheiten, aber denk daran, dass es mehrere Jahrzehnte dauert, bis ein Gestaltwandler seine Form so leicht verändern kann, und du konntest es schon einen Tag, nachdem du diese Fähigkeit an dir entdeckt hast. Du bist ziemlich gut darin, selbst im Flug wie heute Nacht, und das können nur ganz wenige."

„Also kannst du zwar wirkungsvolle Täuschungen erzeugen, aber du brauchst viel Zeit und Übung, bis du selbst darin sichtbar wirst."

„Genau! Oh … wirklich?", fragte sie und klang jetzt entmutigt. „Dann sind es also zwei verschiedene Fähigkeiten?"

„Ich fürchte, ja, Liebling." Er grinste. „Aber wenn du mir beibringst, wie man landet, kann ich dir, glaube ich, zeigen, wie man ein paar hübsche, überzeugende Täuschungen bewirkt."

Sie musste lächeln, während sie ihr Handgelenk befreite und erneut nach dem Tuch griff. „Ich glaube, diese Fähigkeiten gefallen mir. Eine Zeit lang habe ich mir schon Sorgen gemacht, dass ich vielleicht Reißzähne bekomme."

„Du hast dir Sorgen gemacht? Ich hatte es gehofft", erwiderte er und blickte sie mit hochgezogenen Brauen von der Seite an.

„Du Perversling", sagte sie kichernd. „Denkst du auch mal an etwas anderes als an Sex?"

„Wenn du nackt neben mir sitzt? Das ist wohl kaum möglich."

„Hör auf", sagte sie und schob die Hand weg, die langsam ihren Schenkel hinaufglitt. „Ich bin noch blutverschmiert und angeschlagen vom Kampf, ganz zu schweigen davon, dass ich noch immer böse auf dich sein könnte. Ich bin mir da noch nicht ganz schlüssig."

„Welcher blutverschmierte Teil macht dich für einen Vampir weniger anziehend?", fragte er scherzhaft.

„Der Teil, wo das Blut von einem abtrünnigen Vampir stammt, der schwarze Magie einsetzt", brachte sie ihm in Erinnerung.

„Ah. Da ist was dran."

Dann schob er ihre Hände weg, hob sie mit einer einzigen Bewegung auf seine Arme und stand vom Bett auf. Er brachte sie in das Bad nebenan, ohne auf ihren Protest zu achten.

„Du tust ja so, als wolltest du kein Bad nehmen", stellte er fest, „dabei weiß ich doch, dass du es willst."

„Warum klingt das bei dir immer so, als hättest du irgendein großes Geheimnis in meinen Gedanken erraten?", bemerkte sie, trat ein wenig beiseite, nachdem er sie abgesetzt hatte, und begann Wasser in die klauenfüßige Badewanne zu lassen.

„Leider wird das Wasser kalt sein. Das Heizungssystem muss repariert werden, hat man mir gesagt“, warnte er sie. „Obwohl ich glaube, dass es mich viel mehr stören wird als dich.“

„Ich kann Wasser kochen und für dich heraufbringen lassen“, sagte sie schlicht und kletterte vorsichtig in die Wanne, um sich an die angekündigte Kälte zu gewöhnen, nachdem sie die Zehen probeweise hineingehalten hatte.

Anstatt sie allein zu lassen, kniete sich Damien neben ihr auf den gekachelten Fußboden und legte seine Arme auf den Rand der gusseisernen Badewanne und blickte sie auf Augenhöhe an. Das Plätschern des Wassers war ein paar Minuten lang zu hören, dann sagte er: „Es tut mir wirklich leid, wenn ich dir Sorgen gemacht habe.“

Syreena seufzte leise und biss sich einen Moment lang nachdenklich auf die Lippe. Ihre sorgfältig formulierten Antworten hatten ihn nachhaltig beeindruckt und vermittelten ihm einen Eindruck von ihrem Wesen, und er lächelte stumm in sich hinein, während er sie beobachtete.

„Das ist nicht der Punkt, Damien“, sagte sie leise. „Du hast ein Versprechen gebrochen. Das regt mich am meisten auf. Und ich muss dich wohl daran erinnern, dass ich dich nur gebeten habe, so etwas Waghalsiges nicht zu tun, aber nicht, dass du nicht zu mir kommen und es mir sagen könntest, wenn du deine Meinung und deine Pläne geändert hast. Ich hätte dich und Jasmine nicht leichten Herzens ziehen lassen, aber es wäre mir trotzdem lieber gewesen, wenn ich es gewusst hätte. Stattdessen schleichst du dich heimlich davon.“

„Wie gesagt, ich bin es nicht gewohnt, anderen Rede und Antwort zu stehen“, sagte er leise.

„Ich bin nicht die anderen", sagte sie schneidend und holte tief Luft, um sich wieder zu beruhigen. „Ich habe nicht vor, dich an die Leine zu legen, Damien. Das würde genau das zerstören, was mich so anzieht an dir, was mein Herz erobert hat. Ich will nur, dass das eine gleichberechtigte Partnerschaft ist. Ich weiß, dass du das schaffst. Ich sehe das jedes Mal, wenn du und Jasmine die Köpfe zusammensteckt. Ich weiß auch, dass es Zeit braucht, bis wir so eine Vertrautheit haben, wie du sie mit ihr hast, aber ich hatte zumindest erwartet, dass du es versuchen würdest." Syreena seufzte und strich sich mit ihren feuchten Händen durchs Haar. „Das klingt, als würde ich ein Kind ausschimpfen, und das will ich eigentlich nicht."

„Ich denke, es liegt daran, dass wir noch immer dabei sind zu lernen, wie wir miteinander reden müssen, Syreena. Ich nehme es dir nicht übel. Es ist dein gutes Recht, böse auf mich zu sein. Du verlangst ja nichts Unmögliches. Ich weiß, du hättest mich viel stärker einbezogen, als ich es getan habe. Und du hast recht: Es hat genau einen Tag gedauert, bis ich gegen unsere Vereinbarung verstoßen habe. Auch dafür muss ich mich entschuldigen."

„Ich habe auch einen Fehler gemacht", sagte sie und winkte ab, womit sie seinem Hochmut einen letzten Schlag versetzte. „Ich bin kopflos losgeflogen, bin einem Impuls gefolgt, ohne an die Gefahr zu denken, nur um meine Meinung loszuwerden."

„Wohl wahr", stimmte er sofort zu.

„Oh, sei bloß still und hilf mir, dieses Zeug abzuwaschen!"

Sie schwächte den Befehl mit einem Kuss auf seine Lippen ab und kicherte los.

„Vielleicht habe ich ja ein Ungeheuer erschaffen", sinnierte er und strich ihr eine Strähne aus dem Gesicht. „Du bist ganz schön eigensinnig, was deine Wünsche betrifft."

„Nun, ich fürchte, damit musst du leben", teilte sie ihm mit.

„Ich denke, ich komme damit klar, Liebling", versprach er.

„Da hast du wohl recht, Damien. Ich denke auch, wir schaffen das."

Epilog

Jasmine begab sich in eine dunkle Ecke. Sie war nicht schlecht gelaunt, aber sie war auch nicht gerade in der Stimmung, sich an den Festlichkeiten zu beteiligen, die nur etwas entfernt von der Stelle stattfanden, wo sie stand.

Damien hatte es tatsächlich getan.

Er hatte sich mit der Lykanthropenprinzessin vermählt.

Sie war jetzt Prinzessin der Vampire, ihr anderer Thron war auf Eis gelegt, und sie hatte ihrem Volk das Versprechen gegeben, auf den Thron zu verzichten, sobald Siena ihr erstes Kind bekäme. Es war eine Geste gewesen, um ihr Volk zu besänftigen, weil sie in eine andere Spezies eingeheiratet hatte, aber die geringe Zahl an Gästen unter den Lykanthropen sprach Bände, wie diese Verbindung aufgenommen wurde.

Nicht einmal diejenigen, die Damien für einigermaßen vertraute Gefährten hielt, hatten geruht, zu der Hochzeit zu kommen. Das überraschte keinen von denen, die die Verbindung der beiden Schattenwandlerkönigshäuser begrüßten. Es war ein Bruch zu vieler tief verinnerlichter Tabus, die sich über Generationen in die Vampirpsyche eingegraben hatten. Das Einzige, was sie vor einem Bürgerkrieg oder vor aufkommendem Protest rettete, waren die Schriften aus der Bibliothek, die man gefunden hatte und die Jasmines Behauptung bestätigten, dass es sich um ein Ritual handelte, das älter war als diese Tabus.

Trotzdem hatte das Paar mit der Vermählung bis zum Frühling gewartet, bis das interne Überwachungssystem über das Anfangsstadium hinaus war. Eine wirklich weise Entscheidung. Die Zeitplanung war umsichtig gewesen, und die Information, mit der man die Hochzeit rechtfertigte, wurde erst preisgegeben, nachdem das Sicherheitssystem, das dazu gedacht war, die Vampire in Schach zu halten, fest installiert war. Es hatte natürlich vorher schon Hinweise gegeben, weil Damien und Syreena an dem größer werdenden Hof öffentlich zusammengelebt hatten. Doch mit den Reaktionen auf diese Tatsache umzugehen, das war Jasmines und Stephans Aufgabe gewesen.

Jasmine lächelte bei dem Gedanken.

Jedenfalls war so keine Langeweile aufgekommen. Es war seltsam, dass etwas, womit sie persönlich so wenig einverstanden war, ihr plötzlich ein solches Gefühl von Erfüllung und Befriedigung geben konnte. Hofintrigen unter den zahlreichen Vampiren hielten sie auf Trab. Ganz zu schweigen von dem Nachhall in sämtlichen Schattenwandlergemeinschaften, als die ganze politische Stimmung sich so dramatisch veränderte.

Überflüssig zu sagen, dass es eine hektische und unruhige Zeit war.

Das gefiel ihr.

Was ihr nicht so gut gefiel, war, dass sich die Verräter so ruhig verhielten. Von ihnen war nichts zu sehen und zu hören. Nicht einmal, als das Sicherheitsnetz über die Kontinente ausgeweitet wurde. Es gab keine Möglichkeit herauszufinden, ob Nico tot war oder ob er noch lebte. Es gab keinen Hinweis darauf, was Ruth als Nächstes vorhatte. Und sie hatten immer noch keine Ahnung, was sie eigentlich im Schilde führte. Jasmine vermutete, dass die Dämonin umso vorsichtiger wurde, je mächtiger sie war. Jasmine hatte sie an ihren Schwachpunkten getroffen, und nun war die Dämonin auf der Hut. Dadurch hatte sie vielleicht alles noch schlimmer gemacht.

Doch selbst wenn es Nico erneut gelungen war, mit dem Leben davonzukommen, würde er erst einmal längere Zeit in Kältestarre verfallen, bevor er sich wieder erheben und zusammen mit Ruth neue Probleme verursachen könnte. Jasmine dachte, dass sie mit etwas Glück so viel Zeit hatten, wie sie brauchten, um stärker zu werden, bevor sie sich dem Duo erneut entgegenstellen müssten. Das hatte sie zum Großteil der Lykanthropenprinzessin zu verdanken. Ihre Aktionen und ihre Kampfkünste hatten ihnen wahrscheinlich wertvolle Zeit verschafft.

„Wenn dir die Hochzeit so missfällt, warum bist du dann gekommen?"

Jasmine wurde aus ihren Gedanken gerissen und blickte die Frau an, die sie angesprochen hatte. Diese konnte in der Dunkelheit nicht sehen, wie überrascht Jasmine war, als sie feststellte, dass es sich um Malaya, die Kanzlerin der Schattenbewohner handelte. Ihre Spezies lebte noch viel mehr in der Dunkelheit als die Vampire, daher war es nicht verwunderlich, dass sie Jasmine entdeckte, trotz deren Fähigkeit, sich zu tarnen.

„Ich habe meine anfängliche Ablehnung überwunden", sagte Jasmine mit einem Schulterzucken, als Malaya zu ihr trat. „Trotzdem kann ich nicht so tun, als würde ich jubeln. Aber ich bin zugegebenermaßen froh, dass Damien so glücklich ist."

„Ich habe versucht, es aus deiner Perspektive zu betrachten", sagte die Kanzlerin nachdenklich. „Wie würde ich empfinden, wenn mein Bruder, der Mitregent, jemanden von einem anderen Volk heiraten würde?"

„Und ist es dir gelungen?", wollte Jasmine wissen.

„Ja. Ich habe festgestellt, dass wir keine Vampire sind und dass ich mich deswegen nicht in eure Lage versetzen kann, selbst wenn der Fall eintreten sollte."

Jasmine schmunzelte angesichts dieser nüchternen Abgeklärtheit. Und sie sah Malayas Lächeln in der Dunkelheit aufblitzen.

„Ich weiß noch weniger über euch als ihr über uns", gestand Jasmine, „also hätte ich wahrscheinlich ebenfalls kein Glück."

„Ich erkenne allerdings ein perfektes Paar, wenn ich es sehe", erwiderte Malaya. „Dagegen anzukämpfen ist so, als würde man eine Hand ausstrecken, um eine Flutwelle aufzuhalten. Es ist ein Kampf gegen das Unvermeidliche und eine ziemlich dumme Haltung."

„Wohl wahr", stimmte Jasmine zu. „Und damit hast du deine erste Frage selbst beantwortet."

„Vermutlich schon", sagte sie, nachdem sie einen Moment lang nachgedacht hatte. „Ich habe das Kind gesehen, das den Dämonen prophezeit worden ist. Das Neugeborene der Schwester des Königs. Sie glauben, dass es den Dämonen neue Macht bringen soll."

„Und das bedeutet, dass es sein Leben lang gut beschützt werden muss. Ruth weiß von der Prophezeiung wie alle Dämonen, und sie wird dieses Wissen für sich nutzen, wenn sie kann. Für den kleinen Jungen und für sein Gegenstück, das Mädchen, das den Vollstreckern geboren wurde, wird es eine gefährliche Gratwanderung. Warum jemand in so schwierigen Zeiten ein Kind zur Welt bringt und es einer solchen Gefahr aussetzt, ist mir vollkommen unbegreiflich."

„Anscheinend stimmt dein Gebieter mit deiner Einschätzung nicht überein."

Jasmine hob die Augenbrauen. „Was willst du damit sagen?"

„Ich will damit sagen, dass die Prinzessin eindeutig in einer fruchtbaren Phase ist, und euer Prinz benimmt sich nicht gerade wie ein Gemahl, der sich in den nächsten Wochen von ihrem Bett fernhalten will."

Jasmine blickte zu dem frisch vermählten Paar hinüber, auf das Malaya mit einem Nicken gedeutet hatte. Damien ließ im wahrsten Sinne des Wortes die Finger nicht eine Sekunde von seiner Gemahlin. Seine Hände glitten über ihren Körper, er hatte den Mund dicht an ihrem Ohr und sagte oder tat etwas, sodass sie sich winden und kichern musste. Syreena verhielt sich aber auch nicht so zurückhaltend wie sonst. Was sie mit ihren Händen machte und die Art, wie sie ihren Körper an den seinen schmiegte, all das zeigte deutlich, wonach ihr der Sinn stand, und zum Teufel mit den vielen Zeugen um sie herum.

„Es ist Beltane", sagte sie leise. „Und sie sind frisch verheiratet. Jeder ist an diesem Abend ein bisschen … ausgelassener als sonst."

„Du schaust mit deinen Augen, Vampirin. Ich schaue mit viel tiefergehenden Sinnen. Und ich sage dir, sie ist in einer fruchtbaren Phase, und bald wird es ein Kind geben. Das Erste seiner Art außerdem. Zumindest das Erste in Jahrtausenden. Das Kind eines Vampirs und einer Lykanthropin. Man fragt sich …"

„Bitte!", sie hob die Hand, um diese Mutmaßungen abzuwehren. „Mir dreht sich schon der Magen um. Mach es nicht noch schlimmer!"

„Magst du keine Kinder?"

„Ich fand es furchtbar, Kind zu sein. Und ich finde es auch furchtbar, wenn ich mir vorstelle, welche Schwierigkeiten ein Kind der beiden mit sich bringen wird. Aber es ist müßig, irgendwelche Vermutungen über die Zukunft anzustellen. Nichts ist jemals sicher. Es kann ja sein, dass die Möglichkeit, Nachwuchs zwischen unterschiedlichen Spezies zu zeugen, inzwischen verloren gegangen ist."

Jasmine seufzte. „Verlier nicht den Mut", flüsterte die Kanzlerin dicht an ihrem Ohr. „Dein Leben verspricht sehr aufregend und erfüllt zu werden, ob Damien nun an deiner Seite ist oder nicht."

Jasmine drehte den Kopf, um sie anzuschauen, und lachte mit einem sarkastischen Unterton laut auf. „Du kennst mich wirklich nicht besonders gut."

„Nein, aber ich kenne die Zukunft auf eine Weise, wie andere Schattenwandler sie nie kennen können."

Jasmine riss die Augen auf vor Überraschung, doch als sie fragen wollte, legte Malaya ihr den Finger auf die Lippen und hieß sie damit schweigen.

„Das ist kein Wissen, das wir an Außenseiter weitergeben, doch dir gebe ich es aus einem bestimmten Grund weiter. Deine Traurigkeit in der Vergangenheit hat ihre Wurzeln tiefer in der Geschichte, als dir bewusst ist, und dein zukünftiges Glück ist ganz und gar abhängig von der großen Verzweiflung eines anderen. Doch dein Schicksal ist besonders, und es beginnt hier und heute, mit dieser Zeremonie. Ich weiß nichts Genaueres, also frag mich nicht. Ich dachte nur, du würdest deine momentane Situation vielleicht ein wenig wohlwollender betrachten können, wenn du wüsstest, dass Damien und Syreena direkt verantwortlich sein werden für das Leben, das du eines Tages führen wirst."

Jasmine war sprachlos. Sie konnte der anderen Frau nur ausdruckslos nachblicken, als diese mit geschmeidigen Bewegungen und mit einer Anmut wegging, die sie so sehr an Damien erinnerte.

Nach einer Weile sah sie sich nach dem unendlich glücklichen und sichtlich einander zugetanen Paar um, mit dem sie die letzten Monate gelebt hatte. Syreena und sie hatten gelernt, miteinander auszukommen und sich sogar wertzuschätzen.

Und vielleicht, nur vielleicht würde sich eines Tages sogar mehr entwickeln.

Natürlich lag das ganz bei Jasmine, und sie würde dieser Frau, die ihr den besten Mann weggenommen hatte, den sie überhaupt kannte, gern noch ein bisschen mehr Ärger machen, bevor sie sie schließlich widerstrebend ins Herz schloss.